JN252707

新典社研究叢書301

日本書紀典拠論

山田純著

新典社刊行

目　次

補　論
――『古事記』論と『風土記』論――

はじめに ——『日本書紀』をめぐる二つの特性 ——

養老四年、すなわち西暦七二〇年に成った『日本書紀』は、現存する日本最古の歴史書である。この史書は、世界の始まりの「神代」から持統天皇までの歴史を描くものである。つまり、西暦七〇一年の大宝律令の直前までの歴史を描くのであり、律令時代以前の歴史を覆う貴重な歴史資料たり得るのである。と、そもそも『日本書紀』はこのように捉えられ続けてきた。

また、『日本書紀』は、全編がほぼ正格漢文—古典中国語文—で書かれており、古典中国語文の重要な作法である典拠や対句といった修辞技法を多用するという特性を持つ。

以上のような、律令前代の歴史を描くという性質と、古典中国語文の修辞技法が多用される性質をもつという、これら二つの特性ゆえに、『日本書紀』は文学研究の分野からは深い注意が向けられることはなかった。すなわち、同書の研究を主導してきた日本古代文献史学の側に立てば、典拠表現とは、史実とは無関係に文章を飾り立てる潤色であると見なされがちであった。そこでは、典拠表現は、表現研究の観点からその質《クオリティ》を問われるという機会を得ることはなかったのである。

むろん、文学研究の側に立てば、『日本書紀』の典拠表現を対象とした研究がまったくなかったわけではない。しかし、それでも『古事記』や『万葉集』のそれと比較すれば、微々たるものであった、ということである。文学研究は同時代の書物『古事記』・『万葉集』にその主たる研究関心を配分し、古代文献史学主導の『日本書紀』は『古事記』研究の比較対象として扱われるに過ぎなかった。『日本書紀』の典拠表現の質が正面から問われたことは、これまでほとんどなかったということになる。

言い換えれば、本論は、『古事記』・『万葉集』研究が積み上げてきた典拠表現の研究を、『日本書紀』に向かわせてみたに過ぎないともいえよう。とはいえ、『日本書紀』の典拠表現を分析するには、まず超えなければならない障壁がある。それは、『日本書紀』の典拠表現が、他の上代テキストのそれに見られるような語句章句のみの引用・模倣に留まらず、かなり長文にわたって模倣されている傾向がある、ということである。すなわち、『隋書』「高祖紀」からおよそ三二〇字にわたる長文を引用・模倣した場合、その三二〇字の表現研究は、果たして「日本」文学研究たりえるのか、という事態である。古代中国人が、古代中国の出来事を、古典中国語文で表現したものを、「日本」について語られた叙述と捉えてよいのかどうかという当惑は、乗り越えられねばならない。これは確かに「日本」のことについて叙述されたものであると、まずはこれを確認するところから出発する必要がある。本論は、まずこの点から考えはじめよう。以上のことについて、以下詳細に論じてみたい。

本論は、『日本書紀』というテキストを文学作品として読解することを目的とする。(1) その際、どのように読解するのかという方法論については、典拠表現を重視する、という立場を取る。

本論でいう典拠表現とは、正格漢文―古典中国語文―を作成する際の、一種の作法ともいうべき修辞技法のことである。これは、過去の書籍から、著名な語句章句を模倣・反復して書く作文作法のことである、とまずはいえよう。

そしてその模倣／引用は、繰り返し反復され、結果として、多数の模倣された語句章句がパッチワーク的に成り立つ文章が完成するのである。これが正格漢文を成り立たせている、ということになる。一般論的に言えば、以下のような説明が可能である。

A

詩者志之所之也在心為志発言為詩情動於中而形於言言之不足故嗟歎之嗟歎之不足故永歌之永歌之不足不知手之舞之足之蹈之也情発於声声成文謂之音治世之音安以楽其政和乱世之音怨以怒其政乖亡国之音哀以思其民困故正得失**動天地感鬼神**莫近於詩[2]

B

夫和歌者託其根於心地発其花於詞林者也人之在世不能無為思慮易遷哀楽相変感生於志詠形於言是以逸者其声楽怨者其吟悲可以述懐可以発憤**動天地感鬼神**化人倫和夫婦莫宜於和歌[3]

Aは前漢の『毛詩大序』であり、Bは平安初期の『古今和歌集真名序』である「動天地感鬼神（動㆓天地㆒、感㆓鬼神㆒）」という六文字が共通する。すなわち、Bは自身よりも千年も前の書物Aの一部を模倣／引用していることがわかる。

A『毛詩大序』

↓ 文章の一部を模倣して書く

B『古今和歌集真名序』

これが典拠表現である。そしてそれは一部に限らず、全体に及ぶことを、次のように示した。[4]

B

夫和歌者、託其根於心地、発其花於詞林者也。
人之在世、不能**無為**、思慮易遷、哀楽相変、**感生**
於志、**詠形於言**。是以、**逸者其声楽**、**怨者其吟悲**。
可以述懐、**可以発憤**。**動天地**、**感鬼神**、**化人倫**、
和夫婦、**莫宜於**和歌。

『**毛詩正義序**』（冒頭部）
・「**夫詩者**、」
・「雖**無為**而自発」
・「作之者所以**暢懐舒憤**」

『**毛詩大序**』
・「**情動於中而形於言**」
・「**治世之音**、**安以楽**、其政和。**乱世之音**、**怨以怒**、其政乖。亡国之音、哀以思、其民困。」
・「故正得失、**動天地**、**感鬼神**、**莫近於**詩。」
・「先王以是**経夫婦**、成孝敬、**厚人倫**、美教化、移風俗。」

このように、とある一文章のほぼすべてが、過去の文章の模倣の連続で作文される。これが典拠表現である、とまずはまとめよう。本論が扱う『日本書紀』もまた、このような典拠表現によって全体的に修辞されるテキストである。『日本書紀』が典拠表現を多用するといった場合、その文章が過去のどの書物を出所―出典という―とするのか、という源泉を示す研究が不可欠となる。出典論（＝源泉論）である。『日本書紀』が過去の書物―漢籍―の、どの部分を引用しているのかということを明らかにすることは、『日本書紀』研究一三〇〇年史の不断の営みであった。その集大成は、河村秀根・益根父子の編集による『書紀集解』である。[5] この『集解』は、『日本書紀』出典研究の金字塔である。そしてこの出典研究をほぼ完成させたのが、小島憲之『上代日本文学と中国文学』であった。[6] 両者の業績によって、『日本書紀』の出典は、ほぼ完全に網羅されたといってよい。

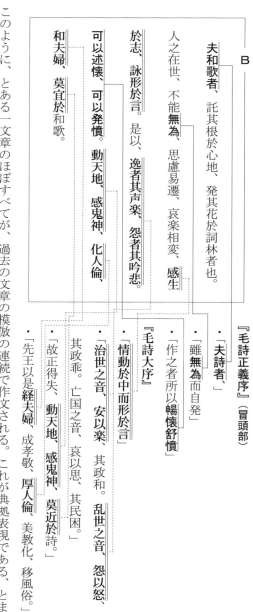

ところが、両者の出典論は、その出典を指摘するのみで終始するという特徴をもつ。すなわち、ある語句の出典書籍名を指摘するだけで、その語句がその場所に用いられることによる文学的な表現効果という、読解に関わる考察は奥に引き込まれているのである。それが出典論が素材論として取り扱われることになった原因でもあった。(7)

素材論とは、『日本書紀』の成立過程を研究するひとつの方法で、『日本書紀』は様々な史料がつなぎ合わされて成り立っているという成立論的な考え方の範疇である。『日本書紀』は「氏族伝承」や「帝紀・旧辞」などがつなぎ合わされており、そのつなぎ合わされた中には漢籍を「材料」とする語句もある、という認識の水準である。

「帝紀」	『文選』	『周易』	『漢書』
「百済三書」	**『日本書紀』全体**	『隋書』	
『文選』	「氏族伝承」	「旧辞」	『礼記』

『日本書紀』がどのような材料を用いて編纂されているのかを考えるひとつの道筋として、これまでの出典論はあった、と捉えられているということである。その原因として、これまでの『日本書紀』出典論が出典部分を指摘するに留まり、積極的に読解に生かしてこなかったということを確認している次第である。(8)

従来、『日本書紀』の研究過程においては、典拠表現の文学的効果は等閑視されてきた。すなわち、漢籍を出典とする語句は、漢籍からの模倣・引用、すなわち借り物であるため、『日本書紀』全体の内容に関わらない表現として、軽視されることになったのである。(9)すなわち、典拠表現は『日本書紀』からすれば中国という「他者」の文章表現であり、それは等し並みに文章を飾るための文飾行為として把握され、『日本書紀』を読解するに際し、実意のない空虚な美辞麗句として排除しても『日本書紀』の内容把握に差し支えないと判断されたのである。本来は、実意があるのか無いのかは、読解を通さなければ判断できないことが、ほぼ先験的に判断されてきたのである。従来の出典論の完成という偉業も、この「実意が皆無」という理解を全面的に転換することはできなかったのであった。

しかし、『日本書紀』を「作品」として捉えたとき、必然、典拠表現も「作品」の一部であるということになる。『日本書紀』それ自体の表現形式ということである。そうであるならば、『日本書紀』という「作品」読解に際して軽々に無視してよい部分ではなくなるのである。

むろん、このような見方は、これまで全くなかったわけではなく、個々の記事においては、出典の文脈との比較検討が行われたことは多々あった。小島憲之が踏み込んだ部分も多くはないが、確かにある。また、比較文学の座が、特にこれを牽引してきたのである。例えば、中西進「引喩としての典故」[10]には、本論が扱おうとする問題意識と、ほぼ通う考察がある。それは、『日本書紀』の大津皇子に関する記事を、出典の『漢書』の文脈と比較する考察であった。出典の文脈を踏まえることで隠された主題を導き出そうという営みは、本論が目指す読解に近しい。しかし、この研究は、最終的には『懐風藻』に向かうものであった点が、本論の目標と異なる。

そもそも、文学研究がその主要対象テキストとしてきた『古事記』や『万葉集』においては、本論が扱おうとする典拠表現研究は論じ尽くされてきたといっても過言ではない。本論よりもさらに高度な典拠をめぐる研究は、特に『万葉集』研究において成っている観がある[11]。このような典拠表現をめぐる研究は、『古事記』・『万葉集』・『懐風藻』研究では、当然の前提でもあり、後はそれをどのように深めるのかが問われているのが現状であり、より高度に進展しつつあるのが現在の研究水準なのだ。ただ、『日本書紀』に関してのみ、典拠表現の文学的効果を考察した専著が現れてこなかったというだけなのである。本論は『日本書紀』で同じことを試みるに過ぎないともいえよう。

『日本書紀』の典拠表現研究が軽視されてきた理由は、『日本書紀』が日本古代文献史学によって主導的に研究されてきたという長い研究史と、もうひとつは、『日本書紀』の典拠表現が、語句章句に留まらず、かなり長文にわたって模倣されている部分があることを原因としよう。この二つの『日本書紀』の特性が、同書の典拠表現研究の進展を鈍らせた原因である。

例えば、本論第一章で取り扱うことになる「雄略紀」に載る雄略遺詔では、遺詔三二〇字あまりが『隋書』「高祖紀」の高祖遺詔を出典とする。すなわち引用・模倣するのである。これは、古代中国人が、古代中国の出来事を、古典中国語文で叙述したものである。日本古代文献史学の立場としては、それは「日本」の「歴史的事実」とは見なせなかろう。それゆえ、価値を見出せない単なる文飾・潤色として考察対象から外されることになる。特に日本古代文献史学の、かつての中心的な読解姿勢は、『日本書紀』を疑いながら読む、すなわち批判的に読むという史料批判を中核としていた。そのような読解においては、「日本」史たりえない部分として真っ先に排除されてしまう部分だったのである。[12]また、文学研究の側に立っても、これほどの長文引用を、「日本」文学として取り扱ってよいのかどうかという当惑を禁じえない。歴史書として読まれてきた長い研究史と、それが古典中国語文の典拠表現を多用するという、この二つの『日本書紀』の特性こそが、同書の典拠表現研究を躊躇わせてきた原因だったのである。

長文の模倣は、果たして「日本」を考える対象テキストになりうるのか。このことを考えるためには、典拠表現がそもそもどのような修辞技法であったかという観点に立ち戻る必要があろう。斯波六郎は、典拠表現の効果について以下のように述べる。[13]

凡そ中国文学の作品は、その語句・内容ともに前人の作に拠れるものが甚だ多く、所謂換骨奪胎は寧ろその文学の通性であり、「杜詩韓文無一字没来歴」という語は、その文学のどの作品にも適用されるとさえも言い得る。而も駢儷文に於て、この傾向が特に著しい。かく典拠を利用することによって、作者は己の複雑なる思想・感情を比較的簡単なる形式を以て表現することが出来、読者は則ちその簡単なる形式を通して典拠に還元することによって、却って己の連想を豊富ならしめ、以て、その作品を十分に玩味することが出来るのである。故に或る作品を読解し評論しようとすれば、必ず先ずその作者の利用せる典拠を審にしなくてはならぬ。李善が文選に注して、最もその力を引証に用いたのは甚だ故有ることと謂わねばならない。

典拠表現は文飾であって実意はないと顧みないのでは、テキスト読解が果たせないことを述べるのである。出典の元の文脈との関係性において意味が生成するという点も重要である。そうであるならば、「雄略紀」は『隋書』「高祖紀」を想起させつつ進行しているということになろう。すなわち、「雄略紀」は雄略天皇と隋高祖とを対比的に並べることで、雄略天皇像を叙述している可能性があるのだ。それならば、まずは想起される比較対象たる『隋書』「高祖紀」の内実を確認する必要があろう。『隋書』「高祖紀」の高祖の人物像を知らずして、その対比とされた雄略天皇像に迫ることは難しかろう。このように、雄略天皇像という、「日本」のことを叙述するに際し、漢籍の元の文脈を想起させ、対比的に表現しようとすることが典拠表現の本質なのである。本論はこのような叙述のありように注目する、ということを繰り返し述べ来たった次第である。

むろん、典拠表現の本質といっても、もっと詳細に検討すべき事象であり、「典拠」なるものにもさらに専門的な定義が可能であろう。まずは中国文学のテキストから迫るのが当然である。しかし、本論では、まずは典拠の定義を以上のように簡単に捉えておきたい。すなわち、出典の元の文脈と関係性を確立する修辞技法である、ということである。というのは、典拠とは、あらかじめ厳密に定義して後にテキストに向かって分析を図るという性質のものではないためである。それは本来、個々のテキストの表現技法に関わる修辞である。このことから、その典拠表現の使用方法もまた個々のテキストの読解からしか導けない性質のものなのである。個々の記事の典拠表現の在りようを通して、『日本書紀』が典拠表現をどのようなものとして捉えているのかを問うべきである。そのようにして『日本書紀』によって駆使される典拠表現の表現効果が、最終的に『日本書紀』という「作品」をどのような史書としてあらしめているのかを考えたい、これが本論の思考の順番である。

以上、ここまでをまとめれば以下のようになる。本論は、『日本書紀』というテキストを「作品」として文学的に読解することを目的とする。その読解方法は、典拠表現を中心に据え、その典拠表現と出典文脈との比較を行う。そうすることで、『日本書紀』が典拠表現を使用して出典文脈との間に対比的な表現を実践するその表現効果を分析する。その表現効果は、『日本書紀』をどのような「作品」としてあらしめているのか。これが本論の個々の問題系に浸透している総合的な問題意識である。本論を『日本書紀典拠論』と題した所以である。

第一章は、この問題意識を具体的に「雄略紀」を取り上げて考察する。先に三二〇字あまりを典拠として『隋書』を踏まえると述べた。この典拠表現を通して、雄略天皇が隋の高祖に準えられていることを明らかにする。準えられることで、雄略天皇がどのような天皇像として生成してくるのかを検討した。次いで、「神武紀」を検討することで、『日本書紀』が「天皇」なるものを漢籍の「皇帝」と比較してどのようなものとして表現し位置づけたのか、これを考察する。以上の章は、本論の全体的な『日本書紀』論の素描であり概観である。第二章以降は、各個の論となる。ここでは主に「仁徳紀」を取り扱った。「仁徳紀」が漢籍を典拠として踏まえることで、どのように表現されるのかを読解したのである。第三章は、主に「陰陽論」を論じた。本来中国の自然哲学であった「陰陽論」に関わる知識が、『日本書紀』においてどのように「日本」のこととして表現に寄与しているのか、これを考えたのである。第四章は、「崇神紀」を取り扱い、典拠表現の分析という方法が、ひとつの「天皇紀」をどこまで全体的に取り扱えるのかという展望を示した。第五章は、全体の結論とも言える章である。『日本書紀』の「作品」としての問題である「自注」

から、『日本書紀』全体へと迫る論である。補論は、本論が考究してきた『日本書紀』の典拠をめぐる思考が前提にしてきた漢籍の教養基盤を取り扱う。もしもそれが上代に普遍的なものであった場合、他の上代テキストは、同じ読解方法でどこまで迫れるものなのかを論じたものである。

なお、本論全体に関わることとして、本論の各論がその前提として典拠表現部分であると指摘する箇所―「雄略紀」における『隋書』など―は、すべて先行研究が出典として指摘したものを重視した。すなわち、本論が自ら出典を新しく指摘し、その出典部分の元の文脈を検討するということは、出来る限り避けたということである。なぜなら、自ら出典を指摘し、その文脈を読解に持ち込む行為には、議論が恣意的なものに陥る危険性が潜むためである。(14) それを行う場合には、論述の大部を引き裂いて多角的に検討し、しかる後に読解へ進んだ。

本論において特にことわらないかぎり『日本書紀』のテキストは日本古典文学大系を用いる。『古事記』のテキストは新編日本古典文学全集を用いる。『風土記』のテキストは日本古典文学大系を用いる。その他、使用テキストはその都度各個に示した。すべて、校異がある部分は各写本を検討して、私に改めた場合は注において指摘した。旧字は新字に改めた。

以上、本題に入る準備は終えたと思う。後は諸賢のご叱正を伏して冀うばかりである。

注

(1) 神野志隆光の一連の業績に拠る。ここで思い見れば、神野志隆光の「作品論」が登場したことは、画期的であったと言い得よう。神野志論は『日本書紀』を「作品」として把握し、その作品分析を行った。文学の問題として取り扱ったのである。その結果、陰陽論による世界生成から語り始める『日本書紀』という、「神代紀」を含む作品論が展開されたのである(『古事記の世界観』(一九八六年五月　吉川弘文館)・『古代天皇神話論』(一九九九年十二月　若草書房))。そして、全体として、律令国家「日本」が自らを「帝国」として歴史的に自ら確証し、そしてそれを自ら納得（自得）するための史書であるという全体像を提出したのである（『古事記と日本書紀』（一九九九年一月　講談社））。本論が『日本書紀』全体の「作品」を統一的に問うというとき、その着想はここから導かれている。まさに『日本書紀』の文学的な研究の突破点と言い得よう。とはいえ、後進に残された問題もわずかながらある。それが典拠研究であり、典拠表現を駆使してどのように上記のような史書たりえているのかを考える、ということである。

（2）『毛詩』のテキストは北京大学整理本『十三経注疏』に拠る。

（3）『古今和歌集』のテキストは新編日本古典文学全集（小沢正夫・松田成穂校注　一九九四年十一月　小学館）に拠る。

（4）前掲注（3）新全集の頭注の指摘。

（5）『書紀集解』のテキストは『書紀集解』（一九六九年九月　臨川書店）に拠る。

（6）小島憲之『上代日本文学と中国文学　上』（一九六二年九月　塙書房）。

（7）山田英雄『日本書紀の世界』（二〇一四年二月　講談社（初出は『日本書紀』（一九七九年六月　教育社）））が、まず自らを、「日本書紀を読むにあたってこれだけは心得ておいてほしいことを」述べた書物であるという入門書的性格として位置づけた上で、『日本書紀』の成立過程を説明した章の中で、「編纂の材料」という項目を立て、その中に「出典論」を位置づけていることが象徴的である。出典論は素材論＝材料論に還元されうる可能性があるのだ。

　しかし、同書も、典拠表現の効果には精確な理解を示していることは挙げなくてはなるまい。

　この出典は単にそこにあるというだけのものではなく、その漢籍で使用されている例がその語、句に含まれていて、それを新たに使用した場合に、過去に使用された意味を背後にひそめて、単純な語句に大きな意味を含めることができ、文章に深みを出すことができるのである。

と述べることは、単に出典をもつ語句は複層的な意味を持つ、という見解以上に、典拠を踏まえるという修辞技法が出典との関係性の中に成り立つ修辞技法であって、出典の文脈を捨象できないことについて教えてくれるものである。

　ここでは、やはり出典の文脈が捨象し得ないものとして在るということ、すなわち典拠表現を読解する場合は、出典の文脈との比較が不可欠であり、典拠表現とは出典の文脈と関係性を生成する表現技法であるという理解は、本論が学ぶべきところである。

（8） 本章では注（6）前掲小島書の業績を不足と述べているように見えるかもしれない。しかし、そもそも小島が『日本書紀』の典拠表現を評価していることは本論に確実に先行する。

従って後から述作された漢書が前に出た司馬遷の史記と殆んど語句の上に変りがない章があっても、（中略）、それはそれとして意義はあった。わが上代に於ても、同様であり、外国人に示すためのわが歴史書「日本書紀」の、漢籍の「ツギハギ」も中国と同様あやしむに足らない当時の情勢であった。上代文学はこの点に於て「出典の文学」とも云えるわけであり、ツギハギを如何に巧みにツギ合わせるかが彼等の文学的技法の要するところであった

（小島憲之「上代文学と大陸文学」（『国文学解釈と鑑賞』二十―九　一九五五年七月））

すなわち小島は出典を持つ作文というのが、当時の漢文の書き方のセオリーであることを踏まえ、上代文学も例に漏れないというのである。このことは漢文表現における「あや」として典拠表現を捉えるということになり、『国風暗黒時代の文学』へつながっていくように、平安へむかう漢文学へと展開していく指向性をもつのである。結果、倉野憲司の書評がいうように（『萬葉』第四十八号　一九六三年七月）、「本書は、上代日本文学の表現に関して、大陸文学の摂取享受の状態を、主として「出典論」（源泉論）の立場から考察しようとしたもの、言い換えると、上代人の文学的表現のうち、異国的なものが、上代文学に如何に投影しているかを究明しようとしたものであって、それによって上代日本文学の「正しい解釈」を得ることを目的としたもの」というように、まずは源泉論＝素材論という観点に包含されうる危険性を包含しつつも、それでも『日本書紀』の読解の前提を明らかにした偉大なる業績である点は不朽であるとするのである。本論は、『日本書紀』の典拠表現の表現効果を全体的に読解するものであり、これは小島の成果に全面的に依拠するものでありつつ、その拡大を企図しているものであることは、誤解なきよう注に記した次第である。

（9） むろん、現在の文献史学では典拠表現を全く無視するなどということはなく、正当な先行研究は本論でも各個に挙げている。ただし、本論は「作品」の読解に主眼を置き、そもそも文献史学がその目標としてきた歴史的事実の抽出という営為とは距離を取る。文献史学の目標は、『日本書紀』の記事を批判的に分析し、そこから歴史的事実を抽出し、論理的にそれらの事実を再配列し、最終的に「そうでありえた」歴史的実態を想像的に再構築することにある。もしも本論が古代

文献史学の立場を取った場合、本論はこの文献史学の目標の下で、典拠表現研究をどのように位置づけるのかということを問うことになる。が、それは論理的にかなり困難な仕事であろう。

ここでは『日本書紀』全体をめぐる（むろん「神代紀」を含む）統一的な典拠表現研究がなかったということを確認できればよい。ただし、ここでは長くなるが、近代文献史学のそもそもの始まりから、その典拠表現に対する問い自体は存在し、その問いは正当であったということを確認しておきたい。現代の文献史学の祖とされる津田左右吉は、以下のように述べる。

> （『日本書紀』が「シナ思想」によって著しく潤色（漢語表現・典拠表現・編年体を指す）されているので、…引用者注）それによつて真実が蔽はれてゐるから、明らさまに上代の思想を伝へるものとしては、書紀は古事記より劣つてゐる。しかしシナ思想の着色などは、今日の知識を以て観察すれば、すぐに剝ぎ去ることができるものであり、それを剝ぎ去れば、上代の思想は燦然として光を放つ。また紀年の造作なども今人を欺くには足らないものである。だから知識の発達しない時代に於いては、書紀のかふいふ点が人を誤らせたことはあるが、今日に於いては、もはやさういふ所は無く、却つてかういふ着色をしたり造作をしたりしたことが、当時の思想の一つの現はれとして、われわれに思想上の好材料を供給してくれるのである。
>
> 津田左右吉『日本古典の研究 上』（津田左右吉全集 第一巻 岩波書店 一九六三年十月（「古事記及び日本書紀の研究」一九二四年、「日本古典の研究 上」一九四八年））

このようにして、典拠表現は漢籍にその源泉があったことから、「日本」史を考える際には不要の要素として取り扱う。典拠表現は、あくまで文章を飾る飾り＝潤色要素であり、これをまず取り去ることが、研究の第一歩というより、下処理として考えられてきたのであった。典拠表現をその考察の中核に据えた文献史学からの研究発信がほとんどなかったのは、ほぼこの理由に尽きよう。むろん、典拠表現のすべてを完全に放擲してきたわけでもない。それが造作や飾りであったとしても、なぜそのような造作や飾りを施したかという叙述の方法をめぐる思想は問うべきであるというのである。このことは戦後文献史学にも端的に影響を与えている。たとえば井上光貞「日本国家の起源」（『古代国家の形成』井上光貞著作集第三巻 一九八五年十月 岩波書店 初出 岩波書店 一九六〇年）は、合理的理解のみの史学研究、すなわち歴史的信憑性の高い漢籍の正史類だけを扱うのではなく、『日本書紀』・『古事記』の伝承が空想だとしても、その空想がいかなる思想的背景から生まれてきたかも、国史学が取り扱うべき分野だとして、津田左右吉の見解を継承するのである。むろん、ここでの文脈は政治的意図に基づく歴史的事実の捏造に主眼があるが、『日本書紀』に特徴的な長文の典拠表現も弾かれているわけではあるまい。このことは、『日本書紀』がどのような理由でそのように叙述したのかを問う姿勢であり、漢籍を模倣しつつ叙述したこともこの問題系に含まれよう。その後、まとまった形として全体的な『日本書紀』の典拠表現の分析は出てきていないのが現状ではある。しかし、文献史学は本論で個々に挙げていくことになるように、決して無視しているわけではないし、その始まりから問い続けてきた問題提起は正当であることは繰り返し確認しておきたい。

（10）中西進「引喩としての典故」（『国語と国文学』一九八二年六月　原題「引用の比喩」。後に『万葉と海彼』（一九九〇年四月　角川書店）中西進『中西進万葉論集　第三巻』（一九九五年七月　講談社）。

（11）就中、鉄野昌弘『大伴家持「歌日誌」論考』（二〇〇七年一月　塙書房）に結晶している。

（12）一般的に史書は、それが編纂物であればなおさら、歴史的事実をそのまま保存したものにはなりえない。一次資料とはなりえないのである。すなわち、一般的に史書は、それがどのような史書であっても虚構性、すなわち偽史として疑念を抱きつつ扱わなければならないという性質を振り切れないのである。そこにあるものがすべて歴史的事実とは言い切れないためである。誤解の無いように言い直せば、歴史的事実をありのままに伝達する歴史書は、歴史書たりえないのである。それは、歴史記録ともいうべき性質のものである。翻ってみれば、『日本書紀』とは、当時の律令国家が自らの歴史を記さんとした編纂物＝歴史書である。そうであるならば、書かれている記事すべてが歴史的事実とは限らないのであるから、分析が必要となる。この分析こそが文献史学が孜々として積み上げてきた史料批判という営みであった。

　とはいえ、日本古代文献史学が主導してきた現代的な読み方である史料批判的な読み方は、それが歴史的事実を抽出するという目標においては有効であるが、しかし、歴史的事実の抽出以前に、テキストを「読解」するという行為には不適当である。なぜなら、それは「疑いながら読む」という「現代の私たち」の側からの読解であり、『日本書紀』全体を覆う「当時の人々」の価値観や常識とは合致しないためである。加えて、個々の歴史的な記事の「読解」には、全体の影響が及ぶためでもある。というのは、『日本書紀』が律令国家「日本」が自らを「帝国」として自得するために編纂された史書である、という全体像の中で、個々の歴史的な記事は位置づけと価値づけを持たされているためである。そしてそれは現代の私たちの視点で読み解いても詮無きことである。当時の人々にとって「歴史」とは何だったのか、ということが問われよう。この問いなしには、『日本書紀』という作品はどのようにして「歴史」を描こうとしているのか」という問いには向かえまい。なぜなら、その「歴史とは何か」という当時の価値観や常識が『日本書紀』を作り上げたのであり、それを受け入れさせたためである。奈良時代の人々はそれを「歴史書」として手に取っていたのである。「歴史書」が社会において成立するには、少なくとも当代の社会的制約たる共通認識がそれを「歴史書」と認めうる知的土壌、すなわち共同性が必要だということはいうまでもない。成立当時の人々がどのように「歴史」を認めていたのかが問われなければならないのだ。『日本書紀』というテキストが作品としてどのようにして史書たりえているのかという問いは、『日本書紀』全体を覆うのである。史料批判という読み方が原理的に全体の読解に及ばないこと―少なくとも「神代紀」を読み解けないということ、そして「神代紀」を読み解けなければ、それは『日本書紀』全体を読解することにならないということ―を縷々述べてきた次第である。

ことは、『日本書紀』全体をどのように作品として読解するのかという文学的研究手法にかかるのである。以上のように述べることで、本論が史学研究において『日本書紀』を読解するものではなく、あくまで文学研究にすべての関心をおいていることの強調としておきたい。その上で、先の小島憲之の引用にも見られるように、上代の人々は典拠表現を意味あるものと捉えていたのである。当時の人々の側に立った読み、と言った場合、典拠表現を無視することはできないのである。

(13)　斯波六郎「李善文選注引文義例考」(『六朝文学への思索』(二〇〇四年十月　創文社)。初出は、『日本中国学会報』第二集(一九五〇年))。

(14)　もちろん、読解の果てに新たな視点を獲得し、その視点は確実に別の漢籍の知識を前提とするという場合においては、別である。

一、『日本書紀』と漢籍の文脈比較

本章の概要

本章は、本論全体の問題の所在を明らかにする企図をもつ。というのは、典拠表現を分析することが『日本書紀』の精確な読解に有効であり、価値ある行為であることを実証しなければ、本論を始めることができないためである。冒頭に「雄略紀」を対象とした考察を配置した。「はじめに」にも述べたように、『隋書』「高祖紀」から三二〇字余りを引用した雄略遺詔を載せる天皇紀である。これまで、この遺詔の典拠表現を分析することが「日本」を対象とした考察になるのかどうか、これを考えさせることになった最大の要因として考えられてきた部分である。のみならず、これほどまで長い引用を他の典拠表現と同列に見なしてよいのかという躊躇いさえ抱かせてきたのである。本章では、このような典拠表現は、雄略天皇像を対比的に描き出すための修辞であり、雄略像に関わるために『日本書紀』読解には欠かせない部分であると説く。そうすることで、典拠表現を読解することは、『日本書紀』を読解することに寄与するのであるということを述べたい。

そしてその典拠表現は、個々の人物像や情景描写といった細部にのみ関わるものではなく、『日本書紀』の主題全体に及ぶのだということを、「神武紀」を通して考えてみたい。「神武紀」では、初代天皇の即位が描かれる。そこでは、初めての天皇が現れるのである。そうであるならば、「神武紀」は全体として天皇とは何か、どのような存在が天皇になり得るのかということを述べている可能性が高い。そのようなとき、この「天皇」を中国の「皇帝」と対比的に描き出そうと修辞表現を繰り出す「神武紀」の典拠表現は、「天皇」について語る『日本書紀』の重要な部分となろう。そして「天皇」とは『日本書紀』の主題に関わるものでもある。

本章は「雄略紀」と「神武紀」の考察を通して、どうして典拠表現の読解を重視するべきなのか、そしてその典拠表現の読解は『日本書紀』全体の読解に不可欠の要素となることを述べてゆく。

1　鑑の史書
――『日本書紀』「雄略紀」と『隋書』「高祖紀」の比較から ――

はじめに

周知の通り、『日本書紀』「雄略紀」二十三年条の遺詔は、『隋書』「高祖紀」の遺詔を出典としている。(1)従来、この遺詔は「借り物」という性質ゆえ、ほとんど精査されてこなかった。(2)この状況に突破点を与えたのが、榎本福寿の論である。(3)榎本論は、雄略遺詔と「雄略紀」各記事の対応関係を検討し、雄略の治世の総括として当該遺詔があることを指摘した。逆に言えば、雄略治世の総括たる遺詔からこそ、「雄略紀」各記事の整合的な読解が果たされるという見解である。これは、雄略の遺詔が単なる潤色・文飾ではなく、実意を込めて雄略天皇を語ろうとしている部分であることを指摘するものであった。(4)

本章では、もう一歩踏み込んだ考えを示してみたい。すなわち、三二〇字のほとんどを『隋書』「高祖紀」に依拠している「雄略紀」は、何らかの形で雄略を高祖に準えている可能性があるのではないか、そして、雄略と高祖は対比的に描かれているのではないか、ということである。これを『隋書』「高祖紀」との比較から検証することが本章の狙いである。

1、問題の所在

まずは、『日本書紀』「雄略紀」の当該部分と、『隋書』「高祖紀」を掲出しておこう。(5)

▼『日本書紀』「雄略紀」

秋七月辛丑朔、天皇寝疾不預。

詔、賞罰支度、事無二巨細一、並付二皇太子一。

八月庚午朔丙子、天皇疾弥甚。与二百寮一辞訣、並握手歔欷。崩二于大殿一。

遺三詔於大伴室屋大連与二東漢掬直一曰、

方今区宇一家、煙火万里。百姓乂安、四夷賓服。此又天意、欲レ寧二区夏一。所以小レ心励レ己、日慎二一日一、

蓋為二百姓一故也。A臣連伴造、毎日朝参、国司郡司、随レ時朝集。何不下罄二竭心府一、誡勅慇懃上。義乃君

▼『隋書』「高祖（文帝）紀」

乙丑、詔下賞罰支度、事無二巨細一、並付中皇太子上。

（中略）。甲辰、上以二疾甚一臥二於仁寿宮一、与二百僚一辞訣、並握手歔欷。丁未、崩二於大宝殿一。時年六十四。

遺詔曰、

「方今区宇一家、煙火万里、百姓乂安、四夷賓服、豈是人功、実乃天意。朕惟夙夜祇懼、将レ所三以上嗣二明霊一、是以二小心励己一、日慎二一日一」

（仁寿三年七月条（挙賢良の詔））

蓋為二百姓一故也。A王公卿士、毎日闕庭、刺史以下、三時朝集、何嘗不下罄二竭心府一、誡中勅殷勤上。

臣、情兼二父子一。庶藉二臣連智力一、内外歓レ心、欲レ令下普天之下、永保中安楽上。不レ謂、遘疾弥留、至二於大漸一。此乃人生常分。何足二言及一。但朝野衣冠、未レ得二鮮麗一。教化政刑、猶未レ尽レ善。興レ言念レ此、唯以留レ恨。今年踰二若干一、不二復称一レ夭。筋力精神、一時労竭。如レ此之事、本非レ為レ身。止欲レ安二養百姓一。所二以致一レ此。人生子孫、誰不レ属レ念。既為二天下一、事須レ割レ情。今星川王、心懐二悖悪一、行闕二友于一。

古人有レ言、知レ臣莫レ若レ君、知レ子莫レ若レ父。縦使星川得レ志、共治二家国一、必当下戮辱遍二於臣連一、酷毒流中於民庶上。夫悪子孫、已為二百姓一所レ憚。好子孫、足レ堪レ負二荷大業一。此雖二朕家事一、理不レ容レ隠。大連等、民部広大、充二盈於国一。皇太子、地居二儲君上嗣一、仁孝著聞。以二其行業一、堪レ成二朕志一。以レ此共治二天下一、朕雖二瞑目一、何所二復恨一。

義乃君臣、情兼二父子一。庶藉二百僚智力一、万国歓レ心、欲レ令下率土之人、永得中安楽上、不レ謂、遘疾弥留、至二於大漸一。此乃人生常分、何足二言及一。但四海百姓、衣食不レ豊、教化政刑、猶未レ尽レ善、興レ言念レ此、唯以留レ恨。朕今年踰二六十一、不二復称一レ夭、但筋力精神、一時労竭。如レ此之事、本非レ為レ身、止欲レ安二養百姓一、所二以致一レ此。人生子孫、誰不レ愛レ念、既為二天下一、事須レ割レ情。勇及秀等、並懐二悖悪一、既知レ無二臣子之心一、所二以廃黜一。

古人有レ言、知レ臣莫レ若二於君一、知レ子莫レ若二於父一。若令三勇・秀得レ志、共治二家国一、必当下戮辱偏二於公卿一、酷毒流中於人庶上。今悪子孫、已為二百姓一黜屛、好子孫、足レ堪レ負二荷大業一。此雖二朕家事一、理不レ容レ隠、前対二文武侍衛一、具已二論述一。皇太子広、地居二上嗣一、仁孝著聞、以二其行業一、堪レ成二朕志一。但令三内外群官、同レ心戮レ力、以レ此共治二天下一、朕雖二瞑目一、何所二復恨一。

（一本云、星川王、腹悪心麁、天下著聞。不幸朕崩之後、当レ害二皇太子一。汝等民部甚多。努力相助。勿レ令二侮慢一也。）。

以上、雄略が発したという設定をもつ遺詔は、およそ三二〇字のほとんどが、隋文帝（高祖）の遺詔と重なることが確認できよう。ただし、わずかだが違いもある。以下、前掲榎本論を参考にして、「雄略紀」と「高祖紀」の違いを確認していこう。

まず、傍線部A群については、「日本の制度との整合性を考慮」して改変された部分である。(6) ただし、これは日本の制度に則って改変されているというより、「実態」としてあるかのように、「歴史」を虚構していく「雄略紀」遺詔の姿があると見るべきである。そこには、雄略天皇の「歴史」について語ろうとする「雄略紀」の姿が認められるのであり、決して遺詔が内容皆無の潤色や文飾ではないのだということが指摘できるのである。(7)

次いで、二重傍線部の違いが問題となろう。「雄略紀」は「星川皇子」を「悪」と規定して排除する。その上で次代清寧天皇として即位したのは皇太子「白髪皇子」であった。一方、「高祖紀」は「楊勇・楊秀」を「悪」と規定し、結果として皇太子「楊広」が即位した。隋の煬帝である。周知のごとく、隋を滅亡させた第二代皇帝である。今、表にして比較してみよう。

	「雄略紀」	「高祖紀」
「悪」	星川皇子	楊勇・楊秀
「善」	皇太子「白髪皇子」	皇太子「楊広」
結果	白髪皇子即位（清寧）	楊広即位（煬帝）

両者の遺詔には、将来を心配した文言が盛られているが、「雄略紀」の場合、遺詔通りに星川皇子が反乱し、燔殺されたとする。そして、白髪皇子が即位して清寧天皇になるのである。これに対して、高祖は後継者煬帝を指名するが、この煬帝は天下を喪失し、隋は滅亡するのである。すなわち、高祖の選定した後継者は隋の滅亡を導き、対して雄略のそれは滅亡の将来を導かなかったのである。

以上のように、二重傍線部の互いに関わりのある部分は対比関係となっており、大きな違いがある。すなわち、高祖は後継者選定に失敗した皇帝なのであり、雄略は後継者選定を誤らなかった―正しく後継者を選び出すことができた―天皇として、描かれているのである。

従来この「高祖紀」と「雄略紀」の重大な違いの内実については、触れられてこなかった。この違いは、皇統の継承、あるいは天下喪失の原因などに対応していく重大な箇所であり、皇統や天下といった『日本書紀』の主題に関わる大きな問題なのである。

以下、さらに具体的に比較検討してみよう。

まずは、『隋書』「高祖紀」の流れに沿って、高祖と皇子たちの関係を確認しておこう。

開皇元年二月丙寅　…　王太子**勇為二皇太子一**。

開皇元年二月乙亥　…　皇子鴈門公**広為二晋王一**、

「勇」が「皇太子」となったことが示される。一方、後に煬帝となる「広」は、まず晋王に叙される。すなわち、当初の皇太子は長男「勇」であり、第二子「広」は「晋王」であることを確認しておこう。

やがて、南北分裂を終結させる「陳」討伐に至ると、「広」は陳討伐軍の総帥となる。

開皇八年冬十月甲子　…　合二総管九十、兵五十一万八千一、**皆受二晋王節度一**。

開皇九年夏四月乙巳 … 三軍凱入、献二俘於太廟一。拝二晋王広一為二太尉一。

黄巾の乱以来、四〇〇年にわたって分断されていた南北が統一されたのである。その大業の勲功筆頭が「晋王広」だということなのである。この「広」が、新たに皇太子として指名されるのである。

(開皇二十年) 冬十月己未、太白昼見。乙丑、皇太子勇及諸子並廃為二庶人一。殺二柱国太平県公史万歳一。己巳、殺二左衛大将軍・五原郡公元旻一。十一月戊子、天下地震、京師大風雪。以二晋王広一為二皇太子一。十二月戊午、詔下東宮官属不上レ得レ称二臣於皇太子一。

もとの皇太子「勇」を廃して、新たに「広」を皇太子とした。そして、高祖が崩御し、楊広は即位して隋第二代皇帝になるのである。そして周知のごとく、隋は滅亡するのである。「煬帝」が中国史上希に見る悪帝であったことは有名であり、『隋書』「煬帝紀下」の「史臣曰条」も徹底して批判していくのである。

自レ肇レ有二書契一以迄二于茲一、宇宙崩離、生霊塗炭、喪レ身滅レ国、未レ有レ若二斯之甚一也。

すなわち、有史以来の最悪の皇帝であると述べられているのである。高祖の後継者選定は、最悪の結果を招いたのであった。『日本書紀』編述者は、当然のごとく『隋書』を閲覧しており、その上で「雄略紀」の典拠として選択しているのである。そして、雄略は最悪の選択をしなかった、という違いを対比的に創出しているのである。すなわち、雄略の遺詔は、かつて行われた隋高祖の最悪の選択部分を改変し、煬帝のような後継者選定の失敗を繰り返さず、むしろ星川皇子の反乱を予見したという、「優れた雄略」の遺詔に作り替え、それが「歴史」であると描くのである。

以上を鑑みれば、『日本書紀』編述者が高祖遺詔を下敷きとして「雄略紀」遺詔を構成しつつ、高祖とは異なる部分を敢えて設定することで、何かを「雄略紀」において表現しようとしている可能性が見えてこよう。すなわち、雄略を高祖に準じて描きつつ、違いを設定することで、ある一定の雄略天皇像を構築しようとしているのではないか、ということである。それは皇太子選定という皇統に関わる問題であり、隋の天下喪失を踏まえるという文脈では天下に関わる内容である。どちらも『日本書紀』の主題と密接に関わる部分の改変なのである。

2、両極端な皇帝・両極端な皇后

「雄略紀」が雄略遺詔の典拠表現を通して、雄略と高祖を対比させているのであれば、両者の性質を比較する必要があろう。まずは、『隋書』「高祖紀」において高祖（文帝・楊堅）はどのような人物として評されているのかを確認しておこう。

①上性厳重、有二威容一、外質木而内明敏、有二大略一。初、得政之始、群情不レ附、諸子幼弱、内有二六王之謀一、外致二三方之乱一。握二強兵一、居二重鎮一者、皆周之旧臣。上推以二赤心一、各展二其用一、不レ踰二朞月一、克二定三辺一。②未レ及二十年一、平二一四海一。薄二賦歛一、軽二刑罰一、内修二制度一、外撫二戎夷一。毎レ旦聴レ朝、日昃忘レ倦、居処服玩、務存二節倹一、令行禁止、上下化レ之。開皇・仁寿之間、丈夫不レ衣二綾綺一、而無二金玉之飾一、常服率二多布帛一、装帯不レ過下以二銅鉄骨角一而已上。③雖レ嗇二於財一、至三於賞二賜有レ功、亦無レ所二愛吝一。乗レ輿四出、路逢二上表者一、則駐レ馬親自臨レ問。或潜遣二行人一採二聴風俗一、吏治得失、④人間疾苦、無レ不二留意一。嘗遇二関中饑一、遣二左右一視二百姓所レ食、有下得二豆屑雑糠一而奏レ之者上、上流涕以示二群臣一、深自咎責、為レ之撤レ膳不レ御二酒肉一者殆将二一朞一。及三東拝二太山一、関中戸口就二食洛陽一者、道路相属。上勅二斥候一、不レ得三輒有二駆逼一、男女参二厠於仗衛之間一。逢二扶レ老携レ幼者一、輒引レ馬避レ之、慰レ勉而去。至二艱険之処一、見レ負レ擔者、遽令二左右扶一レ助之。其有二将士戦没一、必加二優賞一、仍令二使者就レ家労一レ問。自強不レ息、朝夕孜孜、人庶殷繁、帑蔵充実、⑤雖レ未レ能二臻於至治一、亦足レ称二近代之良主一。

（「高祖紀下」仁寿四年条）

まずは高祖の長所についての記述である。傍線部の概略を以下に示そう。

①質朴だが頭が良く、壮大な策略を秘めていた。

②（皇帝の外戚という理由で）北周の政治の中枢について十年、遂に天下統一を果たした。

③たいへんな倹約家だったが、褒賞を惜しむことはなかった。

④（常に全国に臣下を送って）人々が苦しんでいれば、必ず留意した。

⑤中国が統一して、問題は山積していたが、まずは近代の名君と称讃してよい。

次に短所について示された部分である。

然⑥**天性沈猜、素無二学術一、好為二小数一、不レ達二大体一**、故忠臣義士莫レ得二尽レ心竭一レ辞。其草創元勲及有功諸将、誅夷罪退、罕二有存者一。⑦**又不レ悦二詩書一、廃二除学校一**、⑧**唯婦言是用、廃二黜諸子一**。⑨**逮二于暮年一、持法尤峻、喜怒不レ常、過二於殺戮一**。嘗令下左右送二西域朝貢使一出中玉門関上、其人所レ経之処、或受二牧宰小物饋遺鸚鵡・麖皮・馬鞭之属一、上聞而大怒。又詣二武庫一、見二署中蕪穢不一レ治、於レ是執二武庫令及諸受遺者一、出下開二遠門一外上、親臨レ決、死者数十人。又往往潜令三人賂二遺令史府史一、有二受者一必死、無レ所二寛貸一。議者以レ此少レ之。

（仁寿四年条）

⑥生まれつき狡賢く、学問は全く無く、些細なことを重視して大局を見なかった。

⑦『毛詩』『尚書』（儒教経典）が嫌いであり、太学をはじめとして学校を縮小した。

⑧婦人の建言を採用し、皇太子をはじめ諸子を廃した。

⑨晩年、喜怒の変化が激しく、厳しい法を適用し、時に殺戮が度を超えることがあった。

「本紀」では、皇帝描写として以上のような長所と短所が語られる。『隋書』の史官の評もほとんど同様の評価である。合わせて共通点を表にすると以下の通りである。

	高祖紀　文帝評	史臣曰条
長所	未レ及二十年一、平二一四海一。（天下統一） 務存二節倹一、令行禁止、上下化レ之。（倹約と善政） 自強不レ息、朝夕孜孜、人庶殷繁、帑蔵充実。（天下殷富） 雖レ未レ能二臻於至治一、亦足レ称二近代之良主一。（名君の称讃）	禹貢所レ図、咸受二正朔一。（天下統一） 躬節倹、平二徭賦一、倉廩実、法令行。（倹約と善政） 人物殷阜、朝野歓娯。二十年間、天下無事、区宇之内晏如也。（天下無事） 考二之前王一足三以参二蹤盛烈一。（名君の称讃）
短所	素無二学術一。（学（経典）を好まない） 唯婦言是用、廃二黜諸子一。（婦人の言葉を用い、廃太子） 逮二于暮年一、持法尤峻、喜怒不レ常、過二於殺戮一。（酷薄・過度の殺戮）	素無二術学一。（学（経典）を好まない） 聴二哲婦之言一、惑二邪臣之説一、溺レ寵廃レ嫡、託二付失所一。（婦人の言葉を用い、廃太子） 無二寛仁之度一、有二刻薄之資一。（酷薄・過度の殺戮）

長所として挙げられているのは、やはり「天下統一」である。南北統一の大業は「本紀」・「史臣曰条」ともに等しく称讃するところである。また、「倹約と善政」も共通している。これらの業績から、まずは「名君」として称讃すべきことが共通するのである。

一方、短所は、「学（経典）を好まないこと」や、晩年の「酷薄な性情から殺戮が過ぎたこと」などが共通する。すなわち、儒学者を師として学ぶことを嫌い、残虐な刑罰が過剰に行われたことを批判しているのである。また、「哲婦」の言葉を信じて、廃太子を行い、煬帝を立太子したことが共通して挙げられ、結果として隋滅亡・天下喪失の次第となったことを批判するのである。すなわち、高祖の最大の功績は天下統一であり、同時に最大の誤りは、廃太子によって隋を滅亡に導いたことなのであった。「史臣曰条」には、「迹二其衰怠之源一、稽二其乱亡之兆一、起レ自二高祖㆒、成㆓於煬帝㆒、所㆓由来㆒遠矣、非㆓一朝一夕㆒」とあり、隋滅亡の原因は高祖から始まり煬帝で完成したと批判している。すなわち高祖は、

「天下統一を達成した名君／天下喪失を導いた暗君」
（肯定的側面）　　　　（否定的側面）

という、両極端の評価を持つ皇帝なのであった。

かつて誰もがなしえなかった天下統一を達成した人物は、通常の人物としては描かれなかった。聖帝というだけでもない、悪帝というだけでもない、善いものと悪いものを同時に抱えている、異常な人物として描き出されていたのである。善悪を同時に体現する皇帝、これこそが、天下統一を果たし、やがて「開皇律令」を施行し、そのことによって八世紀東アジア律令世界の起源者となった皇帝の姿なのであった。ほとんど神話的な思考に拠るかのような、あるいは両義性を保持している神であるかのような、善悪双方を同時に抱え持つ両極端な起源者の姿が現れているのであった。

「雄略紀」の遺詔は、この天下統一の「近代之良主」を想起させつつ、その上で最大の誤りである後継者選定の部分を改変している、ということができよう。高祖と同じ遺詔を述べながら、その最大の過ちの部分を改めているのである。改めることで、おそらくは「雄略」の天皇像を造形している可能性がある。ではどのように造形しているのか、「雄略紀」の検討が必要な次第である。

しかし、その前に、「本紀」「史臣曰条」がともに高祖の失敗点としてあげる廃太子事件を、双方は「哲婦之言」を許したためだと批判しているのである。

聴㆓哲婦之言㆒、惑㆓邪臣之説㆒、溺㆑寵廃㆑嫡、託㆓付失所㆒。　（「高祖紀」史臣曰条）

すなわち、皇太子「勇」の廃太子から「広」（煬帝）への相続が高祖の責任なのか、それとも「婦人」の問題なの

かということを確認しておく必要があろう。高祖の皇后についての調査を以下に試みる次第である。

隋高祖の皇后は文献独孤皇后であり、『隋書』「后妃伝」には、以下のようにある。

文献独孤皇后、河南洛陽人、周大司馬河内公信之女也。信見三高祖有二奇表一、故以レ后妻焉、時年十四。A**高祖与レ后相得、誓レ無二異生之子一**。①**后初亦柔順恭孝、不レ失二婦道一**。后姉為二周明帝后一、長女為二周宣帝后一、②**貴戚之盛、莫二与為一レ比、而后毎謙卑自守、世以為レ賢**。（中略）突厥嘗与二中国一交レ市、有二明珠一篋、価値八百万一、幽州総管陰寿白二后市一レ之。后曰、非二我所一レ須也。当レ今戎狄屢寇、将士罷労、未レ若下以二八百万一分中賞有功者上。百僚聞而畢賀。高祖甚寵憚レ之。上毎レ臨レ朝、后輒与二上方輦一而進、至レ閤乃止。③**使二宦官伺一レ上、政有レ所レ失、随則匡諫、多所二弘益一**。（中略）④后毎三与レ上言及二政事一、往往意合、⑤宮中称為二二聖一。后頗仁愛、毎レ聞二大理決一レ囚、未三嘗不二流涕一。B**然性尤妬忌、後宮莫二敢進一レ御**。尉遅迥女孫有二美色一、先在二宮中一。上於二仁寿宮一見而悦レ之、因レ此得レ幸。C**后伺二上聴朝一、陰殺レ之**。上由レ是大怒、単騎従二苑中一而出、不レ由二経路一、入二山谷間一二十余里。高熲・楊素等追及レ上、扣レ馬苦諫。上太息曰、吾貴為二天子一、而不レ得二自由一。**高熲曰、陛下豈以二一婦人一而軽二天下一**。上意少解、駐レ馬良久、中レ夜方始還レ宮。后俟二上於閤内一。及二上至一、后流涕拝謝、熲・素等和二解之一。上置レ酒極レ歓、后自レ此意頗衰折。初、后以二高熲是父之家客一、甚見二親礼一。**至レ是、聞三熲謂レ已為二一婦人一**、D**因レ此銜レ恨**。又以二熲夫人死一、其妾生レ男、益不レ善レ之、漸加二譖毀一、上亦毎レ事唯后言是用。后見三諸王及朝士有二妾孕者一、必勧レ上斥レ之。時皇太子多二内寵一、妃元氏暴薨、后意二太子愛妾雲氏害一レ之。由レ是、E**諷レ上黜二高熲一**、F**竟廃二太子一立二晋王広一、皆后之謀也**。

以上の記述は、皇后の長所と短所について具体的挿話を挙げつつ指摘しているものである。

◎長所

①婦人として守るべき道を失わない。
②一門隆盛なるも謙遜 → 「賢婦」の称讃。
③高祖に諫言。多く民の為となる。
④高祖と政治を談じて、意見が合う。
⑤「宮中二聖」と称せらる。

◎短所

A高祖に、他の女性と子をなさないことを誓わせる。
B嫉妬が甚だしく、誰も後宮に女性を進められない。
Cかつて高祖が見初めた女性を、嫉妬のあまり暗殺。
D重臣高熲に「一婦人」と言われたことで恨む。
E高祖に讒言して高熲を失脚させる。
F高祖に諷喩して「勇」を廃太子（「広」立太子）。

すなわち、独孤皇后は希にみる「賢婦」でありながら、嫉妬のあまり重臣高熲と、彼が推す皇太子「勇」を失脚させた皇后なのであった。重臣高熲は、『隋書』巻四十一「高熲伝」に、

時太子勇失二愛於上一、潜有二廃立之意一。謂レ熲曰、晋王妃有レ神憑レ之、言三王必有二天下一、若レ之何。熲長跪曰、長幼有レ序、其可レ廃乎。上黙然而止。

とあり、高祖の「勇」廃太子に反対した重臣である。同伝の評には、「為二一代名臣一」・「治致昇平、熲之力也。論者以為真宰相」として、隋勃興から天下統一までの、最高の臣下であったとするのである。この高熲を「諷喩」によっ

て失脚させ、「勇」廃太子を実現したのは、他ならぬ皇后だったのである。良臣を遠ざけ、邪を苗床に植えていく悪女を彷彿とさせる皇后である。彼女は賢女であることも最上ながら、隋滅亡の直接の端緒ともなった廃太子を実行させる異常な嫉妬の持ち主なのであった。高祖と同じく、善悪ともに極端な性質の持ち主であり、いずれにしても過剰であったということである。

皇后が「諷」して、高祖が「廃」した結果が、天下滅亡だったのである。その選択について長く述べた高祖の遺詔、これを模倣するのが「雄略紀」の遺詔なのである。「雄略紀」の総まとめ記事である遺詔が、(8)高祖と皇后の失敗を改めたのであれば、「雄略紀」は全体としてどのように雄略を改め語っているのだろうか。次章で見てみよう。

3、諷喩する皇后

周知のごとく、「雄略紀」に描かれた雄略像は、「有徳天皇」と「大悪天皇」という、肯定的側面と否定的側面を兼ねる両極端な天皇として描かれている。高祖に準えられていると述べてきた所以でもある。今、「雄略紀」の概略を示せば、以下の通りとなろう。(9)

「雄略紀」の記事を分類すれば、「内政三十二件」＋「外交十七件」ということになろう。これを「雄略紀」の特徴と述べるわけではないが、内政記事が多く、そのほとんどが部民設置記事というのは注意する必要があろう。既に指摘されているように、律令体制に先立つ全国統治機構の整備がこのときであると語られているのが「雄略紀」なのである。すなわち、「律令前代」であると語られるのである。このことが示す雄略像とは、「強い権力発動の支配者」であり、「強権によって支配する政治が記されている」ものとみてよい。(10)部民設置に伴う強権の発動は、「有徳」「大悪」という両極端の過剰な力を発揮する天皇によると考えられていたため、以上のような内政記事が多い「雄略紀」の構

即位前紀	雄略天皇の出自・性質	
即位前紀	眉輪王、安康天皇殺害。	宮廷内事
即位前紀	八釣白彦皇子らを殺害。	皇位継承闘争
即位前紀	円大臣宅の包囲殺害。	皇位継承闘争
即位前紀	市辺押磐皇子殺害。	皇位継承闘争
即位前紀	御馬皇子殺害。呪詛。	皇位継承闘争
即位前紀	即天皇位。	即位記事
即位前紀	群臣任命。	内政
元年	立皇后・諸子の系譜。	系譜記事
元年	童女君の「為皇女」。	宮廷内事・建言
二年	百済池津媛逃走。	内政
二年	百済蓋鹵王の立王記事	分注・外交
二年	皇后建言。宍人部設置。	内政・建言
二年	史戸・河上舎人部設置	内政
二年	天下誹謗「大悪天皇」。	内政・天皇批判
三年	栲幡皇女の自経。	内政
四年	葛城山の狩。有徳天皇。	内政・天皇称讃
四年	吉野宮行幸。	内政
四年	蜻蛉の歌。地名起源。	内政
五年	葛城山の狩。皇后建言。	内政・建言
五年	軍君入京。	外交
六年	迫瀬小野遊行。	内政
六年	少子部設置。	内政
六年	呉国貢献	外交
七年	スガル、蛇を捕らえる。	内政・奇譚
七年	吉備下道臣前津屋誅殺。	内政
七年	任那国司任命。謀議。	外交
七年	渡来各氏に地を定める。	内政
八年	呉国発遣。	外交
八年	新羅・高麗の戦闘。	外交
九年	河内直香賜誅殺。	内政
九年	紀小弓宿禰ら新羅征討。	外交
九年	大伴室屋大連の建言。	外交・建言
九年	紀大磐宿禰の謀殺。	外交
九年	大伴室屋大連の建言。	外交・建言
九年	角臣賜姓。	内政
九年	埴輪の馬。	地方報告・内政
十年	呉国奉献。鳥養人設置。	内政
十一年	川瀬舎人設置。	内政
十一年	貴信渡来。	外交
十一年	鳥養部設置。	内政
十二年	呉国発遣。	外交
十二年	木工鶏御田と諫言。	建言
十三年	歯田根命姦通。処罰。	内政
十三年	小麻呂征伐。	内政
十三年	木工猪名部真根の助命。	建言
十四年	呉人に地を定める。	外交
十四年	呉人に饗宴。	外交
十四年	根使主の悪事。	内政・建言
十五年	秦酒公に秦氏を委任。	内政
十六年	漢使主等に賜姓。	内政
十七年	贄土師部設置。	内政
十八年	伊勢朝日郎討伐。	内政
十九年	穴穂部設置。	内政
二十年	高句麗による百済占領。	外交
二十一年	天皇によって百済再興。	外交
二十二年	白髪皇子立太子。	内政・立太子
二十二年	浦島子。	地方報告・内政
二十三年	百済文斤王の死。	外交
二十三年	天皇不予。遺詔。	遺詔
二十三年	蝦夷反乱、鎮圧。	内政

成になっているという指摘である。強権的な支配体制の確立は、善い部分もあれば悪い部分もあるのである。

一方で、外交記事が雄略以前の他の天皇紀よりも多いことについても、既に「雄略紀」構成のひとつの特徴として挙げられている。(11) 「雄略紀」が東アジアにおいて中国・三韓諸国と主体的に関わる天皇の「歴史」を描いているのは、『日本書紀』総体の中での君権正当化を図っていることによるという指摘である。(12) 内部を統一して外部に関わっていく主体としての雄略像というわけである。内政・外交、ともに飛躍的に進捗したのが雄略の時代であると「雄略紀」は語るのであると、まずは把握しておこう。

とはいえ、そのような常人離れした特別な天皇という雄略像を、「雄略紀」は具体的にどのように語ったのかという問題は、今なお検討する余地があろう。すなわち内政と外交を飛躍的に向上させた雄略が、どのような天皇として描かれているかという問題については、内政・外交に準じてその数の多さを示す「建言」記事について考える必要を生むのである。というのは、建言（諷諫）については天皇の徳治を語る『日本書紀』だけの特徴だからである。(13) 「徳治の天皇」という天皇像の構築を担うキーワードが多いことの理由について考えてみる必要がある。(14)

允恭紀

天皇、皇后の奏言を納れらる。（一〇年）

雄略紀

皇后の諫奏を納れ、舎人の罪を赦さる。（五年）

秦酒君の琴をきき、闘鶏御田の罪を赦さる。（一二年）

同伴巧者の請を納れ、猪名部真根の刑を赦さる。（一三年）

君主に対する建言、すなわち「諷諫」は、有徳の君主による徳治主義の表れである。この記事が「雄略紀」に集中していることは見逃せない。しかしその前に、諷諫とは何かを確認しておくと、『芸文類聚』「人部八・諷」項に以下のようにある。(15)

毛詩曰、上以レ風化レ下、下以レ風刺レ上、主レ文而譎諫、言レ之者無レ罪、聞レ之者足二以戒一。故曰レ風。

文章を主として教え諫めることを示すものである。君主が臣下に対して教戒する場合も含むが、多くの場合は臣下が君主を諫めるものに用いられているようである。というのは、『芸文類聚』の以下の具体例について、それが臣下から君主への諫めであることが示されるためである。

国語曰、晋平公射レ鴳。使二豎縛一レ之。不レ得。公怒将レ殺レ之。叔向曰、君必殺レ之。吾先君唐叔、射二兕於徒林一、以為二大甲一、所三以封二于晋一。今君嗣二唐叔一、射レ鴳不レ得、是揚二吾君之恥一、速殺レ之。無レ令二遠聞一。君忸怩乃赦レ之。

晋の平公が、鴳を狩ったとき、獲物を取り損なった臣下の処刑命令を出した。そこで叔向という家臣が「臣下を必ず殺しなさい」と諫めた。「あなたの祖先は巨大な獣を狩る武勲を得たことで、晋公となりました。ところがその子孫であるあなたは矮小な鴳すら獲れないのです。これはあなたの恥になりますから、その臣下が誰かに噂する前に殺すのです」というわけである。平公は恥じて処刑命令を取り消したという。また、

列子曰、晋文公出会、欲レ伐レ衛。公子鉏、仰而笑レ之。公問二何故笑一。対曰、笑二臣之鄰人一也。臣之鄰人、有下送二其妻一適二私家一者上、道見二桑婦一、悦而与レ之言。顧視二其妻一、亦有二招レ之者一。臣竊歎レ之也。公乃止。

とあるのは、晋の文公が他国侵略を企図したとき、公子の鉏が、他家の娘に気を取られている隙に、自分の妻が他人に口説かれていたという寓話を用い、侵略命令を撤回させた故事である。侵略のために隙を作ると別の国に侵略の機会を与えると諫めたのである。

以上の『芸文類聚』の例を鑑みるに、諫言には特定の型があることに気づくであろう。

国語の故事	列子の記事
①鳥を得なかった臣下 ↓ 処刑命令	①他国侵略を命令
②臣下による諷諫（比喩・例え話）	②臣下による諷諫（比喩・例え話）
③処刑をやめる	③侵略を撤回

すなわち、まず①事件の勃発があり、②臣下による諫言があり、結果として③助命・撤回が語られるという型である。

①事件の勃発 ↓ 戦争・処刑命令
②臣下による諷喩（比喩・例え話）
③助命・撤回

「諷喩」という漢籍由来の事項が語られているとするならば、まずはこの型に沿って確認していく必要があろう。
このことを確認した上で、「雄略紀」の諷諫記事を検証していこう。

（十二年）冬十月癸酉朔壬午、天皇命二木工鶏御田一〈一本云、猪名部御田、盖誤也。〉、始起二楼閣一。於レ是、御田登レ楼。疾走二四面一、有レ若二飛行一。時有二伊勢采女一、仰観二楼上一、怪二彼疾行一、顚二仆於庭一、覆二所レ擎饌一〈饌者、御膳之物也。〉。天皇便疑三御田奸二其采女一、自念レ将レ刑、而付二物部一。時秦酒公侍レ坐。欲下以二琴声一、使上悟二於天皇一。横琴レ弾曰、（中略）於レ是、天皇悟二琴声一、而赦二其罪一。

①事件の勃発・処刑命令　采女姦通の疑い ↓ 処刑命令
②臣下による諷喩　秦酒公、琴と歌を奏上

③助命・命令撤回　　処刑命令撤回

木工鶏御田が楼閣建築のために飛ぶように作業するのを見た伊勢采女は、倒れてしまう。これを姦通と勘違いした雄略天皇により、御田の処刑が命じられる。時に秦酒公が琴の声と歌とを奏上し、天皇は「悟」り、処刑を赦したとするものである。

（十三年）秋九月、木工猪名部真根、以レ石為レ質、揮レ斧斵レ材。終日斵レ之、不二誤傷レ刃。天皇遊二詣其所一、而怪問曰、恒不レ誤中レ石耶。真根答曰、竟不レ誤矣。乃喚二集采女一、使下脱二衣裙一、而著二犢鼻一、露所相撲上。於レ是、真根暫停、仰視而斵。不レ覚手誤傷レ刃。天皇因嘖譲曰、何処奴。不レ畏レ朕、用不二貞心一、妄輙軽答。仍付二物部一、使レ刑二於野一。爰有二同伴巧者一、歎惜二真根一、而作歌曰、（中略）。天皇聞二是歌一、反生二悔惜一、喟然頽歎曰、幾失レ人哉。乃以二赦使一、乗二於甲斐黒駒一、馳詣二刑所一、止而赦レ之。用解二徽纆一。

①事件の勃発・処刑命令　　真根、軽率な発言・処刑命令
②臣下による諷喩　　同伴巧者、歌を奏上
③助命。命令撤回　　処刑命令撤回

木工猪名部真根が石を台にして斧をふるい、石に斧を当てて刃をこぼすということがなかった。そこで天皇が一度も誤らないかと訊ねると、誤らないと答えたので、天皇は采女に裸で相撲を取らせた。それを見ていた真根は誤って刃をこぼした。そこで天皇は懼れずに軽言したことを咎め、処刑命令を出した。同伴の者が歌を歌うと、天皇は悔い惜しみ、処刑命令を撤回したというもの。

まずは「雄略紀」の両例は、諷喩の叙述形式に適合していると見ていいだろう。すなわち、諷喩が機能しているということである。このとき、歌（諷の歌）が媒介となっていることに注意したい。このことは、「琴の声にこもる神

の言葉を歌に直して天皇に伝えたと解されるのである」とも指摘されるように[16]、雄略は神の言葉の意味を確かに聞き届ける天皇であったのである。このことは、早くから「雄略帝は怒りを鎮める歌の起源をなす御方」と指摘されるように[17]、雄略のひとつの特徴であった。ただし、ここでいう「神の言葉」が語られている場面は、「雄略紀」全体にあっては、漢籍の諷喩の叙述形式に収められていることを見届けたい。すなわち、雄略は諷喩を聴き、戒めを理解し、怒りを収める天皇である、ということである。「雄略紀」はそのように雄略の徳治を語るのである。

そして、諷喩という視点から見た場合は、諷喩となるのが歌だけではないという点も重要であろう。

五年春二月、天皇校二猟于葛城山一。霊鳥忽来。其大如レ雀。尾長曳レ地。而且鳴曰、努力努力。俄而見レ逐嗔猪、従二草中一暴出逐レ人。猟徒縁レ樹大懼。天皇詔二舎人一曰、猛獣逢レ人則止。宜二逆射而且刺一。舎人性懦弱、縁レ樹失レ色、五情無レ主。嗔猪直来、欲レ噬二天皇一。天皇用レ弓刺止、挙レ脚踏殺。於レ是、田罷、欲レ斬二舎人一。舎人臨レ刑、而作レ歌曰、（中略）。皇后聞悲、興レ感止レ之。詔曰、皇后不レ与二天皇一、而顧二舎人一。対曰、国人皆謂二陛下一、安野而好レ獣。無乃不レ可乎。今陛下以二嗔猪故一、而斬二舎人一。陛下譬無レ異二於豺狼一也。天皇乃与二皇后一上レ車帰。呼二万歳一曰、楽哉。人皆猟二禽獣一。朕猟得二善言一而帰。

ここもまた、諷喩の叙述形式をもつ。すなわち、

①飛び出してきた猪 → 舎人に仕留めるよう命令 → 舎人失態 → 処刑命令
②舎人の歌 → 皇后、悲しむ → 皇后諫言
③舎人処刑命令撤回 → 善言を得たと喜ぶ

というものである。このときの皇后の諫言、すなわち、

安野而好レ獣。無乃不レ可乎。今陛下以二嗔猪故一、而斬二舎人一。陛下譬無レ異二於豺狼一也。

には出典がある。(18)『芸文類聚』「産業部・田狩」項である。

荘子曰、梁君出狩、見二白鴈群一。下彀レ弩欲レ射レ之、道有二行者一。梁君謂二行者止一。行者不レ止、白鴈群駭。梁君怒、欲レ射二行者一。其御公孫龍止レ之。梁君怒曰、龍不レ与二其君一、而顧二他人一。対曰、昔宋景公時、大旱。卜レ之。必以レ人祠乃雨。景公下レ堂、頓首曰、吾所二以求一レ雨、為レ民也。今必使二吾以一レ人祠一乃雨。将二自当一レ之。言未レ卒而大雨。何也。為レ有二徳於天一、而恵二於民一也。君以二白鴈一故、而欲二射殺一レ人、主君譬レ人無レ異二於豺狼一也。梁君乃与レ龍上レ車帰、呼二万歳一曰、楽哉。人狩皆得二禽獣一、吾狩得二善言一而帰。

この故事もまた、

①まさに鳥を撃つとき、人が通って鳥が逃げる→その人を処刑しようとする
②御者公孫龍による諷喩
③（処刑命令撤回）→善言を得たと喜ぶ

という諫言の叙述形式に沿っている。重要なのは、皇后の諫言の言葉には典拠があり、その出典部分も諷喩の文脈であるという点である。

『日本書紀』全体を通して、皇后の発言が掲載される例を検証すると、その発言に出典がある例は当該条のみである。すなわち、皇后の発言に、漢籍の典拠がある『日本書紀』唯一の事例なのである。しかも、天皇を「豺狼」に譬えるなどという発言をしながらも、「無罪」であるばかりか、むしろ称讃されるというものである。まさに諷喩が機能していると言っていいだろう。

漢籍を踏まえた発言が皇后の発言として叙述されている唯一の例であるということは、皇后が漢籍の知識を持つ者として語られているということである。皇后は、漢籍の故事に拠って諷喩したと「雄略紀」は語るのであり、これを

雄略は称讃するのである。雄略の政治に対して発言し、雄略によって称讃されている、これこそが「雄略紀」が描く雄略皇后の姿なのであり、このような皇后すなわち賢婦の諷喩を聴く天皇としての雄略が描かれているのである。雄略は諫言を聴く天皇であり、その戒めを理解し、行動を改める天皇なのであった。[19]

その諷喩を奏上する者のうち、雄略皇后は漢籍の故事を引いて諷喩する「賢婦」であった。これは、高祖が「哲婦」たる皇后の言葉を正しく判断することができずに、誤って廃太子した姿とは異なり、雄略は「賢婦」の諷喩を正しく聴き、かつ、後継者選定を誤らない天皇として、「雄略紀」によって描かれているのである。

雄略天皇は高祖のように肯定的側面と否定的側面を過剰に抱えつつも、律令体制の前夜たる「近代」に当たる「部民」機構を整備し、かつ皇后の言葉を諷喩として理解し反省し、同時に後継者選定を誤らなかった天皇として描かれているのである。雄略は、いわば「完璧な高祖」であり、「完璧な近代之良主」なのである。このことは、「雄略紀」が「高祖紀」と対比的に描かれることによって構成される雄略像なのであった。

おわりに

以上ここまで、「雄略紀」が『隋書』「高祖紀」の遺詔を典拠とした問題について論じてきた。これを『日本書紀』編述者の発想か否かとする視点については、そもそも『隋書』がそのような対比を目的として作られているという指摘を逃してはならないだろう。すなわち、かつて唐第二代皇帝李世民が臣下と「隋が滅んだ理由は何か」を議論した際、『隋書』編者魏徴が後に上書して、隋の栄枯盛衰の理由を論じる中で、「殷が鑑としたのは直前の商でした。今の世ならば、隋を鑑とすれば、王朝の栄枯盛衰を知ることができましょう」と述べたのである。故に、魏徴が主な編者となった『隋書』には、「隋をもって後の世の鑑となす」の思想が端的に表れているのである。[20]

「以レ古為レ鏡」、これが『隋書』編纂の理由である。そして「以レ隋為レ鑑」をもって王朝を草創していく唐（現王朝）がある。隋を継ぐ者は、隋を鑑とする。これこそが、『隋書』を継ぐ史官の動機の一つとも言えよう。「雄略紀」は『隋書』を鑑とする史書なのである。肯定的側面と否定的側面を過剰に抱えつつも、高祖の欠点を改めている完璧な「近代之良主」を描き出すこと、これこそが鑑の史書たる「雄略紀」が語る雄略の「歴史」なのであった。

『日本書紀』が、前天皇が弑殺されるという危機的状況の中で即位した雄略に対して、律令前代の「近代之良主」を重ねていることは、そこに時代の区切りを見ていると読解して良いだろう。しかし、それは所謂「易姓革命」などというものではなく、『日本書紀』全体に占める陰陽の移り変わりという「理」においてである。[21]すなわち、聖帝（仁徳）でも悪帝（武烈）でもない、その中間の陰陽双方を兼ね備える「混沌」が、今一度出現しているという水準での「起源」であることは付記しておこう。

注

（1）河村秀根・益根『書紀集解』（一九六九年九月　臨川書店）、および小島憲之『上代日本文学と中国文学』（一九六二年九月　塙書房）の指摘に拠る。
（2）榎本福寿「『日本書紀』雄略天皇条の所伝と天皇の遺詔（前）」（『上代文学』第七十八号　一九九七年四月）。
（3）前掲注（2）榎本論文。
（4）出典部分に実意があることについては、毛利正守「日本書紀冒頭部の意義及び位置づけ—書紀における引用と利用を通して—」（『国語と国文学』第八十二巻第十号　二〇〇五年十月）が述べている。
（5）『隋書』は中華書局本に拠る。旧字は新字に改めた。
（6）前掲注（2）榎本論文。

（7）傍線部Bは校異箇所であり、当該「儲君」は前田本・宮内庁本に無い。決して小さくない問題だが、主旨から逸れる問題となるため、今回は省略した。
（8）前掲注（2）榎本論文。
（9）青木周平「巻第十四　雄略天皇」（『歴史読本　52（12）』（二〇〇七年十一月　新人物往来社））掲出の一覧を参考にしながら、今回改めて作成した。
（10）長野一雄「雄略記の神人交流伝承」（『古事記の文芸性』古事記研究大系8（一九九三年九月　高科書店））。
（11）前掲注（2）榎本論文。
（12）呉哲男「「雄略天皇」条の構想」（『古代日本文学の制度論的研究』（二〇〇三年二月　おうふう））。
（13）梅澤伊勢三「大陸化された古伝説の再国粋化と神孫王者観の主張」（『記紀批判』（一九六二年三月　創文社））。
（14）表は、前掲注（13）梅澤論掲出の恩赦・納諫・行賞記事一覧から、納諫記事部分のみを抄出したものである。
（15）『芸文類聚』のテキストは中華書局本に拠る。旧字は新字に改めた。
（16）居駒永幸「古事記の歌と琴歌譜」（『古代の歌と叙事文芸史』（二〇〇三年三月　笠間書院））。
（17）折口信夫「万葉集講義」（『折口信夫全集』第九巻（一九五五年十一月　中央公論社））。
（18）古典大系頭注の指摘。
（19）このことは、小川靖彦「持統系皇統の始祖としての雄略天皇」（『日本女子大学紀要』五十二号　二〇〇二年）の卓見「優れた皇后との共治の起源を語るものでもある」とも相応しよう。
（20）前掲注（5）『隋書』解題に拠る。
（21）拙稿「「鵜鶘」という名の「天皇」―鳥名と易姓革命―」（『日本文学』Vol.57 No.2 二〇〇八年二月）。本論第三章所収。

2　「霊時」をめぐる〈変成〉
――『日本書紀』「神武紀」の「郊祀」記事から――

はじめに

本稿は課せられた課題に対して、『日本書紀』を考察の材料として問題を設定するものである。(1)書物としての『日本書紀』が、言葉の〈変成〉の場として機能している在りようを観察するためには、以下の問題設定が有効と察せられる。すなわち、「日本」の「天皇」を語る「歴史」としての『日本書紀』において、「中国（漢籍）」の「皇帝」に関わる専用語が使用されるとき、その語がどのような〈変成〉を被っているのか、あるいは被らないのかを考えてみよう、ということである。

そのとき、特に注目すべきは、「中国」の「皇帝」のみが司る祭り――「郊祀」――となろう。「郊祀」は、中国の皇帝の特権的祭祀である。(2)日本では、平安期に桓武天皇が郊祀を行ったとする記録があるものの、『日本書紀』における「郊祀」の例は、後掲する「神武紀」四年春二月条（以下、「当該条」）の一例のみである。中でも、当該条には、「郊祀」という語だけでなく、「郊祀」に関わる祭祀専用の語としての「時」が登場する。「皇帝」の特権的祭祀に関わる専用語が、「天皇」紀に使われるとき、「畤」の意味に〈変成〉が起こるのか、起こらないのか。『日本書紀』の「畤」を、〈変成〉という観点から見ることが本稿の目的となる。

1、四年春二月条の「畤」と、漢籍の訓詁

四年春二月壬戌朔甲申、詔曰、我皇祖之霊也[1]、自レ天降鑒、光二助朕躬一。今諸虜已平、海内無レ事。可下以郊二祀天神一[2]、用申中大孝上者也。乃立二霊畤[3]於鳥見山中一、其地号曰二上小野榛原・下小野榛原一。用祭二皇祖天神一[4]焉。

（『日本書紀』「神武紀」四年春二月条）

神武天皇が「郊祀」を行い、「霊畤」を設営したという記事である。この「霊畤」についての解釈は、短い当該条の中にも、そして『日本書紀』それ自体にも、存在しない。類推する資料もまたないといえよう。従って、「霊畤」という語句は、『日本書紀』内部では、よくわからない語として在る。「日本」を語る史書である『日本書紀』において[3]、「畤」という語がどのような意味を持つのかという観点からなされた解説が、これまで果たされてきたかどうかを確認しておく必要があろう。

A　畤は、説文に「天地五帝所二基止一、祭地也…」とある。天地の神霊を祭るために築いた処[4]。

B　斎場。「畤」は、『説文』に「天地五帝、基止スル所ノ祭地也」、『万象名義』に「祭地也」とある。『文選』巻四十八・封禅文に「濯々タル麟、彼ノ霊畤ニ游ブ。孟冬十月、君徂キテ郊祀ス」[5]。

C　霊畤。上小野榛原。下小野榛原。畤、玉篇云、諸以・時止、二切。漢書云、秦襄公攻レ戎救レ周。列為二諸侯一而居レ西。自以主二少昊之神一。作二西畤一祠二白帝一。献公自以レ得二金瑞一。故作二畦畤櫟陽一、而祭二白帝一。文公作二鄜畤一。宣公作二密畤一。霊公於二呉陽一作二上時一祭二黄帝一。下時祭二炎帝一也。榛、玉篇云、仕銀切、木叢生。

兼方案レ之、上小野・下小野者、如三霊公之作二上畤・下畤一。立二祭庭於両所一、於二上小野一祭二天神一、於二下小野一祭二地祇一者歟。(6)

いずれも、漢籍による訓詁の範疇において解説が果たされていることを確認しよう。すなわち、中国祭祀専用語として解説されているのであり、決して『日本書紀』の文脈において解説されているわけではないということである。ところで、「郊祀」は中国の祭祀であるため、その「郊祀」の祭祀を行う場である「畤」については、どうしても歴代史書の「郊祀志」の参照が必要となろう。『日本書紀』が参照した『漢書』「郊祀志第五上」には、周代の「畤」の起源についての具体的な歴史が綴られる。(7)

1　（周公旦が成王を補佐して礼儀制度を確立してから）後十三世、世益衰、礼楽廃。幽王無レ道、為二犬戎一所レ敗、平王東徙二雒邑一。秦襄公攻レ戎救レ周、列為二諸侯一而居レ西、自以為主二少昊之神一、作二**西畤**一、祠二**白帝**一。

2　其後十四年、秦文公東猟二汧渭之間一、卜レ居レ之而吉。文公夢二黄蛇自レ天下属レ地、其口止二於鄜衍一。文公問二史敦一、敦曰、此**上帝之徴**、君其祠レ之。於レ是作二**鄜畤**一、用二三牲一郊二祭**白帝**一焉。

3　自レ未レ作二鄜畤一、而雍旁故有二呉陽武畤一、雍東有二好畤一、皆廃無レ祀。或曰、自レ古以二雍州積高、神明之隩一、故立レ畤郊二上帝一、諸神祠皆聚云。蓋黄帝時嘗用レ事、雖二晩周一亦郊焉。其語不二経見一、縉紳者弗レ道。

4　作二鄜畤一後九年、文公獲レ若レ石云、于二陳倉北阪一城、祠レ之。其神或歳不レ至、或歳数。来也、常以レ夜、光煇若二流星一。従二東方一来、集二于祠城一、若二雄雉一、其声殷殷云、野鶏夜鳴。以二一牢一祠レ之。名曰二陳宝一。

5　作二陳宝祠一後七十一年、秦徳公立、卜レ居レ雍。子孫飲二馬於河一、遂都レ雍。雍之諸祠自レ此興。用二三百牢於**鄜畤**一。作二伏祠一。磔二狗邑四門一、以御二蠱災一。後四年、秦宣公作二密畤於渭南一、祭二**青帝**一。

6　自二秦宣公作二密畤一後二百五十年、而秦霊公於二呉陽一作二**上畤**一、祭二**黄帝**一、作二**下畤**一、祭二**炎帝**一。後四十八年、周太史儋見二秦献公一曰、周始与二秦国一合而別、別五百載当二復合一、合七十年而伯王出焉。儋見後七年、櫟陽雨レ金、献公自以為得二金瑞一、故作二畦時櫟陽一、而祀二白帝一。

7　後百一十歳、周赧王卒、九鼎入二于秦一。或曰、周顕王之四十二年、宋大丘社亡、而鼎淪二没於泗水彭城下一。

『日本書紀』編述者が参照したと言われる『漢書』において、(8)「時」の起源の歴史が以上のように語られているとき、その参照には、『日本書紀』の「時」の解釈にとって一定の効果があると見込まれる。以上の記述から理解できることは、以下の二点である。一点目は、「時」は、五行に配された天帝「五帝（白・赤・青・黄・（黒））」を祭る祭庭である、ということである。これは従来の解説が果たしてきたことであるため、重要なのは次の二点目ということになろう。それはすなわち、二重傍線部のように、天帝（＝上帝）の奇蹟が顕現した地に「時」を立てる、という「歴史」が示されていることである。

「時」とは、漢籍の訓詁を必要とする語である。そこで漢籍を参照すると、天帝を祭る祭庭のことであり、かつ、その成立においては、天帝が奇蹟を起こした場所、すなわち、天帝の意志が顕現した場所に立てられるもの、という理解が示されているのである。このことを踏まえる必要がある。そこで、次は、「神武紀」の「時」が、この「郊祀志」とどのように関わるかを確認しよう。

2、「神武紀」のなかで

「神武紀」において「時」が建てられたのは前掲当該条の二重傍線部のように、「鳥見山中」であった。この場所について、「神武紀」に以下のような記述がある。

十有二月癸巳朔丙申、皇師遂撃二長髄彦一。連戦不レ能二取勝一。時忽然、天陰而雨氷、乃有二金色霊鵄一。飛来止二于

皇弓之弭一。其鵄光曄煜、状如二流電一。由レ是、長髄彦軍卒皆迷眩、不二復力戦一。（即位前紀・戊午年・十二月条）

長髄彦との戦いにおいて、「金色霊鵄」が飛来し、勝利する場面である。この結果、「及三皇軍之得二鵄瑞一也、時人仍号二鵄邑一。今云二鳥見一、是訛也」という地名の起源となったことが語られるのである。「時」が立てられたのは、「鳥見山中」であり、そこは「金色霊鵄」が飛来した故地なのであった。今、「郊祀志」の「櫟陽雨レ金、献公自以為得二金瑞一」と比較するために、「金色霊鵄」について分析しておこう。「金色霊鵄」が「日神」の起こした奇跡であることが読解できるのは、以下の記述に従っているためである。

今我是日神子孫、而向レ日征レ虜、此逆二天道一也。不レ若、退還示レ弱、礼二祭神祇一、背負二日神之威一、随レ影圧躡。

（即位前紀・戊午年・夏四月条）

この「背負二日神之威一」という文脈に従い、日神の奇跡（金鵄飛来）が起きるのである。結果、その地に「時」が建てられたと「神武紀」は説くのである。この一連の記述は、「郊祀志」の「歴史」に準ずるものとみていいだろう。すなわち、天帝の奇蹟が起きた場所で天帝を祭る、その祭庭としての「時」という理解である。

『漢書』「郊祀志」	『日本書紀』「神武紀」	構造
金雨降る（櫟陽）	金鵄飛来（鳥見山）	奇蹟顕現（顕現の地）
↓	↓	↓
畦時設営（櫟陽）	霊時設営（鳥見山）	○時設営（顕現の地）

以上、ここまで見てくると、「神武紀」すなわち『日本書紀』における「時」の意味は漢籍的だということが理解されよう。構造的という意味では、「時」の意味は、『漢書』と『日本書紀』の間では、等しいということである。『漢書』の「時」における、「○時」という用法も、「霊時」として踏襲されている。このことは、前掲の『釈紀』が、

「上小野・下小野者、如㆔霊公之作㆓上時・下時㆒」として、「神武紀」の当該条を「郊祀志」と重ねて理解しようとしている姿、すなわち、「上時・下時」を典拠として想起させてしまうほどに、両者の意味は近いということになろう。『日本書紀』「神武紀」の「時」は、「郊祀志」の「時」の「歴史」に即した形で「歴史」として記述される。その上で、意味も漢文脈における「時」として把握可能なものとなっている。そのまま、この「時」の意味は、漢籍の文脈に還元できよう。すなわち、「時」は、〈変成〉を被らない、非常に中国的なものとして―「郊祀」の専用語として―そのままに、ある。

そのとき、「時」の前後が〈変成〉してしまうことに我々は気づくべきなのである。

3、「天皇紀」のなかで

具体的に言えば、本来距離があるはずの『漢書』「郊祀志」と『日本書紀』「神武紀」が、「時」を媒介として、引き寄せられているということである。「時」の意味が確固として中国的なものとして共通していることで、「郊祀志」と「神武紀」が近しいものとなり、結果、「神武紀」が「時」で祭る対象―つまり「天神」―が、「天帝」に引き寄せられる現象が生起しているのである。言い換えれば、「神武紀」の当該条において、「時」で祀る存在「天神」の向こう側に、「天帝」が透かし見える状態になっているという事態である。「神武紀」において、「時」を媒介として、「天帝」と「天神」が重ね合わせて観想可能となっている現象について考える必要がある。言うまでもないことだが、「神武紀」が「郊祀」したのは、「天帝」ではない。「天帝」という語は『日本書紀』には存在しない。一方で、「郊祀―時」の構造は、「天神」の向こう側に「天帝」が透かし見えるように働くのである。そうであるならば、ここでその「天神」の内実を決定しておく必要があろう。

ところが、当該「郊祀」の対象は、従来「皇祖天神」として、「皇祖」と「天神」を一体のものとして解釈してきた。ここは二祖配祀であるから、一体のものとする解釈は正当である。しかし、その内実を「高皇産霊尊」か「天照大神」かのどちらか一方と捉える従来説は改められねばならないであろう。とはいえ、まずは従来説に従って諸説ある「皇祖天神」の内実を追っていこう。大系頭注はこれを「高皇産霊尊」ととる。他方、大館真晴氏は「天照大神」とする。[9] 以下、大館氏の論攷に導かれながら、少々の分析をしてみよう。

まず、「神武紀」における「皇祖」は、「天照大神」で良いだろう。以下に明瞭に示されるためである。

天皇曰、此鳥之来、自叶二祥夢一。大哉、赫矣。我皇祖**天照大神**、欲三以助二成基業一乎。

このことは、さらに、「日神之威」を期待し、実際に「金鵄」の飛来という奇蹟があったことに従い、「我皇祖之霊也、自レ天降鑒、光二助朕躬一」とあることも、あわせて参照できよう。

むろん「神代紀」に、「皇祖高皇産霊尊」とあり、天照大神は「日神」限定であることは問題であるが、[10] それでも、「天」を舞台にした「神代紀」と、「地」を舞台とした「神武紀（天皇紀）」とでは、[11] 神々に対する認識が異なるのではないか。このような視座に立てば、「神武紀」以降の「天神」と、「神代紀」のそれとの間には、断層が存在する可能性がある。[12] すなわち、「皇祖」を考えたときと同じように、「天神」についてもまた、「神武紀」のなかで考える必要があろう。

「神武紀」における「天神」を見てみると、「神武紀」冒頭部に、「昔我天神、**高皇産霊尊・大日孁尊**」とあるように、両者は並列して「天神」とある。一方で、「神武紀」進行に伴い、「天照大神」は「皇祖」として把握されていくのである。残された高皇産霊尊の方は、以下の記述が参考になろう。

是夜自祈而寝。夢有二**天神**一訓レ之曰、宜レ取二天香山社中土一…而敬二祭天神地祇一。…今以二**高皇産霊尊**一、朕親作二

顯斎㆒…。　（即位前紀・戊午年九月・甲子条）

夢の中に現れた「天神」が高皇産霊尊と天照大神と、どちらを指定しているかが確認できれば、「神武紀」当該条における「天神」の指定が明らかになろう。ここは大和平定を目前とした場面で、ここでの一連の祭祀のあと、長髄彦撃破を達成し、大和平定が成るというところである。このとき、夢の「天神」の教え通りに祭祀を行い、最終的に、「高皇産霊尊」を祭祀することになるのである。このことは、前掲夏四月条に、「退還示㆑弱、礼㆓祭神祇㆒、背負㆓日神之威㆒、随㆑影圧躡」とある部分において、「金色霊鵄」の出現によって戦勝を得た、

「日神之威」＝「天照大神」の助け

と、夢の教えに従って神祇を祭祀することで戦勝を得た、

「礼祭神祇」＝「高皇産霊尊」の夢の教え

とが、対称的に語られていることと対応していくのではないだろうか。すなわち、「高皇産霊尊」は「天神」の代表格として祭られたと読み取ることができよう。なかでも「神武紀」においては、先の「昔我天神、**高皇産霊尊・大日孁尊**」とあることから推すと、「天神・高皇産霊尊」と把握できるものと考える。まずは、

「天神・高皇産霊尊」／「皇祖・天照大神」

という対称構造が「神武紀」にはある、と把握しよう。しかし、そもそもこのような分類行為自体が迂遠であることが、以下で示されるであろう。というのは、そもそも「郊祀」自体が、「天帝」と「祖先神」を対置・配当、すなわち同一視して祭る祭祀だからである。「皇祖天神」は「天照大神」か「高皇産霊尊」かのどちらか一方を指す表現なのではなく、訓読としては「皇祖《こうそ》・天神《てんじん》」でありながらも、同時に意味としては「皇祖×天神《こうそでもありてんじんでもある》（天照大神×高皇産霊尊）」という同一視された神格の表現なのである。以下に見てみよう。

4、〈変成〉する「皇祖天神」

そもそも「郊祀」とは、非常に難解な祭祀で、時代状況や書籍によって差異があり、その定義を困難なものとしている。しかし、およそ八世紀の中国が準拠していく儒教的な「郊祀」の完成（といっていいのだろうが）は、前漢末の王莽の改革に端を発する。この改革が、後に「元始中の故事」として、後漢祭祀の方針として確認され、祭祀体制が完成していくのである。(13)

王莽の「郊祀」の特徴は、天帝と祖先（神）を対置・配当して、並べて祭ることにある。(14)

平帝元始五年、大司馬王莽奏言、王者父二事天一、故爵称二天子一。孔子曰、人之行莫レ大二於孝一、孝莫レ大二於厳一レ父、厳レ父莫レ大二於配一レ天。王者尊二其考一、欲二以配一レ天、縁二考之意一、欲レ尊レ祖、推而上レ之、遂及二始祖一。是以⑥**周公郊二祀后稷一以配レ天、宗二祀文王於明堂一以配二上帝一**。

（『漢書』「郊祀志第五下」）

王は、天を父として仕えるから「天子」という。ところで、人の行いのうちで、最も尊いのは「孝」であり、父を尊ぶことである。父を尊ぶことにおいて、父を天に配当することほど尊いことはない。また、父を尊ぶということは、それは遡れば始祖を尊ぶということである。よって、始祖を天帝に配当するのが良い、というのが大意である。もちろん、このことがそのまま「郊祀」に影響していくわけではないことは留意したいが、(15)「神武紀」においてはいささか中国とは局面を異にするようだ。

というのは、この「郊祀」において「大孝」を果たそうというのが当該条だからである。この「大孝」は、「天帝」に「祖先神」を配当するという、王莽が述べるところの「孝」を敷衍し、「天帝」と「祖先神」との国家的規模の関係性を樹立する行為だからである。(16)「神武紀」においては、「天神」と「皇祖」の関係は、対置・配当関係として樹立したと、当該条においては示されているわけである。

一見すると、当該条の「郊祀」は、あくまで中国に準拠するものであるように見えるが、ここで〈変成〉が起きていることを見逃してはならない。というのは、当該条は「神武紀」という書物の場にあって、その前後の文脈の枠内に置かれているためである。具体的に言えば、「神武紀」にだけ現れる「天神・高皇産霊尊」と「神武天皇」との特殊な関係性の中に置かれているということである。書物を場として、〈変成〉が起きている瞬間である。

而陟二于丹生川上一、用祭二天神地祇一。（中略）時勅二道臣命一、今以二高皇産霊尊一、朕親作二**顯斎**一〈顯斎、此云二**于図詩怡破毗**一〉。用レ汝為二斎主一、授以二厳媛之号一、而名二其所置埴瓮一、為二厳瓮一。

ここでは、神武天皇が大和平定を前にして、高皇産霊尊を「顯齋」したことが語られる。「顯齋」とは、大系頭注に、

顕露《あらは》に見えない神の身を、顕に見えるようにして斎き祭ることを顕斎という。天皇親ら高皇産霊尊となる儀を行うままに、高皇産霊尊の霊が神武天皇の身に憑りついて、現に神と現われることをいう。

とあるように、神武天皇の身に高皇産霊尊を寄りつかせて、神武天皇自らが高皇産霊尊として祭られる対象になる祭りのことである。このことは、「顯齋」に倭訓が附せられていることに注目したとき、さらに明瞭になるであろう。というのは、倭語「うつし・いはひ」の文脈では、

まさに折口の想定する魂（神霊）を一所に留めて遊離しない状態に保つことにその主眼がある。

とされるように、神武が高皇産霊尊の魂を「いはい」込めて、神武＝高皇産霊尊となる状態を示すためである。(17) すなわち、「天神＝高皇産霊尊＝神武」と語られるのが「神武紀」の文脈なのである。

まず、この「顯齋」の故事が、初代天皇の天皇紀に記されたことを重く見なければならない。この「顯齋」が一度

きりの、逆に言えば、祭りが終われば神武はただの人の身に戻るという理解を示してはならない。というのは、初代天皇もまた、以後の天皇たちにとっては「始祖」に当たる。傍線部⑥のように、周公旦が周の初代「文王」を「上帝」に配当したのと同じように、初代天皇もまた、天神高皇産霊尊と対置・配当の関係に置かれるのである。

后稷（周王室の祖）↑「郊祀・配天」＝文王（初代周王）↑配天帝

皇祖《アマテラス》（天皇家の祖）↑「郊祀・配天」＝神武（初代天皇）↑配天神《タカミムスヒ》（顯齋）

しかも、「天神＝高皇産霊尊＝神武天皇」という構造は、「郊祀」を語る「神武紀」において、特殊な機能を担っていると見なければならない。すなわち、「郊祀志」が述べる「対置・配当」の「配天」の内実を敷衍し、同一化そのものとして語り直しているからである。それは倭訓というあり方が示すように、「日本」だけの特殊な祭祀方法としてあるのである。中国では、このように「皇帝」が「天帝」そのものになるような祭祀は存在しないのである。それは、『日本書紀』が語るところにおいては、中国には「うつし・いはい」という祭祀が存在しないことに関わっているということになる。

このような、「天神＝高皇産霊尊＝神武天皇」の文脈において「時」が現れるとき、この「時」は中国的でありながら、中国的な祭祀体系を破壊する方向に現象する。図示すると、以下のようになろう。まずは「時」を媒介として、「郊祀」の構造が示される。

①「神武紀」の郊祀　…　郊祀（天皇）→ 天神

時　　　　　　　　　　　　　　　　　　時

「郊祀志」の郊祀　…　郊祀（皇帝）→ 天帝

構造的な反復関係である。この構造の提示によって、「神武紀」は「郊祀志」的な枠組みを示す。いわば、神と天皇の関係を、「郊祀志」の構造を使用して整序しているのである。フレームワークを同じくして利用し、中身の整理を行う。皇帝と天皇が「郊祀」するのは、同じ「天帝（＝天神）」だということが、構造的に示されるのである。そしてこのダブル・イメージを誘う構造が、「神武紀」の中では、以下の内実を抱えている。

②　天神（＝高皇産霊尊＝**神武**）＝天帝

↓

神武（＝天神＝高皇産霊尊）＝天帝

天帝・祖先神 ←（郊祀・時）— 天子（皇帝）

③「神武紀」がつくっている構造

皇祖「天照大神」×天神「高皇産霊尊（＝神武）」

←（郊祀・時）—

神武（＝天神・高皇産霊尊）

中国と同じ「時」・「郊祀」を媒介として、中国の「天帝」に対応する「皇祖×天神（神武）」を整序している「神武紀」。すなわち、ここであらわれる「皇祖×天神」とは、「高皇産霊尊」と「天照大神」と「神武」とが同一体として観想可能なものとなっているのである。周公旦による「天帝←皇祖・初代」という祭祀を構造的に反復し、「天神←皇祖・初代」という「神武紀」の叙述、すなわち、「天帝＝天神」と一体である「天皇」に配された神武天皇という「歴史」叙述の結果、以降の天皇紀では「郊祀」の必要性が消失するのだ。「天皇」がそのまま「天帝」なのであり、「郊祀する／される」対象なのである。そして、その命令は「天命」に等しい。そのようにして「天命」そのも

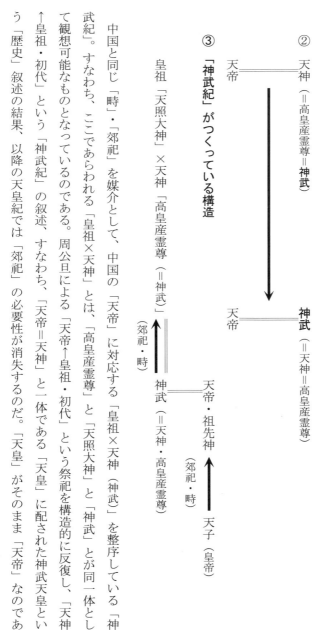

のが失効してしまう。天皇が発する詔勅それ自体が「天命」として臣下に布告されることになるためである。

おわりに

初代天皇を語る「神武紀」だからこそ、「天皇」の「天神」に対する位置づけが語られているのではないか。地上の「天皇」と天上の「天神」の関係性が整理され、結果としての「郊祀」失効の「歴史」が語られる「神武紀」が描く世界とは、「天帝」も「天命」もない世界の出発だったのである。

中国的な枠組みに依拠しながらも、中国よりも上位の「日本」、「皇帝」よりも上位の「天皇」、そして「天帝」よりも上位の「皇祖天神」、以上のような観念的世界の出発としての「神武紀」。まずは〈変成〉という観点から「神武紀」を見たとき、このような次第を見てとることができよう。

あくまで観念的世界ではある。それでいて、それは高度に整理された神学的観念世界でもある。このような「超越」への高度な観想のありようは、次に『日本書紀』を通して中世の伊勢に現れ、反復されよう。このことは伊藤氏の論に詳しい。

注

（1）本稿は「二〇一三年度 古代文学会 連続シンポジウム「変成する言葉―古代文学の書物・身体・知―」、第二回シンポジウム「日本書紀」において発表した内容を原稿化したものである。なお、パネルは筆者と伊藤聡氏、司会は遠藤耕太郎氏であった。

（2）金子修一『古代中国と皇帝祭祀』（二〇〇一年一月 汲古書院）。

（3）神野志隆光『古代天皇神話論』（一九九九年十二月 若草書房）。

（4）岩波古典文学大系頭注の指摘。
（5）小学館新編日本古典文学全集頭注の指摘。
（6）『釈日本紀』巻九「述義五・神武・霊時」。テキストは新訂増補国史大系本に拠る。旧字は新字に改めた。以下同じ。
（7）テキストは中華書局本に拠る。旧字は新字に改めた。以下同じ。
（8）小島憲之『上代日本文学と中国文学』（一九六二年九月　塙書房）。
（9）大館真晴「神武紀四年二月条にみる皇祖天神祭祀の記載意図―「大孝」・「郊祀」という表現を手掛りに―」（『野州國文學』第七十一号　二〇〇三年三月）。
（10）前掲注（3）神野志論。
（11）初出掲載後、金沢英之「『日本書紀』の「皇祖」をめぐって―巻二・巻三における叙述の基点―」（『美夫君志』第九十号二〇一五年三月）によって「神代紀」すべてを「「天」を舞台とする」のは誤りであると指摘された。もっともである。記して謝意を示し、併せて指摘のように巻二までと巻三のと間には断層がある、と改めたい。
（12）青木周平『古事記研究：歌と神話の文学的表現』（一九九四年十二月　おうふう）は、『日本書紀』の天神には、「多少問題があ」り、『日本書紀』の「天神」の用例は、「神武即位前紀までとそれ以後とでは扱いを異にする」として、「祭祀の対象として「天神」はあらわれる」としている。
（13）前掲注（2）金子論に拠る。
（14）前掲注（2）金子論に拠る。
（15）前掲注（2）金子論では、中国では「大唐開元礼」において、皇帝の自称が天帝に対しての「天子」と、祖先神に対しての「皇帝」とで、明確に使い分けられていることを明らかにした。すなわち、天帝と祖先神を、同一的に配祀しながらも、両者を分けて考えていることを指摘しているのである。
（16）呉哲男「古事記の世界観」（三浦佑之編『古事記を読む』（二〇〇八年六月　吉川弘文館））。
（17）松田浩「万葉の「いはひ」と折口の「いはい」」（『日本文学』Vol.61 No.5 二〇一二年五月）。

ここまでの小結

以上ここまで、「雄略紀」と「神武紀」について考えてきた。本章は、本論全体の問題の所在を明らかにする企図をもつ。ここでは、『日本書紀』の典拠表現は天皇像に関わっている点と、天皇とは何かを表現するために用いられていることを確認した。

従来、『隋書』「高祖紀」から三二〇字ほどを引用した雄略遺詔は、歴史的事実か否かに関心を寄せる日本古代文献史学からは等閑視されてきたし、それが「日本」文学研究たりうるのかという疑問を文学研究に対しても抱かせ続けてきた。しかし、本章で見たように、雄略天皇像を構成する重要な実意ある表現として読解すべきことが明らかになったであろう。

また、「神武紀」では、漢籍における「皇帝」専用の祭祀用語を用いることで、「天皇」を「皇帝」よりも上位に位置づける神学的整序を行っている姿を見届けてきた。結果、『日本書紀』では「皇帝」をも制限する「天命」なるものが消失してしまうのである。そのような「歴史」が現象しているというわけである。

さて、そうであるとき、「天命」思想を中核に据える中国の代表的な歴史思想である「易姓革命」は、『日本書紀』ではどのように位置づけられることになるのであろうか。「天皇」がそのまま「天帝」と見なされうる『日本書紀』の「歴史」の中で、「天命」が革まることで生起する「易姓革命」が、もしも『日本書紀』に叙述されるならば、それはどのように表現されうるのか、ということである。すなわち、「天命」が革まることによって王朝が交替するという「易姓革命」は、天皇の「万世一系」を描く『日本書紀』の中で、どのように位置づけられているのか、という問題でもある。

次の章ではこの問題を扱いたい。従来、「仁徳紀」は、後の「武烈紀」とあわせて、「易姓革命」の存在を想定させてきた。このことを、論じるにあたって有効な天皇紀なのである。

二、「易姓革命」と『日本書紀』

本章の概要

先の章では、従来は空虚な美辞麗句として等閑視されてきた典拠表現が、『日本書紀』の「雄略紀」では、雄略天皇像を叙述するために、実意をもって機能していることを見てきた。逆に、典拠表現を無視してしまうと、『日本書紀』が叙述する雄略天皇像の把握不足に陥るという問題が提示されたのであった。

また、この典拠表現は、ある特定の天皇像をどのように叙述するのかという問題に限らず、天皇とはどのようなものかを叙述するという、『日本書紀』全体に関わる問題にも機能していることを「神武紀」から見てきたのである。ここに、『日本書紀』の典拠表現を軽視することは、同書の叙述内容を軽視することにつながり、ひいては同書の全体的な読解に至らない可能性が高まったのである。このことは、翻って『日本書紀』の典拠表現を分析することの重要性を述べることになったと思う。

ただし、そうであるとき、漢籍を模倣するという典拠表現の性質が、次に超えるべき問題として立ちはだかることになる。というのは、漢籍の語句章句、あるいは長文に渡ってそれを引用するとき、必然的にそれは元の漢籍の文脈を想起させてしまうという性質である。これは、元の文脈を想起させることで、対比的に日本のことを語ることを可能にした。と同時に、元の漢籍の文脈を想起させてしまうと、『日本書紀』全体の問題と矛盾する事態も起きうる、ということでもある。具体的に言えば、『日本書紀』の大きな主題の一つとして、天皇の「万世一系」という問題がある。しかし、これは、中国の史書には見られない思想である。中国の史書では、王朝とは常に変転するものであり、ひとつの家系が君臨し続けるという「歴史」はあり得なかったのである。必ずそこには、「易姓革命」・「王朝交替」が繰り返されるという「歴史」があり、それこそが中国史書によって示されてきた中国の「歴史」でもあった。そうであるならば、それが「易姓革命」や「王朝交替」の文脈にある語句章句、あるいは長文を引用した場合、必然的に「易姓革命」や「王朝交替」を想起させてしまうことになる。すなわち、漢籍から表現を「借りた」場合、それは必然的にその語句章句に密接に融合している中国思想と切り離せないものとして現れてしまうのだ。従来の、典拠表現が中国思想の側にあり、それを「日本」のこととして把握してよいのかという躊躇いの原因は、ここにある。具体的に、「万世一系」を叙述する文脈の中に、元の「易姓革命」や「王朝交替」を想起させる典拠表現が用いられた場合、そこに「万世一系」という主題との間に矛盾が発生してしまうのである。ならばそれは中国思想の「易姓革命」思想であって、「日本」とは切り離して考えるべきであろうと思考することは—すなわち典拠表現部分を切り離して思考することは—、当然の成り行きであった。

このような場合、『日本書紀』の典拠表現は、どのように機能しているのだろうか。これを「仁徳紀」を中心に考えてみたい。というのは、「仁徳紀」こそ、戦後文献史学が膨大な研究業績を通して、『日本書紀』の「易姓革命」思想に取り組んできた部分であるからだ。仁徳天皇を「聖帝」と叙述した瞬間に、中国史書の「王朝は聖君主から始まり、悪帝で滅ぶ」という「易姓革命」思想を想起させてしまうのである。『日本書紀』が仁徳天皇を「聖帝」と叙述する中で、典拠表現がどのように「易姓革命」思想と切り結んだのかを検証したい。

1　「仁徳紀」先行研究の問題点

はじめに

これまで『日本書紀』「仁徳紀」から「武烈紀」に至る天皇紀の研究は、いわゆる「王朝交替論」をめぐる史学的議論を中心に展開してきたといえる。すなわち歴史的実態としての「易姓革命」の痕跡を、『日本書紀』の「仁徳紀」から「武烈紀」へと至る天皇紀の中に見出してきたのである。これは、「聖帝」たる仁徳天皇から王朝が始まり、暴虐の帝王たる武烈天皇をもって、いわゆる「河内大王家」が終焉したと見るものであって、『日本書紀』はそのような歴史的実態としての「王朝交替」を隠蔽する史書として把握され、史料批判が展開されてきた。すなわち、史料批判を通して『日本書紀』の隠蔽を排除し、その上で歴史的実態としての王朝交替像を再構築してきたのである。確かにそう見える表現が「武烈紀」に顕著である。

しかし問題は、「万世一系」の天皇系譜による「日本」支配の正当性を「歴史」において展開し自己確証を得ようとする『日本書紀』の全体性において、[1]「王朝交替」の痕跡がそこから伺えるというのはどのような現象として捉えうるのか、ということなのではないだろうか。一方で『日本書紀』は仁徳天皇を「聖帝」として描き、武烈天皇を「悪帝」として描くことで、あたかも中国における「易姓革命」があったかのように叙述するのである。漢籍、とくに史書類を一覧した者であれば、たちどころにそこに「易姓革命」の存在を見抜くことができよう。そのような状況を現出している『日本書紀』を、杜撰や稚拙な隠蔽であり、近代以降の合理的知性であれば瞬時にその隠蔽を排除できる、として一蹴するのではなく、そのように「見える」『日本書紀』の表現の在りようこそが問われるべきであって、それをまずは確定してからでしか、その背後にあると考えられる歴史的実態は考究できないのではないだろうか。

本章は、従来の文献史学研究の流れを押さえていくことで、上記のような問題点を抽出することを試みるものである。

1、王朝交替論のあらまし

まず確認するべきは、「仁徳紀」以降の記事の性質が、これまでどのように捉えられてきたのか、ということである。それが歴史的事実の記述なのか、それとも机上の造作なのか。津田左右吉『日本古典の研究』は、「書紀編述者」が「旧辞」から物語を採用し編年的に並べ直したとき、中国風の史書からは見劣りがするために、多くの説話を作って挿入したとする論を展開する。[2] 治世の長い「仁徳紀」は特にその傾向が強く、なおかつ仁徳天皇を「聖帝」とせんがためにいっそう潤色甚だしくなったとするのである。この潤色=造作部分に、「易姓革命」を想起させる表現が用いられたということになろう。まずは史実ではなく造作と判定され、これが継承されていくのである。

このような造作記事が多い理由について、津田論は、「仁徳紀」に奇妙な説話が多いのは「旧辞」にも説話が多かったことによって誘因されていると指摘し、そこに編述者の個性をみることもできると展開している。すなわち記事が少ない「旧辞」を、中国史書に見劣りしないものにするために、編纂段階において増補潤色した、その行為の中に『日本書紀』編述者の個性—あるいは意図—がほの見えるというのである。『日本書紀』「仁徳紀」における書き換え、あるいは潤色部分に注目することで、『日本書紀』「仁徳紀」がどのような紀としてあらしめられているのか、津田論はすでにその研究の必要性を示唆しているように見えるのである。

とはいえ、これまでの先行研究は、このような表現の意図を問うものとはならずに、歴史的実態の再構築の方向へ邁進してきた。すなわち戦後に至って、騎馬民族説を継承した水野祐『増訂日本古代王朝史論序説』(3)という、崇神朝・応神朝・継体朝の三王朝交替説を提唱した論が、戦後歴史研究に大きな影響を与えたのである。このあたりの研究史は、簡略ながら的確な流れとして把握した大橋信弥の論があり、(4)また詳細な分析を施した水谷千秋の論考がたいへん参照になる。(5)(6)今は問題点の抽出のみを目的とし、簡単に先行研究を回顧するにとどめたいと考える。

水野論は、『日本書紀』の史料批判的読解の過程において、武烈天皇—継体天皇間に、仁徳王朝の断絶という実態的な歴史を見て取り、そしてそれを中国思想—「易姓革命」—によって『日本書紀』編述者が合理的に潤色したものと捉えた。造作記事部分の読解は、「易姓革命」を意味するものと捉えたのである。『日本書紀』編述者は、歴史的実態としてあった「王朝交替」を「歴史」として叙述するときに、中国式の「易姓革命」論を適用しつつ叙述したとするのである。そして、そのような「易姓革命」によって潤色されていること自体が、歴史的実態としての「王朝交替」の痕跡として認めうるという論理である。

この王朝交替論について、とくに仁徳〜武烈という期間の王朝交替に関して、以下の角林文雄による批判がある。(7)これは戦前の津田左右吉・喜田貞吉と、(8)戦後の林屋辰三郎(9)(水野・喜田説を進展)が、なお現在においても影響力があると設定した上で、以下の論を組み立てるものである。

すなわち大伴金村という一臣下の興亡を武烈—継体間において叙述していることについて、異なる王朝において同じ臣下が活躍していることに注意を向けたのである。一臣下の興亡を後世の人々が造作しても意味がないことから、この臣下の動きを史実を多分に含んだ伝承と位置づけ、その上で王朝交替論が主張する「武烈〜継体間の断絶」期を股に掛けて大伴金村が活躍している点から、史実としての王朝交替はなかったと結論づけたのである。

また角林論は欽明期前後の、いわゆる「両朝並立」説にも立ち入り、平子鐸嶺[10]が唱え喜田貞吉が継承したこの説—やがて林屋辰三郎が「継体・欽明朝内乱説」へと発展させる—に対し、「継体紀」の「一本云」が挙げた年紀にまずは信をおき、実態的な継体朝の年紀を『日本書紀』の記述よりも十三年縮めた歴史の再構築を行った。そうすることで「両朝並立説」の年紀問題を解決して見せたのである。

角林論の登場で、騎馬民族説に対する批判は決定的となったが、一方で問題も残った。角林論が、『日本書紀』編述者が「あえて「一本」を捨て得なかった」ということに重大な価値を置いている姿勢である。すなわち「継体紀」の「本書」の記述(年紀)を捨て去り、分注記事である「一本」に依拠するという方法である。

いうまでもなく、「本書」の方も等しく『日本書紀』の記事なのである。その中でただ「一本」を「史実」を伝えるものとして取り上げ、「本書」は「虚偽」を伝えるものとして捨て去るというのであれば、『日本書紀』におけるすべての「本書」に同じ姿勢を取らなければならないだろう。すなわち角林論が行ったことは、「本書」すべての叙述を疑うという方法である。

しかし研究史を把握するという大きな流れの中においては、角林論が大きな影響を与えていることは明白である。すなわち武烈—継体期に跨り、一臣下が継続的に活躍していることは、「王朝交替」の痕跡を示していないのではないか、という疑問である。

このことは、水野論以降の史学的研究が、水野論を代表とする「王朝交替」論の検証に全力を挙げてきたことを示しているともいえよう。水野論を無視し、新学説を提唱するという姿勢ではなく、きちんと水野論を批判して自己説を展開するという方法である。

就中、王朝交替論を全面的に否定していく論は、注目できる。すなわち時野谷滋による王朝交替論批判である。[11]時野谷論は、まず水野論を論拠不明確として批判する。

すなわち、崇神王朝の断絶理由として仲哀が戦死したこととしながら、その記事は『日本書紀』の分注記事であり、「本書」記事を棄て分注記事を採用する正当性が明確ではないことをもって批判する。確かに都合のいい記事だけを「正統」として、恣意的に扱うのは戦後国史研究の悪弊であるともいえるだろう。時野谷論の各所にみられる津田史学への回帰—史料批判の徹底—という、学術的論拠を求める態度は重要である。

あるいは『古事記』崩年干支表記をもつ天皇だけが実在した天皇であるという水野論にも、欽明など崩年干支を持たない三天皇だけは例外として実在に加えるなど、客観性が欠如していると指摘、これは黛弘道の『古代学入門』[12]もすでに指摘していることである。

水野祐論を抱きかかえる井上光貞論[13]に対してもまた、津田論が史実と物語部分は切り離して考えるべきであるという大テーゼを十分に吟味しないまま、井上論が物語読解から史実への考察へと向かったとして、その手法を時野谷は批判するのである。

総体として王朝交替実態論に対しては、津田史学への回帰を求めるのが時野谷論である。すなわち仁徳—武烈—継体間に「易姓革命」思想が垣間見えるからといって、実際に歴史的出来事としてあったと断言することは別であるという観点への回帰である。これは黛弘道によってすでに提唱されている見解である。[14]この見解を提言することが時野谷論の結論となっている。

先に、時野谷論の言及が、すでに黛弘道によってなされている、と紹介してきた。そこで次に黛弘道がどのような見解を示しているのかを確認したい(15)。

2、王朝交替論批判、その後

本章が先行研究を整理し、その問題点を抽出する際、前掲水谷論とともに歴史研究の成果としてもっとも参照したのが黛論である。

黛論は基本的には水野論の王朝交替説を大筋において認めながらも、武烈―継体間の皇統は「前漢、後漢両王朝の差にも比せらるべきもので、異姓の王朝と考えるべきものではあるまい（傍点引用者）」として、中国史における王朝交替（易姓革命）とは一線を画すべきことを主張している。その上で、『日本書紀』編述者は武烈天皇の悪逆を強調することによって、継体天皇の皇位継承をいっそう正当化している、という津田左右吉の見解を支持するのが黛論の要であり、「武烈紀」の悪逆記事は、「無徳の者が滅びて、有徳の者が天子になるべきだという(16)、中国の革命思想の影響のもとに構想せられたのであろう（傍点引用者）」としたのである。

これは、言い換えれば、継体天皇の権威を相対的に高めるための「表現」として、「易姓革命」的な記事を読解していることになる。それが史実か否かを問うだけではなく、武烈―継体間の『日本書紀』が主張する「歴史」、すなわちその「表現」そのものを考えるという視点として評価できる。すなわち武烈が悪逆の王としてと「描かれて」いるのは、継体即位の正当性を「表現」するためであるとするのである。問題はあくまで『日本書紀』の「表現」であり、歴史的実態の再構築は表現分析と連動するものであるという考え方である。

むろん、黛論にも問題はあり、特に「異姓の王朝」と「中国の革命思想の影響」という二項の並列には矛盾が含まれてはいる。これは『日本書紀』においては、天皇には「姓」がないためである。しかし大筋においては武烈—継体間には「易姓革命」の歴史的実態を即断しないという点では正しい。黛論は基本的には、今ある『日本書紀』の皇統譜を書き直すなどといったような軽挙には出ず、『日本書紀』の皇統譜に沿って穏当な解釈を展開していく論として評価できる。これは今ある『日本書紀』がどのような表現において成り立っているかを観察する本章にとっては、拠るべき指標となろう。

以上のような黛論—『日本書紀』の表現の質を第一に問うた論—は、前之園亮一にも継承されている。[17] すなわち前之園論は、王朝交替説を貴族の時代区分観から論じていくのである。すなわち『日本書紀』成立当時の、貴族層の時代区分観念の「表現」として把握していくのである。

この天皇（武烈）の系譜的位置はすこぶる重要である。すなわち、上の系図にみられるごとく、仁徳天皇の子供の世代に二つに別れた允恭天皇系の皇統（嫡流）と履中天皇系の皇統（傍流）の結節点に位置するだけでなく、父系・母系ともに仁徳天皇につながる最初にして最後の天皇であり、まさに仁徳天皇の直系といってよい。

（括弧内引用者）

このように、仁徳以降ふたつに分かれた血統の結節点たる武烈の血統的優位性を指摘したのである。この指摘は重要である。すなわち『日本書紀』の叙述する「歴史」において、武烈は仁徳系統の結節点としてあり、終着点としてあるのである。その武烈が悪逆の天皇として表現されている意味を問わなければならないのである。むろんそれは「易姓革命」という視点を呼び込むであろう。やはり前之園論も、革命思想に関しては中国の歴史に似せようとした『日本書紀』編述者の潤色と規定するに至っている。その上で継体即位の正当性を保証するものとする黛論に従っているのである。

「武烈紀」をどのような紀としてあらしめようとしているのか、『日本書紀』編述者の側の表現の質を探ることに関しては、黛論に準じるものである。しかし前之園論は「貴族の時代区分観念」という問題を中心にその論考を進め、決して「万世一系」を主張する点などの『日本書紀』全体の思想的枠組みには向かわなかったのである。「易姓革命」思想についても、最後まで潤色の素材であるという範疇を出なかった。

この「易姓革命」という観念について、先鋭的な問題意識を持っていたのが門脇禎二である。[18] 門脇論は、「河内王朝論」に対して、河内「王朝」を「政権」とすべきことを示唆する。従来説が「王朝」としているこの一点からしても、「河内王朝論」がその基礎に既に「易姓革命」にともなう「王朝」交替の概念が固定されていることを示しているのである。このことが明示された論であった。

この「易姓革命」という観念は、中国の「天命思想」と深い関わりがある。しかしこの「天命思想」そのものに関しては、実態として享受されてきたかというと、また問題は別のようである。すなわち早川庄八が指摘するように、[19] 中国式の「天命思想」そのものの享受ではなく、古代日本には国内化され矮小化された「天命思想」しかないとするのである。

早川は八世紀の宣命の中に「天命思想」に関わる文言を検出し、「天命思想」の影響が皇孫思想と混在している在り方を検証した。また桓武による郊天の祭りが、王朝交替ではなく、皇統一統内の血筋の交替としている点でも首肯できる論旨を展開している。[20]

単純に「易姓革命」・「王朝交替」と述べていても、その実際のところが厳密に定義されていないという問題を露呈しているのが、従来の「王朝交替論」なのである。仁徳―武烈紀における「歴史」の叙述がどのように行われているのか、その中身を検証しなければ、中国式の「易姓革命」思想にしろ「王朝交替」にしろ、あるいは矮小化され国内化された「天命思想」にしろ、明確には定義し得ないのではないだろうか。このことに気づかされるのが早川論なのであった。

このように、大きく歴史的実態としての王朝交替の史実性を追求した先行研究に対して、続々として批判的見解が寄せられてきたのである。

とくに直木孝次郎は、従来研究の問題点を見事なまでに抽出し、整理検討を行った[21]。直木論は既存の考察を小規模な論において補強しようとした構成のため、先行研究整理が簡便ではある。しかしその簡便性ゆえに、問題のありかが明確になっているのである。とくに先行研究を以下のように概括したことが秀逸であり、ここで参照する次第である。

王朝交替論の主な論拠は①狩猟騎馬民族渡来・②聖天子と暴虐皇帝の出現・③後代に成る諡号の比較・④神武東征伝説と九州に誕生した応神の大和入り説話の類似・⑤八十島祭の儀礼・⑥大伴家持四三六〇番歌考、であるというものである。まず①・③・⑤・⑥は論拠としては不適当である。というのは騎馬民族説は文化の断層および階級分化が考古学的に実証されなければ、世界史的に見ることのできる征服王朝との違いを実証する必要に迫られるためである。③は坂本太郎のいうように「応神」などの漢風諡号は奈良後期のものであることから、また⑥は歌表現と歴史的事実の記述とは別局面であるという点において、⑤は儀礼を神話原型とみることができないことは神野志隆光によって、それぞれ否定されているからである[22]。すると問題は②・④ということになる。

直木論に従って、以下考察する。②は聖天子が王朝開祖となることは中国に明らかな典拠があるが、それは多く「符瑞」を伴っていることもまたセットとして切り離すことはできない[23]。応神・仁徳は符瑞にも似た記事があり、それでいいといえないこともないが、少なくとも「継体紀」に符瑞記事が全くないというのは、『日本書紀』編述者は継体を王朝開祖とは表現しようとしなかったことを端的に表しているのではないか。少なくとも血統を全く異にする、中国式の「易姓革命」が起きていると『日本書紀』が表現しているとは、とても考えられないのである。とするならば、応神・仁徳に符瑞記事に似た説話があることも、『日本書紀』の文脈においては、別の観点が必要になるのではないだろうか。決して「王朝交替」にともなう「符瑞」記事として把握すべきであるとは言えないのではないか。このようなことが考察される必要があるだろう。

この点に関しては、平野邦雄が指摘する通りである。[24] すなわち「王朝」の概念自体の使用に問題があるのである。「易姓革命」とはその名の通り全く異なる系譜が交替することを指し、姓が異なる王朝の開始を指す。それが姓のない天皇家という『日本書紀』『古事記』からの記述のみで、いかにして歴史的事実としての「王朝交替」を立証するのかが問題となるだろう。加えて『日本書紀』編述者が、実態として起きた「王朝交替」を、机上の造作によって隠蔽・潤色しながらも、それでもいたる所にその痕跡が見いだせるということの意味である。各種の中国史書を渉猟していた『日本書紀』編述者の知的水準ならば、「易姓革命」思想に従った「王朝交替」の開祖には、必ず符命が下されることは既知の事柄であったろう。『日本書紀』の中に「易姓革命」に従った「王朝交替」を見出そうとするならば、『日本書紀』における「易姓革命」・「王朝交替」とは何であったかという、その定義が必要なのである。

これは、桓武天皇のように、天皇家が実態として政治に「易姓革命」思想を利用することと、[25]『日本書紀』編述水準における「表現」として、編述者が叙述する「易姓革命」思想とでは、意味や価値に違いがあるということも意味しよう。

いずれにせよ、戦後史学研究が展開してきた王朝交替論が、継体天皇を「新王朝の開祖」と読解するならば、「継体紀」に符命記事が一つもない理由を明らかにしなければならない。逆に「歴史的事実を隠蔽しようとした『日本書紀』編述者」という議論を起こすのであれば、開祖応神及び聖帝仁徳に符瑞的記事が多見されることの理由を解明しなければならないのだ。

言い換えれば、「聖帝」仁徳が称讃されているならば、そこには「易姓革命」の思想があるはずである。『日本書紀』編述者に「易姓革命」思想の知識所有を認めるならば、その知的水準ですべてを論じる必要がある。すなわち、雁が卵を産むなどの記事を「符瑞」と捉え、仁徳天皇を「新王朝」の開祖と位置づけ、そして「悪帝」武烈をもって「河内王朝」が終焉し、継体天皇によって「継体王朝」が開かれたとするらならば、「継体紀」に符瑞記事がひとつもない理由を中国思想の観点から説明しなければならないのだ。もしも逆にこのような符瑞不在の「継体紀」のありようを『日本書紀』編述者の知性が暗愚であったためと一蹴するならば、今度はそのような暗愚な知的水準ですべてを論じなければならない。研究者ごとの恣意的操作で、『日本書紀』編述者の知的水準が上下することは、誤りである。

脱線したが、直木論は、④に関して、「井上の挙げるところは南九州勢力による畿内征服説の論拠というより、応神・仁徳王朝（河内政権）が南九州を勢力下に入れたことの論拠として有効であると考えられる」と述べる[26]。これは史料として相対的であり、どちらともとれるということを指摘しているのである。すなわち④をもって決定的に王朝交替論の論拠とはなり得ないことを示しているのである。もしもこれが認められたとして、少なくとも応神・仁徳の王朝開祖は認められても、武烈で終焉というところまで断言できる史料ではないということである。

以上ここまでの先行研究を整理したものとして、山中鹿次の論考がある[27]。

山中論は武烈―継体間の研究史整理が行き届いた論考である。ただし武烈天皇の実在性を問う論文の目的性ゆえ、先行研究整理は武烈の実在性を中心にまとめられている。すなわち水野論に対しては、雄略以後四天皇の非実在を主張するのであれば、四天皇すべてに暴虐記事があってもしかるべきなのに、武烈にしかないところが疑問である、とする。また原島礼二[28]が、断絶王統のうち雄略は実在するのに武烈が実在しない、というのはおかしいとし、むしろ『日本書紀』編者は武烈と継体とのあいだに男系血統の連続がないことを知っていたために武烈を暴君と位置づけたとすることを認めている。

また岡田精司[29]と川口勝康[30]への批判は、両者とも研究上の操作によって皇統系譜を改変した論考であることに難点を認めている。

角林文雄論に関しては、「又」字以降の分析を秀逸とする。すなわち、「武烈紀」は冒頭で、武烈天皇の資質として、法に詳しかったと述べる部分がある。そして「又」、と書き記した後、暴虐であったことを述べるのである。つまり、もともとは武烈天皇は法に詳しい天皇で、悪逆とは描かれていなかったのであろうが、『日本書紀』編纂時点で、「又」字以降の潤色が加えられて、悪帝と叙述されるようになったという分析である。この角林説に対して、山中論は、なぜそのようなことをしたのかという理由を示していないと批判する。確かにもっともである。すなわち、臣下が継続的に活躍しているのであれば「易姓革命」はなかったと考えざるをえないとする角林論において、暴虐王者を意図的に仕立て上げた『日本書紀』編述者という観点は矛盾しており、これをどう織り込むかということを指摘しているのである。おそらく角林論は今ある『日本書紀』の天皇系譜に改変を加えずになお矛盾なく説明することを試みているだけで、実態としての「易姓革命」はなかったが（同一臣下が活躍しているため）、表現としての「易姓革命」は認める（暴虐記事潤色の存在説明）ということになるだろう。

山中論は詳細な先行研究調査を通して、最終的には暴虐記事の存在が、武烈の実在と非実在の、両者の論拠となっていることを明らかにしたのである。恐るべき労力である。

その上で、山中論は以下の見解を提示する。すなわち前之園亮一論のように天武即位正当化のため天智・大友を貶しめたように、天武系統祖である継体を褒じ、そのために相対的に前天皇である武烈が貶しめられたのだということである。

おそらく山中論は実態論としては武烈は実在し、それを『日本書紀』がどう扱いどう「表現」したかという問題に焦点を絞った論ということができるだろう。すなわちこれまでの先行研究が、武烈の非実在を証明し切れていなかったため、武烈が実在するのであれば、それを『日本書紀』がどのように説明しているか、ということに論点をシフトしたのである。

しかし、『日本書紀』の「表現」を問う議論においては、天武と継体が重ね合わされるというには、「天武紀」に新王朝を開いたかのような表現があることを合わせて考えなければならないであろう[31]。これに対して畿外からやってきた天皇という『日本書紀』の継体叙述は、「混乱」ということは印象づけても、新王朝開祖としての有徳王者という積極的印象は全くないのではないだろうか。少なくとも継体に有徳の王者たる表現が少しでもあれば別なのだが。たとえば符瑞のようなものが、ということである。『日本書紀』編述者の知的水準であれば、「継体紀」に符瑞的な記事を挿入することなど、簡単なことであっただろう。

以上ここまで、戦後史学研究が、実態としての「王朝交替」論と、表現としての「王朝交替」という、二つの見解が並行的に議論を繰り返し、実態としての「王朝交替」論が完全に批判されたことを見てきた。すなわち、表現としての「王朝交替」が意味するところを、どのように捉えるかが残された問題だということになる。

すなわち、問題は『日本書紀』「仁徳紀」から「武烈紀」に至る天皇紀の中に、あたかもそれが「易姓革命」として読めてしまう記事があることをどう考えるのかなのだ、ということを改めて述べよう。『日本書紀』の主題のひとつは、「万世一系」の天皇系譜を描くことにあろう。そうであるとき、そこに「易姓革命」による「王朝交替」が読めてしまう『日本書紀』とは何だったのかを問うべきなのである。「仁徳紀」に見られる「聖帝」といくつかの「符瑞」記事、そして「武烈紀」の悪逆記事を読解すれば、『史記』『漢書』等の史書を通読していれば、そこにたちどころに「易姓革命」を察知するであろう。ところが、『日本書紀』が描く「歴史」の中の「天皇」には、姓がないのである。このことを、どのように考えるべきかという、『日本書紀』全体の論理の中で考察しなければならないのだ。『日本書紀』編述者が、「王朝交替」とは姓の変更を伴うものだということを知らなかったとは、従来の出典論研究を踏まえれば(32)、考えられない。あるいは『日本書紀』編述者が「稚拙」で「暗愚」であったために、表面だけ借りてきたから矛盾があるという説明を施すのであれば、話は別である(33)。ただし、どれだけ「稚拙な」『日本書紀』編述者像を構築しようとも、悪帝で王朝が断絶し有徳の聖帝が王朝を開始するというレベルでの「易姓革命」思想を『日本書紀』編述者が知っていた、ということまでは否定できないであろう。とするならば、有徳の聖帝が王朝を開始するときには、無数の符瑞が現れることも知っているはずである。少なくとも漢籍の史書を通覧すれば明らかである。符瑞が一つもない「継体紀」をもって王朝の開始とするならば、符瑞記事が一つもない「継体紀」をいかに説明しうるかが課題となるだろう。

3、文学研究の従来説

以上ここまでの史学研究の先行論を整理すると、大きく王朝交替「実態」論と王朝交替「表現」論として、大きく二分することができるだろう。そしてその二派の研究のやりとりから見えてきたことは、史実にしろ表現にしろ、武烈―継体間に断絶のようなものを感じ取らざるをえない、といったことではないだろうか。

史学研究の先行論を整理した結果、今後の研究課題は、あたかも断絶があるかのように『日本書紀』が叙述した理由、この研究が深められなければならないことは明確である。この問題を残した先学たちの業績は、一日の誤りもなく正常に史学研究が進展してきたことを実証するものであると認めざるをえないものである。すなわち戦前―戦後―現在に至るまで、武烈―継体間の『日本書紀』研究が、その研究目的を一度も歪曲させず焦点化し継承してきたことを確認したのである。その集中力と批判精神に驚嘆せずにはいられない。

以降は『日本書紀』の表現―なぜあたかも「易姓革命」があったかのように叙述したのか―を考えたい。すなわち文学的研究による寄与である。文学研究の側の先行研究整理を試みる次第である。

しかし文学研究の視座は『古事記』を主とした物語単位での考察が主流であった。

あるいは梅沢伊勢三が表現の問題について指摘している部分もある。(34) すなわち『古事記』と『日本書紀』は漠然とした異伝ではなく、根本的な思想的相違があるとする視点である。古伝承を漢文によって記述したことにより、必然的に漢文自体が背負う中国的政治観・国家観に依拠せざるを得ず、その中国思想の枠組みの上に『日本書紀』を読解するというものである。このようにして仁徳―武烈間に「易姓革命」の論理を見るのである。ただし、武烈で途絶えた皇統を合理的に説明するため、武烈を悪王に仕立て上げなければならなかったという、既にある皇統譜→合理的説明としての「易姓革命」という観点に立っている点は、歴史研究の文脈上にあるといえよう。

この点については、吉井巖もなお歴史研究の文脈上にあることを確認しておく。(35)

『古事記』『日本書紀』の天皇系譜形成の段階では、二人の聖帝・二人の悪帝がおり、応神・仁徳が聖帝のそれ、雄略・武烈が悪帝のそれと位置づけられていた。この聖／悪帝観は推古朝の国記制定頃に形成してきたとする。その過程から天武朝に至って悪帝観が訂正された、その証が悪帝が存在しない『古事記』の完成であるとするのである。その際、応神という天皇が新たに浮上してきた、すなわち応神は天皇系譜において新たに注目されるようになった天皇である、という展開である。

このことは同氏「石之日売皇后の物語」にも確認することができる。[36] すなわち応神も仁徳と同じく聖帝であり、雄略武烈の悪帝と対をなす。そして中国の「易姓革命」思想の借入れをもって皇統系譜が成立したとするものである。しかし確認しておきたいことは、「易姓革命」思想とは姓が変わるものであり、また新王朝開祖には多数の符瑞が下されるものである。これらがセットとなって常に「易姓革命」思想は展開されるということである。「王朝交替」のエッセンスだけの借入れは不可能なのである。たとえ『古事記』『日本書紀』編述者の学力が「稚拙」「暗愚」ゆえと一蹴しても、今度はかような学力の人物に皇統譜作成を一任したという展開を必然としてしまうである。正しくは、あたかも「易姓革命」のようだ、という認識を持たざるをえない叙述がなされている、という程度のものなのである。以上のような王朝交替論に依拠した研究に対して、物語の内容解釈を中心とする文学研究はどのようなスタンスをとったのだろうか。

文学研究における先行研究整理は、三浦佑之による的確な示唆がある。[37]

聖帝と皇后石之日売の嫉妬―これが、我々の仁徳像を決定している。それは、記紀から与えられる仁徳像としては正しい理解である。文学の側から提出される仁徳関係の論文の多くが、仁徳の求婚譚とそれを拒否する石之日売嫉妬譚の分析に傾斜してゆくのは、遺された多くの歌謡や説話からみて、必然的な方向といえよう。一方、仁徳に関わる歴史家の発言の圧倒的多数は、五世紀初めに生じたかもしれない王朝交替に絡む。いわゆる河内（仁徳）王朝の問題と関わって論じられる。

このようにして、文学研究と史学研究の境界を明確にした後に、三浦論はオホサザキがどのように構想され表現されていったかを、文学の側から論じたのである。文学研究の側には『古事記』区分論があり、仁徳は下巻―人代巻―の冒頭を飾る天皇として捉えられてきた。すなわち『古事記』中巻末尾たる「応神記」では、オホサザキはまだ英雄的面影を遺しているにもかかわらず、下巻「仁徳記」では、石之日売の嫉妬にも優しく接するなど、仁と徳の天皇として描かれている。すなわちかような「聖帝」像は、人代たる下巻にこそありうべきもので、英雄時代たる中巻にはありえない、言い換えれば、オホサザキは「応神記」から「仁徳記」へ飛び越える際に「聖帝」へとなっていくのだ、ということが論じられている。武力とは違った原理による支配―徳による支配―への変化と考えてもいいだろう。一方で、『日本書紀』「仁徳紀」に関する指摘は少ない。『古事記』の区分観をそのまま『日本書紀』区分観に適用することは困難であろう。

また『古事記』を対象とした研究として、矢嶋泉の研究をみておきたい[38]。

矢嶋論は、神野志隆光による『古事記』下巻論[39]―「天下」の継承が『古事記』下巻の主題―に対して、君臣秩序の形成という主題をも持つという論を展開した。すなわち王権による天下の掌握には、臣下の恭順も絶対に必要であるということを、『古事記』下巻は端的に語っているのであり、これを王権性の限定などととるべきではなく、むしろ王権拡大と安定のための必要性としてとるべきであることを指摘した。首肯すべき論考である。

ただし下巻に至って王と臣下の儒教的な関係がクローズアップされてくるというならば、中巻にその萌芽が、少なくとも「応神記」にその始発の叙述があるのではないかと期待せざるをえない。すなわち中巻と下巻の、天皇系譜の連続ということ以上のテキストの連続性の有無である。その点に対する見解が見られなかったことが画竜点睛を欠くところである。おそらくそれは下巻始発の仁徳「聖帝」の呼称が「人民」から与えられたものとしてあらしめられているということと呼応しているのだろう。臣下人民による呼称、このことが君臣一体の「世界」として、下巻の主題として冒頭を飾るにふさわしい記述となっているのではないだろうか。このような「世界」を達成しうるのは儒教的な君主と臣下の関係であり、この儒教的という文脈において、「応神記」において叙述される、呉哲男のいうところのウジノワキイラツコの役割[40]が、テキストの連続性を保証しているのではないか、と一私案を提示しておきたい。

その呉哲男の論は、「仁徳記」の聖帝説話は儒教思想の「仁」の本義を的確に表現したものであり、儒教思想の核心に拠った説話構成となっていると指摘する。[41]これ以外にオホサザキには聖帝としての表現はないという考えから、仁徳よりむしろ『日本書紀』における厩戸皇子に匹敵する審級に位置づけられたウジノワキイラツコ（儒教思想に精通したと描かれる）こそが聖帝として位置づけられていた伝承が改編されたという論理展開を持つのである。というのは王権の支配が平地とは隔絶されていた海や山の住民に対しても影響していくとき、各地の個別な神々の信仰を超越した普遍的な思想が必要となり、その一つが儒教思想であるから、その思想に精通したウジノワキイラツコだけが王者たるにふさわしいのであるというのである。[42]

このようにウジノワキイラツコは厩戸皇子に匹敵する人物として王権の外側にあって王権の政治を補完する役割を担い、儒教思想が王権の内部で政治を補佐すると同時に在野にあることで政治の側面を支えるという構造をもつことが指摘されており、非常に重要な提言である。

『古事記』『日本書紀』がともにウジノワキイラツコを儒教に通じた者とし、同じように仁徳を「聖帝」としながら、一方で『古事記』は武烈を悪帝とはせず、一方で『日本書紀』は悪帝とする。この違いについての指摘は見出せなかったが、『古事記』『日本書紀』がともに中国の思想を重視していることが、内在的に確認できることは明らかである。

そうであるならば、漢籍の影響ということを重視していかなければならないのだが、『古事記』も、何より『日本書紀』でさえ、漢籍の典拠表現という視点から読解したものはほとんど見当たらないのである。わずかに荻原千鶴[43]・寺川真知夫[44]に鳥名に関する中国書籍の参照があるのみである。また中西進が、世界的な神話との関わりを論じる中で、鳥名を中国の『毛詩』に求めたのみである。[45]あるいは論旨とは関わらないが、都倉義孝が、仁徳天皇の名「鷦鷯」の出典を漢語に求めているのが以下の通りであるので掲載する。[46]

人家の周辺や藪などを生活圏とした、とくに地上すれすれに低く飛ぶその鳥をケの空間（現世）のものと観じ、その名を負った皇子を食国の政（現世支配の執行）に結びつけるのは容易である。

このようにして、『和名抄』「鷦鷯（佐々岐）小鳥也、生於蒹葭之間、長於藩籬之下」を引くのである。すなわち「鷦鷯」という地上すれすれに飛ぶ鳥が、天界ではなく地上の政治者としての意味づけをもっていたとする。しかしこれを認めると、「鷦鷯」という「天皇」の名は、雑草の藪で生まれ垣根の陰で成長する小鳥の名前に等しいと、そういうことになってしまうだろう。「聖帝」と「鷦鷯」との整合性が求められる所以である。「鷦鷯」には『和名抄』の記述だけの意味しかなかったのだろうか。『和名抄』の当該箇所の出典である『文選』「鷦鷯賦」を参照する必要があるだろう。

都倉論は『古事記』オホサザキとウジノワキイラツコの位譲りを、父の遺命に従うオホサザキを小乗的「孝」、有徳者が即位すべきだというウジノワキイラツコを大乗的「孝」と位置づけ、政治論理としてウジノワキイラツコの論理が実現するのが『古事記』下巻とする。しかし「孝」と言った場合には、公私の区別なく父の遺命を受けることを指すことは、大館真晴に詳しい。[47]

大館論は、『日本書紀』「仁徳紀」を漢籍出典の「仁孝」という視点から、仁徳がどのような天皇として表現されているのかを分析した。儒教を極めたウジノワキイラツコではなく仁徳が天皇位についたことは、父応神の遺詔を受け継いだのが厳密には仁徳のみであったという。まさに仁徳こそが「仁孝」という最高の天子像があたえられていると『日本書紀』が表現しているとしたのである。この視点は非常に重要であろう。

大館論を参照すれば、ウジノワキイラツコは儒教を極めながら、極めたがゆえに仁徳を最高の天子として即位させることができた、ともとることができ、これは呉哲男がいう位に即かない天子＝素王の思想と一面を共有する思考といえるだろう。ただ、最高の天子像が与えられているにもかかわらず、天皇の名が「鷦鷯」という小鳥の名であるということが問題となるだろう。なぜ、『古事記』のように「大雀」と記述しなかったのか、この説明が、今後の研究にとって必要なものとなってくるのである。

最後に歴史研究と文学研究の両者にわたって仁徳―武烈紀の問題を扱った意欲的な須貝美香の論考について触れておきたい(48)。

須貝論は、「天命思想」の日本における受容の在り方に、関晃や早川庄八らの論考が踏まえられていないなど、論考に先行研究が反映されていない点は、既に青木周平によって問題視されてはいるが(49)、「仁徳紀」が『礼記』「月令」と深い関係にあるという論点には傾聴すべきものがある。すなわち出典からみる「仁徳紀」という視座である。

しかしそれでもなお仁徳―武烈における「易姓革命」の論理をみる観点が保持されている点では、歴史的実態の問題と表現の問題を区別していないという問題は残る。なお一言を付しておくならば、論中において「仁徳紀」における「災異」とされている「五穀不登」であるが、これは陰陽五行の変化がスムーズに流れない場合に起きる現象であり、厳密な意味での「災異」ではない。「五穀不登」のような状況が続いた場合、天帝は動植物を変化させ、あるいは日月星辰に異常を起こすことによって、王に譴責の意を知らしめるのであり、そのような動植物の変化あるいは日月星辰の異常のことを「災異」と呼ぶのである。「五穀不登」は陰陽が正常な働きをしていないことを示すものであり、譴責としての天が示す「災異」ではないのである。「災異」であれば、「災異」である洪水や旱魃の結果、五穀が実らないという文脈になるのである。ところが「仁徳紀」には洪水や旱魃によるものとは明記されていないのである。

またもう一点の須貝論では、「易姓革命」は「表現」として捉えるが、それでも前提として既に王朝交替実態論を抱え込んでおり、実態的歴史が『日本書紀』に記述されているという視座に立つ。[50] 当然「易姓革命」思想もこの実態的歴史と相関関係にあるという立論である。すなわち「易姓革命」の思想を前提とした上での、「禅譲」による皇位継承こそが、「万世一系」と「易姓革命」の同時達成を成り立たしめている、それが武烈—継体紀にほかならないというのである。暴虐記事および厳法主義（武烈を秦始皇帝に準える）により民心＝天命を失った帝王としての「武烈紀」が、「易姓革命」の契機になり、禅譲が行われたと『日本書紀』は説明しているとするのである。

須貝論は、先の黛論の系譜上に位置する。すなわち、実態論を抱えこみつつも、その本質には武烈暴虐記事を『日本書紀』の「表現」と見る立場である。しかし、「仁徳紀」それ自体が「易姓革命」の思想を抱えつつ否定しないのであれば、同時にそこには須貝論が指摘する「天命思想」も内包されており、当然そこには「天命思想」に付随する災異祥瑞思想も存在するべきである。先行研究を詳細に踏まえているだけに、『日本書紀』全体という視点の必要性が惜しまれる一好論ではある。

以上のような文学研究の先行論をまとめると、従来の『日本書紀』「仁徳紀」研究は、その「表現」の研究に関心を抱いてきたが、それでもその関心は主に『古事記』説話研究の範疇にあり、『日本書紀』は対比的に論じられてきたに過ぎないという点が指摘できよう。あるいは最近では、漢籍の出典を踏まえた論が現れてきたが、あくまで出典との関わりを中心として論じるもので、「仁徳紀」全体、果ては『日本書紀』全体における問題として把握するものはなかったということである。

おわりに

以上ここまで、『日本書紀』「仁徳紀」の従来研究を整理してきた。問題は「あたかも易姓革命があったかのように」仁徳―武烈間の「歴史」を描いてしまう、『日本書紀』の叙述の質を検証することにある。これは実態的歴史像の再構築という文脈で行われるべき研究ではなく、あくまで現象面に絞って行われるべき研究であるのだ。しかしそれでしか、『日本書紀』「仁徳紀」の精確な読解は果たせないであろう。(51) 当然それは、『日本書紀』の全体性の中で把握する必要がある。「易姓革命」が中国の思想であることをもってしても、その際の分析には漢籍の問題が含まれていることは留意されるべきである。今後は、漢籍の典拠を含めた、全体的な「仁徳紀」読解が求められる次第である。

注

（1）神野志隆光『古事記と日本書紀』（一九九九年一月 講談社）。
（2）津田左右吉『日本古典の研究』（津田左右吉全集第二巻 一九六三年十一月 岩波書店）。
（3）岡正雄・江上波夫他『日本民族の起源』（一九五八年一月 平凡社）。
（4）水野祐『日本古代王朝史序説』（水野祐著作集1 一九九二年五月 早稲田大学出版部）。
（5）大橋信弥「継体朝は新しい王朝か」（『争点 日本の歴史 第二巻古代編Ⅰ』白石太一郎・吉村武彦編 一九九〇年十二月 新人物往来社）。
（6）水谷千秋『継体天皇と古代の王権』（一九九九年十月 和泉書院）。
（7）角林文雄「武烈～欽明期の再検討」（『史学雑誌』第八十八編第十一号 一九七九年十月）。

（8）喜田貞吉「継体天皇以下三天皇皇位継承に関する疑問」（『喜田貞吉著作集 第二巻』一九七九年六月 平凡社）。
（9）林屋辰三郎「継体欽明朝内乱の史的分析」（『古代国家の解体』一九五五年十月 東京大学出版会）。
（10）平子鐸嶺「繼體以下三皇紀の錯簡を辮ず」（『史学雑誌』十六―六〜七 一九〇五年六・七月）。
（11）時野谷滋「日本古代王朝交替説の根本問題」（『大倉山論集』第二十一輯 一九八七年三月）。
（12）黛弘道『古代学入門』（一九八三年九月 筑摩書房）。
（13）井上光貞『日本国家の起源』（一九六〇年四月 岩波書店）。
（14）黛弘道「推古朝の意義」（『岩波講座日本歴史 2 古代（2）』一九六二年六月 岩波書店）。
（15）前掲注（14）黛論文。
（16）この点は梅沢伊勢三『記紀批判』（一九六二年三月 創文社）も同様である。
（17）前之園亮一『古代王朝交替説批判』（一九八六年十二月 吉川弘文館）。
（18）門脇禎二『葛城と古代国家』（一九八四年九月 教育社。後二〇〇〇年五月 講談社学術文庫）。
（19）早川庄八『天皇と古代国家』（二〇〇〇年二月 講談社学術文庫 初出は「律令国家・王朝国家における天皇」（『日本の社会史第三巻権威と支配』一九八七年九月 岩波書店））。
（20）北康宏「天皇号の成立とその重層構造」（『日本史研究』四七四号 二〇〇二年二月）が「天孫の観念は君主一人の正当性の根拠にはなり得ない。つきつめれば天照大神の子孫であれば誰でもいいという論理になるからである」と述べていることが、古代日本における天命思想の実態を最も深く言い当てている。
（21）直木孝次郎「河内政権論について」（『東アジアの古代文化』一一七号 二〇〇三年八月）。「継体朝の動乱と神武伝説」（『日本古代国家の構造』一九五八年十一月 青木書店）。
（22）神野志隆光『古代天皇神話論』（一九九九年十二月 若草書房）。
（23）たとえば『芸文類聚』の「総載帝王」や「符命」の項に端的にあらわれている。
（24）平野邦雄「応神朝の諸問題」（『大化前代政治過程の研究』一九八五年六月 吉川弘文館）。
（25）関晃「有間皇子事件の政治的背景」（『日本古代の政治と文化』関晃著作集第五巻 一九九七年、初出『玉藻』二六 一九九一年)。「律令国家と天命思想」(『日本古代の国家と社会』関晃著作集第四巻 一九九七年一月、初出『東北大学日本文化研究所研究報告』一三 一九七七年)。

(26) 前掲注(21)直木論文。

(27) 山中鹿次「武烈天皇に関する諸問題」(『日本書紀研究第十九冊』一九九四年二月 塙書房)。

(28) 原島礼二『倭の五王とその前後』(一九七〇年 塙書房)。

(29) 岡田精司「古代の王朝交替」(『古代の地方史三 畿内編』一九七九年九月 朝倉書店)。

(30) 川口勝康『巨大古墳と倭の五王』(原島礼二他編 一九八一年十一月 青木書店)。

(31) 前掲注(22)神野志論文。

(32) 小島憲之『上代日本文学と中国文学』(一九六二年九月 塙書房)。

(33) あるいは『日本書紀』編述者の側の意図を探った論として、坂本太郎「史筆の曲直—日本書紀の場合—」(『坂本太郎著作集』第二巻 一九八八年十二月。初出『国民の歴史』一九四七年一月)が以下のように述べていることも注目できる。

「(『日本書紀』が天皇中心の「歴史」を描こうとしていながら)然るに書紀は反面以上の精神に矛盾する所のかなり多くの史実を記してゐる。天皇に失徳悪行のあつたことは武烈天皇・雄略天皇・斉明天皇などについて記される。中にも武烈天皇に就いての余りにも憚る所なき筆致は後世の学者をして韓史の攙入と弁護せざるを得ざらしめた程のものであつた。皇位の継承についても屢々皇族間に争のあつたことを記してゐる。綏靖天皇の即位に庶兄手研耳命の妨げがあり、応神天皇に異母兄麛坂皇子・忍熊皇子の叛があり、履中天皇に同母弟住吉皇子の争がある。又安康天皇は同母兄の皇太子木梨軽皇子が暴虐にして人心を失つたが為に之と戦つて皇位に即き、天武天皇は甥の大友皇子と激しい戦を交へた末に即位した。しかも書紀はこれらの記事に特に関心を持つものの如く詳密に記述するのが例であり、天武天皇紀の如きは一巻を全くその争の記事に充ててゐる。凡そこれらは一つとして皇位の尊厳を傷つくる事象にならぬはないが、更にそれよりも甚しい事実として天皇が弑逆の難に逢はれたことまでが記されてゐる。安康天皇は眉輪王に弑せられ、崇峻天皇は蘇我馬子の旨を受けた東漢直駒に弑せられた。

以上の事例によつて判断すれば、書紀の撰者が此の問題に関して如何なる態度を執つたかは瞭然である。撰者は皇位の神聖を主張する以上に歴史の神聖を重んじたのである。主張の分裂に介意せず、史筆の公正を守ったのである。それは勿論史書としては当然である。只現実には甚だ実現困難な当然であったのである。」

しかしこの点に関する坂本説は「継体紀」の崩年混乱に関して、「継体紀の史料批判」において『古事記』との比較において迷っていた編者が辛亥説をみて飛びついたと説明しているのは、『日本書紀』が稚拙雑駁であるという先入観にとらわれすぎている嫌いがある。

また『日本書紀』の表現に即して考えるという立場において、総合的にまとめている吉村武彦『古代王権の展開』（日本の歴史③　一九九一年八月　集英社）を挙げたい。「継体天皇の即位は、奈良時代の貴族から新王朝の成立とも判断された」という認識に従いたい。これは『日本書紀』編述にも大きな影響を与えたと推察されるためである。また武烈暴虐記事に関しては、「中国の古典籍などの文章にならって作文された記事だが、おそらく事実そのものを述べたものではなかろう」とする。あくまで表現の問題としてとらえるべき視座が提供されているのである。すなわち「聖天子堯と舜が築いたといわれる夏王朝の最後の王桀と、そのあとの殷王朝最後の王紂は、それぞれ王朝を滅ぼした暴君の代表といわれ、治世中にさまざまの暴虐行為を行ったとされる。武烈は、この桀と紂の例になぞらえられたのであった。『日本書紀』の編者は、聖帝とされた仁徳の大王家が継嗣のいないまま、武烈の代で終焉することを、このような中国の王朝伝説にもとづいて作文したと思われる」、この「作文」が「万世一系」の天皇系譜による「日本」支配の正当性を自己確信する『日本書紀』―すなわち易姓革命をを内部的に否定しなければならない『日本書紀』―において、どのように展開されているのかを探る必要があるのである。

(34)　梅沢伊勢三「大陸化された古伝説の再国粋化と神孫王者観の主張」（『記紀批判』一九六三年三月　創文社）。
(35)　吉井巌「「応神天皇の誕生」について」（『天皇の系譜と神話　三』一九九二年十月　塙書房）。（あるいは「応神天皇の周辺」（『天皇の系譜と神話』一九六七年十一月　塙書房）。この見解が王朝交替論を再加熱させたのである。）
(36)　吉井巌「石之日売皇后の物語」（『天皇の系譜と神話　二』一九七六年六月　塙書房）。
(37)　三浦佑之「聖帝への道―大雀から仁徳へ」（『神話と歴史叙述』一九九八年六月　若草書房）。
(38)　矢嶋泉「『古事記』下巻試論」（『日本文学』Vol. 40 No. 4　一九九一年四月）。

(39) 神野志隆光『古事記の世界観』(一九八六年八月 吉川弘文館)。

(40) 呉哲男「ウヂノワキイラツコについて—日本書紀にみる「徳」の受容」(『相模国文』第二十九号 二〇〇二年三月)。

(41) 前掲注(40)呉論文。

(42) 金井清一「応神記における大雀命」(『論集上代文学 第二十七冊』万葉七曜会編 二〇〇五年七月 笠間書院)は、大雀とウジノワキイラツコとの譲位・大雀の即位の物語を、天武天皇と大友皇子に準えられたものと理解、大雀の即位正当性は即ち天武即位正当性を当代に広めるためのものであったとする。この論は、『日本書紀』において明示されながら『古事記』にはないウジノワキイラツコからオオサザキへの譲位の理由について、『古事記』は明示しなくとも応神紀において即位の正当性は予め構成されていることを詳述したものである。

(43) 荻原千鶴「女鳥王」(『国語と国文学』五十九—十一 一九八二年十一月、後に『日本古代の神話と文学』(一九九八年一月 塙書房)に所収)が女鳥王を雉と解析した。また同氏「女鳥王物語の文学性」(『大久間喜一郎博士古希記念 古代伝承論』同書刊行会編 一九八七年十二月 桜楓社)は、オホサザキとハヤブサワケによるメドリを巡る物語が鷹狩りの風習に基づく説話であると分析。儀礼→説話原型という位置づけを行い、氏族伝承の範疇において論じることが前提となっている。

(44) 前掲荻原千鶴が「女鳥王=雉」と解析したのを承け、仁徳天皇の「大鷦鷯」の「鷦」を、『新撰字鏡』により「南方神鳥」と見たのが、寺川真知夫「雌鳥皇女・女鳥王伝承の性格と形成」(『記紀論集』中村啓信菅野雅雄他編 一九九二年三月 続群書類従完成会)である。同氏の視点の広さが発揮された好論である。反逆伝承は氏族伝承としては氏族の利益にかなわず、故に女鳥王物語はワニ氏の氏族伝承とは考えられず、むしろ王権の側すなわち男性主義的な社会制度に対立する女性的な持統周辺から形成されたものとみる論である。

(45) 中西進「梟」(『文学』第七巻第四号 一九九六年十月)。フクロウという記号がユーラシア全般に分布する現象であることを論じたもの。その中で漢語「梟」・「鴟」・「鴞」を現代の「フクロウ」に比定する見解を前提にしてはいるものの、『毛詩』記載の上記漢語に言及。「仁徳紀」の名換え説話を、漢語の出典考証と併せて論じた数少ない論考として特筆すべき先駆的研究である。

(46)　都倉義孝「大雀命（仁徳天皇）物語論」（『早稲田商学』第三〇九号　一九八五年一月）。
(47)　大館真晴『『日本書紀』にみる仁徳天皇像―「仁孝」という視点から―」（『國學院大學大學院紀要―文学研究科―第三十四輯』二〇〇三年三月）。
(48)　須貝美香「仁徳天皇聖帝伝承の形成」（『上代文学』六十九号　一九九二年十一月）。
(49)　青木周平「日本書紀の天皇像と漢文学」（和漢比較文学会編『記紀と漢文学』和漢比較文学叢書第十巻　一九九三年九月）。
(50)　須貝美香「『日本書紀』に見る皇統譜の思想」（『東洋文化』（無窮会）一九九五年九月）。
(51)　全体性における現象を捉える論考の先駆的業績として阿部誠「氏族伝承と『古事記』の構想」（『古事記論集』古事記学会編　二〇〇三年五月　おうふう）がある。そこでは「記紀の素材となった伝承自体はすでに純粋な意味での〈氏族伝承〉のレベルを脱し、宮廷の文芸的志向あるいは政治的環境によって左右される段階を迎え、そうした要素を意識しつつ論じる必要性も否定できない」、とする。その上で、「だが、記紀の編纂とそれを取り巻く社会状況には最後まで古い氏族的（あるいは共同体的）世界の〈承認〉という要素が介在し、完全にはそこから解放されていなかった。むしろそうした拘束をいかに作品的に昇華していくかということが、『古事記』の抱える課題であったことは、その序文自体が示唆している。そこにこそ〈氏族研究〉と〈古事記研究〉の接点は見出されるべきではないのか」と述べるのが、阿部論である。
　これは、テキストが書かれたものでしかなく、歴史叙述は多様な解釈を可能とする言語に依拠しており、そこから単一の歴史的実態を再構築することは不可能であるという命題に対する見解が含まれている。すなわち、テキストも当代的な言説を使用している以上、あるいは社会性に依拠して構築されている以上は、社会的制約の範囲下にあるものであり、社会的な承認を得ないような言説は存在しえないはずという「言語論的展開」批判につながる重要な提言でもある。

2　「鷦鷯」という名の天皇
——鳥名と易姓革命——

はじめに

『日本書紀』「仁徳紀」には天皇の名である「鷦鷯」を始めとして、具体的鳥名が頻出する。その表記方法を、同じ天皇の事績を記した『古事記』と比較すると、

『古事記』	大**雀**	**速総**別	**毛受**
『日本書紀』	大**鷦鷯**	**隼**別	**百舌鳥**

として、『古事記』の表記が借訓字・一字一音の和語を指向しているのに対し、「仁徳紀」は漢語を指向していることが確認できる。このような漢語を指向する鳥名表記の方法は、「仁徳紀」の一つの特徴と見ていい。とすると「仁徳紀」は、編述者が参照した『芸文類聚』等の類書に「鷦鷯」と立項されている漢語としての鳥名と、直接アクセスできる通路が確保されているということになる。すなわち「仁徳紀」に表記された鳥名は、漢籍が主に「注」によって蓄積してきた解釈学の参照環境に常に曝されているということである。ところが漢籍による鳥名解釈を踏まえた先行

研究はほとんどないのが現状である。(1)

「仁徳紀」だけが「鷦鷯」と「木菟」の名を交換する記事を掲載していることは、漢語による鳥名表記の問題と深く関わるものと推定される。また九代後の武烈の名を「鷦鷯」と表記するのが『日本書紀』だけのものであり、かつその「鷦鷯」を名にもつ仁徳／武烈という天皇が聖帝／悪帝に準えられていることは、やはり『日本書紀』が漢語を指向した鳥名表記を行うことと無関係ではない可能性がある。

「仁徳紀」の鳥名表記を漢籍の鳥名解釈から参照し、「仁徳紀」の鳥名表記が引き起こしている現象について考察する必要がある。

1

『日本書紀』編述者が参照した漢籍の中で(2)、類書である『芸文類聚』「鳥部」には鳥に関する記述が集められている。まず「隼」から見るが、「隼」は独立した項目を持たないので、鳥部の他の項目から「隼」の記述を見ると、「鳥部中」の「鷂」の項に以下のようにある。

詩義疏曰、隼、鷂也。斉人、謂レ之題肩。或曰、雀鷹、**春化為二布穀一**。此属、数種、皆、為レ隼。

「隼」とは「鷂」のことであり、隼は春に「化」して「布穀」になる。この解釈を他の漢籍において確認すると、『漢書』「五行志下之上」の「有下隼集二于陳廷一而死上」の顔師古注に、

隼、鷙鳥。即今之鳩也。説者以為鷂、失レ之矣。

とあり、同様に『文選』巻十三・潘岳「秋興賦并序」の「隰有二翔隼一」の李善注に、

鷙撃之鳥、通-呼曰レ隼。一曰レ鷂。春化為二布穀一。

とある。隼とは「鷲鳥」であり春に「布穀」に「化」すものである。隼を解釈するためにはこの「布穀」の解釈をも参照する必要がある。そこで同じ『芸文類聚』に「布穀」を説明する記述を見ると、「鳥部下」の「鳲鳩」項に以下のようにある。

A　故俗語曰、**鳲鳩、生レ鵰**。[3]（中略）亦謂ニ桃蟲生一レ鵰。**或布穀生レ子、鳲鳩養レ之**。

B　故爾雅曰、桃蟲鷦也。微ニ小黄雀一。其鶵、化為レ鵰。

C　爾雅曰、桃蟲鷦。（中略）又曰、**鴡鳩、鸋鳺**。

Aは「布穀」が子を生むと、鳲鳩がその子を育てると説明するものである。しかしこれは『後漢書』巻五十九・「張衡伝」の「鶗鴂鳴而不レ芳」の李賢注では、

鶗鴂、鳥名、喩ニ讒人一也。広雅曰、**鸊鴂、布穀也**。

として、「布穀」の異名を「鸋鴂」[4]と示している。すなわち「鸋鴂」＝「布穀」である。そしてCに「鳲鳩」を説明してその異名を「鸋鴂」とすることから、「鸋鴂」＝「鳲鳩」となり、すなわち「布穀」＝「鸋鴂」＝「鳲鳩」となる。一見別鳥のように見えながら、実はAの「鳲鳩生レ鵰」のように（Bをも含めて）、ある鳥から別鳥が生じるという文脈の中にあるということである。まとめると、布穀は鳲鳩であり、それは隼が「化」したものであったということになる。

従って隼→布穀の解釈には「化」して別鳥になるということの意味から理解しなければならない。「化」して別鳥になるということは、これは言うまでもなく『礼記』「月令」に代表される──「仲春之月」における「鷹化爲レ鳩」のように──陰陽五行の変化に従って事物がその性質を変化させていくという思考方法に繋がるものである（第二章で詳述）。この思考方法は先掲『芸文類聚』「鶻」項の続きに、

荘子曰、鷂為レ鸇、鸇為二布穀一。布穀復為レ鷂。此**物変也**。

とあることからも、鳥が全くの別鳥になるのは「物の変」という変化に従っているためであるということが理解できる。

陰陽五行の変化に従って布穀に変化する鷂は隼のことを指し、布穀は鷤鴂の異名であった。その鷤鴂は鶪鴞の異名である。ここまでを整理すると以下の図式になる。

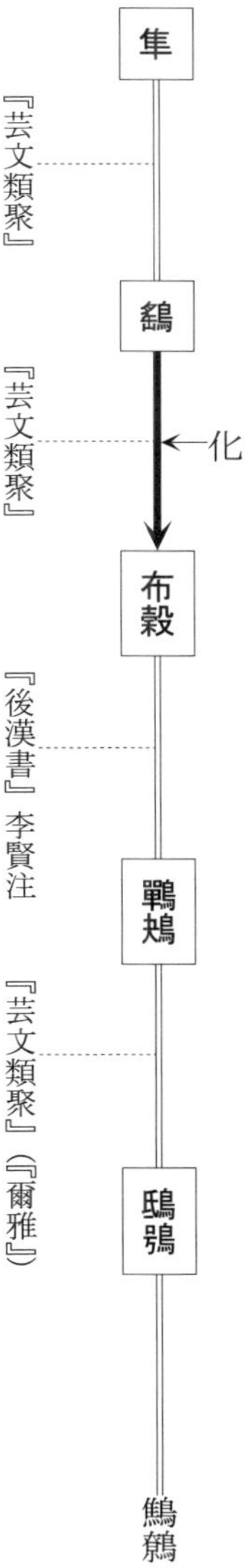

ここに『日本書紀』編述者が参照した漢籍の鳥名解釈においては、隼＝鷦鷯が陰陽五行の変化を通して結びつくという関係性が確認できる。それは「化」すことによって本来別々の鳥が他の名前を獲得している―すなわち鳥名の多数性が確保されている―ことによるのである。

だからといって即座に「鷦鷯」と「隼」の関係性を「仁徳紀」読解に持ち込むことはできない。それは『日本書紀』のみが仁徳元年条において、仁徳の名「鷦鷯」を「木菟」と交換したものとするためである。「木菟」にも上記のような漢籍における解釈が影響している可能性が検証されなければならない。偶然にも「鷦鷯＝隼」であったというだけでは、『日本書紀』のみが名換えの記事を採用したこと、あるいは「毛受」を「百舌鳥」と表記した意味等が理解できないためである。

そこで「木菟」を解釈する『爾雅』「釈鳥」を参照すると、「萑、**老鵵**。」の郭璞注に、

木兎也。**似㆓鵋鵂㆒**而小。

とある。「似る」というのが、一見、別鳥であることを示すように見えるが、やはり『文選』巻五十五・陸機「演連珠五十首」の「耀㆑夜之目、不㆑思㆑倒㆑日。」の李善注に、

淮南子曰、鵋鵂夜撮㆑蚤、察㆓毫末㆒。昼出、瞑目而不㆑見㆓丘山㆒。言殊㆑性也。高誘曰、**鵋鵂謂㆑之老鵵**。

とあり、李善注は「鵋鵂」＝「老鵵」の解釈を採用していることが確認できる。鵋鵂は『漢書』「賈誼伝」の「弔屈原賦（文）」の「鵋鴞」を注した顔師古によれば、

鵋、鵋鵂、怪鳥也。鴞、悪声之鳥也。

として、鵋鵂は「鵋鴞」のことであるとの見解を示している。一見、「鵋」と「鴞」は個別の鳥のように見えるが、先掲「鳥部下」鵂鶹項では「鵋鴞は鸋鴂なり」とあり、鵋鴞はひとつの鳥名と考えた方が適切である。ここに、

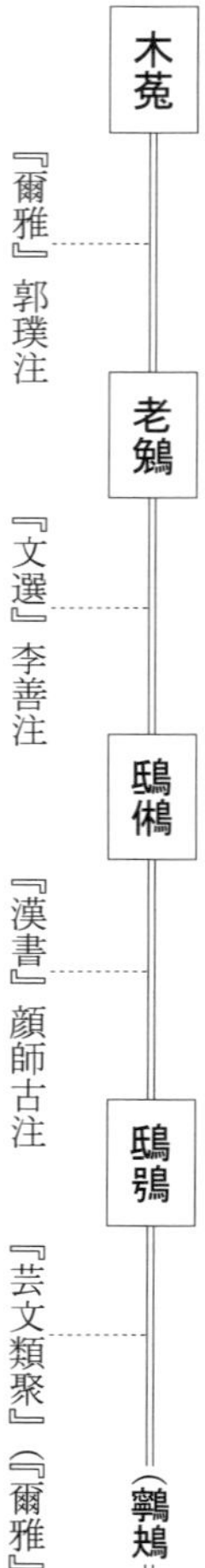

と整理することでき、「木菟」＝「鵂鶹」という解釈が確認できる。先掲『後漢書』「張衡伝」の「鸜鴂、布穀なり」を付せば、木菟＝鵂鶹＝布穀→（化）→隼という図式になる。

「仁徳紀」に記述される鳥名表記は、『日本書紀』編述者が参照した漢籍の鳥名解釈においては、個々の書籍では繋がらないものでも、同時並列的に参照すれば内部的に鵂鶹＝木菟→隼という解釈が成立し得るということを見てきた。「仁徳紀」は名換えの伝承を記事として採用しているが、原伝承のレベルではなく編述レベルにおいては、漢籍における鳥名解釈を踏まえれば、全て同鳥異名である鳥をもって、「仁徳紀」に登場する鳥名を表記した、あるいは採用

したと考えられるのである。

この表記方法は、同じ天皇の事績を記した『古事記』では「毛受」と表記するものを、『日本書紀』は「百舌鳥」と表記していることとも関わる。

『日本書紀』　百舌鳥耳原

『古事記』　御陵在二毛受之耳上原一也

陵墓の表記が異なるという問題であり、「毛受」と「百舌鳥」は同じものを別々に表記することが可能な相通じるものであったと理解しなければならない。時代は下るが『倭名類聚抄』羽族部「鳥」項の「鵙（元和本「䳤」）」に、

兼名苑云、鵙一名鶪、（上音覔、下音煩、（揚氏）漢語抄云、伯労、毛受（一名䳤））伯労也。日本紀私記云、百舌鳥。

とあることからも、「毛受」＝「百舌鳥」と確認していいだろう。即ち鵙＝伯労＝毛受＝百舌鳥、ということになる。鵙＝伯労という解釈は漢籍において確認可能であるので以下に示すと、『文選』巻十五・張衡「思玄賦」の「鶗鴂鳴不レ芳」の李善注に、

鶗鴂、鳥名也。（…略…）臨海異物志曰「鶗鴂、一名杜鵑、至二三月一鳴。昼夜不レ止。夏末乃止」。服虔曰「鶗鴂、一名鵙・伯労、順二陰陽気一而生。賊害之鳥也」。

とある。『漢書』「揚雄伝上」の顔師古注も同様の解釈を示す。鵙＝伯労は鶗鴂のことであるとこれらの解釈は示しているのである。

以上ここまで、「仁徳紀」に登場する具体的な鳥名表記を、『日本書紀』編述者が参照したと考えられる漢籍の鳥名解釈に従って見た場合、鷦鷯・木菟・百舌鳥が互いに同鳥の異名であるという関係にあり、「化」して隼になるという関係にあることを見てきた。図に示すと以下のようになる。

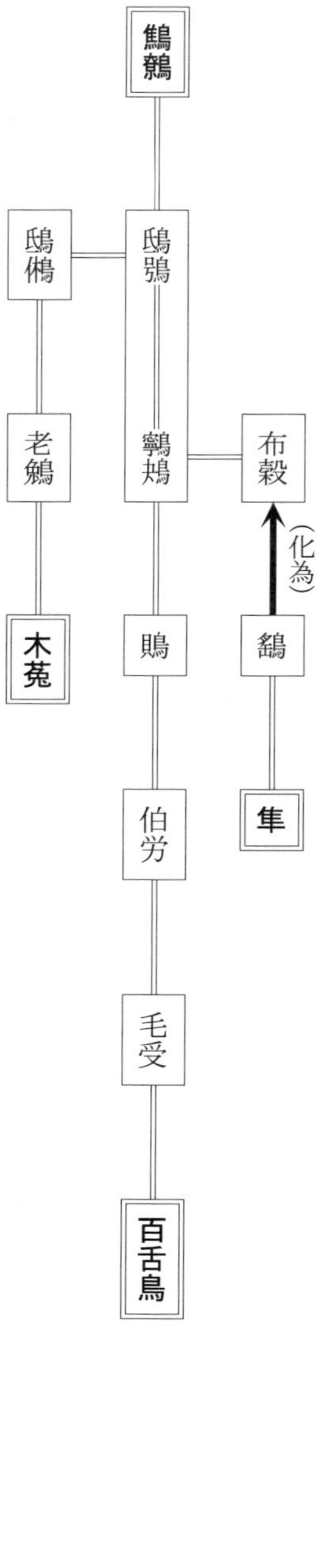

当然、後述するようにこれらの鳥は姿形を異にする別鳥である。しかし解釈上は同鳥になってしまっているという現象が起きているのである。個々の注釈書にはそれぞれの時代的制約を負った独自の解釈が主張されていることには留意しなければならないが、『日本書紀』編述者はそれらの書籍を同時並列的に参照しているのである。とするならば、問題は何故『日本書紀』編述者は、漢籍の解釈においては同鳥の異名とされるこれらの鳥名を使用したのか、何故このような言葉遊びのような鳥名の書換え（あるいは採用）を行ったのか、これが問われなければならない。

しかしその前に、本来異なった姿形の鳥が、なぜ同鳥の異名という解釈を可能としているのか、その論理を漢籍の中に求め、整理しなければならない。『日本書紀』「仁徳紀」は漢籍にある陰陽五行の変化に従って鳥が変化するという、その論理まで背負って「仁徳紀」の鳥名表記を行っているのか、そして行っているのならば、その論理は「仁徳紀」の背後にどのように関わっているのか、この考察が必要なためである。

2

陰陽五行の変化に従って鳥が変化するという思想は、『礼記』「月令」に代表される。『礼記』「月令」の「仲春之月」

に、

始雨水、桃始華、倉庚鳴、鷹化為レ鳩（皆記二時候一。倉庚、鸝黄也。鳩、搏穀也。漢始以二雨水一為二二月節一）。

とある。春には、鷹が変化して鳩になると述べている部分である。「月令」では鷹だが、『芸文類聚』鳥部下「鳩」項には魏王粲詩に曰くとして「鷙鳥化為レ鳩」とあり、先掲『文選』「秋興賦并序」李善注の「鷙撃之鳥、通-呼曰レ隼」という観点から、隼も含むと考えられる。すると、春には鷹や隼といった鳥が鳩に変化する、と確認できる。

しかし本来全く姿の異なる鳥が、季節の変化に従うだけで別鳥に変化すると理解するわけにはいかない。この「春に変化する」というものが何を指すのか、漢籍の解釈を参照する必要がある。「春」に「化」が起きているため『芸文類聚』歳事部「春」項を参照すると、「晋湛方生懐春賦」を引いて以下のようにある。

鷙鳥感レ仁而革レ性、鶗鴂乗レ化而変レ声。

これによれば、「鷙鳥」は「仁」を感じて「性」を「革」めるものであるということになる。すなわち全くの別鳥になるのではなく、性質を変化させるということになる。春には陽気を感じて鷹のような殺しを行う鳥も「革性」して鳩のように穏やかになる、という図式である。反対に秋になって陰気が起こり始めると、鳩のような穏やかな鳥も「革性」して鷹のようになるということである(5)。変化とは性質の変化であって、鳥自体が別の鳥に変わるわけではない。ここから、姿形は別々の鳥でも、陰陽五行の変化の論理においては同鳥とされる、鳥名解釈の多数性が引き起こされるのである。

ところが『芸文類聚』等に項目を立てられている全ての鳥が陰陽五行の変化に従って性質を革める同鳥と解釈されているのではなく、ある特定の—「仁徳紀」に集中的に記述される鵜鶿や隼などの—鳥に限定されている。鳥ならば全てが陰陽五行の変化に従って性質を変化させるわけではないということである。そこには何らかの関係性があるのだと考えてよい。鷦鷯・木菟等には元々何らかの共通点があり、その共通点が陰陽五行の変化を通して、互いを結びつけていると推測することができるためである。

第一章の最後に掲出した図では、鷦鷯・隼・木菟・百舌鳥のそれぞれの変化は、ひとつの「鴟鴞鸋鴂」という『芸文類聚』（『爾雅』）の解釈—それは『毛詩（鄭箋）』の解釈でもある—を通じて結びつけられていた。この鴟鴞＝鸋鴂という鳥が、鷦鷯や隼といった鳥の共通点として抽出できる。この「鴟鴞」「鸋鴂」という中心的な鳥の性質が、他の鳥を結びつける鍵になっていると考えられる。

「鴟鴞＝鸋鴂」であると一番最初に解釈したと考えられる『毛詩（鄭箋）』では、鸋鴂をどのような鳥として認識していたのかを見る必要がある。鴟鴞の注では詳細は見えないが、「周頌閔予小子之什」の小毖「肇允彼桃虫、拚飛維鳥」の毛伝「桃虫、鷦也。鳥之始小終大者」に付された鄭箋に、

　箋云、肇始、允信也。始者信以下彼管・蔡之属、雖レ有二流言之罪一、如中鷦鳥之小上、不レ登レ誅レ之。後反叛而作レ乱。猶三鷦之翻一飛為二大鳥一。鷦之所レ為レ鳥、題肩也。或曰レ鴞。**皆悪声之鳥**。

とあり[6]、桃虫（＝鷦鷯）から転じた題肩・鴟鴞は「悪声の鳥」という共通点があることが確認できる。この「悪声の鳥」という解釈は、『漢書』「賈誼伝」の「鴟鴞」を注した顔師古によれば「鴞、鴟鵂、怪鳥也。鴞、悪声之鳥也」として、鴟鴞を「悪声の鳥」と解釈していることからも、一つの共通点として抽出できる。

あるいは先掲『後漢書』「張衡伝」李賢注は「鶗鴂、鳥名、喩二讒人一也」とし、同じく先掲『文選』「思玄賦」李善注に「鶗鴂、一名鵙・伯労、順二陰陽気一而生。賊害之鳥也」とあることから、鸋鴂＝鴟鴞は「悪声の鳥」でありかつ「讒言者」の喩え、そして「賊害之鳥」であったと確認できる。さらに『毛詩鄭箋』においては、鷦鷯のような小鳥だと見逃していたら、後には大鳥に変化した—すなわち叛乱となってしまった—ことを悔いているという箋が付され

ている。

陰陽五行の流れに従う「変化」を通じて結びつく鳥には、讒言者の喩えや悪声の鳥といった負の意味が付帯していたという共通点があった。これらの鳥が陰陽五行の変化に従って性質を変えていくことにより、鳥名の多数性が確保されているという図式になっているのである。

「仁徳紀」に集中して現れる、陰陽五行の変化に従って性質を革めていく鳥の共通点には、負の意味が付帯していた。その負の意味を抱える鳥の名が、「仁徳紀」においては天皇の名として現れているのである。

次に、負の意味を持つ鳥の表記が、「仁徳紀」の背後にある一定の論理とともに表記されているのかどうかを検証する。

3

鷦鷯は負の意味を持つ鴟鴞＝鸋鴂と直結する鳥であった。その鳥の名が天皇の名として表記されているのである。負の鳥名を持つ意味を「仁徳紀」の中から検証する。

(仁徳元年春正月) 初天皇生日、木菟入二于産殿一。明旦、誉田天皇、喚二大臣武内宿禰一語之曰、是**何瑞**也。大臣対言、**吉祥**也。復当二昨日、臣妻産時一、鷦鷯入二于産屋一。是亦異焉。爰天皇曰、今朕之子与二大臣之子一、同日共産。**並有レ瑞**。**是天之表**焉。以為、取二其鳥名一、各相易名レ子、為二後葉之契一也。則取二鷦鷯名一、以名二太子一、曰二大鷦鷯皇子一。取二木菟名一、号二大臣之子一、曰二木菟宿禰一。是平群臣之始祖也。

ここでは漢籍の解釈によれば負の意味を持つ鳥「鷦鷯」「木菟」が飛び込んだことを、「吉祥」としていることが確認できる。そしてそれを「天之表」すなわち天意としているのである。始めは小さくとも翻って飛び去れば大鳥に変化する鳥・讒言者の喩え・悪声の鳥という意味を持った鳥が「吉」であり、それが天意だと述べているのである。

まず鳥が飛び込むこと自体が「吉」であるのか、区別して検証する必要がある。『古事記』にはないこの記事は、「仁徳紀」の鳥名表記が漢語を指向していることと切り離せない関係にあると推測できる。そこで同じく『日本書紀』編述者が参照した『文選』巻十三・賈誼「鵩鳥賦并序」に、鳥が飛び込む記事が見えるので参照する。

D　誼為二長沙王傅一。三年有二鵩鳥一、飛二入誼舎一、止二於坐隅一。**鵩似レ鴞不祥鳥也**。

E　発レ書占レ之兮、讖言二其度一、曰、**野鳥入レ室兮、主人将レ去**。

ここでは「鵩」を不祥の鳥とし、屋に飛び込んだことを不吉とする。そのため賈誼は賦を作って自ら気を晴らしたというのである。[7] さらに「鵩」は「鴞」に似ているということは、先掲『漢書』「賈誼伝」顔師古注の「鴟鴞」注に「鴞、悪声之鳥也」とあることを考慮に入れる必要がある。賈誼「鵩鳥賦」は『文選』の他、『漢書』、『芸文類聚』(一部抜粋)、そして『史記』に並んで収載されている、『日本書紀』編述者が必ず目にしたであろう賦である。その「鵩鳥賦」が不吉とした野鳥の飛び込み—それは鵩＝鴟鴞＝鵂鶹＝木菟でもある[8]—を、「仁徳紀」は「吉」であり「瑞」であり、かつ「天之表」であると述べているのである。

「仁徳紀」が「吉」とする説明をさらに「鵩鳥賦」の中に求めるならば、

F　請二問于鵩一兮、予去何之。吉乎告レ我、凶言二其災一。

G　万物変化兮、固無二休息一、斡流而遷兮、或推兮而還。

H　**禍兮福所レ倚、福兮禍所レ伏**。

として、Fでは飛び込んできた鵩鳥に、吉凶の意味を提示することを求め、その結果鵩鳥が答えるには、Gのように全ては変化の中にあって流転するものであるため、吉もいずれは変化して凶となり、凶でもいずれは流転して吉となるとしている（H）。野鳥が飛び込むこと自体は不吉であるが、陰陽五行の変化の中では、凶の中には次の吉が潜んでおり、吉の中には既に次なる凶が萌しているということになる。故に「鵩鳥賦」は万物は変化するものだから吉凶のどちらか一極に窮まることはないとして吉凶の価値を無効化あるいは逆転化させているのである。[9]

「鵩鳥賦」から考えた場合、「仁徳紀」は鳥が飛び込むという不吉の中に潜む次なる吉を指摘して「吉祥」としたのか、あるいは「鷦鷯」という鵄鴞鸋鴂―負の意味を持つ鳥―の変化の過程の中で、「鷦鷯」という鳥の中にのみ、特権化された吉の意味合いがもたされているのか、どちらかということになる。

「鷦鷯」が肯定的に評価される記述について検証すると、『文選』巻十三・張華「鷦鷯賦并序」には、

鷦鷯小鳥也。生㆓蒿萊之間㆒、長㆓於藩籬之下㆒、翔㆓集尋常之内㆒、而生生之理足矣。色浅体陋、不㆑為㆓人用㆒。形微処卑、物莫㆓之害㆒。**繁㆓滋族類㆒**、乗居匹游、翩翩然有㆓以自楽㆒也。彼鷲・鶚・鵾、鴻、孔雀・翡翠、或淩㆓赤霄之際㆒、或託㆓絶垠之外㆒。翰挙足㆓以沖㆑天、觜距足㆓以自衛㆒。然皆負㆑矰嬰㆑繳、羽毛入㆑貢。何者有㆑用㆓於人㆒也。

とあり、「鷦鷯」は本来小さく卑しい鳥だが、それ故に無用に殺されることはなく、族類を繁栄させることができると述べられている。これに対し、

鷦鷯介㆓其觜距㆒、鵠鷺軼㆓於雲際㆒。鵾鶏竄㆓於幽険㆒、孔翠生㆓於遐裔㆒。彼晨鳧与㆓帰鴈㆒、又矯㆑翼而増逝。**咸美羽豊肌、故無㆑罪而皆斃**。徒銜㆑蘆以避㆑繳、終為㆑戮㆓於此世㆒。

として、強く美しい鳥はそれ故に人によって殺されるとする。殺されるということは逆に言えば族類を繁栄させることができない、ということになるだろう。あるいは続けて「蒼鷹鷙而受㆑緤」とあり、鷹は「鷙鳥（猛）」なるがゆえに繋がれるともされる。

張華「鷦鷯賦」は、本来は小さく卑しい鷦鷯というマイナス評価を、むしろプラスに評価しているということができる。[10] この「鷦鷯賦」の観点をもって張華は『晋書』「張華伝」において「王佐の才」と評されるに至っているのである。

陰陽の変化の過程においては、鷦鷯は「悪声之鳥・賊害之鳥」という負の意味を持つ「鴟鴞＝鸋鴂」に繋がる鳥であったが、現実に身を処していく上では鷦鷯は優れた鳥であるという観点が「鷦鷯賦」にあることを見てきた。「鷦鷯賦」においては、逆に陰陽の変化の過程である鷹隼は、強いが故にマイナス評価であるということになる。

「仁徳紀」に現れた「木菟」と「鷦鷯」は、ともに陰陽の変化の過程において結びつけられているが、陰陽の変化に従って性質を変化させていく鳥の中で、「鷦鷯」というポイントにおいて飛び込んできた——すなわち鷹隼といった「鷙鳥」ではない——ということが重要なのである。絶えず変化する陰陽五行の流れに従って性質を変化させる鳥は多数であるにもかかわらず、小さく卑しい鳥である「鷦鷯」という変化のポイントにおいて出現したこと——すなわち「鷦鷯賦」が述べる本来のマイナス評価をむしろプラスに価値づけられている「鷦鷯」が出現したこと——これを「仁徳紀」は「吉祥」と述べているのだと考えられる。その絶えず変化する陰陽五行の流れの中で、特に「鷦鷯」のポイントを選んで飛び込んできたこと、これをもって「天之表」としたのである。飛び込んできたのは鷹隼ではなく鷦鷯であり、この結果「鷦鷯賦」が言うように、鷹隼では不可能だった族類の繁栄が可能であるということになる。これが「仁徳紀」の言う「吉」なのである。

しかし陰陽五行の変化という観点が「仁徳紀」の背後に持ち込まれていたとするならば、変化は絶えず流転するものであるため、「鷦鷯」はいつかは「悪声之鳥・賊害之鳥、小さな鳥も翻って飛び去れば大鳥——すなわち鷙鳥」という鳥（表象）に変化しなければならない。それは『日本書紀』において、いずれはどこかで鷹隼のような「鷙撃」の鳥へ変化せざるを得ない、ということになるだろう。

絶えず変化する陰陽五行の流れの中では、いずれは「鷙鳥」へ変化するポイントが現れる。この変化のポイントが『日本書紀』の中に存在するのかが次の検証対象となる。そこで同じ「鷦鷯」を名にもつ天皇である武烈を見ることにしたい。

武烈（小泊瀬稚鷦鷯）がどのような天皇であったかは、「武烈紀」冒頭に示されている。

① 長好㆓刑理㆒、法令分明。日晏坐朝、幽枉必達。断㆑獄得㆑情。

② **又**、頻造㆓諸悪㆒。不㆑脩㆓一善㆒。凡諸酷刑、無㆑不㆓親覧㆒。国内居人、咸皆震怖。

既に指摘されているように、この部分は②冒頭の「又」を境に、①の賛（漢明帝を典拠）と②の否に分かれている。[11]この部分と「武烈紀」に現れる暴虐記事をもって、従来武烈は「悪帝」と考えられてきた。武烈を「悪帝」とする観点は『古事記』にはなく、そのため②の「又」以降の記述をもって、『日本書紀』編述者が武烈を意識的に「悪帝」と描いたとされるのである。この武烈は系譜的には、

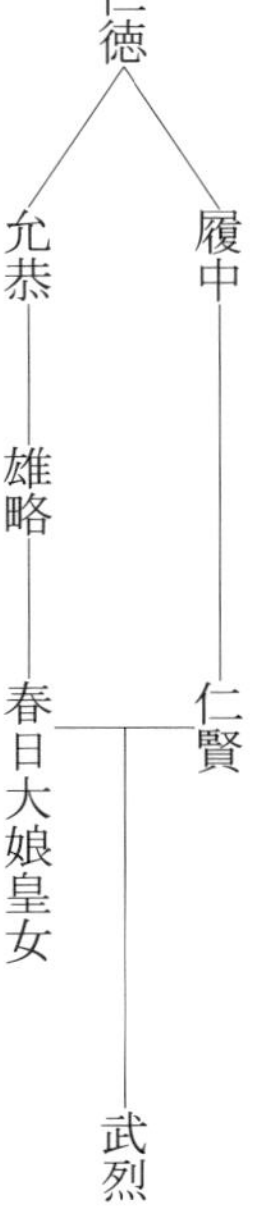

となり、仁徳から派生した履中系と允恭系の結節点としてあり、『日本書紀』においては血統的には仁徳系の終着点であるといえる。その天皇が『日本書紀』のみ、「鷦鷯」の名を持つのである。

その武烈には跡継ぎがなく、継体が即位するが、この武烈—継体間に、従来の先行研究は「易姓革命」の論理を見てきた。[12]すなわち王朝交替論を代表として、

仁徳 ↓ 殷の湯王 ↓ 聖帝

武烈 ↓ 殷の紂王 ↓ 悪帝 ↓ 易姓革命 ↓ 継体

という、「聖帝」仁徳は殷の湯王に準えられ、同じく紂王に準えられた「悪帝」武烈をもって仁徳系王朝が継体系王朝に代わったとする歴史像が再構築されてきたのである。

しかし『日本書紀』読解の問題として見た場合、「易姓革命」とは、天命を受けて王朝が変わることを意味しているが、その名が示す通り、天命を受けて「姓」が「易」わることを指しているといえる。すなわち「血統の異なるもの」が新たに天から「命」を受けて、新しい王朝を開くということである。『日本書紀』は天皇の「万世一系」の論理を主張するものであるという観点に立ったとき、武烈—継体間にもまた、血統を同じくするという観点が保持されていると考えられる。

『日本書紀』編述者が仁徳を「聖帝」とする「歴史」を記述／採用したとき、万世一系に渡る天皇すべてが「聖帝」ではないという「歴史」にも直面せざるを得なかったといっていい。一方で「聖帝」なる天皇がいたという「歴史」は、言い換えれば「聖帝」が現れれば次には「悪帝」が出現するという漢籍による「易姓革命」の論理をも背負わなければならなくなる。「悪帝」の出現は、やがては「易姓革命」の論理へと発展するものであり、天命思想を抱える『日本書紀』が、「万世一系」を主張するものであるならば、いつかは解決しなければならない問題であった。(13)「万世一系」を主張しながら、「聖帝」の存在した「歴史」に立ち向かったとき、どのようにして「易姓革命」の問題を解決するか、この説明をどう可能にするか、これが「歴史」に直面した『日本書紀』編述者のみが対峙した問題であり、必ずどこかで解決しなければならない問題であった。

すなわち「万世一系」の血統から—同じ血統から—「聖帝」も生まれれば、また「悪帝」も生まれるという問題を、

「聖帝」と「悪帝」の差は陰陽五行の移り変わりに従って絶えず変化していく性質の差、すなわち陰陽五行の変化とともに「革」まっていく「性」の差であると捉える、これが『日本書紀』編述者が新しく開いた解決であったと考えるのである。同じ血統から「聖帝」が生まれ「悪帝」が生まれ、なお「易姓革命」を誘引しない論理、それを『日本書紀』編述者は、陰陽五行の変化に従って移り変わる鳥が、「性」を「革」めていくという、いわば「革性」の論理に重ねて理解したのであった。これによって『日本書紀』は「易姓革命」を否定することに成功しているのである。

おわりに

以上ここまで、『日本書紀』「仁徳紀」の鳥名表記が、『日本書紀』における「易姓革命」の否定に繋がるいわば「革性」の表出であることを見てきた。この「革性」の論理は『日本書紀』冒頭の陰陽論による世界の生成から問題は続いていると推測できるが、より具体的には「仁徳紀」元年春正月条の、名易えの記事から始まっていると見ていい。何故なら記事の季節は「春」であり、「鵜鶘」と「木菟」の名を「易」えることにより、仁徳は「鵜鶘」の名を負ったことになっているからである。これは鳥が「仁」を感じて変化する「春」に、「木菟」から「鵜鶘」へと「易」わることを、人工的に引き起こしたことを述べているものだからである。この正月条をもって、陰陽五行の変化に則った「革性」の論理が始発したのである。[14]

注

（1）従来文学研究の側からは、主に『古事記』を主体とした物語単位の研究が行われてきた。「仁徳紀」の鳥名を漢籍の解釈から見た論考はほとんどなく、荻原千鶴「女鳥王」（『国語と国文学』五十九—十一　一九八二年十一月、後に『日本古代の神話と文学』（一九九八年一月 塙書房）に所収）が女鳥王を雉と解析したことを発展させた寺川真知夫「雌鳥皇女・女鳥王伝承の性格と形成」（中村啓信他編『梅澤伊勢三先生追悼記紀論集』続群書類従完成会 一九九二年三月）が『新撰字鏡』から「鷂」を「南方神鳥」と見たものを越える論はない。ただし漢籍における「梟」から「仁徳紀」に触れたものとしては中西進「梟」（『文学』第七巻第四号 一九九六年）がある。

（2） 小島憲之『上代日本文学と中国文学』（一九六二年九月 塙書房）を参照。

（3） 中華書局本『芸文類聚』は「蜩」とするが『毛詩正義』周頌閔予小子之什「小毖」正義に「陸機疏云、今鷦鷯是也。微二小於黄雀一、其雛化而為レ鵰。故俗語鷦鷯生レ鵰」とあり、時代は下るが『爾雅正義』も同じ陸機詩義疏を引いて「鵰」とするため、本稿では私に「鵰」と改めた。「鵰」は『文選』「思玄賦」・「鵰鶚競二於貪婪一兮」李善注「鵰鶚、悪鳥、喩二小人一也」、『後漢書』「張衡伝」同李賢注「鵰、鶚、鷙鳥也。以喩二讒佞一也」とあり、鷙鳥の総称。

（4） 「鶗鴂」と「鸋鴂」の互換性は以下の通り。『毛詩』「小毖」鄭箋「（桃蟲＝鷦鷯は）題肩也。或曰レ鴞」により「題肩＝鷦鷯＝鴟鴞＝鸋鴂」。『芸文類聚』「鷂」項により「題肩＝隼＝布穀」となり、『後漢書』「張衡伝」李賢注「鶗鴂、鳥名、喩二讒人一。広雅曰、鸋鴂、布穀」で「布穀＝鸋鴂」となり、『漢書』「揚雄伝」顔師古注「鸋字或作レ鶗」により「鶗鴂＝鸋鴂＝布穀＝隼＝題肩＝鷦鷯＝鸋鴂」となる。

（5） 『芸文類聚』鳥部中「鷹」項「京房占曰、七月鳩化為レ鷹」。

（6） 『毛詩』解釈は『國釋漢文大成』の句釈による。

（7） 「鵩鳥賦」解釈は『全釈漢文大系』注による。

（8） 「鵩＝鴟鴞」という解釈は『漢書』顔師古注から推測できる。具体的には原本系『玉篇』に「鴟鴞、楚人謂レ之服鳥。賈誼所レ爲レ賦也」とある（岡井慎吾『玉篇の研究』一九三三年十二月 東洋文庫）。

（9） 「徳人無レ累兮、知レ命不レ憂」には「又（荘子）曰、聖人循二天之理一。故無二天災一、故無二物累一。周易曰、楽天知レ命故不レ憂」という、聖人は陰陽五行の変化に従うため吉凶に拘泥しないとの李善注が付されている。

（10） 「鷦鷯賦」の読解は興膳宏「小鳥の飛翔」（『松浦友久博士追悼記念中國古典文學論集』同論集刊行会編 二〇〇六年三月）を参照。

(11)「武烈紀」冒頭「又」を挟んで賛である前部が旧史料、否である後部が編述者による操作としたのは角林文雄「武烈〜欽明期の再検討」(『史学雑誌』八十八―十一　一九七九年十月)。

(12)『日本書紀』における武烈―継体間を対象としたこれまでの論考は、次の二点に大別できる。①易姓革命が実際にあったとする考察、②易姓革命は表現に過ぎないとする考察、である。歴史的事実としての易姓革命すなわち王朝交代を考えるのが水野祐(『日本古代王朝史論序説』水野祐著作集1　一九九二年　早稲田大学出版部)を代表とする王朝交代論である。これに対し事実としての王朝交代ではなく、あくまで『日本書紀』の記事に即して考察するのが②であり、現在主流の見解である。その主流の根底を形成したのが、黛弘道「推古朝の意義」(『岩波講座日本歴史2』(一九六二年六月　岩波書店)。後に『律令国家成立史の研究』(一九八二年十二月　吉川弘文館)に所収)である。黛論は、武烈の暴虐記事の存在こそが継体即位の正当性を保証しているとする。以後、「武烈紀」は継体即位の正当性を保証するために暴虐記事が附されたという観点から考察されてきた。例えば『日本書紀』の背後に「有徳為君」の思想を見た梅澤伊勢三(「大陸化された古傳説の再国粋化と神孫王者観の主張」『記紀批判』第九章　一九六二年三月　創元社)もそうである。従来の研究成果を総合している論として水谷千秋「日本書紀継体天皇即位条の研究」(横田健一編『日本書紀研究』第十八冊　一九九二年五月)を挙げておく。他に山中鹿次「武烈天皇に関する諸問題」(横田健一編『日本書紀研究』第十九冊　一九九四年二月)が研究史を整理している。

(13)『日本書紀』における易姓革命の否定は、最近では呉哲男「ナショナリズムの〈起源〉」(『日本文学』Vol. 56 No. 1　二〇〇七年一月)において指摘されている。

(14) 神野志隆光『古代天皇神話論』(一九九九年十二月　若草書房)。

＊『漢書』『後漢書』『晋書』『芸文類聚』『文選』のテキストは中華書局本による。『爾雅』『毛詩』は北京大学出版社版『十三経注疏整理本』。『倭名類聚抄』は『諸本集成倭名類聚抄』による。

＊＊**付記**　本章の初出が『日本文学』(Vol. 57 No. 2　二〇〇八年二月)誌上に掲載された後、黒田彰氏から「鶏梟と伯労―「鶺鴒」という名の天皇」読後―」(『日本文学』Vol. 58 No. 2　二〇〇九年二月)という御論文において、詳細なご教示と

要修正個所を賜った。本稿を驚異的な精確さでご訂正くださったのである。記して感謝申し上げる次第である。

特に漢籍における鳥名表記の解釈学の部分は、黒田先生の御論考を参照するほうが精確である。それゆえ、本論には旧稿を改稿せずにそのまま掲載した。

ただし、恐縮ながら、旧稿の企図したところを釈明させていただきたい。そもそも、『後漢書』「張衡伝」李賢注の引用部分が誤っているので、釈明も何もないのであるが、説明させていただきたいので付記とした次第である。

問題個所は、本章第一章の、以下の部分である。

Aは「布穀」が子を生むと、鶻鵃がその子を育てると説明するものである。しかしこれは『後漢書』巻五十九「張衡伝」の「鶗鴂鳴而不ㇾ芳」の李賢注では、

鶗鴂、鳥名、喩二讒人一也。広雅曰、**鷤鴂、布穀也**。

として、「布穀」の異名を「鸋鴂」と示している。すなわち「鸋鴂」＝「布穀」である。

この部分は、正しくは黒田先生の仰るように、「鷤鴂」ではなく「鷤鳺」である。感謝して訂正する次第である。とはいえ、ここでは、「広雅曰く、鷤鳺は、**布穀なり**」は、張衡「思玄賦」の「鶗鴂」を注釈している個所である。すなわち、「鶗鴂」とは何か、を説明した個所に、「広雅曰く、鷤鳺は、**布穀なり**」がある以上は、「「鶗鴂」＝「布穀」である」ということを、李賢注は述べているということになる。「鶗鴂＝鷤鳺＝**布穀**」として、現象している、と言った方が正確かもしれない。現代の鳥として翻訳してしまうと（みさご、など）、明らかに別鳥である。しかし、当時の漢籍参照環境では「同じ」と説明される現象が起きているし、別々の漢籍を同時に参照すると、もっと奇妙なことが生成してしまう。これを明らかにすることが、旧稿第一章の企図であった。

とはいえ、それも言い訳である。御論考から賜った学恩に生涯感謝する所存である。

3　聖帝の世で、鹿が見た夢

はじめに

『日本書紀』「仁徳紀」三十八年七月条には、「菟餓野」の鹿の記事が載る。鹿が夢を見て、その夢占いをするというものである。この記事（以下、当該条）は、仁徳天皇が「高台」において、皇后たる八田皇女とともに鹿の鳴く声を聞いたという同月記事の後半部に位置する。しかし、両者は、あとで見るように、ほとんど文脈的な関連性をもたない。これまでは、三十八年七月の前半部と、後半部である当該条とを関連づけようと試みる論調が主流であった。文脈上、関連がないものを、関連づけて考察しようとした結果、前半部に「付加的に」掲載されたものが当該条であるという、消極的な見方が展開されてきたのである。すなわち、主流は前半部の研究であり、当該条の研究は副次的なものに陥らざるを得なかったのである。

こうなってしまったのも、そもそも当該条が、時代や固有名詞など、「仁徳紀」三十八年七月に掲載されるべき、内的な要因を持ち合わせていないことによる。すなわち、「仁徳紀」全体に関わる積極的な要素がないだけでなく、三十八年七月前半部との関連性も担保できなくなっているためである。当該条は、ちょうど、ほぼ同じ内容を持つ記事が『釈日本紀』所引『摂津国風土記』逸文に掲載されるように、どのような文脈にも置くことができるような、ある意味で「匿名的な」記事なのである。そのような特性をもった当該条が、三十八年七月後半に配置されていることを、どのように読解すればよいのか。そして、同時に、当該条が三十八年七月条の後半にあることで、同条全体がどのようなものとして読解されるべきであるのか、これを論じる必要がある。本章は、「匿名的」な特性を持つ当該条が、「仁徳紀」の、それも三十八年七月に掲載された積極的な解釈と、そのことがもたらす効果の程を検討することを目的とする。

1、問題の所在と、これまでの研究

まずは当該条を掲載しよう。

俗曰、昔有㆓一人㆒、往㆓菟餓㆒、宿㆓于野中㆒。時二鹿臥㆑傍。将㆑及㆓鶏鳴㆒、牡鹿謂㆓牝鹿㆒曰、吾今夜夢之、白霜多降之覆㆓吾身㆒。是何祥焉。牝鹿答曰、汝之出行、必為㆑人見㆑射而死。即以㆓白塩㆒塗㆓其身㆒、如㆓霜素㆒之応也。時宿人心裏異之。未㆑及㆓昧爽㆒、有㆓猟人㆒以射㆓牡鹿㆒而殺。是以時人諺曰、鳴牡鹿矣、随㆓相夢㆒也。

（俗《くにひと》の曰《い》へらく、「昔、一人《ひとりのひと》有り。菟餓《とが》に往《ゆ》きて、野中《のなか》に宿《やど》りき。時に二《ふたつ》の鹿《か》、傍《かたはら》に臥《こや》せり。鶏鳴《あかとき》に及《およ》ばむとして、牡鹿《おしか》、牝鹿《めしか》に謂《かた》りて曰《いは》く、『吾《われ》、今夜《こよひ》夢《いめ》みらく、白霜多《さは》に降《ふ》りて吾《わ》が身《み》を覆《おほ》ふと。是《これ》、何の祥《さが》ならむ』といふ。牝鹿《めしか》、答へて曰く、『汝《いまし》の出行《ゆ》かむときに、必ず人の為に射られて死なむ。即《すなは》ち白塩《しほ》を以《も》ちて其の身に塗《ぬ》られむこと、霜《しも》の素《しろ》きが如くならむ応《しるし》なり』といふ。時に宿れる人、心裏《こころのうち》に異《あや》しぶ。未《いま》だ昧爽《あけぼの》に及《いた》らざるに、猟人《かりびと》有りて牡鹿を射て殺しつ。是を以ちて、時人《ときのひと》の諺《ことわざ》に曰く、『鳴く牡鹿《しか》なれや、相夢《いめあはせ》の随《まにま》に』といふ」といへり。）

以上のように、当該条には、それ自体を歴史的にどう位置づければよいのかを示す指標がない。天皇や、臣下や、歴史的事件など、編年体の歴史書である『日本書紀』の、どの位置に収めればよいかを示す値が皆無である、ということである。すなわち、当該条が「仁徳紀」三十八年七月に掲載される積極的な内的徴証を示すことはできないのである。

このことは、『釈日本紀』所引『摂津国風土記』逸文に、当該条と類似の説話が掲載されることによって、より問題を明らかにする。(1)

摂津国風土記曰、雄伴郡、有二夢野一。父老相伝云、昔者、刀我野有二牡鹿一。其嫡牝鹿、居二此野一。其妾牝鹿、居二淡路国野嶋一。彼牡鹿、屢往二野嶋一、与レ妾相愛无レ比。既而牡鹿、来宿二嫡所一。明旦、牡鹿語二其嫡一云、今夜夢、吾背爾雪零於祁利止見支。又曰都、須々紀村生多利止見支。此夢何祥。其嫡、悪三夫復向二妾所一、乃詐相レ之曰、背上生レ草者、矢射二背上一之祥。又雪零者、白塩塗レ宍之祥。汝渡二淡路野嶋一者、必遇二船人一、射二死海中一、謹勿二復往一。其牡鹿、不レ勝二感恋一、復渡二野嶋一。海中遇二逢行船一、終為射死。故名二此野一曰二夢野一。俗説云、刀我野爾立留真牡鹿母夢相乃麻爾麻爾。

(摂津の国風土記に曰はく、雄伴《をとも》の郡《こほり》に、夢野《いめの》あり。父老《みおや》相伝《あひつた》へて云《い》はく、「昔者《むかし》、刀我野《とがの》に牡鹿《しか》ありけり。其の嫡《むかひめ》の牝鹿《めか》、此の野に居《を》りけり。其の妾《をむなめ》の牝鹿、淡路《あはぢ》の国の野嶋《のじま》に居りけり。彼の牡鹿、屢《しばし》ば野嶋に往《ゆ》き、妾と相愛《うつく》しみすること比《たぐ》ひなし。既《すで》にして、牡鹿、来《きた》りて嫡の所に宿《やど》りぬ。明旦《くるつあした》、牡鹿、其の嫡に語りて云《い》ひつ、『今夜夢《こよひいめみ》らく、我が背に雪零《ゆきふ》りおけりと見き』といふ。又曰《い》ひつ、『すすき村生《むらお》ひたりと見き。此の夢は何の祥《しるし》ぞ』といふ。其の嫡、夫の復《ま》た妾の所に向《ゆ》くを悪《にく》み、乃《すなは》ち詐《いつは》り相《あは》せて曰はく、『背の上に生ひたる草は、矢、背の上《へ》を射む祥ぞ。又、雪の零りけるは、白塩《しほ》を宍《しし》に塗る祥ぞ。汝、淡路の野嶋に渡らば、必ず船人《ふなびと》に遇《あ》ひ、射《い》えて海中《わたなか》に死《みまか》らむ。謹《ゆめ》な復た往きそ』といひけり。其の牡鹿、感恋《うつくしみ》に勝《あ》へず、復た野嶋に渡るに、海中に偶《たまさか》に行船に逢ひ、終《つひ》に為《ため》に射《い》えて死《し》にけり」といふ。故《かれ》、此の野を名けて夢野と曰ふ。俗《くにひと》、説《つた》へて云はく、「刀我野に立てる真牡鹿《まをしか》も夢相《いめあはせ》のまにまに」といふ。）

このように見てくると、『日本書紀』「仁徳紀」にも、『摂津国風土記』にも、どちらに掲載されても矛盾を来さない記事であることが見えてくる。すなわち、『日本書紀』「仁徳紀」が仁徳天皇の「歴史」を語ろうとする上で、必ずしも必須の記事ではないのではないか、という疑問が浮かび上がるのである。当該条は、ひとつの話として完結しており、いかなる補完も必要としないのである。つまり、『日本書紀』の「歴史」を構成する要素として、前後の文脈に支えられる必要がないし、逆に前後の文脈にまったく寄与しない可能性がある。このことが、「仁徳紀」三十八年七月に掲載されるべき指標、あるいは現在の位置でなければ趣旨を述べ得ない文脈依存性を、当該条に見出すことがかなわない理由となっている。

津田左右吉『日本古典の研究』[2]は、『日本書紀』編述者が中国史書に遜色ない史書を作ろうとして、異聞を多く採用したためであろうと推測する。すなわち、前後の文脈などに拘泥せず、ただ史書の体裁を繕うためにその分量を増そうと、ランダムに記事を配置した、いわば「意思なき配置」と見る見方である。それは、当該条がこの位置に掲載される理由について考究することを放棄した結果でもあろう。『日本書紀』はそれほど精緻な史書ではない、すなわち、『日本書紀』の雑駁な編集方針の結果である、という結論でもある。ただし、それはそれで、前後の文脈との連続的解釈を不可能なものにしているという見解でもあり、これ自体は間違いではあるまい。

「鳴く鹿でもないのに、夢の相のままになった」という諺が当時行われていたのであろう。摂津風土記に変形して載せられているように、この説話が有名で、鳴く鹿は夢あわせのままに死んだが、その鹿でもないのに、悪い夢見がそのまま実現したときに、この言葉を人人が口にしたものであろう。[3]

という注釈や、

夢合わせをする時には悪い方の合わせ方をするな、という戒めに使われたものであろう(4)。

という見解が示すように、「仁徳紀」全体とはいったん切り離して、記事それ単体としての解釈を示さざるを得ないのが、当該条の特性なのである。

しかし、一方で、「仁徳紀」全体にとっては無意味とは捉えずに、積極的な意義を見出していこうとする研究も少なくはない。時間や人物を示す指標はなくとも、「菟餓野」という地名を手掛かりに、当該条についての考察を進めたものもある。それは、三十八年七月条の前半部分、すなわち、「高台の避暑」に赴いた仁徳天皇と八田皇女とが、鹿の鳴き声を聞いたという記事、すなわち、当該条に先行する記事との関係から読み解くものである。まずは、その記事を掲載しよう（以下、「高台の避暑」記事と呼ぶ）。

三十八年春正月癸酉朔戊寅、立二八田皇女一為二皇后一。秋七月、天皇与二皇后一居二高台一而避レ暑。時毎夜、自二菟餓野一有レ聞二鹿鳴一。其声寥亮而悲之。共起二可憐之情一。及二月尽一、以鹿鳴不レ聆。爰天皇語二皇后一曰。当二是夕一而鹿不レ鳴。其何由焉。明日、猪名県佐伯部献二苞苴一。天皇令二膳夫一以問曰、其苞苴何物也。対言、牡鹿也。問レ之、何処鹿也。曰、菟餓野。時天皇以為、是苞苴者必其鳴鹿也、因謂二皇后一曰、朕比有二懐抱一、聞二鹿声一而慰之。今推二佐伯部獲レ鹿之日夜及山野一、即当二鳴鹿一。其人雖下不レ知二朕之愛一、以適逢獮獲上、猶不レ得レ已而有レ恨。故佐伯部不レ欲レ近二於皇居一。乃令二有司一、移二郷于安芸渟田一。此今渟田佐伯部之祖也。

（三十八年の春正月の癸酉《きいう》の朔《つきたち》にして戊寅《ぼいん》に、八田皇女《やたのひめみこ》を立てて、皇后《きさき》としたまふ。秋七月に、天皇《すめらみこと》、皇后と高台《たかどの》に居《ま》しまして、暑を避く。時に、毎夜《よなよな》、菟餓野《とがの》より鹿《か》の鳴聞《こゑきこ》ゆること有り。其の声、寥亮《さやか》にして悲し。共に可憐《あはれ》とおもほす情《みこころ》を起したまふ。月尽《つきこもり》に及《いた》りて、鹿の鳴聆《きこ》えず。爰《ここ》に天皇、皇后に語りて曰《のたま》はく、「是夕《こよひ》に当《あた》りて鹿鳴《な》かず。其《そ》れ、何《なに》の由《ゆゑ》ぞ」とのたまふ。明日《くるつひ》に、猪名県《ゐなのあがた》の佐伯部《さへきべ》、苞苴《にへ》を献《たてまつ》る。天皇、膳夫《かしはて》に令《のりごと》して問《と》はしめて曰はく、「其の苞苴は何物《なにもの》ぞ」とのたまふ。対《こた》へて言《まを》さく、「牡鹿《しか》なり」とまをす。問ひたまはく、「何処《いづく》の鹿ぞ」とのたまふ。曰《まを》さく、「菟餓野なり」とまをす。時に天皇以為《おもほ》さく、是《こ》の苞苴は、必《かなら》ず其の鳴きし鹿ならむ、とおもほし、因《よ》りて皇后に謂りて曰はく、「朕《われ》、比《このころ》、懐抱《ものおも》ひつつ有るに、鹿の声を聞きて慰《こころやす》む。今《いま》し佐伯部の鹿を獲《と》れる日夜《よるひる》と山野《やまの》を推《おしはか》るに、即《すなは》ち鳴きし鹿に当《あた》れり。其の人、朕《わ》が愛《いとほし》みすることを知らずして、適《たまさか》に逢獮獲《えたり》と雖《いへど》も、猶《なほ》し已《や》むこと得《え》ずして恨《うらめ》しきこと有り。故《かれ》、佐伯部は皇居《みやこ》に近《ちかつ》くことを欲《ほり》せじ」とのたまふ。乃《すなは》ち有司《つかさ》に令《のりごと》して、郷《さと》を安芸《あぎ》の渟田《ぬた》に移《うつ》す。此《これ》、今の渟田の佐伯部が祖《おや》なり。)

このように、同じ「菟餓野」と「鹿」の組み合わせが共通している。「高台の避暑」記事に、「菟餓野」と「鹿」が現れることから、同じ要素を持つ当該条が連想的に呼び出され、今の位置に置かれたと考えられてきたのである。たとえば、以下のような寺川真知夫論である。[5]

後半は摂津国風土記佚文の夢野の鹿の伝承の異伝である。これは地名からの連想と、行為者の本来の意図と異る方向で事件が決着するという内容の類似からここに収められたように見える。

同じ地名と、類似する内容から、連想的に位置づけられたという見解である。寺川論は、「高台の避暑」記事は、「鹿」を捕食対象として見つめるコードを保有する佐伯部と、「鹿」をその鳴き声を愛でる対象として耳を澄ますコードを保有する天皇との、価値観の相違を描いたものとして解釈する。佐伯部は、自らのコードに従って「鹿」を捕えたが、献上した先の天皇は別のコードを持っていたのである。結果、コードの違いが佐伯部の移郷という悲劇を引き起こすのである。このように、「高台の避暑」記事がもつ、「行為者の本来の意図と異なる方向で事件が決着する」という点において、当該条と「高台の避暑」記事は連続している、というのである。結果、当該条は、「高台の避暑」

記事の「注釈的に付加された部分」のようなものであり、それは「高台の避暑」記事との類似性を土台として、連想的に呼び出されたと考えるものである。

この見解は、言い換えれば、話はそれ単体として「伝承」のようなものとして推察される形として在り、そしてその単体としての記事が、連想によって引き寄せられたと考えるものといえよう。この見解は、類似の説話が『釈日本紀』所引『摂津国風土記』逸文として掲載されることをも含んで成り立つ論である。当該条は、ひとつの完結した話としてあるため、何かきっかけがあれば、どこへでも掲載可能という特性をもつ、ということである。そして、その本来は非連続的な両者の関係を、「注釈的付加」と見たことは―たとえそれが寺川論の本筋において指摘されたことではなかったとしても―、本章の問題を考える上で、見逃してはならない点であることは特記しておこう。

当該条を、先行する「高台の避暑」記事の、「注釈的付加」であると考えた場合、やはり、重視されるのは注釈される側の「高台の避暑」記事であろう。この記事は、従来、大王の公的な儀礼性を示すものとして考えられてきた。岡田精司が、大王による公的な稲作儀礼と考えたことが、その嚆矢となろう。(6) この岡田論が展開した、鹿の声を聞く大王像の構築という視点を批判的に継承する形で、先の寺川論は展開されるのである。すなわち、天皇が鹿の声を聞く行為とは、薨去した磐之媛皇后を偲ぶ行為であり、それは「仁徳帝にふさわしい奥の深い心を語るもの」と考えたのである。仁徳天皇像の形象に言及している点、傾聴すべき見解である。

「高台の避暑」記事が、天皇による公的な儀礼を想起させるものとしてあることは確かであろう。むろん、史書に記載される以上は、公的な性格を持つことは、一般論的としても追認できよう。本章もまた、「高台の避暑」記事は、鹿の声を聞くという、王の公的な儀礼性が、読解の果てに想起されるであろうことは認める。しかし、それは「高台の避暑」記事の解釈である。当該条が、果たしてその解釈を導くような「注釈」的性格を持つのか否か、という問題は、いまだ残るのではあるまいか。

以上ここまで、当該条における従来研究のあらましを見てきた。「意思なき配置」という見方から、意義あるものという見方への変遷、そして「高台の避暑」記事との関連性へと論が進められてきた。そこから導かれたのは、儀礼的に鹿の鳴き声を聞く王が、薨去した磐之媛皇后を偲ぶというかたちで描かれる、仁徳天皇像の構築であった。ただし、それは「高台の避暑」記事の解釈に留まるものであり、決して当該条の解釈ではないことをあらためて述べたいと思う。当該条が「仁徳紀」三十八年七月条に掲載された理由は、久しく等閑視されてきたといわざるを得ないのである。

このような当該条について、本章ではむしろ当該条にこそ焦点を当てて考えてみたいのである。固有性を示す識別子をほとんど備えない当該条が、「仁徳紀」に、特に三十八年七月に掲載されることでもたらされる効果の程を、当該条の読解から果たしたい。まずは、当該条の内容を分析していこう。

2、三十八年の「白鹿」

三十八年、八田皇女の立后の年、鹿が夢を見る。その夢とは、全身が白くなっていくというものであった。牝鹿の夢解きによれば、横死の前兆であり、果たしてそれが実現するのである。「鳴く牡鹿《しか》も相夢《いめあはせ》の随《まにま》に」ということになるのだが、「夢解き次第」ということならば、複数の未来、すなわち複数の結果が想定されうるのであろう。鹿が白くなるという一つの現象に、複数のコードが想定されるのであれば、横死の凶兆以外に何があるのか、すなわち、鹿が白くなる、ということを少し考えてみるべきである。その意味を考える上で参照したいのは、『日本書紀』編述当時の知的環境である。

抱朴子曰、鹿寿千歳。満㆓五百歳㆒、則色白。

（『芸文類聚』巻九十五・獣部下・「鹿」項）(7)

ここには、鹿は千年を生きるが、年齢が五百歳を超えると白い鹿、すなわち「白鹿」に変化する、とある。つまり、そもそも生まれつき白い鹿は存在しない。齢五百年を超えたとき、鹿は全身が白くなっていくものとしてあるということなのだ。三十八年七月という年に、ある鹿が、今まさに白くなろうとしている夢を見たのである。それはまさに「白鹿」になろうとしている夢を見たということになる。八世紀当時の知的環境を参照するならば、まずは鹿が白くなることの意味を、右のように捉えることができよう。

そして、その「白鹿」にも、漢籍に通じた者であるならば、特別な意味があることは熟知していたであろう。すなわち、祥瑞としての「白鹿」である。

孝経援神契曰、徳至㆓鳥獣㆒、則白鹿見。瑞応図曰、天鹿者純善之獣也。道備則白鹿見。王者明恵及㆑下則見。

（『芸文類聚』巻九十九・祥瑞部下・「白鹿」項）

これによれば、王者（君主）が善政を施く時、「白鹿」は出現するという。すなわち、その善政を称讃するために、天は「白鹿」を出現させることで、その称讃の意を王者に伝えるのである。「孝徳紀」白雉元年春正月条にも、「詔曰、聖王出㆑世、治㆓天下㆒時、天則応㆑之、示㆓其祥瑞㆒。（中略）若㆑斯鳥獣、及㆓于草木㆒、有㆓符応㆒者、皆是、天地所㆑生、休祥嘉瑞也」とあるように、天は動植物に変化を起こすことで祥瑞を示すという考えがあり、そしてそれは、八世紀当時の祥瑞思想の理解の一端として確認しておいてよい。

今まさに、鹿が齢五百年を迎え、天意によって「白鹿」となって、「祥瑞」を示そうとしている、そのような夢を見た鹿がいたということである。祥瑞それ自体は、その善政をもって「聖帝」と称讃された仁徳の御代であるならば、その出現はあり得べきことでもある。しかし、結局、鹿は「白鹿」にはならなかったのである。これは、夢占いに拠る、という当該条の趣旨により、塩漬けにされた鹿肉になってしまったと語られるのである。

この夢占いであるが、じつは、よく見ると牡鹿の見た夢の内容の記述と、牝鹿の解釈の記述との間に、微妙な表記の違いがあることに気づかされる。

白霜多降之覆㆓吾身㆒。是何祥焉。 **牡鹿…「白霜」・「祥」**

即以㆓白塩㆒塗㆓其身㆒、如㆓霜素㆒之応也。 **牝鹿…「霜素」・「応」**

牡鹿が自身の見た夢を「白霜」と表記し、それを「祥」であるかと問うたのに対し、牝鹿は「霜素」であり「応」であると占い答えるのである。この表記の違いが意味するところを分析しておきたい。まずは「祥」と「応」の違いである。

従来は、「祥」と「応」は対応関係にあり、ほぼ同義であると考えられてきた。たとえば、「祥」は、「前兆。（中略）『（篆隷）万象名義』に「祥、善也。吉也」（中略）二行後の「応」に対応」とあるのがそれである。(8)「祥」と「応」は文脈上、対応関係にあるということである。そして「祥」それ自体は、「吉兆」であることが示されている。一方、「応」について、同じように訓詁を示すならば、『爾雅』巻二「釈詁下」に、「昌・敵・彊・応・丁、当也」とあり、(9)「応」は「当」ということになる。因果の因に果が「当」たるという義である。前兆に対する結果、すなわち応《こた》え、という意であるが、テキストの文脈によって異なることもある。たとえば、『漢書』「劉向伝」に、「考㆓祥応之福㆒、省㆓災異之禍㆒」とあることから、(10)「祥」と「応」はどちらも「吉兆」という意で共通しており、それは反対の「凶兆」を意味する「災異」と対になる語であるような用例もある。ことはテキストに依存するのである。

そこで『日本書紀』における「応」の用例を見ておくと、以下の例を見ることができる。

朕今日夢矣、錦色小蛇、繞㆓于朕頸㆒。復大雨従㆓狭穂㆒発、而来之濡㆑面。是何祥也。

茲意未レ竟、眼涕自流。則挙レ袖拭レ涕、従レ袖溢レ之沾二帝面一。故今日夢也、必是事応焉。

（「垂仁紀」五年冬十月条）

ここは、垂仁天皇が見た夢を、狭穂姫皇后が夢解きする場面である。天皇は、吉凶いずれかわからないまま、「祥」と問いかけているが、皇后は弑殺の前兆という凶兆として解き、それを「応」と答えているのである。凶事の兆しであろう、という意である。また、

時人説二前謡之応一曰、以二伊波能杯爾一、而喩二上宮一。（蘇我入鹿による山背大兄王焼き討ち事件の童謡）

（「皇極紀」二年十一月条）

については、いわゆる「時人」は、凶事の前兆として童謡を解読したとき、それを「応」と述べるのである。さらに、

百済、伐二新羅一還時、馬自行二道於寺金堂一。昼夜勿レ息。唯食レ草時止〈或本云、至二庚申年一、為レ敵所レ滅之応也〉。

（国家滅亡の前兆…凶事）　（「斉明紀」四年是歳条）

などにいたっては、国家滅亡の凶兆を「応」として理解しているのである。このように、『日本書紀』においては、「天」が「応える」といったような用例以外の「応」は、すべて凶事に対応する前兆をいうのであり、吉兆を言う「祥」とは明確な使い分けがなされていると言わなければならない。

これによれば、自身が見た夢を、どのような「祥」なのかと聞く牡鹿は、その夢を「吉兆」だと考えているが、一方で、牝鹿はそれを「凶兆」として解いたということになろう。それゆえの「応」なのである。そして、結果として、夢は「凶兆」として結実していくのである。

さらに、「白」と「素」が使い分けられているのも同断と言うことができる。というのは、時代は降るが、「白鹿」の「白」がどのような色かということについて、以下の記述がある。

晋中興徴祥説曰、白鹿者、仁獣也。王者明恵及レ下則見。色若二霜雪白一。（『唐開元占経』巻一百六・「白鹿」[11]）

すなわち、祥瑞「白鹿」の「白」は、「霜」のような白色だというのである。ここまで見なくとも、「鹿」が「白」くなるという文脈は、容易に「白鹿」を想起させうるものであったろう。しかし、牝鹿は、ここで「白」ではなく、「素」と答えるのである。この「素」は、原本系『玉篇』に、「謂二空虚一也」というように、[12]「無色」を意味する。英語でいう「white」の意はない、というのである。このような「シロ」を意味する「素」が使われたとき、そこには「白鹿」を想起させることが出来なくなってしまうのである。すなわち、「白鹿」を想起させない「シロ」として、牝鹿は回答しているのである。

ここに語られていることは、同じ「鹿がシロくなる夢」であっても、「吉」と「凶」の、二つの相反するコードが存在しているということである。このことは、先掲の寺川論が、

> 一つのものに異なる二つのコードがあるにもかかわらず、自らの知識にもとづく一つのコードのみで理解するとき、行き違いや不幸を蒙る事態が発生しかねないという政治的世俗的な智慧・教訓をも語っているようにみえる。

という読みを示していることは、当該条を看破したものとして称讃しなければならない。これは、あくまで、「高台の避暑」記事における、「鹿の声」というものが、一方で天皇側には「心を慰める声」として、他方で佐伯部には「狩猟の契機」として、相反するコードを持っていたことの分析ではある。しかし、当該条が付加されることで、構造的反復が発生し、両者は分かちがたく、同じ一つのモチーフを語るものとして、連続的に配置されている姿を見てとることができるのである。「注釈的付加」と言った場合、それは、同じモチーフが繰り返し反復されることによって、そこから「仁徳紀」読解に必要な理解が得られる、という意味として、当該条は確かに「注釈的付加」になっているのである。むろん、「高台の避暑」記事それ自体は、仁徳天皇が皇后を偲んだ記事として読解できることは、そ

の通りである。ただし、一方で、当該条が相反する二つのコードの存在について語っていること、そしてそれは「聖帝」の御代においてである、という重大な事態を合わせてみるとき、皇后に対する愛しみなどという小さな問題ではなく、『日本書紀』全体に関わる主題ともいうべきものへ直接リンクしていくのではないだろうか。すなわち、「聖帝」の御代に、相反する「吉凶」二つのコードが存在していることは、『日本書紀』にとって看過し得ない重大な問題なのである。

今まさに「白鹿」に変化しようとしていた牡鹿。その前兆である夢に対して、牝鹿が異なった解釈を行った。その結果、牝鹿の解釈の通りの凶事となってしまった、という。このことは、すなわち、「仁徳紀」において、「白鹿」が出現することはなくなった、ということを意味する。つまり、「聖帝」の御代に、その善政を称讃する「白鹿」の登場がキャンセルされて、実現しなかった、ということになる。これは、ある意味で、天皇批判である。それだけではない。当該条は、逆に、凶事として解釈された結果、その凶事が実現したと述べるのである。「聖帝」の御代に「凶事」が実現する、ということは、「聖帝」の御代に悪政とまでは言わずとも、祥瑞がキャンセルされる事態が実現していることを含んでしまうのである。「聖帝」の御代における、凶事について確認していく必要がある。

3、「吉凶・善悪」の御代

当該条のすぐ後には、雌鳥皇女と隼別皇子の叛逆説話が掲載される。「聖帝」の御代に、叛逆記事が掲載されるのである。それだけではない。じつは、当該条以下、凶事が連続して記載されるのである。

①	即位前紀		系譜記事・評
②	即位前紀		応神四十一年春二月　互譲記事
			大山守皇子の反乱
③	元年	春正月	即位・宮殿措定
④			名前交換の記事
⑤	二年	春三月	立后・皇子列挙
⑥	四年	春二月	国見記事
		三月	課役停止
	七年	夏四月	聖王談義
		九月	諸国による宮殿修繕要請
	十年	冬十月	聖帝称号
⑦	十一年	夏四月	治水開始詔
		冬十月	堀江・茨田堤造営
	是歳		新羅朝貢
	十二年	秋七月	高句麗朝貢
		八月	的臣賜姓
		冬十月	大溝造営・百姓年豊
	十三年	秋九月	茨田屯倉・舂米部制定
		冬十月	和珥池造営
		是月	横野堤造営
	十四年	冬十一月	猪甘津に架橋
	是歳		京に大道設営・大溝造営・無凶年之患
⑧	十六年	秋七月	玖賀媛と速待の説話
⑨	十七年	秋九月	新羅朝貢せず
			問責・新羅朝貢
⑩	二十二年春正月		八田皇女入内の発案・皇后は拒絶
			歌の贈答
	三十年	秋九月	皇后、紀国出遊・八田皇女入内
		冬十月	皇后召喚・拒絶
		十一月	山背行幸

⑪	三十一年春正月		立太子
⑫	三十五年夏六月		皇后薨去
	三十七年冬十一月		皇后埋葬
⑬	三十八年春正月		八田皇女立后
		秋七月	避暑
◎◎◎			菟餓野の鹿
⑭	**四十年**	**春二月**	**隼別皇子の叛意・誅滅**
	是歳		玉代地名起源記事
⑮	**四十一年春三月**		**百済違礼・問責・恩赦**
⑯	四十三年秋九月		百舌野行幸・御狩
	是歳		鷹甘部制定
⑰	五十年	春三月	雁卵生記事（祥瑞？）
⑱	**五十三年**		**新羅朝貢せず**
		夏五月	竹葉瀬派遣・白鹿の出現と献上
			弟の田道、新羅と戦闘、撃破
⑲	**五十五年**		**蝦夷叛乱・田道戦死**
			大蛇出現・蝦夷撃破
	五十八年夏五月		木連理（？）出現（祥瑞？）
			呉・高句麗朝貢
⑳	六十年	冬十月	白鹿出現・陵守制定
㉑	六十二年夏五月		木連理（？）出現（祥瑞？）
	是歳		氷室発見
㉒	**六十五年**		**宿儺の難・誅滅**
㉓	六十七年冬十月		寿陵造営
㉔	是歳		笠県守の水虬退治
			妖気蠢動・叛乱始動
			天皇徳政・天下太平
㉕	八十七年春正月		崩
		冬十月	埋葬

―― は御代称讃記事／ ¦ は危機的記事／ ┃ は対処記事

「仁徳紀」の掲載記事全体を一覧にすると、右のようになる。⑨の「新羅朝貢せず」は、聖王の御代ならば、「孝徳紀」白雉元年二月条に、「又周成王時、越裳氏来献二白雉一曰、吾聞国之黄耇曰、久矣無二烈風淫雨一。江海不二波溢一三年於レ茲矣。意下中国有二聖人一乎上。盍往朝之。故重二三訳一而至」とあるように、善政が敷かれている場合は、異俗が通訳を重ねて訪れてくるという問題の範疇である。これを新羅が拒絶している、と『日本書紀』が記述するわけであるから、政治的な危機に関わる記事であることは確かであろう。同じことは、⑮・⑱記事にもいえよう。そして、叛逆記事という、明らかに政治的危機に関わる記事は、⑭を始めとして、⑲・㉒・㉔と見ることができる。

特に、㉒の六十五年の「宿儺の難」は問題のある箇所である。というのは、これには典拠とおぼしき出典がある。「宿儺」は、その特徴として、「其為人、壱体有二両面一。面各相背」と説明される、一体に二つの顔がある異常な人間のことである。これは、『後漢書』「五行志五」に、以下のような記事がある。[13]

（光和）二年、雒陽上西門外、女子生レ児。両頭、異レ肩共レ胸、倶前向。以為二不祥一、堕レ地棄レ之。自レ此之後、朝廷霿乱、政在二私門一、上下無レ別。二頭之象。後董卓戮二太后一、被以二不孝之名一、放レ廃二天子一、後復害レ之。漢元以来、禍莫レ踰レ此。

後漢の終わり頃、一体に二つの顔がある人物が生まれたという。この事態を、「五行志」は董卓による大乱の前兆として捉えている。董卓の大乱とは、言うまでもなく、「漢元以来、禍莫レ踰レ此」とまで評された、前漢後漢を通じて起こされた最大最悪の政治的危機であった。その前兆であるのだから、最大の凶事の前兆ということになる。これは、ほとんど、「聖帝」の御代に相応しからぬ事件として特記されるべきであろう。むろん、『日本書紀』編述者は、「推古紀」以降の災異祥瑞記事の頻出から推すに、漢籍の五行志類に通じていた可能性が高い。『日本書紀』は、「聖帝」の御代に、董卓の大乱の時に現れた凶兆と、ほぼ同じ事件を掲載するのである。しかも、それだけではなく、先述したように、いくつかの叛逆記事とともに、「聖帝」の御代に掲載していくのである。

これは、『古事記』と比較したとき、より明確となる「仁徳紀」独自の編纂方針であろう。『古事記』「仁徳記」のあらましを述べると、以下の通りとなる。

①治天下記事 ②系譜記事 ③御名代の設置 ④治水記事 ⑤国見記事（聖帝称讃） ⑥石之日売命との歌の贈答 ⑦速総別王の叛意・誅殺 ⑧雁の産卵 ⑨枯野の琴 ⑩崩御記事・陵墓

『古事記』においては、「凶事」の記述がほとんどなく、仁徳称讃に集中していることを見て取ることができる。「聖帝」の御代に、これほどの「凶事」を掲載することは、「仁徳紀」独自のものなのである。

そしてそれら多くの「凶事」が、⑨の一点を除いて、ほぼ三十八年七月以降に集中することを確認しておこう。すなわち、「仁徳紀」における「凶事」、すなわち危機的な事件は、「仁徳紀」後半に偏る傾向があるということである。そして、その境界が、三十八年七月の当該条である、ということになる。

当該条は、決して「意思なき配置」ではないし、それは「仁徳紀」全体の編纂方針に関わるものである、ということをあらためて述べよう。そうであるとき、「聖帝」と称讃された仁徳天皇の御代に、これほどの「凶事」があることが、どのように理解されるべきか、ということが問題になる。

4、陰陽共在の「仁徳紀」

まずは、「仁徳紀」全体における当該条の位置づけを検討すべきであるが、その前に、「聖帝」の御代に、「凶事」が掲載される意味について論じておきたい。というのは、その思想的な背景を分析し、それが明らかになったとき、当該条の位置づけは単に「仁徳紀」に留まらず、『日本書紀』全体に関わる問題に展開する可能性があるためである。

堯又曰、嗟、四嶽、湯湯洪水滔レ天浩浩懐レ山襄レ陵。下民基憂、有二能使レ治者一。

（『史記』巻一「五帝本紀」[14]）

漢籍において、聖王とされる「堯」の御代である。このとき、たいへんな洪水が起きたと記される。伝説的な聖王であり、儒教においてはまず称讃の対象となる「堯」の御代にも、これほどの「凶事」があったことが記される。そしてそのような御代は「堯」だけではなかった。

呂氏春秋曰、昔者、殷湯、克レ夏而王二天下一。五年不レ雨。湯乃身祷二於桑林一。於レ是、剪二其髪一、割二其爪一、以為レ犠、用祈二福於上帝一。

（『芸文類聚』巻一百・災異部・「祈雨」項）

同じく聖王として称讃される「殷の湯王」の時代に、たいへんな日照りがあった、という記事である。「堯」や「殷の湯王」のような聖王の御代にも欠けるところがある、ということである。この思想的背景は、以下の説明が参考になる。時代は下るが、それでも漢籍享受社会のひとつの模範解答として、挙げておきたい。

至二唐堯受レ録、洪水滔レ天、殷湯膺レ図、亢旱憔レ土。運距二陽九一。時会二百六一。天地非レ無二其徴一。唐殷非レ欠二其治一。是知、乗レ運之譴、哲后不レ能レ除、膺レ期之災、聖居不レ能レ救。

（『経国集』巻第二十「調和五行」道守朝臣宮継対策[15]）

これは、聖王の御代にも「凶事」が存在するのである、という見解である。その理由は、天道ゆえ、ということになろうか。天の運行に当たって、そこに「凶事」が発生するならば、たとえ聖王といえども、それを事前に止めることはできない、と述べるものである。しかし、それが他の凡百の王と異なるのは、その「凶事」を回復できるかどうか、ということになる。それは、先掲した「殷の湯王」の故事が示していよう。「湯王」は日照りの時、自らの身体の一部を供犠として雨を祈ったという。「凶事」それ自体が存在しない御代はない。それに、どのように対処するかが「聖王」とそれ以外を分かつのである。

これに従って「仁徳紀」に戻るならば、先掲の一覧にも太傍線で示したように、「凶事」の後には必ず回復させる政治的な対処記事が掲載されていることに気づくであろう。「仁徳紀」は、「聖帝」の御代にも「凶事」は発生するが、それに対処していく御代を描くのである。先の一覧から読み取れることは、ほぼすべての例で、「凶事」記事には対処記事が付属している、ということである。具体的にいえば、朝貢しない国があれば、問責や誅伐が行われ、叛逆者はことごとく誅滅させられているのである。「仁徳紀」には「凶事」が多く掲載されるが、そこには「凶事」を直していく記事も、ほぼ同数掲載されるのである。⑱と⑳の「白鹿」出現記事をはじめとする祥瑞記事が、対処記事をもたないのは、それが「吉事」であるためであろう。「凶事」については、必ず対処記事が掲載されるのである。

「聖帝」の御代に現れ、放置された「凶事」は、「菟餓野」の鹿の一件のみなのである。鹿が「白鹿」になる夢を見た。しかし、それは突如キャンセルされて、「白鹿」出現はかなわなかったのである。これは、善政を敷けば現れる「祥瑞」が「現れなかった」と述べているに等しい。この「鹿の夢」は、紛う方なき「凶事」であったのであり、対処すべき記事でもある。しかし、そこに対処記事はないのである。すなわち、「仁徳紀」全体において、ここだけが不吉な展開をそのままに放置している、ということである。言い換えれば、ここだけが、浮かび上がるようになっている、ということになるのだ。「聖帝」の御代を目で追い続けてきた読者は、ここで不吉な鹿の夢に触れ、やがて三十八年以降の「凶事」記事の集中に出会うのである。当該条は、その境界として三十八年七月に配置されている。

すなわち、「仁徳紀」全体は、「吉凶」が共在しており、それはつまり「吉凶」相俟って「聖帝の御代」という「歴史」が構成される。堯や湯に通じる「聖帝」紀の叙述である。そして、その「吉凶」の分水嶺が、当該条なのである。「仁徳紀」は、前半が「聖帝」の御代を称讃する記事で占められ、後半に「聖帝」の御代と逆行するような「凶事」が集中する。「聖帝」の御代には、良いものと悪いものが同時にある。『日本書紀』「仁徳紀」は、このような二元的な思考の下にある。当該条は、「仁徳紀」全体の、ひとつの隠喩として、三十八年七月の境界に配置されているのである。

おわりに

当該条は、それひとつで、一つの現象には「吉事」と「凶事」の、二つのコードが存在していることを示している。そしてこれは、「高台の避暑」記事にも、同じことがいえる。それは寺川論がすでに明らかにしている。その意味では、「注釈的付加」ではあっても、それは「反復」することで果たしている「注釈」といえなくもない。とはいえ、問題はそれに留まらず、「仁徳紀」全体に関わる思想的背景をもつということになろう。すなわち、「仁徳紀」という「聖帝」の紀それ自体にも、前半の「吉事」と後半の「凶事」という、二つのコードが存在しているのである。「凶事」には必ず対応記事が付加されており、「聖帝」の御代を毀損しないのである。『古事記』のように、初めから「凶事」などなかった、とは展開しないのである。「凶事」をあえて掲載していくのが「仁徳紀」なのである。

このことは、「仁徳紀」だけの問題ではなかろう。というのは、『日本書紀』においては、「仁徳」から始まるひとつの血統には、特徴的な「歴史叙述」が果たされていることは、かつて述べたことがある[16]。すなわち、「聖帝」仁徳から、その血統の終わりに位置する「悪帝」武烈に展開するという、ひとつの「歴史叙述」である。

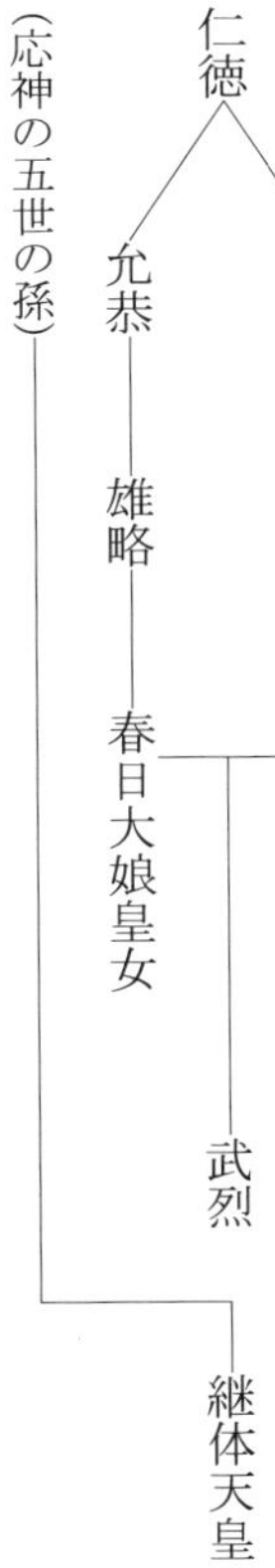

同じ「天皇の血統」にも、「聖帝」がいて「悪帝」もいる、というものである。ひとつの血統に、二つのコードがある、ということである。そしてそれは、拡大していけば、陰陽論によって世界が構成されたと「歴史」を語り始めていく『日本書紀』全体に関わる問題でもあろう。[17]『日本書紀』は「仁徳紀」を中心として、正負のデジタルな思考によって「歴史」を叙述していくのである。すなわち、対称性の思考が維持されているということである。正負あわせて抱えている『日本書紀』。この思考は入れ子式に展開されており、その反復の一つとして当該条があるということになる。

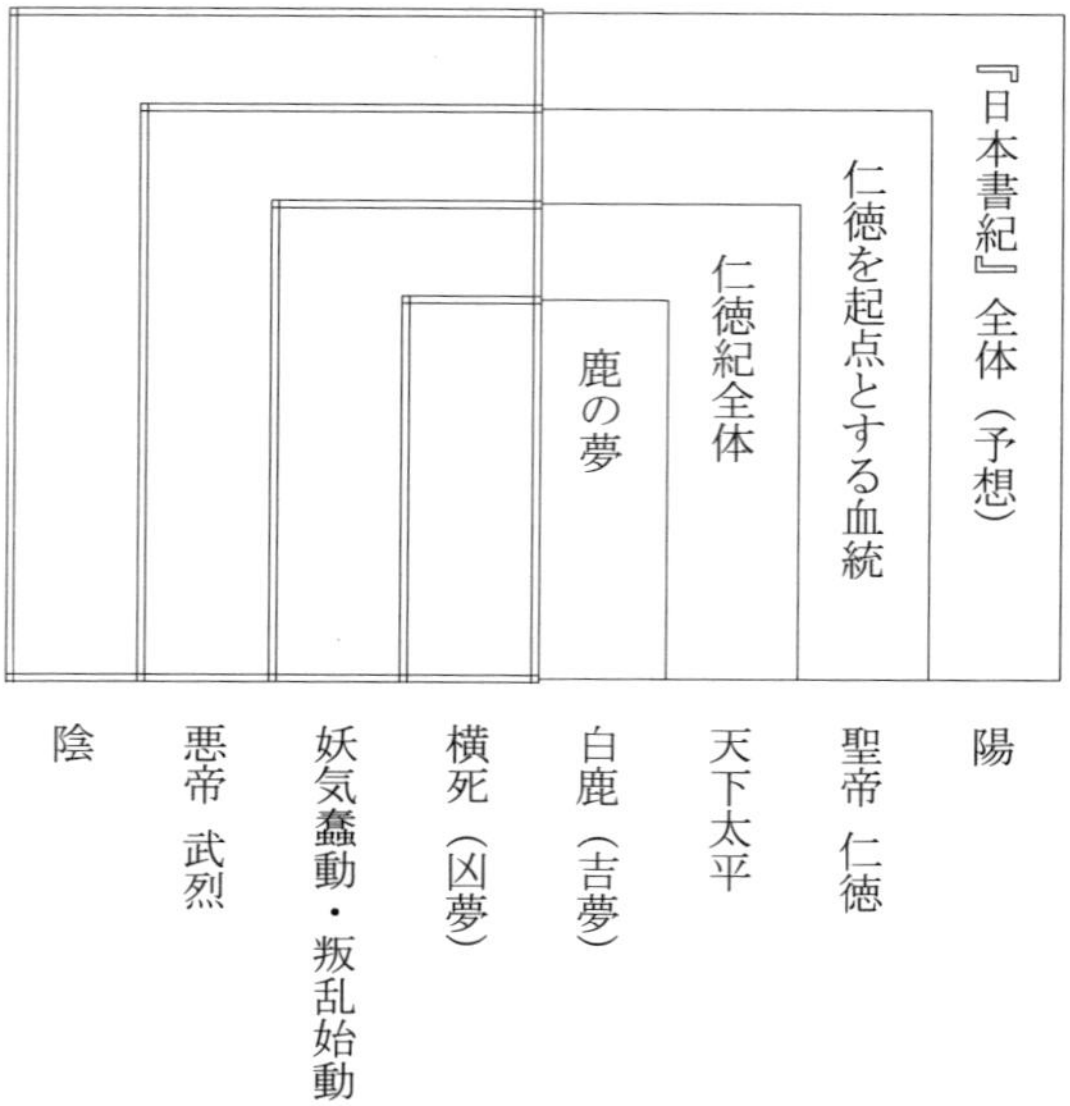

注

（1）新編日本古典文学全集『風土記』（一九九七年十月　小学館）に拠る。旧字は新字に改めた。
（2）津田左右吉『日本古典の研究』（津田左右吉全集第二巻　一九六三年十一月　岩波書店）。
（3）日本古典文学大系『日本書紀』（一九六五年七月～一九六七年七月　岩波書店）の頭注の指摘。
（4）新編日本古典文学全集『日本書紀』（一九九六年十月　小学館）の頭注の指摘。
（5）寺川真知夫「仁徳紀聆鹿鳴伝承の意味」（大谷大学『文藝論叢』第五六号　二〇〇一年三月）。
（6）岡田精司「古代伝承の鹿」（『古代史論集　上』（直木孝次郎先生古希記念会編　一九八八年一月　塙書房））。
（7）『芸文類聚』のテキストは中華書局本に拠る。旧字は新字に改めた。以下同じである。
（8）新全集の頭注の指摘。
（9）『爾雅』のテキストは北京大学整理本『十三経注疏』本に拠る。旧字は新字に改めた。
（10）『漢書』のテキストは中華書局本に拠る。旧字は新字に改めた。
（11）『唐開元占経』のテキストは四庫全書本に拠る。旧字は新字に改めた。
（12）岡井愼吾『玉篇の研究』（一九三三年十二月　東洋文庫）。
（13）『後漢書』のテキストは中華書局本に拠る。旧字は新字に改めた。
（14）『史記』のテキストは中華書局本に拠る。旧字は新字に改めた。
（15）『経国集』のテキストは『群書類従』本に拠る。旧字は新字に改めた。
（16）拙稿「「鷦鷯」という名の天皇―鳥名と易姓革命―」（『日本文学』Vol. 57 No. 2 二〇〇八年二月　桜楓社）。本論第二章所収。
（17）神野志隆光『古代天皇神話論』（一九九九年十二月　若草書房）。

ここまでの小結

『日本書紀』編述者は、「万世一系」の「歴史」を叙述するとき、そこに「聖帝」が存在したという「歴史」をどのように重ねることができるのか、という問題に直面したといえよう。すなわち、同時に「悪帝」を想起させてしまい、結果的に「易姓革命」を想起させてしまい、「万世一系」の叙述に支障を来してしまう「聖帝」の「歴史」である。そしてそれは「聖帝」と「悪帝」が現れながら、それでも「易姓革命」はなかったということを述べる、「易姓革命」思想の否定の問題そのものでもあった。

これを解決したのが、「仁徳紀」と「武烈紀」の鳥名表記なのである。すなわち鳥名表記の伏線を使用し、最終的に武烈を「悪帝」として描きながらも、「聖帝」と「悪帝」の出現は、中国式の「易姓革命」の関係ではない、と叙述したのであった。中国式の、別の「姓」をもつものが「易姓革命」を起こして「王朝交替」を繰り返していく「歴史」ではなく、ひとつの血統のなかで、春と秋が巡っていくように「聖帝」と「悪帝」が巡っていくという、陰陽五行の論理に重ねた叙述だったのである。

すなわち「万世一系」の血統から—同じ血統から—「聖帝」も生まれれば、また「悪帝」も生まれるという問題を、「聖帝」と「悪帝」の差は陰陽五行の移り変わりに従って絶えず変化していく性質の差、すなわち陰陽五行の変化とともに「革」まっていく「性」の差であると捉えたのである。これが『日本書紀』編述者の解答であった。

ゆえに、もしも「悪帝」が出現したとしても、それは季節が秋冬になったようなもので、やがては必ず春夏が、すなわち「聖帝」の時代が訪れるのだ。すなわち同じ血統から「聖帝」と「悪帝」が交互に現れるという理解であり、これこそが、「悪帝」の出現でも天命が革まるべきではない、という「易姓革命」の否定となっているのである。このようにして、『日本書紀』は「万世一系」の可能性を保障しているのである。

　これは八世紀当時にあっては、まさに革命的解釈であったといっていい。というのは、中国史書は編年的歴史叙述を行うとき、同じ「聖帝」と「悪帝」の歴史を、「易姓革命」に基づく「王朝交替」としてとらえた。図式化すると以下の通りである。

聖帝→悪帝→聖帝（別姓）による王朝交替→悪帝→聖帝（別姓）による王朝交替

これこそが、編年的な歴史叙述が達成した、直線的な歴史観なのである。常に「別姓」の王朝が創始し、滅亡していくという「歴史」が、時間の不可逆性を決定づけているのである。そこに見られるのは、近代的歴史観念の萌芽とも言えるものだ。

　しかし、『日本書紀』編述者は、この「王朝交替」の歴史を、季節が巡るように変化する陰陽五行に準じて理解・解釈したのである。図式化すると以下の通りである。

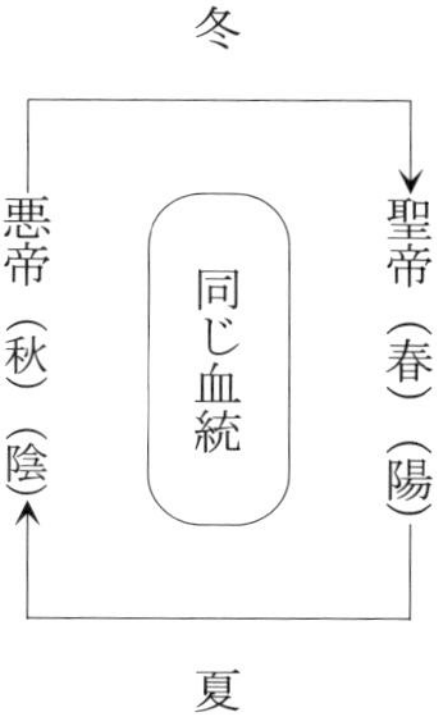

これは、中国史書が構築してきた直線上の歴史構築に対する、いわば円環状の歴史観である。すなわち閉じた環の

ように、同じものが交互にめぐる循環的時間軸を想定したのである。これはちょうど季節がめぐるように、夜が明けて朝が来るように、あるいは正月と晦日が交互にめぐっていくように、繰り返し続ける時間軸である。これは神話が持つ時間軸といってもいい。あるいは正負のデジタル式の思考ともいえよう。世界の始まりと終わりを繰り返し続ける神話の時間軸、このような歴史観を提示するのが『日本書紀』「仁徳紀」と「武烈紀」の歴史観なのである。

そして「聖帝」と「悪帝」とは、同じ血統の、もう少し踏み込めば、同じ「天皇」なるものの、陰陽五行の変化の中にある、別の局面《フェイズ》なのである。この「天皇」が、「性」を「革」めて絶えず変化していくことが、「聖帝」と「悪帝」の出現理由であり、それは万世一系におよぶ循環なのである。それは同時に、ちょうど陰陽論が陰と陽の双方の配合具合を考える思想であるように、すべての天皇は「聖帝」と「悪帝」とが相俟って配合されていることにもなろう。その陰と陽が極まった形で現れたのが、仁徳と武烈であった、ということである。

『日本書紀』編述者は、漢籍を、すなわち中国史書を精密に理解しながら、本来はまったく異なる「易姓革命」理論と、「陰陽五行」理論を、類同化していったのである。そして自分たちの神話的な思考の中に、すなわち循環時間の中に、中国史書の思想を取り込んでいったのである。

一見、『日本書紀』は漢籍の知識に覆い尽くされた近代的な歴史観を抱える書物に見える。そこには「古代的知性」として取り出せるものは、残されていないかのようだ。しかしその漢籍の知識は、編述者たちが抱える「神話的なるもの」の上に構築されているのである。近代的な「編年的歴史叙述」を、自分たちの神話的な世界観である循環的時間観と同一視してしまう思考にこそ、真に「古代的知性」を見出すべきなのではないだろうか。

次に見るべきは、そのような漢籍の中の理論、すなわち中国式の哲学を、いかなる形で『日本書紀』に適用していくのかという部分である。具体的には、陰陽論という中国式の自然哲学を、『日本書紀』はどのように『日本書紀』

に適用したのか、ということである。日本風に改変したと思われがちなこの陰陽論を、逆に至極理論通りに取り入れたが為に、中国式の陰陽論とは全く異なる物になった姿を、次に見ていきたい。これは「神武紀」が郊祀を取り入れた姿と通じるものがある。

そして、その陰陽論と、史書編纂とが分かちがたく結びつくと、陰陽五行論を思想的背景としてもつ「災異祥瑞」思想となる。『日本書紀』がこの中国史書の「災異祥瑞」思想をどのように典拠として織り込んでいったのかも、合わせて検討したい。

三、「陰陽論」と『日本書紀』

本章の概要

先の章では、「仁徳紀」を中心として、その後の「武烈紀」までを射程に収める『日本書紀』の陰陽論的な展開を見てきた。それは典拠表現を用いることで、あたかも「易姓革命」のように見えながら、その実、「日本」では「易姓革命」は原理的に起こりえないことを「歴史」として確認していく姿でもあった。『日本書紀』は典拠として語句章句を踏まえる時、そこに必然的に分かちがたくある中国思想を想起させつつ、やはり対比的に「日本」のことを叙述するのである。その「日本」の「歴史」とは、「易姓革命」のない世界であった。第一章と合わせてみるならば、「天皇」が治めるこの「日本」には、「易姓革命」もなければ、それを命じる「天命」思想もないのである。強いて言えば、「天皇」の詔勅がそのまま「天命」であるところの「歴史」が描かれてきたのである。

このような『日本書紀』の姿を、あらためて別の角度から確認したい。それは「易姓革命」にもかかわるもので、「聖帝」と「悪帝」の出現を陰陽の循環に準えたことの思想的根拠、すなわち陰陽論そのものを考えてみる、ということである。そもそも『日本書紀』は世界の生成からして、陰陽論に従って叙述を始めるのである。この陰陽論という、古代中国の自然哲学は、漢籍のほぼ全体に浸透している。そうであるならば、典拠表現を用いることは、必然的に陰陽論の文脈を想起させることとなろう。

そうであるならば、今度は陰陽論の典拠表現では、何が起きているのであろうか。「皇帝」よりも高位の「天皇」、「易姓革命」を原理的に否定している「聖帝」と「悪帝」の循環の歴史、かように見てきた今、やはり中国式の陰陽論とは異なる「日本」の陰陽論が、陰陽論的文脈を持つ典拠表現の対比効果から現象している可能性がある。これを検討するのが本章のあらましである。

のみならず、それら陰陽五行論を思想的背景にもつ、「災異祥瑞」思想にも触れていきたい。陰陽論を「日本」のものとしてどのように表現したのか、という問題は、その陰陽論を思想的骨格となす「災異祥瑞」思想にもかかわるためである。

1　「日神＝姉」の陰陽論
――『日本書紀』「神代紀」の思考 ――

はじめに

『日本書紀』は多くの漢籍を典拠としている。(1)「神代紀」も例外ではなく、漢籍の陰陽論に基づく構成をもつ。「神代紀」は中国の陰陽論的世界像の上に世界生成を語るのである。(2)

しかし、「神代紀」の陰陽論には重大な矛盾がある。「日」神のアマテラスが「女」神であるという点である。「陽」を体現する「日」神でありながら、「陰」を象る「女」神と語られるアマテラスは、中国式の陰陽論の公式から外れるものである。本章はこの矛盾を読解することで、与えられた課題に答える次第である。(3)

1、問題の設定 ―〈型〉としての陰陽論―

『日本書紀』「神代紀」（『日本書紀』巻第一・第二「神代　上下」）は、陰陽論による統一的な作品構造をもつ。このことは、当該研究領域の創始者である神野志隆光氏が述べた通りである。(4)『淮南子』という陰陽五行家系統の言説を含んで成立している（天文訓・墬形訓・時則訓・覧冥訓・本経訓）漢籍を典拠として選んでいることも、この見解を側面から支えていよう。[5] 後に儒教を国教化した公羊学者、董仲舒の著と伝えられる『春秋繁露』にも陰陽論は深く刻印されており、後の儒教に大きな影響を与えるものとなった。[6] すなわち、八世紀の日本が受容した儒教思想—律令の思想的骨格でもある—は、陰陽論の色彩が極めて強い思想だったのである。

陰陽論が儒教思想の根底に位置していることは、儒教の基礎的な五種の経典「五経正義」に含まれる『周易』の原理から見ても明らかである。『周易』の基礎理論たる陰陽論は、いわば儒教全体—律令国家全体—に影響する思想なのである。この律令国家の正当性を歴史的に確認していく『日本書紀』においては、[7] 陰陽論による世界生成の「理」を語ることは当然の帰結であった。「神代紀」は東アジアに普遍的にあった「儒教思想／陰陽論」という思想の〈型〉に依拠して成立していたのである。

今ここで、『周易』の原理を見てみれば、奇数画の「—」と偶数画の「--」から成る記号の組み合わせである「卦」をめぐる思想であるといえよう。「—」画は「陽」すなわち「剛強」を意味し、「--」画は「陰」すなわち「柔弱」を意味する。その上で万物の事象を二分して、それぞれを「陽」「陰」という二項に配当するのである。[8]

陽 … — 剛 積極 **男** 夫 **君** 大 **昼** 進 動 富 表 真 **日**

陰 … -- 柔 消極 **女** 妻 **臣** 小 **夜** 退 静 貧 裏 偽 **月**

このように、世界を構成する要素を相反する二項に分類し、その両性の関係を説くのが『周易』であった。その意味では陰陽の二元論に根ざした世界観《コスモロジー》といえよう。「神代紀」はこの世界観に依拠して世界と万物の生成を語るのである。

ただし、中国式の陰陽論をそのまま模写し、パッチワークのように組み合わせたわけではない。「神代紀」第一段前半部分では、『淮南子』と『修文殿御覧』所収「三五暦紀」が典拠として踏まえられているが、本来の文脈的意味とは異なる意味で使用されているのである。これを神野志氏は、「文飾」「潤色」というパッチワーク的な観点ではなく、出典となった漢籍の独自の文脈を切断して選択的に典拠とする「引用の主体性」として強調したのだった。(9) それぞれの出典漢籍そのものの理解を、「神代紀」は前提としているという見解である。

本章に与えられた課題は、書物をめぐる注釈・引用・編集の問題を、〈型〉という視点から考えることにある。東アジアに普遍的に見られる陰陽論を、ひとつの「世界生成の原理」に対する思考の〈型〉と捉えよう。「神代紀」はその〈型〉の理に従って世界生成を語るのである。その限りにおいては、「神代紀」を語る背景には、一度中国式の陰陽論を解釈するという過程が存在しよう。「神代紀」は中国式の陰陽論を解釈した後で開かれたテキストなのである。その注釈行為の結果が、「神代紀」の陰陽論的世界生成の場面に反映しているという視点に立つのである。

このとき、「引用の主体」は、陰陽論という〈型〉をどのように解釈（注釈）し、引用（典拠）し、それをどう動態《ながら》（ダイナミズム）、「神代紀」を編纂したのだろうか。その結果としての「神代紀」—ひいては『日本書紀』—は何を思考する「書物」として読めるのか。この読解を試みることが本章のあらましである。

この問題に挑むとき、「日」神が「女」神であるという重大な矛盾は避けて通れない。否、むしろこの矛盾にこそ、「神代紀」の「引用の主体」は現れていると見て良いのだ。日神＝女神を是とした思考こそが、すなわち、「神代紀」—書物—の思考」そのものの反映である可能性が高いのである。

2、日神＝女神の問題性 ―「日神＝姉」の陰陽論 ―

陰陽論の対応関係は、「陽…君主・男・日」であり、「陰…臣下・女・月」であった。にもかかわらず、アマテラスという、「日」神でありつつ天皇（君主）に繋がる系譜の頂点に位置する存在が「女（姉）」神であるという、陰陽論の公式から外れる重大な矛盾が存在する。この矛盾をどのように読解するべきなのか。あらためて考えてみよう。

前掲神野志論は、この矛盾について既に指摘しており、それは遡れば平安時代の講書の時点から指摘されてきたものであった。『釈日本紀』巻第五「述義一」が引く『日本書紀私記』を参照しよう。(10)

①私記曰。問。日者是陽精。月者是陰精也。即以レ君為レ日。以レ臣為レ月也。即此陰陽之別也。而今謂二日神一為二女神一。謂二月神一為二男神一也。何其相反乎。

答。今此所レ問者。是唐書之義也。今此間謂二日神一為二於保比留咩一。謂二月神一為二月人男一。是自レ本本朝神霊之事耳。②未下必与二唐書一同上也。

傍線部①では、「日」は「君主」を象ったものであり、「月」は「臣下」を象るものである、とする。これが陰陽の配分であるはずだが、ここ（「神代紀」）では、日神を女といい、月神を男という。陰陽の論理と違うのではないか、という疑問が提出されているのである。そこで傍線部②が答えるのだが、それは、陰陽の論理は漢籍のものであるため、必ずしも「日神＝陽」「月神＝陰」と理解する必要はないことを述べている。陰陽論をめぐる議論は、中国式の陰陽論から外れた特殊性が「神代紀」の神々にはある、という見解を了承するのであった。

中世の『釈日本紀』は続けて、陰陽論の詳細な分析に入る。

（兼方）私案。五行大義云。天以レ一生二水於北方一。君子之位也。陰気微二動於黄泉之下一。始動無レ二。天数与レ陰合而為レ一。水雖二陰物一、陽在二於内一。従二陽之始一。故水数一也。極陽生レ陰。（中略）又云、水雖二陰物一、陽在二其内一、故水体内明。火雖二陽物一、陰在二其内一、故火体内暗云々。

まず、引用する漢籍として、陰陽論の基礎テキストである『五行大義』を挙げるのである。注目すべきは、『五行大義』を引用しつつ、「陽」は「陰」を内包し、「陰」は「陽」を内包している、という論理が紹介されている点である。結論からいえば、矛盾はこの時点で解決されている。否、むしろ矛盾ではないと表明されているのだ。しかし、詳細は後述しよう。というのは、以上の見解は続く一条兼良の『日本書紀纂疏』にそのまま引用されており、本章では紙幅の都合から、両者を合わせて分析しようとするためである。

> 日陽精而為二女神一、月陰精而為二男神一、今謂レ是也。五行大義曰、天一生二水於北一、地二生二火於南一。水陰而陽数、火陽而陰数。故水体内明而外暗。火体内暗而外明。明者陽、暗者陰也。**易卦坎中連離中断**。象レ此也。又日中有二三足烏一。烏属二西方一。而日初生レ東。月中有二玉兎一。兎属二卯方一。而月初生レ西。又如二水精向レ日生レ火、向レ月生レ水。是皆陰陽同体之義也。故曰、陰陽之精、互蔵二其宅一。又曰、一レ陰一レ陽、謂二之道一。蓋元本之神体。非レ陽非レ陰、垂迹之妙用、為レ男為レ女者也。[11]

『纂疏』が「日」神＝「女」神であるという矛盾を、陰陽論から説明しようと試みる部分である。まず『五行大義』を引き、「陽」の中には「陰」が内包されており、同じように「陰」の中には「陽」が内包されていると述べる。『釈日本紀』に準じる見解である。ついで、二重傍線部の見解に至る。

二重傍線部は『周易』「繋辞上伝」の「一陰一陽、之謂レ道」を典拠とする文である。[12] 意味としては、「陰」も「陽」も存在しないということである。出典となった『周易』の当該部分に付せられた韓康伯注を参照してみよう。

> 陰陽雖レ殊、無レ一以待レ之。在レ陰為レ無レ陰、陰以レ之生、在レ陽為レ無レ陽、陽以レ之成、故曰二一陰一陽一也。

「陽」と「陰」はそれ自体は異なるものだが、陰の内部は「陰ではなく」、陽の内部は「陽ではない」ため、両者はそれ自体としては存在しないという点で同じものであるという。換言すれば、「陰」の中には「陽」が、「陽」の中には「陰」が、それぞれ常に隠されているため、純粋な「陰」・「陽」など存在しないと言っているのである。

陰陽は配合の問題である。必ず両者は両方を抱え持っているのである。陰陽は互いに流動変化しているため、「陽」が極まったときにも、実は次の「陰」の芽が宿っている。逆に「陰」が極まったときでも、実は次の「陽」が宿っているのである。この陰陽の特性ゆえに、純粋な「陽」など存在せず、同じように純粋な「陰」として指し示せるものもないというわけである。「陽」ともいえなければ「陰」ともいえない（二重傍線部）のである。

『纂疏』の「陰陽之精、互蔵其宅」は、この理論をさらにわかりやすく譬えている語句である。すなわち「陽」も「陰」も、たがいに相反するものを内部に隠している、というのである。まさに「陰陽同体之義」ということである。『纂疏』の当該箇所の陰陽理解は、伝統的な『周易』解釈の正統に位置づけられるわけである。

この状態を『周易』の「卦」に従って説明したのが、傍線ゴシック部「易卦坎中連離中断。（易の卦の坎は中を連ね、離は中を断つ）」である。

ここでいう卦とは、「☲（離《り》）」・「☵（坎《かん》）」のことである。「易卦坎中連離中断」とは、「離」の卦は「陽」の「⚊」卦が上下を構成し、陰卦「⚋」を中に挟んでいる。すなわち、「陽」の中に「陰」を「蔵《かく》している」ものである。逆に「坎」の卦は、「陰」の「⚋」卦が上下を構成し、陽卦「⚊」を中に挟んでいる。すなわち、「陰」の中に「陽」を「蔵している」ものである。

『周易』が示す「離」は、自然を構成する五大要素「木火土金水」の中では「火」に当たり、「坎」は「水」に当たる。故に、『纂疏』は「故、水体の内は明くして外は暗し。火体の内は暗くして外は明し。明は陽なり、暗は陰なり」と譬えるのである。「火」の「内部」は「陰」卦が宿っているので「火」の内部は「暗」く、逆に「水」の内部は「陽」卦が宿っているので「水」の内部は「明」るいと譬えるのである。

☲（離《り》）
↓
— -- —
↓
火体の内は《暗》くして外は「明」し

「陽」卦「—」
《陰》卦《--》
↓
「明」は「陽」なり、《暗》は《陰》なり。

☵（坎《かん》）
↓
-- — --
↓
水体の内は「明」くして外は《暗》し

また、「離」「坎」卦は「火」「水」に譬えられるだけでなく、別のものにも譬えられる。

　則父母二神為二乾坤一。日為レ離、月為レ坎、其義明矣。（『纂疏』）

これは『周易』説卦伝「離為レ火、為レ日」を典拠とする理解である。「離」卦とは、世界を構成する要素に分類すれば、「火」に配当されるものであり、かつ「日」に配当されるものなのである。それらの内部には「陰」が隠されているというのである。

『周易』の陰陽論を突き詰めていくと、「陽」は内部に「陰」なるものを抱えているということになる。その表象が、「離」という卦であり、この「離」卦は「日」を示す卦でもあったのだ。すなわち、そもそも「日」は「陰」なるものを抱えた存在なのである、という理解であった。

これこそが『釈日本紀』＝『纂疏』の示した「解」であった。天皇（＝君主）の系譜の頂点にあり、かつ「日」神でもあるアマテラスがその内部に「陰＝女」を抱えていることは、すべて陰陽論で矛盾なく説明できる、というのである。

このような原理的な理解は、中国にはないものであった。中国では、政治的には君主は極陽すなわち「乾」として象られ、臣下は極陰すなわち「坤」とされるのである。これは天皇系譜の頂点に「乾」を採らずに、伝統的な太陽神格の女神アマテラスを陰陽論という〈型〉の中に採った瞬間に顕現した「神代紀」の特殊性なのであった。[13] これは『史記』や『漢書』といった、「神代」を持たない中国史書には現れない特殊性であり、陰陽論の〈型〉をもたない『古事記』には現れ得ない特殊性だったのである。

以上ここまで、アマテラスが「女」神であることは、陰陽論の原理主義的理解から見れば矛盾ではないことを見てきた。先行研究たる『釈日本紀』・『纂疏』は少なくともそう読解したのである。次に、この原理主義的陰陽論がもたらした「神代紀」の思考を見ることで、本章の解答を示したい。

3、「神代紀」の思考 ―「君主／臣下」の相互補完的「神代」―

陰陽論の原理主義的側面をもつ「神代紀」は、結果としてどのような思考を発信しているのだろうか。すなわち、伝統的な太陽神アマテラスを陰陽論の〈型〉に置き、それによって現れる矛盾を訂正せずに、あえて是認した思考のことである。アマテラスが問題である以上は、アマテラスが単独で機能する第七段（天石窟段・宝鏡開始章）を見る必要があろう。

由レ此発レ慍、乃入二于天石窟一、閉二磐戸一而幽居焉。故六合之内常闇、而不レ知二昼夜之相代一。于レ時、八十万神、会二於天安河辺一、計二其可レ祷之方一。故思兼神、深謀遠慮、遂聚二常世之長鳴鳥一、使二互長鳴一。亦以二手力雄神一、立二磐戸之側一、而中臣連遠祖天児屋命、忌部遠祖太玉命、（中略）相与致二其祈祷一焉。又猿女君遠祖天鈿女命、則手持二茅纏之矟一、立二於天石窟戸之前一、巧作俳優。

「神代紀」は冒頭から陰陽論（＝『周易』の原理）で構成されてきた。当該箇所を陰陽論で読むならば当然、『周易』を準備して読むべきである。

当該部分は、アマテラスが「戸」を閉じると、「昼＝陽」と「夜＝陰」が「交代」しなくなったという事態を語る。すなわち、常に闇＝夜＝陰の状態で世界は停止したのである。これは陰陽論でいえば「陰陽不調」という事態を意味する。この部分は、『周易』「繋辞上伝」の次の部分に対応しよう。

是故、闔レ戸謂二之坤一。闢レ戸謂二之乾一。一闔一闢、謂二之変一。往来不レ窮、謂二之通一。見乃謂二之象一。形乃謂二之器一。制而用レ之謂二之法一、利用出入、民咸用レ之、謂二之神一。

（『周易正義』）**凡物先蔵而後出**、故先言レ坤而後言レ乾。闔レ戸、謂二閉蔵一。万物若三室之閉二闔其戸一、故云三闔レ戸謂二之坤一也。闢レ戸、謂レ吐二生万物一也、若三室之開二闢其戸一、故云三闢レ戸謂二之乾一也。一闔一闢謂二之変一者、開閉相循、陰陽遞至、或陽変為レ陰、或開而更閉、或陰変為レ陽、或閉而還開、是謂二之変一也。

陰陽の変化を、家の戸の機能に譬えるのである。戸が閉じた状態、これは陰が極まった状態で、万物は包み隠される。戸が開いた状態、これが「陽」の極まった状態である。万物が生を与えられる状態である。陽はやがて変化して陰となり、陰は変化して陽となるから、この陰陽の変化は戸が開いたり閉じたりする状態に譬えることができる、と述べているのである。

戸を閉じてしまうアマテラスの行為は、開かない戸（磐戸）として示される。結果として世界は「陰」が極まった「夜」の状態で停止し、陰陽不調が訪れるのである。この事態の解決のためには、戸を開ける必要がある。すなわち陰陽を正常な状態に戻す「陰陽調和」が必要となるのである。

ところで、陰陽の変化はたいへん微妙なもので、それゆえにその微妙なものに到達できるのは「聖人」だけであると『周易』は述べている。すなわち、この「聖人」（文王・周公旦）が「易」およびその解釈を作って、民の用に利したと伝えるのである。[14] 陰陽変化の原理を知悉し、調和させることができるのは「聖人」だけなのである。

では、「神代紀」は「陰陽不調」を是正する「聖人」として、どのような存在を示しているのかを確認しておこう。『纂疏』は、「天石窟者、天之陰室也。喩如二世之石窟一也。日神閉居、則謂二今世之日食皆既一也」として、この事態を「日食」と見ている。言うまでもないが、陰陽五行論の文脈における「日食」、すなわち「陰陽不調」がもたらす「災異」としての「日食」である。『漢書』「五行志第七下之上」では、「伝曰、皇之不レ極。（略）時則有二日月乱行、星辰逆行一」と述べ、「皇、君也。極、中。建、立也」と解する。すなわち、「日食」という日月交代の正常ならざる事態は、皇帝の政治的行為・責任によって起きると考えているのである。

中国では、「陰陽不調」の場合、皇帝が徳を修めることによって解決しようとする。「陰陽不調」は皇帝の徳の有無に依拠するのである。それは具体的に『漢書』巻九「元帝紀」の「初元三年六月条」に、

> 六月、詔曰、蓋聞、安民之道、本繇二陰陽一。間者、陰陽錯謬、風雨不レ時。朕之不レ徳。庶幾群公、有下敢言二朕之過一者上、今則不レ然。媮合二苟従一、未二肯極言一、朕甚閔焉。

とあることからも確認できる。[15]「陰陽不調」は、皇帝の徳の不足によって起きるのである。この解決は、やはり皇帝のみの責任であり、資格であった。『漢書』巻四「文帝紀」の「文帝二年十一月条」には、

> 十一月癸卯晦、日有レ食レ之。詔曰、朕聞レ之、天生レ民、為レ之置レ君、以養二治之一。人主不レ徳、布政不レ均、則天示二之災一、以戒レ不レ治。

として、日食の原因を皇帝の政治に位置づけ、この回復にはやはり皇帝の政治的努力が不可欠であることを示すのである。

「神代紀」の場合、「陰陽不調」を解決するのは、本来ならアマテラスか、アマテラスの側となるはずである。しかし実際は、「臣下」の祖先神たちが「陰陽不調」を是正するのである。本来ならば「聖人」あるいは「皇帝（君主）」のみが可能である「陰陽調和」を、「臣下」が実現するのである。

ここまで、「日神」は『周易』でいうところの「離」の卦であると読んできた（『纂疏』）。「離」は「陽」の内部に「陰」を宿す。故に陽神が女性である理由として納得していたのである。「離」と陰陽論的に対応するのは「坎」の卦である。すなわち陰の中に陽を蔵《かく》している卦である。「君主／臣下」という対応関係に当てはめれば、「臣下」の中に「陽」を隠しているということになる。

戸を閉じるアマテラスと、戸を開ける臣下という対応関係、いわば相互補完的で対称的な関係が示される「神代」が語られているのが「神代紀」なのである。「日」を「離」とする読解は、対応する「月」を「坎」とする読解でもある。これは「日＝陰《おんな》＝君主」＝「月＝陽《おとこ》＝臣下」を可能とする「神代紀」（本朝神霊之事）のみの思考である。結果、「君主」と「臣下」は相互補完的な対称関係に位置づけられてしまうのである。そのような、いわば「君臣和楽」の完璧な「神代」があったと、「神代紀」は語っていくのである。それは天皇と臣下が互いに補い合いながら「日本」を作り上げていったという陰陽調和の「神代」なのであった。これこそが、「神代紀」が注釈・引用・編纂の果てに発信した「書物の思考」だったのである。

おわりに

以上ここまで、「神代紀」の思考について見てきた。最後に、この「思考」を『纂疏』がどのように受け取ったのかを見て本章を閉じよう。引き続く「神代下」の冒頭部分（第九段「本書」）についてである。

天照大神―天忍穂耳
高皇産霊―栲幡千千姫
　　　　　火瓊瓊杵―天皇
（波線部が直系を示す）

ホノニニギを中心として見た場合、「高皇産霊」は母親の父にあたる。すなわち「外戚」（政治的には「臣下」に位置づけられ、中国の史書では「紀」ではなく「伝」で取り扱われる）なのである。『纂疏』の理解は以下の通りである。

天照太神者、中国之主、言二其子一。則正嫡定、而昭穆次。高皇産霊者、上帝之尊、言二其女一。則外家立、而羽翼成。蓋謂二皇孫一、当三必降二於中国一、而為レ之君レ之由也。（略）高皇産霊者、為二瓊杵尊之外祖一、故皇祖。

『纂疏』は「高皇産霊」を「外戚」と位置づけた上で、この「外戚」を「上帝」すなわち中国の最高神格に準えるのである。この「高皇産霊」が天孫降臨を司令するのであり、それは言い換えれば「外戚」が「天皇」に対して命令を下し、天皇がそれに従う構図を現出しているのである。

「臣下」は「君主」に従属するものという、「君主―臣下」の固定化された二元論ではなく、本当に陰陽が調和していく「君主と臣下の対称性」が描かれている「神代」という理想時代。そのような思考が「神代紀」から発信されたと信じた『纂疏』の姿を見届けたい。藤原摂関政治の時代を経て、兼良『纂疏』はこの「書物の思考」を受け取ったのであった。

注

（1）小島憲之『上代日本文学と中国文学』（一九六二年九月　塙書房）。
（2）神野志隆光『古代天皇神話論』（一九九九年十二月　若草書房）。

（3）本章は「二〇一一年度 古代文学会 連続シンポジウム「〈型〉のダイナミズムⅡ」、第二回シンポジウム「書物の思考―創造としての注釈・引用・編集―」において発表した内容を原稿化したものである。なお、パネルは筆者と神田英昭氏、司会は津田博幸氏であった。

（4）前掲注（2）神野志書。

（5）向井哲夫『『淮南子』と諸子百家思想』（二〇〇二年六月 朋友書店）。

（6）『春秋繁露』は「五行」「五行義」「陰陽位」「陰陽終始」「陰陽義」「五行相生」「五行相勝」「五行順逆」など、陰陽五行説に関連する多くの篇をもち、儒家思想を陰陽五行説で解釈するものである（中村璋八「中国における陰陽五行説」（『陰陽道叢書』①古代（一九九一年九月 名著出版））。

（7）神野志隆光『古事記と日本書紀』（一九九九年一月 講談社）。

（8）全釈漢文大系『易経』解説（鈴木由次郎『易経 上』（一九七四年一月 集英社））に拠る。

（9）前掲注（2）神野志書。

（10）テキストは国史大系第八巻『釈日本紀』に拠る。

（11）テキストは天理図書館善本叢書『日本書紀纂疏』に拠り、国民精神文化研究所編『日本書紀纂疏』（一九二五年三月）を合わせて参照した。

（12）『周易正義』は北京大学整理本に拠る。

（13）前掲注（2）神野志書は、陰陽論という枠組に対置した瞬間に発生したアマテラスをめぐるこの矛盾こそが、「神代紀」がアマテラスを絶対性から遠ざけていく仕掛けとして機能していることを喝破した。本章の説明で補うならば、『日本書紀』の「日神」は臣下と対称的な存在で、相対的な存在である、ということである。以降も葦原中国に影響を与え続ける『古事記』の絶対的なアマテラス像との相違がそこにはある。このことを見抜いたのであった。

（14）『周易正義』「繋辞上伝」に「是故天生㆓神物㆒、聖人則㆑之。天地変化、聖人効㆑之。天垂㆑象、見㆓吉凶㆒、聖人象㆑之。河出㆑図、洛出㆑書、聖人則㆑之。」とある。

（15）『漢書』のテキストは中華書局本に拠る。

2 『日本書紀』「神代紀」における「注の注」の機能について

はじめに

本章は、かつて「気絶之際の「泉津平坂」」という小考において述べた問題を、発展的に再考するものである。[1] その小考において、掲載の都合上、省略せざるを得なかった資料をここに追加・展開し、本章が求める問題の流れをさらに明確化し、そこから導かれる結論に、より奥行きを持たせることを企図する。問題の端緒として、かつての小考と同じ地点を設定したい。すなわち、『日本書紀』「神代紀 上」・第五段・一書第六の、以下の一節である。

……又、投二其履一、是謂二道敷神一。①其於二泉津平坂一（或所謂泉津平坂者、不三復別有二処所一、但臨レ死気絶之際、是之謂歟）②所レ塞磐石、是謂二泉門塞之大神一也。

ここは、傍線部（以下、当該条）が、前後の波線部①②の「其の泉津平坂に塞れる磐石」の挿入句として、波線部①の「泉津平坂」を注釈する部分である。このことは、すでに、「或いは所謂ふ…是を謂ふか」が挿入句。「其の泉津平坂にして」は「所塞がる…」に続く。[2]

以下「是が謂かといふ」までは別伝「泉津平坂」の説明の部分。挿入句[3]。という指摘がある。このように、波線部①と②は文脈的に接合しているにもかかわらず、その間に挿入されて波線①部内の「泉津平坂」を説明するのが当該条なのである。これは、ある意味で、挿入的に働く「注釈」部分と呼んで良いだろう。そして、そもそも『日本書紀』は、一書それ自体が「注」であるとされているため[4]、当該条は「注」のなかに在る「注」であるといえよう。「注」の中の語句を注釈する「注の注」と、本章では呼んでおきたい。

一書第六の全体は、「黄泉」の「坂」を舞台とする、伊弉諾尊と伊弉冊尊の応酬を描くものである。すなわち、文脈としては、地勢としての「坂」を舞台としているのである。しかし、当該条は、「復別《またこと》に処所《ところ》有らじ」として、地勢としての「坂」をまずは否定する。その上で、その「泉津平坂」は、生死の境を比喩的に表象するものであると説明するのである。地勢としての「坂」を舞台とする一書第六と、「坂」を生死の際をそう言うに過ぎないと考える当該条は、見解を衝突させるのである。

この衝突をどのように読解するべきであろうか。本章では、この衝突しあう「注」と「その注」が果たす機能を読むことを企図する。

1、中世『日本書紀』注釈者たちの説

当該条がどのように読まれてきたのかと言えば、そもそも、古代においては、「ヨモツヒラサカ」は実態としてあるかのように考えられてきたと指摘せざるを得ない。例えば、『釈日本紀』が当該条の注釈として、『出雲国風土記』宇賀郷の「黄泉之坂」記事と、『古事記』「黄泉比良坂者、今謂出雲国之伊賦夜坂也」を引くように[5]、「ヨモツヒラサカ」は多く上代文献においては実際にあると説明されるものであったためである。一方で、当該条は実態性を否定

し、生死の境界を示す「表現」であると捉える。この異質性について最初に問題化したのは、一条兼良『日本書紀纂疏』であった。

『纂疏』は、「泉津平坂」とは、「正謂二生死之関一」であるとした。[6] すなわち、当該条を支持し、当該条の指摘に従って、「泉津平坂」を生死の境界を示唆する「表現」であると理解したのである。むろん、一書第六が地勢としての「坂」を舞台とすることは、自明なものとしてある。いわば、『纂疏』は、「泉津平坂」に意味の複数性を認めるわけである。その上で、「或有レ指二其地一。一云」として、先出の『古事記』および『出雲国風土記』の記事について触れた上で、「此書破二諸書説一」と指摘したのである。すなわち、「泉津平坂」に意味の複数性を認めるが、それらは「衝突」しあう矛盾関係であると説明するのである。本章が「衝突」というのは、『纂疏』の見解に拠る。以下に整理しよう。

A　一書第六全体　＝　地勢としての「坂」（以下「坂」）＝（他の上代文献含む）

B　当該条　＝　生死の際の表現（以下「関」）＝（孤例）

Aを立てればBは成り立たない。両者は『纂疏』の言う通り矛盾関係にある。たとえば、『古事記』などは当該条の説が介入できないほど、「坂」を明確化し、それは「今」の「伊賦夜坂」であるとまで述べるのである。このことを、「日本書紀においては神話的世界ですらない、一種の比喩的表現として「泉津平坂」が把握されており、そこに生死の瞬間を認めようとする」のであり、これを「「黄泉比良坂」は「伊賦夜坂」と同定される領域であり、確固たる存在として把握」するという『古事記』の在りようとの、決定的な差として見ることは正しい。[7]

問題は、本章においては、『古事記』との比較において『日本書紀』を読むのではなく、『日本書紀』それ自体に当該条があることを、どのように読むかということに固定したい。一書第六全体と当該条が矛盾していることを、どう読むかということになる。

『纂疏』と同じように意味の複数性を認める谷川士清『日本書紀通証』は、以下のように述べている。

兼良曰、泉津平坂《ハ》**正謂《ニ》二生死之関**一、臨《テ》レ死《マカルニ》気絶《イキタフル》之際是也。

兼倶曰、坂則《ハ》登降之所処《ニ》、而陰陽邪正在二心之昇降一、蓋一心不動謂二之平坂《ト》一。即神明本心也。玉木翁曰、諾尊《ノ》悲哀思慕之甚、至三一元《ノ》陽気将《ニ》二断滅一。乃幡然忽帰二乎本分清明《ニ》一、而無二復一念之顧慮一矣、於レ是《ニ》乎、心胸平穏。故曰二平坂《ト》一。謂レ胸為二高胸坂一、此其義也。今按、死罷《ハマカル》也。死《スレバ》則万事休《ム》矣。古事記《ニ》曰、天若日子於二此矢一麻賀礼。礼記《ニ》、属纊以俟二絶気一。韓詩外伝《ニ》曰、身何《ソ》貴也、莫レ貴二於気一、人得レ気則生、失レ気則死。絶作《ハ》レ絁誤。(8)

『纂疏』の「生死之関」を引き、次いで「玉木翁曰」として玉木葦斎『神代巻藻塩草』を引く。両者を踏まえる考えを示すのである。当の『藻塩草』は、

黄泉平坂ノ伝。下ニ泉津平坂トハ、不復別有処所但臨死気絶之際是之謂カト記シ給ヘリ。是時トハ冊ノ尊ノ自ラ追ヒ来給フノ時ナレバ、諾ノ尊モ陰気ニ陥リ給フノ至極ニシテ、譬ヘバ死ル時息既ニ絶ントシテ唯一元ノ陽気残ルバカリノ幽明人鬼ノ境ニ至ラセ給ヘルヲ云。

として、伊弉諾尊が、生（陽気）と死（陰気）の境界線上に居る場面であると考える。(9) つまり、一書第六全体は「坂」を舞台としているが、伊弉諾尊が生死の際に立ったその境界線を、「泉津平坂」と「表現している」、と考えるのである。「黄泉」の「坂」という場において、伊弉諾尊が「生死」の「関」に陥っている、といえよう。「泉津平坂」に意味の複数性を見るのである。当該条を支持しつつ、両説併存を試みる。これが、『纂疏』を受け継いでいる見解であることは、続く、

是二尊共ニ哀情恋慕ノ至リヲ極メ尽サセ給フル所諾ノ尊此生死ノ関ヨリ急ニ陽明ニ立帰リ給ヒテ哀慕ノ情ヲ断絶

シ給ヘリ。

に明らかである。生死を隔てる境界線は、すなわち幽明異にする境界でもあり、幽を伊弉冊尊の世界とするならば、そこへ至って立ち返ることが、一書第六全体の流れとなると考えるのである。その際の往来において実際に通過する「場所」が「泉津平坂」であり、同時にその「泉津平坂」において伊弉諾尊が陥る身体的・精神的状態（＝臨死状態・愛憎去来の心理的状態）をも「泉津平坂」と重ねて呼ぶのである。「泉津平坂は『日本書紀纂疏』以来、「生死之際」として重視されてきた箇所であり、垂加派では、諾尊が冊尊への未練を絶って、本心へ立帰った点を強調する」と指摘されるように、(10)『纂疏』および垂加神道の伝統を受け継ぐかたちで、矛盾を矛盾のまま受け入れる姿勢を示すのが、谷川士清『日本書紀通証』なのである。

2、『古事記伝』以降

これらの流れに異を唱えたのが本居宣長であった。まず、『神代紀髻華山蔭』において、「其於二泉津平坂一、或所謂云々、或より下廿五字の文、類聚国史に、道返大神矣の下にあるよろし、但し此文は、後の人の、漢意のさかしらに加へたる也、決してもとよりの語とは聞えず、」として、(11)当該条を「漢意」ある後人によって加えられたものとした上で、『古事記伝』に、

さて書紀に、或所《ハ》一謂《ル》泉津平坂者《ハ》、不三復《マタ》別《ニ》有《ラ》二処所《トコロ》一、但《タダ》臨《テ》レ死気絶《ニイキル》之際是《ヲ》之《レ》謂歟《フカ》とあるは、こざかしき後ノ人の書加ヘたる文にて、云に足ラぬことなり。縦《タト》ひ撰者の言にもあれ、謂歟と疑《ウタガ》へれば、古ヘノ伝ヘには非ず。己が推度《オシハカリ》なること明ラけし。然るを世の学者たちの、ひたすら如是《カカ》る意《ココロバヘ》を悦《ヨロコビ》て、猶様々《サマザマ》と空理《ウツケゴト》を説《トク》は、皆うるさき漢籍《カラブミ》の癖《クセ》なり。只此記の古伝に任《マカセ》て心得べし。

と説く。[12] 当該条を、後人の加筆が攙入したものと考え、垂加派の言説を「空理」と断ずるのである。当該条を廃棄して、一書第六を支持することで、矛盾を解決しようと試みたわけである。当該条さえなければ、一書第六は「坂」で整合され、矛盾は生じない。明らかに矛盾する二つの見解は、ひとつの主観として認めることはできまい。そこにはどうしても、ある意味で「他者」を見てしまうことは自然である。ひとつの主観から生じることはないであろう矛盾を、一書第六全体をきちんと踏まえた上で、『古事記』に寄り添うかたちで当該条を排除したのである。合理的な解決であると評価しうる。ただし、後述するように、それは『古事記』に寄り添った考えでもあった。

以降は、基本的にはこの『古事記伝』が継承されていく。しかし、一方で、橘守部『稜威道別』は、「注の注」の機能を部分的に認めた上で、以下のように述べる。

所謂泉津平坂者云々、此を後人のさかしらと云《ヒ》なす説は、己が惑ひを覆はんとて也。上文に、世人或有二双生一者象レ此也。また処々《ノ》小嶋《ハ》皆是潮沫《ノ》凝《テ》成者矣。また是《ノ》時天地相去《ルコト》未《ダ》レ遠、など云る類にして、そのかみ児童に語り聞する人の自註にして、いはゆる冊子地の詞なるをや。猶次々の文にも此類いと多かるを、唯是のみを難ぜるは、黄泉を地下とせし説の立ずなるを以てなり。旧事本紀云、凡《スベテ》厥《カノ》所謂《イハユル》泉津《ヨモツ》平坂《ヒラサカ》者《ハ》云々。下同《ジ》一本云、上略云々、気絶《イキタエ》之《シ》後《ノチ》謂斯《ヲイフ》之歟。謂《フ》二出雲《ノ》国《ノ》伊賦夜《イフヤ》坂《サカトモ》一者。唯《タダ》辞《カタリゴト》耳《ノミ》とある、是を以て彼《ノ》酔《ヒ》は醒しつべし。又此文に依に、此《ノ》紀《ノ》の今本等に気絶之際と有る際《ノ》字は、後の誤なる事しられたり。[13]

これは、宣長が当該条を排除したことを難じるものである。すなわち、このような「注」的説明は他にも見ることができるのに、当該条だけ排除するのは問題であるとして、後人攙入説を批判している。しかし、その根拠としているものが、『先代旧事本紀』「陰陽本紀」ということが問題視されるのである。『稜威道別』は当該条と同文が「陰陽本紀」に記載されることをもって、その根拠とするが、『先代旧事本紀』が『古事記』・『日本書紀』等を引用して織りなされていることは、既に明らかにされている。[14] 加えて、『先代旧事本紀』は、『日本書紀私記』等、日本紀講の言説が紛れ込む可能性があったこともまた、既に論じられているため、[15] 根拠とはならない。しかし、『先代旧事本紀』が「泉津平坂」を「気絶之後」のことであり、かつ「出雲国謂伊賦夜坂」であるとすることは、結果として、「泉津平坂」に「関」の意を認めずに地勢としての「坂」として整合することになっていることは、特記しておきたい。宣長と同断ということになるのである。その『先代旧事本紀』を根拠とする『稜威道別』は、ある意味で宣長論を結果的に継承していることになるのである。

その『稜威道別』が、鈴木重胤『日本書紀伝』によって批判されることは、以下の通りである。

> 或者鈴屋大人の此正しき学を妬み忌む心より、「世の愚人を欺かむの下搆にて、諸家の説を盗み襲ひて一書を作れる其中に、旧事紀一本に気絶之後謂斯之歟、謂出雲国伊賦夜坂者唯辞耳と有る、此を以て彼酔は醒しつべし、又此文に依るに、此紀の今本共に気絶之際と有る際ノ字は、後の誤なる事知られたり」と云ひ罵れれども、右の一本は彼奴が妄作の一本なるべし、[16]

このように、当該条をありのままに整合的に読むことは困難であるという見解については、宣長も守部も相反することは述べていないにもかかわらず、一蹴しているのである。この鈴木重胤『日本書紀伝』は、本文の①②を直接させ、当該条を抜き去り、そして「是謂泉門塞大神也。亦名道返大神矣。」の下に移動させる変更を行う。

> 或所謂泉津平坂者、不復別有処所、但臨死気絶之際、是之謂歟と云ふ二十五字、上なる其於泉津平坂と所塞盤石云々との間に在るは、甚々禍々しき文なり、
>
> 其於泉津平坂所塞盤石、是謂泉門塞大神、亦名道返大神矣と続きたる文なるを、今本、坂と所との間に、二十五字の加文有りて、本文に混れたれば、削り去りて心得べし、

このように考え、本文の位置を変更する。その上で、基本的には『古事記伝』を継承しながら、以下のように述べる。

> 後に良海本を見れば、此文を其黄泉津平坂言二死出山一、或所レ謂泉津平坂者之不二復別処レ有二祖師一云、臨レ死気絶之際、是謂歟と有るが却りて古かりけるを、其文を引き直して、今の如く書き改めつるなりけり、祖師云と云ひ言二死出一と云ふは、僧徒の書き入れなる者なる証なりけり、予其本を見て、真に古よりの事ならぬ事を暁りて、又大に心なむ安く成れりける、

後人攙入説を、その犯人を見立てるというところまで推し進めるのである。このような見解は、

> 本に於泉津平坂の下に。或所謂泉津平坂者。不三復別有二処所一。但臨レ死気絶之際是之謂歟の二十五字あり。此は山蔭にも云れたるが如く。後人の賢らに加へたるものにて。決々本よりの語にはあらぬこと。今弁ずるまでもあらず。永享本に此文を。其黄泉津平坂。言二死出山一。或所謂泉津平坂者不二復別有二処所一。祖師云。臨レ死気絶之際是謂歟。とあるが却りて古かりけるを。其文を引直して。今の如く書改めつる也。祖師云と云ひ。言二死出山一と云は。僧徒の書入なる証なりけり。

とする飯田武郷『日本書紀通釈』に受け継がれていることを見届けよう。(17)なお、飯田季治『日本書紀新講』、および、田邊勝哉『日本書紀神代巻新釈』もこれに従う。(18)

一方で、『日本書紀』研究において、その漢籍の出典研究の金字塔である『書紀集解』は、当該条を以下のように注釈する。

> 按、諸尊、痛二悼冊尊一、臨二于所レ葬処一、已悟二生死異レ路、帰至二泉津平坂一。是為二通解一。或説則、以為二泉津平坂、臨レ死気絶之際一、言下諸尊、臨二所レ葬処一、悲而不レ已、及中気絶而蘇上。是為二一説一。(19)

すなわち、「坂」を「通解」とし、生死の「関」を「一説」として、併記するのである。双方とも、「黄泉」を「死シテ葬ル所」と理解した上で（集解・一書第六・「黄泉」注部分）、死者を追って黄泉を訪れ「坂」に帰る意を「通解」とする。その上で、悲しみのあまり気絶して再び蘇るという見解を「一説」とした。矛盾する二説に主従関係を設定し、併記したことになる。このような見解を可能にしたのは、当該条に本文操作を加えたためである。すなわち、当該条を挿入状態から抽出し、前の「是謂二道敷神一」に直接し、当該条の下に、「其於二泉津平坂一所レ塞磐石、」としてまとめる本文操作を行ったのである。結果、当該条は「泉津平坂」の注釈であることを停止し、文脈上の矛盾は解消するのである。言い換えれば、当該条は唐突に「泉津平坂」についての見解を開陳する一節として、宙吊りの状態に置かれることになるのである。これは、いわば一書第六それ自体が「気絶之際」の「一説」を「一説」として提示しているものとして定位される。しかも、それは文脈上、何ら関係性のない「意思なき配置」であるかのような仕業である。確かに両説併記ではある。しかし、ここには、かつて「泉津平坂」に意味の複数性を見ようとした垂加神道からは、大きな隔たりがあると言わねばならない。そこには、矛盾を解消しようとするより、「注」の在りようをめぐる本文批判の問題と捉える『集解』の姿を見るべきである。後人竄入の問題として把握した『集解』が、意味の複数性を担保しつつ、到達した見解として理解したい。すなわち、『集解』は後人竄入と理解しつつも、それを排除できなかったのである。『日本書紀』それ自体を注釈する『集解』にとって―あるいはそれを漢学的に注釈する『集解』にとって―、当該条は無視し得ない見解であったのではないだろうか。このことは後述しよう。

3、「中世」の知的基盤を踏まえつつ

以上ここまで、わずかながらではあるが、当該条をめぐる先行諸注釈のあらましを見てきた。いずれにしても、後

人攙入の見解は、現代においても、『古事記全註釈』がこの説を支持している[20]など、白黒つけがたい状況として残っていることは確かである。意味の複数性を見るのか、それとも矛盾として排除するのか、いずれにもつかない見解として、以下のものを挙げておこう。

「一書曰」というように断ってあるわけではないが、これは明らかに別の史料に依ったものである。さらにその際、泉津平坂という言葉に対して『日本書紀』編者の解釈を挿入した。その解釈とは、泉津平坂というのは現実にある坂ではなく、人の生死の境目のことを〔具体的・視覚的な〕「坂」として表現したのだ、というものである。[21]

これは、『纂疏』に近い見解といえよう。「注の注」であるという見方を保持しつつ、当該条を読解しようとするものである。しかし、一書第六が地勢としての「坂」とするものと、一種の比喩表現であるとする当該条との「衝突」の解決には向かわないのである。そこにあるのは、古代史家らしい、編纂論・成立論的な「別の史料に依」るという見方であり、一書第六との整合的な読みは開陳されない。編者の勝手な解釈が配置されているという見方に過ぎないのである。後人攙入の是非をいったん留保し、「注の注」という機能のみを見た、と言い換えられよう。

確かに、当該条が本来的なものかどうかは、証明不可能でもある。しかし、少なくとも弘安本（京都国立博物館蔵）に当該条が掲出通りにあり、[22]かつ諸本異同がほとんど見られない以上は、[23]現在見ることのできる『日本書紀』をどう読むかという問題にとどまらざるをえない。本章においては、問題を先に進め、矛盾をどう読むか、そして注を対象とする注の機能について考えてみたい。

ここまでを整理すると、本居宣長を起点として、状況が変わったことがうかがえる。

	ア	イ
当該条支持＝「生死の関」	『纂疏』←『藻塩草』←『通証』	「うるさき漢籍の癖」
当該条排除＝後人攙入		『古事記伝』←『通釈』←『古事記全註釈』

大きくは上のように整理できよう。単純化が過ぎようが、まずは『通証』までは『纂疏』を踏まえており、『古事記伝』以降は、『古事記伝』を踏まえている、と捉えることができよう。

ただし、宣長は垂加派の見解について、「うるさき漢籍の癖」と評価している。「漢籍の癖」とはどういうことか。宣長が攻めた垂加派の淵源である『藻塩草』は、前掲に続けて以下のように論じている。

坂ハ上リ下リ有ルナレバ陰陽に就テモ生死ニ就テモ善悪ニ就テモ平坂ヲ以テ示セル事ノ侍ル也。

「坂」とは、そもそも地勢であるよりも前に、上り下りするものであり、それは地勢を示すよりも、伊弉諾尊が生（陽気）と死（陰気）の境界線を上り下りすることに通じる、とするものである。「坂」は人の上り下りの他に、陰陽の変化についてもいう、ということである。清原宣賢『日本書紀神代巻抄』の、「泉津平坂トハ、坂ハ、人ノ上リ・下ル処也、陰陽ノ昇降スルヲ坂ト云」[24]を受けたものであろう。

垂加派はそもそも山崎闇斎が儒学（朱子学）という教養基盤を有し[25]、以下、門人たちはこれに倣ったものである。闇斎が講義し浅見絅斎が記したとされる『神代記垂加翁講義』には、以下のような伝が載せられる。

泉津平坂。大事ノ伝アリ。出雲風土記ノコト、イカニモ風土記ニアル。コレナリガココハ生死ノ大事ノ道ヲトイタ所ジヤニ、処ガアルト云ハ、皆名所ニナリテアルゾ。天浮橋ト云名所ノアルト同ジコト[26]。

「大事ノ伝」が書かれていないことが問題となるが、ここでいう「大事の伝」とは、『持授抄』「神籬磐境極秘之伝」に、「嘉曰口伝云神籬者日守木也。巌境者中也。泉津平坂千人所引磐石此也。生死之大事在レ茲焉。是唯一宗源神道之極秘也」とあるものである。[27] これが、「平坂者無二二念一誠一之胸中也。境坂同訓。護レ中之堅固如二千人所引磐石一矣。(中略) 所レ謂生死之大事在レ茲焉此矣。」と開示・展開する。通常、「この種の秘伝は不明であるのが普通だが、(中略) この伝とは、結局「神籬磐境極秘之伝」に含まれていることになる」ものであるが、ここでは「秘伝」が明らかにされ、参照することが可能となっている。[28] ここで闇斎は、「中を守る堅固な守り人」の比喩的表現として、「泉津平坂」を捉えるのである。これは、「中は垂加神道において最も重要な思想の一つである。(中略) したがってこの中を守る守中の道が君臣合体の道であり、神道の神髄となるのであると闇斎は考えている」ものである。[29] この中で、闇斎は、「泉津平坂」を実態としての地勢「坂」とだけは捉えずに、ある種の比喩的なものを含めて捉えていることを示すのである。「境坂同訓」には、ダブルミーニングの意味が込められていよう。すなわち、意味の複数性を「泉津平坂」に見るのである。

このように、以後の垂加神道の流れを決定づけるような見解を示す闇斎が、漢籍の習熟者であり、以降の門下にもその教養基盤が共有されていたことを無視してはならない。「坂」を君臣（＝陽陰）合体の境界、すなわち、陰陽消長の境界と見るような見解は、明らかに陰陽論の範疇である。「坂」と「関」を、意味の複数性として両説併記することは、当該条の注釈が一書第六の「坂」を注釈している、そのことに拠る。すなわち、一書第六は地勢としての「坂」だが、当該条の「関」という注釈の結果、一書第六の「坂」に意味の複数性が生成することを、確かに受け止めるのである。注釈の効果を無視せず、かつ陰陽論の範疇にとどまる垂加神道派の共通点は、このような次第である、ということを述べておこう。そして何よりも、この垂加神道に流れ込んでいく見解を示した、それ以前の神道家たちも、漢籍の習熟者であり、漢学の基盤を共有していたのである。遡っては中世日本書紀注釈者たちも漢学の基盤を有していた[30]。すなわち、陰陽五行論を通して世界の現象を説明する知的基盤を共有していたのである。

すなわち、宣長までの諸注釈者は、陰陽五行論的な知の体系を注釈の前提としてきたのである[31]。このような注釈を、宣長は「漢籍の癖」と述べたわけである。しかし、『日本書紀』それ自体は、そもそも、「神代紀」本書からして、陰陽論的な世界観をもって世界の開始を語り出すものであった[32]。そうではない『古事記』との比較をやめたとき、当該条の読みは変化しよう。たとえば、「臨死気絶之際」の「気絶」は、現在の我々が考えるような意味とは異なるものとして見えてくるのではないか、ということである。すなわち、「気」は、陰陽論的な色彩を帯びてくるのである。

4、「気絶之際」の「泉津平坂」

「神代紀」本書冒頭の一節の典拠である『淮南子』「天文訓」には、

太始生㆓虚霩㆒、虚霩生㆓宇宙㆒、宇宙生㆑気、気有㆓涯垠㆒、清陽者、薄靡而為㆑天、重濁者、凝滞而為㆑地。

とある[33]。世界はひとつのものから生じ、やがて茫漠たる広がりから「気」が生まれ、その「気」には軽重があった、というもの。傍線部が「神代紀」本書冒頭部に引かれるわけである。その前節に、世界を構成する要素としての「気」がある。同じく「假真訓」に、「是故、聖人呼㆓吸陰陽之気㆒、」とするように、それは陰陽を構成する「陰陽之気」なのである。

このような陰陽論においては、「死」もまた陰陽五行論的に説明される。『五行大義』巻四・「論㆓治政㆒」には、「陰闇虚空、比㆓之宗廟㆒、人死精気散越、立㆓宗廟㆒以収㆑之。」として、人は死ぬと「気」が散逸してしまうことを述べる[34]。

また、後漢・王充『論衡』には、

人生二於天地之間一、其猶レ氷也。陰陽之気、凝而為レ人、年終寿尽、死還為レ気。

ともある。[35]すなわち、人は、生きている間には陰陽が交互に消長し、相互に行き来するのである。陰陽は境界を挟んで、互いに行き来するのである。ところが、死に臨んでは、この陰陽消長が停止し、陰陽は互いに往来しなくなり、遂には陰陽の「気」が散ってしまう、というのである。「気絶」とは、「死に臨んで」、この陰陽の気の往来が断絶した状況をいうのである。

そもそも「生死之関」と述べた『纂疏』それ自体、このような漢籍の知を十全に踏まえるものである。『纂疏』が考える「気」の在りようは、以下に見てとることができる。まず、神代の総説について述べる中で、

先儒曰、唯妙二万物一而無レ不レ在。是則二気之良能。万物之主宰者也。以二其在レ人者一言。則易大伝曰、精気為レ物、遊魂為レ変。蓋陰陽合則。魂凝魄聚而有レ生。陰陽判、則魂昇為レ神、魄降為レ鬼。故人之死也、則其形漸尽、而亦唯有二是気一而已。

として、人は死ぬとその「気」が陰陽分かれて「神・鬼」になってしまうことを述べる。[36]漢籍における死生観の定型である。そもそも、人が生まれるのは、「人物皆稟二和気一而遂生者也」として、「和気」すなわち陰陽相和した「気」を受けるためである。死ぬと、その「陰陽の気」が「陰・鬼／陽・神」に分裂してしまう、というのである。人は陰陽双方の「和気」を受けて生まれ、生きている間は「陰陽」相互の消長を繰り返す。その消長の往来する場所を「関」に見立てたわけである。

この意味では、『纂疏』以来、垂加派に継承された「関」という理解は、陰陽五行論に則った理解であることがうかがえる。「陰陽」が境界を挟んで往来する関という理解である。確かにそれは「理」ではある。しかし、「空理」ではなかろう。時代的な制約における理解なのである。そしてそれは、『日本書紀』に寄り添った読みといえる。整理

すると、以下の通りとなる。

本書　　→　陰陽論
一書第六　→　「坂」
当該条　→　陰陽論

本稿は、「注の注」の機能を見ると述べてきたが、これこそが、当該条の機能なのである。陰陽論的な「神代紀」本書に附された注である「一書第六」は、陰陽論的な世界に依拠しない内容をもつ。すなわち、一書第六は本書を相対化しているのである。これが「神代紀」における「一書」、すなわち注の機能である。これに対して、ふたたび陰陽論的な注を施すのが当該条なのである。一書第六という、陰陽論に依拠しない内容に対して、陰陽論的な解釈を施す。これによって、一書第六の内容を相対化しているのである。

これは、いわば、「神代紀」本書の見方（陰陽論）があり、一書第六の見方（「坂」）があり、ふたたび当該条の見方（陰陽論）がある、と考えられる、最低二つの主観―すなわち、「神代紀」全体をひとつの主観のもとに読もうとすれば、矛盾せざるを得ない構造―を示している。

おわりに

以上見てきたように、『日本書紀』「神代紀」をひとつの主観で読むことは不可能といえる。すなわち、一書群を含めた全体としての「神代紀」作品論は不可能である、ということである。もしも、それを可能にしようとするのであれば、「神代紀」の本書のみを抽出して直接し、本書を「主」として一書を「従」とし、一書を捨象して本書のみの作品論を問わねばならない。(37) このようにしなければ、「はじめおはりとほらざる」(38)、矛盾した「神代紀」の作品論を問うことは不可能なのである。

しかし、本書と一書に主従関係を設定し、分割してしまうことが、本当に「神代紀」総体としての作品論となり得るのか、ひいては、そのような「神代紀」作品論から展開する『日本書紀』作品論となり得るのか、もう一度考え直す必要があろう。新たな見解を提示する準備は皆無なのだが、一書に含まれる「注」について考えてきた本章においては、漢籍の注の付け方から「神代紀」を問い直せるのではないかという、新たな課題を提示することはできよう。すなわち、「注」は解釈であり、注された語句を解釈するものである。漢籍においては、「注」もまた権威を持ち、読者は「注」の解釈に従って読解するのである。本書と注との間に優劣関係や主従関係はないのである。(39) そうであるならば、本章の問題に沿って考えるならば、「泉津平坂」は陰陽論的な意味を持つ「比喩的表現」である、と注されているわけであるから、一書第六に登場する「泉津平坂」は、陰陽論的な意味をもつ「比喩的表現」として読まれるべきである、ということになろう。その上で、陰陽論的な「比喩的表現」である「泉津平坂」を舞台として、伊弉諾尊と伊弉冊尊の応酬が描かれるのが一書第六ということになる。それは、あたかも陰陽論とはほとんど無関係に見えるような一書第六の内容もまた、陰陽論的枠組みから外れるものではない、と述べているのである。この一書第六が注として、本書を解釈するものとなる。一書第六が存在することによって、本書第五段の「四神出生章」は、陰陽論的な枠組みにおいて語られている内容だという理解に至る、そのように読まれるべきであると、一書第六によって指定されているということになろう。

むろん、他の「注の注」の例を検討する必要があるし、第五段を注する他の一書との相互連関も詳細に検討する必要がある。しかし、まずは、「神代紀」の総合的な作品論を継承しようとするならば、注から本書へと遡航していく読解を進めながら、全体へ到達するという読解が果されるべきであろうという可能性については、ここに挙げて記しておきたい。

注

（1）『日本文学』（Vol. 63 No. 10 二〇一四年十月）掲載の「読む 気絶之際の「泉津平坂」」。ついては、資料の重複や論理の展開が重なる点を予めお断りしておきたい。
（2）古典大系頭注の指摘。
（3）新編日本古典文学全集『日本書紀』（一九九四年四月 小学館）頭注の指摘。
（4）神野志隆光『古事記と日本書紀』（一九九九年一月 講談社）。
（5）国史大系第八巻『釈日本紀』に拠る。
（6）『神道大系 日本書紀註釋（中）』（一九八五年三月 神道大系編纂会）に拠り、『天理図書館善本叢書』（一九七七年一月 天理大学出版部）および、『国民精神文化文献 四 日本書紀纂疏』（一九三七年二月 国民精神文化研究所）を合わせて参照した。旧字は新字に改めた。以下同じである。
（7）植田麦『古代日本神話の物語論的研究』（二〇一三年四月 和泉書院）。
（8）『日本書紀通証』（一九三七年 国民精神文化研究所）に拠る。旧字は新字に改めた。
（9）元文四年刊本に拠る。旧字は新字に改めた。以下同じである。
（10）松本丘『垂加神道の人々と日本書紀』（二〇〇八年七月 弘文堂）。
（11）「神代紀髻華山蔭」のテキストは、『本居宣長全集 第六巻』（一九七〇年六月 筑摩書房）に拠る。旧字は新字に改めた。
（12）『本居宣長全集第九巻』（一九六八年七月 筑摩書房）に拠る。旧字は新字に改めた。
（13）『稜威道別』のテキストは、『橘守部全集 第一巻』（橘純一編 一九二一年十一月 国書刊行会）に拠る。旧字は新字に改めた。
（14）『先代旧事本紀』の研究史については、鎌田純一『先代旧事本紀の研究（研究の部）』（一九六二年三月 吉川弘文館）を参照した。

（15）津田博幸『生成する古代文学』（二〇一四年三月　森話社）。

（16）『日本書紀伝』のテキストは、『鈴木重胤全集　第二巻』（鈴木重胤先生学徳顕揚会　一九三八年三月）に拠る。旧字は新字に改めた。以下同じである。

（17）『日本書紀通釈』（一九三〇年一月　内外書籍）に拠る。旧字は新字に改めた。

（18）飯田季治『日本書紀新講』（上巻　一九三六年十月　野島好文堂）、田邊勝哉『日本書紀神代巻新釈』（一九四三年六月　明世堂書店）。

（19）『書紀集解』（一九六九年九月　臨川書店）に拠る。

（20）倉野憲司『古事記全註釈』（一九七三年　三省堂）。

（21）角林文雄『『日本書紀』神代巻全注釈』（一九九九年三月　塙書房）。

（22）京都国立博物館編『国宝吉田本日本書紀　神代巻上』（二〇一四年二月　勉誠出版）。

（23）國學院大學日本文化研究所編『校本日本書紀』（一九七三年十一月　角川書店）。

（24）前掲注（6）天理図書館善本叢書に拠る。なお、このことを『日本書紀通証』は吉田兼倶の説として挙げている。国民精神文化研究所刊行『日本書紀神代抄』（一九三八年三月）は、「坂ハ人ノ上下スル処ゾ、平坂ハ、一心不動之田地也」とあり、京都大学所蔵本『日本書紀兼倶抄』（『続抄物資料集成　第九巻』大塚光信編　一九八一年七月　清文堂出版）は、「坂ハ上下スル処ノアルヲ云ゾ、陰陽の昇降スルヲ坂ト云ゾ、天地バカリデハナイゾ、善悪邪正ノ昇降ハ一心ニアルゾ、心ノ不動ノ田地ガヒラサカゾ」とある。

（25）『神道大系　垂加神道（上）』（一九八四年三月　神道大系編纂会）同書解説に拠る。

（26）前掲注（25）書所収の『神代記垂加翁講義』に拠る。

（27）日本思想大系『近世神道論　前期国学』（一九七二年七月　岩波書店）に拠る。

（28）前掲注（27）書の補注の指摘。

（29）前掲注（27）書の頭注の指摘。

（30）「中世にはその時代の教養の質があり、それを支える中世の思想—あざやかに澄み切った理論としてのそれではなく、それゆえにまたひろくよどみわたったものの考え方があった」とは、伊藤正義「中世日本紀の輪郭—太平記における卜部兼員説をめぐって—」（『文学』40号 一九七二年十月）の言である。むろん、伊藤論が言う「教養の質」は、「中世日本紀」の知識を指す。一方で、当時の神道が五行説によって補足されつつ進展する姿も明らかにしていることは、ここに挙げて特記すべき事柄である。

（31）宣長以前の注釈者たちにとっては、陰陽論的な見解を示す当該条は自明であったのであろう。ゆえに軽々に捨象できなかったのではないか。それゆえの意味の複数性の担保ということも考えておいてよかろう。もちろん、当該条が陰陽論的に注釈した結果、地勢としての「坂」に当該条の注釈効果が波及し、「関」とのダブルミーニングが生成する、というのが本章の考えである。『書紀集解』が後人竄入を疑いつつも、意味の複数性を担保したのは、やはり漢学的な注釈学が同書に影響しているのであろう。宣長の『古事記』に即した読みとは、やはり一線を画すのである。

（32）神野志隆光『古代天皇神話論』（一九九九年十二月 若草書房）。

（33）楠山春樹『淮南子』（一九七九年八月〜一九八八年六月 明治書院）に拠る。

（34）中村璋八『五行大義（下）』（一九九八年五月 明治書院）に拠る。

（35）山田勝美『論衡（下）』（一九八四年二月 明治書院）に拠る。

（36）ここでは、「陰陽判」とあるが、『神道大系』が依拠した版本では、「陰陽散」となっている。いずれにしても、ここは「陰陽」が死に際して分断される意を持つ。すなわち、死を意味している。

（37）前掲注（32）書を、その先駆者として位置づけたい。新しい研究領域を拓いたのである。

（38）本居宣長『玉勝間』九の巻「書紀の本書一書の事」（『本居宣長全集 第一巻』一九六八年 筑摩書房）。

（39）「神代巻の一書の中の「又曰」の内容が神武庚申紀の本文に記載されている事によって一書の性質を考えると、一書は本文の異説であるには違いないが、単なる参考説では無く、本文と同等の重みを持つ性質を有している。（中略）神代巻は本文とその異説である一書から成っている。しかも本文の中にも更に一書があり、又本文に対する一書にも一書があるという重層構造になっている。しかもそれぞれの層は頂点の本文が最も重要で、次第にその価値を減じて行くという、ピラミッド型の性質ではない。この点では極めて扱い難いものである。先述の如く、一書の中の「又曰」が後の巻の本文となっている如く、編纂者にとって軽重の差は無い。」というのは、山田英雄「日本書紀神代巻の一書について」（横田健一先生古希記念会編『日本書紀研究　第十六冊』（一九八七年十二月　塙書房））である。本章が示す「読解」の問題ではなく、成立論的な史料性の軽重を考える文脈であることを踏まえた上でも、『日本書紀』として提示する側にとって本書／一書に軽重の区別はないという見解は、なお傾聴すべきものである。

3 「皇極紀」「斉明紀」における歴史叙述の方法
――災異祥瑞記事を中心として――

1、問題の所在

『日本書紀』は中国の史書を模倣した「編年体」という直線的な時系列を歴史叙述の方法としていながら、読者を任意の認識に到達させようと演出する部分がある。本章ではその役割を負っている機能のひとつとして、「推古紀」以降に頻出する災異祥瑞記事を考察する。

単に災異祥瑞記事が述作に携わった史官の造作潤色であるとか、記事の歴史的事実性に疑問を呈しているわけではない。たとえば、『日本書紀』に記述されている歴史的出来事を、それらが秩序化されている「編年体」という直線的な時間軸から、一度分解してみると仮定しよう。そして一度、「時間」という枠組みを持たない、仮想された平面上に、それらの歴史記事を無作為に配置してみる。(1) するとそこには、本来は一回起性の特殊な歴史的出来事であるべきものが、構造的な反復として同一のモチーフを繰り返していることに気づくはずだ。(2) すなわち、『日本書紀』には「歴史記事」の仮面を被った、『日本書紀』編述者の「演出」が現れているということである。

『日本書紀』は東アジア全体で通用する漢文体と編年体によって、律令国家「日本」が古代日本を支配する正当性を、その「歴史」によって保障する。しかし、歴史の持つ容赦ない不動性―過去に事実が固定される―と、「日本」が求める「歴史」には乖離がある。実際にあった天皇と、律令体制が要求する理論的な天皇像には大きな隔たりがあるといってもよい。

『日本書紀』編述者は、律令国家「日本」の「現在」が要求する「あるべき」理想の「歴史」と、「実際にあった」現実の「歴史」との隔絶を埋めるために、「あったはず」の「歴史」を書き始めたのではないか、ということである。そしてそれは「机上の造作」や「潤色」といった、ネガティブな視点から離れた上であれば、それは編述者（史官）が歴史的出来事を時系列だけでない、独自の「演出」で語り出していること―すなわち、彼らにとっての「あったはずの歴史」を語るという彼らの歴史認識―が見えてくるだろう。本章はこの地点において論考を進めてゆきたい。

その端緒とするのは「推古紀」以降に頻出する災異祥瑞記事である。災異祥瑞記事のほとんどがこの時期に現れるのは、災異を観て未来を予知する知が、推古朝に中国から伝播し、やがて陰陽寮創設という律令のシステムにまで発展してゆく起源が語られているためである。災異の予兆を正しく解くシステマティックな知とは、災異の意味するところの「象」を解き、来るべき不幸な「果」を未然に防止する知の体系のことである。『日本書紀』においては、このような知を抱えた災異祥瑞記事が史官によって意図的に配置されていることは既に指摘のある通りである。(3)

しかし「推古紀」以降の、全ての災異記事を論考するわけではない。本章では特に、「皇極紀」と「斉明紀」のみに絞って論ずることとしたい。災異祥瑞記事が集中し、百済滅亡という東アジアの軍事的混乱の最中において、一方で「至徳《いきほひ》まします天皇なり」と称讃されつつ、他方で「天皇の治らす政事、三つの失有り」と批判されるこの天皇は、『日本書紀』においてある種の批評対象とされている可能性が高い。むろん、そこには災異祥瑞に借りた政治批評が効果を果たしていよう。最も明示的に本章の主題と関わっている可能性があるのである。実際にあった天皇と、律令という中国儒教思想を骨格とするシステムが要求する理想の皇極・斉明天皇像が、どのような歴史叙述によって「歴史」たりえているのか、その分析をすることとしたい。

2、血縁と神託

『日本書紀』において、天文・気象などの災異祥瑞記事が頻出し始めるのは、「推古紀」以降である。この災異祥瑞記事が、『日本書紀』の歴史叙述の方法に深く関わっている。このことに留意しつつ、まずは「推古紀」以前の、『日本書紀』における歴史叙述の方法を確認しておこう。

『日本書紀』の素材となった史料は、歴史学的、神話学的、民俗学的な研究がそれぞれ精緻な考証を挙げている。その提供する歴史的出来事を、『日本書紀』述作に携わった史官がどのように関連付けていったか、その方法論を問うことが本章に課された主題である。(4) その際、「編年体」という方法をいったん除外してみる。というのは、歴史記事を、編述者たちがどのように「演出」的に再配置したのかを問うためである。

「編年体」という思想的な枠組みを外してみると、『日本書紀』において、歴史的出来事の配列基準は、「血縁」によって示されていることが理解できよう。父―子―孫というような、血縁関係の系譜的な繋がりが、時間的な枠組みとして「歴史」叙述の方法たり得ているのである。『古事記』のそれである。「神代紀」を除いてそれぞれの天皇紀の書出しが血縁関係であることは、それが単発的な天皇の伝記ではなく、一連の繋がりを持つ「系統」であることを構造的に保障する。これらは改めて述べるまでもない、『日本書紀』天皇紀の構造である。

次に「神託」が重要な方法となる。神託は政治的に重要だと描かれているだけでなく、『日本書紀』が歴史を描く上で必要な方法であった。例えば「崇神紀」五年に「国内に疾疫《えのやまひ》多くして、民死亡れる者有りて、且大半《なかばにす》ぎなむとす。」とある。翌六年「百姓流離へぬ。或いは背叛くもの有り。其の勢、徳を以て治めむこと難し」。これは災異記事に似たものだが、気象・天文の異変の類ではない。これらは後でわかるように神による祟りである。この事態を受けて崇神天皇は、「是を以て、晨に興き夕までに惕りて、神祇に請罪《のみまつ》」り、神の真意を訊こうと努力する。すると「是より先に」と、過去において起ったことを語り始める。

この条の所属は崇神六年条にはない。編年体という方法においてはどこにも属すことができない。時系列的な所属を問えない記事に関しては、その機能によって前後との関連性を考えるべきである。この条の機能は災い（祟り）の原因を説明することにある。つまり祟りの原因は、過去に天照大神と倭大国魂の二神を天皇の大殿に並び祭っており、それらの神の勢いを畏れて宮殿から出した事にあると、本文にて内在的に示しているのだ。しかしこれを原因とする断定的な判断は内在的には示されていない。そのように読むことができると、あるいはそのように読むように『日本書紀』に要求されているのだ。

翌七年になると、天皇は神託を請う。「恐るらくは、朝に善政無くして、咎を神祇に取らむや。」という疑問は、天皇による政治に過失があったため、神による祟りが現れたのだ、ということを意味している。すると天皇の姑《みをば》である倭迹迹日百襲姫《やまとととびももそひめ》に神がかって、大物主神を祭れば国の災いが鎮まるとの託宣がくだされる。宗教的祭祀によって国家的災いが治まるということだ。しかし託宣の通りにしてもまだ国は治まらない。さらに天皇自身が斎戒沐浴して夢を請うと夢の中に大物主神が現れて、国の混乱は神意であり、大物主神の子孫である大田田根子をもって祭司とすれば国は治まると説く。つまり神の「意」によって災いが起り、神を「祭祀」することで災いが鎮まるという構造である。この間に神の意を伺う「神託」が存在する。この構造を経て、「是に、疫病始めて息みて、国内漸に謐りぬ。

五穀既に成りて、百姓饒ひぬ。（七年十一月条）」となる。このように、崇り→神託→祭祀という順で出来事が記されるのである。

「崇神紀」にはもうひとつ、同じ構造をもつ記事がある。十年九月、天皇が将軍を四方に派遣すると「みまきいりびこはや　おのがををしせむと　ぬすまくしらに　ひめなそびすも」と歌う童女がいて、その歌を先出の百襲姫が武埴安彦による謀反の「表《しるし》」であると解く。この百襲姫の解によって、叛乱に対して十分備えることができた。これもまた謀反の予兆があり、その予兆を解く者がいて、実際に予兆が意味するところのものが実現するという時間経過の構造になっている。そしてこの百襲姫は後段の、いわゆる「箸墓」起源譚で「大物主神の妻」となる女性である。つまり予兆―神託―祭祀という構造には、神霊と交通可能な人物という要因も重要だと考えられるのである。

これは、続く「垂仁紀」における狭穂彦の叛乱で、天皇が夢に見た内容を皇后狭穂姫が解明し、叛乱に対して先手を打った構造を想起させる。語りのパターン、というだけではない。歴史叙述の方法がこのような「災いの予兆・神託による解明」という構造で、それに従い祭祀や征討という「歴史」が関連づけられているのである。またそれが政治手法とも密接に関わっている点に注意が必要である。疫病の流行や百姓の叛乱を鎮めるための政治的手法が天皇自ら斎戒沐浴して神託を請うことであったことは、「崇神紀」のよく示すところであり、さらに「垂仁紀」では二十五年二月の詔勅のなかで、遍く神祇を良く祭ったという理由で崇神天皇の善政を褒め、自分の治世に怠慢があってはならない旨を語る。善政は国内の神を過失無く祭ることであり、不足があってはならない。祭りそびれた神は祭祀を要求し、何らかの災い（崇り）をもたらすためである。「仲哀紀」八年九月に「吾を祭」れという神託があったとき、「我が皇祖諸天皇等《みおやすめらみことたち》、尽に神祇を祭りたまふ。豈、遺れる神有さむや。」と天皇が疑問を呈したのは、崇神以来の善政によって国内の神が余すところなく祭られたはずなのに、今さら祭祀を要求してくる神は誰なのかと怪訝に思っているからなのである。

このように、『日本書紀』の前半部にあっては、神託→祭祀→結果という方法が、「歴史」を構成していく主たる時間軸としてあるのである。これこそが「神託」という歴史叙述の方法、その構造なのである。

また、先の仲哀天皇の疑問は、続く「神功皇后紀」の主要部分を為す新羅征討物語の序として機能している部分である。神功皇后に神がかって託宣をくだした神は、仲哀天皇に対して海外領土の存在と可能性を示唆するのだ。[5]

しかし仲哀天皇は海の彼方に何も見いだせなかったために、神に対して先のような疑問を呈し、そして怪死してしまうのである。これは神託→祭祀→結果という歴史叙述の方法から外れているように見えるが、神託に逆らい祭祀を放棄することで祟りを招くという逆の論理でしかない。神託を正しく解き、過失無く祭祀すると、「神功皇后紀」の新羅征討物語が示すように、神功皇后は新羅を制すべくして制すのである。そのためには神託に対して慎重であり、神々を正しく祭祀しなければならなかった。そして「神功皇后紀」に至って初めて、『日本書紀』における海外領土が地理学的範疇において把握されたのである。そのように語られているのである。

このように「崇神紀」から「神功皇后紀」に至る「歴史」の流れは、国内神を余すところ無く祭り、そこから敷衍された地理学的海外領土、すなわち新羅・百済・高句麗という三韓半島までを、国土という概念に広げるための過程であった。神功皇后は神託と祭祀によって、古代日本の最大版図を実現した存在として、『日本書紀』の中に組み込まれているのである。歴史的事実かどうかは問わない。[6]そのような「歴史」の流れが語られていることを確認するまでである。

以上ここまで、『日本書紀』前半の、災異祥瑞記事が頻出する以前の歴史叙述の方法を見てきた。最後に、この前半部と、以降の災異祥瑞記事が頻出する「推古紀」以降を接続している要素について、確認しておく。それは、「神功皇后紀」の五年三月、葛城襲津彦が新羅を討ち、このとき連れ帰った多数の捕虜が、葛城地方の桑原・佐糜・高宮・忍海の四村の始祖となった、という記事から始まるものである。この葛城地域は、まず葛城襲津彦の娘である磐之媛が仁徳天皇の皇后となり、履中・反正・允恭の三天皇を生んだことを初めとして、以降の「歴史」に深く関わっていく地域である。例えば「雄略紀」では葛城円大臣の娘である韓媛が、清寧天皇を産んだとの記述がある。すなわち葛城氏が五世紀の天皇家の外戚となっていたことを示す記事である。

これが下って「推古紀」三十二年十月に至ると、蘇我馬子が葛城県を「元臣が本居なり」として下賜するよう推古天皇に要請する記事が見え、推古天皇はこれを拒否しているが、これは「皇極紀」元年是歳条に「蘇我大臣蝦夷、己が祖廟を葛城の高宮に立てて」、天皇しか舞うことの許されなかった舞をしたとの記述と相まって、蘇我氏が葛城氏の後継となることを自負した行動として位置づけられているのだ。(7)『日本書紀』においては、葛城地方は特殊な地域として、歴史に深く関わっていくのである。すなわち『日本書紀』読解において、留意すべき地域であるということである。葛城の地といったとき、想起される要素が多々あるということ、このように、『日本書紀』には「編年体」という時間軸以外にも、いくつかの「接点」提示によって、「歴史」が語られている可能性があるということを指摘しておく。そして「斉明紀」元年、この地域から「竜」に乗った者が飛び出すのである。

3、「皇極紀」における災異祥瑞記事

皇極天皇は敏達天皇を曾祖父にもつが、皇女ではなく、さらに傍系となって三代目であり、舒明天皇からも三親等となる。三親等による即位は、例としては皇極と孝徳のみである。神功皇后を除き、正式に即位した女帝に関して言えば推古・持統は皇女であり、一親等である。皇極天皇は、血統からいえば、特殊な位置にある天皇だと言えよう。(8)

これは血縁で語られていく『日本書紀』の歴史叙述方法においては、異質であることを示す。とするならば、血縁以外の「歴史」叙述の方法が介在している可能性があるのだ。

「皇極紀」二年七月是月条に、「茨田池《まむたのいけ》の水大きに臭りて、小さき虫水に覆へり」という記事がある。茨田池は、「仁徳紀」十一年冬十月に、耕作地の拡大と氾濫防止の為に築かれたと記述されている。『日本書紀』において「聖帝」と称された仁徳天皇の建設事業である。この水が同年八月には「藍の汁の如し」色に変わる。『漢書』「五行志」によると、「流水が赤く染まるのは君主が堕落し国家が危機」である状況である。「皇極紀」では、変わった色は赤ではなく藍色ではあるが、流水の色が変わるのは水の気が乱れているからで、これは凶兆といえる。

「皇極紀」は編年的に大意を摑んでゆくと、まず韓半島の情勢が報告され、天皇の新嘗と舒明天皇の葬儀、蘇我氏の横暴、二年に至って百済大使訪朝、そして蘇我入鹿による山背大兄王急襲と続き、明けて三年から中臣鎌足と中大兄皇子の接近・入鹿誅殺へと進んでゆくものである。

茨田池の変異は、入鹿による山背大兄襲撃の前に位置しているが、水の色が変化したという当該記事より後、皇極天皇が舒明天皇を葬り、皇極天皇自身が最後まで看取った彼女の母を葬ると、水の色がまた変化していくのである。さらに大雨が降り、雹が降り、墓が完成したことをもって、陵墓造営の労役を止めると、水の色が白くなり、臭いが消えていくのである。次いで群臣に対し、自らの職権を守って超えるところがないように、という詔勅を与え、蘇我蝦夷が子の入鹿とともに朝廷を無視して世に威勢を張り、入鹿が山背大兄皇子の居、斑鳩宮襲撃の腹を決めたところで、水が澄むのである。これは入鹿による斑鳩宮襲撃の予兆として読めなくもない記事であるが、詳細は不明としかいいようがない。要は他の歴史記事と、何らかの関連がありそうだ、と読める部分なのである。歴史記事を編年的に並べつつ、その流れに沿うように、別の災異祥瑞記事が並行している状態なのである。

時に童謡があって、(9)そのあとに分注で「蘇我臣入鹿、深く上宮の王等の威名ありて、天下に振《ましま》すことを忌みて、独り僭《ひところ》ひ立たむことを謀る」とある。この注は入鹿が自ら帝位に匹敵する権威を望んでいたと説明するものである。このすぐ後に、斑鳩宮襲撃が続いていく。山背大兄皇子が滅ぼされたとき、先の童謡が解かれ、歌がこの事件を予兆したものであったことが語られる。このような「歴史」叙述が果たされていくのである。繰り返せば、当該記事の童謡は、先の水の変色とは異なり、斑鳩宮襲撃の予兆であると、明らかに解明されている部分なのである。すなわち災異があり、結果が示されるという因果関係の連鎖において、出来事が結びつけられているのである。

すなわち「皇極紀」では、気象・天文の災異記事だけでなく、童謡も多く掲載されており、童謡という「災異」記事を通して、「歴史」が叙述されていくという方法もまた用いられているのである。ただし、予兆記事が豊富であるということは、「天人感応」の理論からいえば、君主に問題があるということを意味しよう。

例えば皇極元年十一月条、「天の暖なること春の気の如し」とあるのは、気象が自然の運行通りに正常にめぐっていないことを示しており、これは『漢書』「五行志」によれば、側近を重用し賢臣を遠ざける堕落政治への警告である「視」の徴と考えることができる。あるいは同年六月是月に「大きに旱る」とある。旱は『漢書』「五行志」によると、「言」の徴であり、臣下が分を超えた権威を要求する事への警告と解釈することができる。これは入鹿の横暴を示す予兆と考えることができる。同年十月には二日の間に三度地震があったと記される。「地震」という「災異」は、大地（陰）が「動く」という徴であり、これは臣下の独断専行を警告する「思」と考えられる。先の水の変色は水の気が損なわれる「聴」であり、同年七月に「客星月に入れり」は「星辰逆行」で「皇極（皇の不極）」を示す。ここに―それが歴史的事実であるかどうかはともかく―、「皇極紀」には『漢書』「五行志」が紹介するところの「貌」「言」「視」「聴」「思」「皇極」という、「災異」の種類の全てが列記されているということになる。災異記事のカタログに近い状況であるといえよう。これは、言い換えれば、皇極天皇が相当に問題のある君主であったことを示してしまうのである。その問題―悪政―ゆえに、天が譴責のために「災異」を降しているのである。そう読めてしまう天皇紀の構成になっているのである。

ただし、皇極二年三月に「霜ふりて草木の花葉を傷《から》せり」とあるが、これはもしも枯れていなければ、霜が降りたのに葉が枯れないという不自然さのために、「視」の「草木の妖」となる。これは暗愚な君主のために賢臣が遠ざけられ、罪ある悪臣が誅殺されない徴を示すものとなる。しかし枯れているので逆に誅殺されることを表すものであると思われる。他に同年二月に「桃の花始めて見ゆ」とあるのは、『漢書』「五行志」に「恵帝五年」十月「桃李華さき、棗実る」とあり、「赤祥」となり、「視」であると考えられるが、これは冬に咲くはずのない桃の花が、あえて咲くから「妖」なのであり、春二月に桃が咲くのは自然の運行が正常である証である。(10) つまりこれらは「五行志」が言うところの災異ではないということになる。あたかも災異であるかのように記述してある、というのが正確であろう。

以上ここまで、「皇極紀」に現れた「災異」に関する記事を見てきた。重要なことは、これまで指摘してきた「災異」の原因が、すべて『漢書』「五行志」によれば、そう考えようとすればそう考えられなくもない、という水準であり、「五行志」と確たる対応関係にあるわけではない、ということである。すなわち、『日本書紀』に内在的に「災異」の原因が示されていないということが指摘できるのである。誰も正確には「災異」の原因が読みとれないのである。たとえ『漢書』「五行志」に精通した者であってもだ。

むろん、「皇極紀」に現れた全ての災異記事を分析する余裕はないのであるが、ここまでを見てきただけでも、「災異」が何の事件に関しての譴責なのか、『日本書紀』内部においてはまったく明示されていないことに気づかされるのである。「災異」を記述しつつ、それが誰の、何に対してのものなのかを明示しない。加えて、あたかも「災異」

記事かのように記述しながら、実は『漢書』「五行志」などで照会すると、「災異」でも何でもないという場合もある。「皇極紀」においては、「災異」記事には一貫した方向性は確認し得ないのである。

繰り返し述べれば、ここまで『漢書』「五行志」によっていくつかの「災異」の分析を試みてきたが、そのような「照会作業」がなければ、ただの気象・天文の異常に関する記事としてしか読めないのである。読者は編年体の先の不幸な出来事を、何となく予感しつつ読解していくことになる。

もちろん例外もあり、例えば皇極二年二月是月条にある、「風ふき雷なりて雨氷ふる。冬の令を行へばなり」は、その解釈が本文で内在的に示された数少ない例である。また四年正月に起きた猿の「吟」に関しては、「旧本《あるふみ》」によって、孝徳朝によって行われる遷都の予兆であることが明かされている。しかしそれでも、予兆を知り、それを正しく解くことで歴史叙述が行われた「神功皇后紀」までの歴史叙述の方法とは、大変な隔絶がある。神意を知る、という意味では、災異を降す天意も同等ということになろう。「神功皇后紀」までは、天皇自身がそれを精確に読み解くことができたのに対し、「皇極紀」では皇極天皇は解読に挑まないという事態になっている。既に指摘があるように、「推古紀」以降は気象・天文の予兆に関する「知識」が重要性を持ってくるにも関わらず、である。(11)

一方で、直接の明示はなくとも、「皇極紀」前後を慎重に読めば、読めてくるという個所もある。例えば元年八月条に行われた、皇極天皇の祈雨記事である。入鹿が手づから発願し、仏法を以て祈雨したところ効果なく、替わって天皇が四方を拝して天に祈ったところ天下を潤す大雨が降った。そして天下の百姓は「至徳まします天皇」と賛美する記事である。これなどは、天皇の徳に感応した天が示した祥瑞と見るべきである。あるいは、その前段、蘇我入鹿が白雀を献上されるという祥瑞記事が載せられているが、白雀は『延喜式』では中瑞とされる。しかし献上を受けた蘇我入鹿が請雨に失敗しているところから、この段は仏法に拠った蘇我入鹿に対する批判として読むべきである。皇極天皇の性質が、「古の道に順考へて、政をしたまふ」と説明されるのは、推古天皇が蘇我氏を中心とした仏法を擁護する勢力と協調したことと同水準で論じるべき問題である。つまり皇極天皇による、仏法擁護派の蘇我氏に対する政治的不支持を、『日本書紀』編述者が祥瑞として称讃している場面と見るべきであるということだ。

これなどは「読める」一例かもしれないが、これまで見てきたように、大多数の災異祥瑞記事は、内在的には何も解釈の説明がなされていないために混乱しているのである。「皇極紀」に記述される災異祥瑞記事は、それ自体では何の解明もされていないのである。何らかの異変があり、この異変を考えると、それは何らかの前兆であることがわかる、それゆえに、その前兆に対して対策を練ることで、次に起こる前兆の結果を良いものに変化させることができる、このような神託→祭祀→結果という構造と、災異→解読→結果という構造は、どちらも歴史的な出来事を因果関係として脈絡づけることで、時間的経過を叙述することが可能になるものである。このように、構造を同じくしながら、かつての天皇たちは神意を正しく読み解けたが、皇極天皇は読み解かない、という違いを対比的に示しているのである。

これは気象・天文に関しては、重要な事象として記述するという知識は獲得されつつも、その現象を解釈する段までは発展していない、という歴史的段階を示しているのだろうか。否、そうではない。それだけではない何かが、「斉明紀」に現れてくるのである。少なくとも、皇極四年正月に現れた、猿による「吟」の怪異は、「時の人」によって「此れは是、伊勢大神の使なり」と解かれているが、これなどは「崇神紀」から「神功皇后紀」の間の歴史叙述においては、天皇が解くべきレベルの問題であったはずだ。すなわち皇祖神である天照大神に関係する異常な事態の意味が、天皇家とは何の縁もゆかりもない「時人」によって解明されているのである。モモソヒメが神意を解明した『日本書紀』前半の歴史叙述の方法とは明らかに違う、何らかの新しい方法が確立している可能性があるのだ。

4、斉明紀における災異記事

夏五月の庚午の朔に、空中にして龍に乗れる者有り。貌、唐人に似たり。青き油の笠を着て、葛城嶺より、馳せて瞻駒山に隠れぬ。午の時に及至りて、住吉の松嶺の上より、西に向かひて馳せ去ぬ。

「斉明紀」の冒頭、即位後すぐの記事である。このような奇妙な書き出しの天皇紀は「斉明紀」のみである。ここでも記述されるのは現象のみであり、この異変に対する解読はなされない。ただし時代が下り、『扶桑略記』には解が提示されている。即ち「唐人に似た」者は皇極時代に中大兄らに誅殺された蘇我入鹿の怨霊であるとするものである。後の『廉中抄』『愚管抄』にも似た解があるが、あるいは『扶桑略記』の記述に拠ったものだろう。『帝王編年記』は「人多死亡。此霊所ㇾ為。」とする。

しかし龍が怨霊の象徴として描かれ出すのは、仏教が浸透した後のことである。『漢書』「五行志」によれば、龍や蛇の妖は「皇極（皇の不極）」により生じる凶兆となる。そして「唐人に似た」者が「西方」に飛び立っていったのは、五行においては戦争を表す「金」の気が「西方」に配されているためで、西方で唐人と戦争があることを示していると考えられるが、それでは龍に乗る理由がわからない。『隋書』「五行志下」に引く『洪範五行伝』に、「龍は陽の類、貴の象なり。上れば則ち天に在り、下れば則ち地に在り。当に庶人の邑里の室屋に見はるべからず」というのが参考になろう。つまり龍は尊い存在であるのに、それが人界に現れることは、凶兆であるという論理である。仏教以前の龍は、中国において麒麟や鳳凰にならぶ聖獣として大事にされており、また皇帝の象徴でもあった。『広雅』「釈詁一」には、「龍、君也」とあるのがそれである。皇帝の身体は龍体と呼ばれるのだ。膨大な漢籍を参照した史官である。龍を仏教的に解釈したとは思えない。もちろん、この龍を天皇そのものと見て、斉明天皇の九州親征を考えるのもどうだろうか。九州親征は斉明天皇の死によって明確な失敗に終わるのである。龍という「陽の類」が天を駆けるのは凶兆とは思われない。したがって龍にまたがる「唐人に似た」者もまた、凶兆を示す存在とは考えにくいだろう。いずれにしろ怨霊という解は置いておこう。平安時代という時代状況をあわせて考えるべきだからである。

あるいは『住吉大社神代記』においては、この「唐人に似た」者は住吉神社の神であるとされている。『住吉大社神代記』は神と解釈し、その乗るところの龍を「御馬」と記した。つまり住吉の神が馬に乗って、前述の地を謁見して回ったというのである。

注意すべきなのは、住吉大社は「唐人に似た」者を神と見ていることである。これは龍の出現を明らかに祥瑞と見ていることを意味する。凶兆に神威を見たりはしないはずだからだ。

しかし問題は、『日本書紀』が災異が祥瑞か、どちらともはっきりしない立場に自らを置いているところにある。祥瑞とも災異とも、どちらとも解釈可能なのである。斉明天皇の周りには知識人が多数いるはずなのに、誰一人として この異変の意味を解いたものがいないのだ。まさか龍の出現が祥瑞か災異か見分けもつかない側近しかいなかったと語ろうとしているわけではないだろう。後に「天文遁甲に能し」と評され、道教的知識を良く身につけた天武天皇（大海人皇子）が傍にいるからである。

「斉明紀」は続けて、斉明天皇が即位の後十月に瓦葺きの宮殿を建築しようとした記事を載せる。ところが用材が朽ちて使用に耐えず、建築を中止したという。これを災異記事と見るならば、木の気が乱れ、木が動いたということになろう。過ぎた建築を試みて農民から農時を奪うと起る災異である。続く「是の冬」条で飛鳥板蓋宮が火災にあったため、急遽飛鳥川原宮に移り、ついに二年是歳条にて新しい飛鳥岡本宮（古い飛鳥岡本宮は舒明天皇の故宮）を建築した。続いて斉明天皇が建築を好み、それらの建築が悉く失敗に帰したことを「時の人」が批判していく。

次に記述されるのが有間皇子の叛乱である。特記すべきなのは、有間皇子の叛乱の際、謀議の最中に皇子の案机《おしまづき》（脇息）の脚が折れた。ここに不吉な前兆を見て、謀議を中止して解散するが、この夜のうちに皇子は縛されるのである。つまり皇子は先の予兆が示す致命的な危険性を理解することができなかったのである。この予兆に対する知識のなさが皇子の敗因のひとつであると考えられる。あるいは細字二行にて「短籍《ひねりぶみ》を取りて、謀反《みかどかたぶ》けむ事を卜ふといふ」として、叛乱の行方を占っている記事がある。叛乱の成否が予兆解釈にかかっていることを示す事件であったといえよう。「皇極紀」ではほとんどなされなかった予兆解釈が、『日本書紀』内部において、内在的に行われるようになっていることは注意される。

災異の意味が内在的に明示されている例が他にもある。斉明四年に、是歳条として二つの災異記事らしきものを載せるのがそれである。ひとつは出雲国の注進として「北海の浜に魚死にて積めり」として、「俗」の人がそれを雀が海に飛び込んだもので雀魚という、と説明したとある。この後細字二行の自注で二年後の百済における軍事的混乱と日本の軍事的緊張の予兆として解いたとの考察が掲載される。

さらに四年是歳条には、「西海使小花下阿曇連頬垂、百済より還りて言さく、「百済、新羅を伐ちて還る、時に、馬自づからに寺の金堂に行道る。昼夜息むこと勿し。唯し草食む時にのみ止む」とまうす。〈或文に云はく、庚申の年に至りて、敵の為に滅さるる応なりといふ〉」とある。「或文」が、百済滅亡の予兆として解いているのである。

また、六年五月是月条には、「国挙る百姓、故無くして兵《つわもの》を持ちて、道に往還ふ」とあり、細字注で「国の老の言へらく、百済国、所を失ふ相《しるし》かといえり」とある。これは六年十月条「（百済王が捕虜になったことは）蓋し是、故無くして兵を持ちし徴か」とする、対応した記事を持つ。国家存亡の重大事の予兆が、「国の老」によって解かれているのだ。同じく六年是歳条には、駿河の国に船を造らせて港に引き入れたところ、「夜中に故も無くして、艫舳相反れり」という現象が起きた。つまり後で船を出発させやすいようにと舳先を海の側に向けて停泊させておいたのが、夜のうちに舳先が陸の方を向いていた（つまり戦争に敗退して港に帰着したような）状態になっていたというのだ。これを見た「衆」は敗退することを知ったという。あるいは科野国の注進で、蝿の巨大な群れが西に向かって飛び去ったとある。これが百済救援の戦争が敗退に終わる予兆であると、これは本書によって解釈が為されている。

以上の例を考えると、先の「皇極紀」では見られなかった事態となっていることに気づかされる。すなわち「皇極紀」では、異常な事態はその現象を記すのみで、解説が施されなかった。しかし「斉明紀」では、「時人」や「老」などといった人々によって、国家の重大事の予兆であると解説されていくのである。これは「神功皇后紀」以前の歴史叙述では、国家の異常事態を示す予兆が、天皇家の人々を中心に解読されていたことと、大きく異なっていく部分なのである。

さらに、史官が堂々と予兆を解釈している場面がある。これが決定的である。すなわち斉明五年是歳条の、「出雲国造〈名を闕せり〉に命せて、神の宮を修厳はしむ。狐、於友郡の役丁の執れる葛の末を噛ひ断ちて去ぬ。又、狗、死人の手臂を言屋社に噛ひ置けり〈言屋、此をば伊浮琊といふ。天子の崩りまさむ兆なり〉」である。これは細字二行の自注において、「天子崩御」という究極の国家的重事の予兆を、史官が堂々と宣言している部分なのだ。そこには「神功皇后紀」以前の歴史叙述にあった、「天皇かあるいは天皇に近い者による神託の解明」という歴史叙述の方法は、全く見られないのである。すなわち予兆の解釈が、主に「時の人」「国の老」「或文」「衆」、そして「史官」という、天皇の血統ではない人々によって為されているのである。これこそが『日本書紀』前半の歴史叙述と、「斉明紀」の歴史叙述の、決定的な違いなのである。

あるいは以下のように解釈する向きもあるかもしれない。すなわち予兆の解釈が権力者の側によって為されるのでなく、「国の老」など一般の人々によって為されていると記述されていることは、推古時代に伝わった中国式の予兆解釈の知識が、広く民衆に浸透していることの暗示である、と。

しかし有間皇子の叛乱に際してもそうであったように、予兆の解釈は叛乱のリークとも深く関わるものである。すなわち体制側がいち早く叛乱を察知すれば、先手を打つことができる。逆に叛乱者側が天子崩御の予兆解釈に成功し、喧伝することになると、これは危機的状況が現出することになる。

ここに予兆を解釈するための窓口が国家によって独占されて、一本化される政策が採られるようになるのである。すなわち陰陽寮の創設である。(12) 政治批判、叛乱のリークと直結する予兆の知が、天皇権力に対抗する勢力にわたらないためにも、律令国家権力はその独占管理を図らなければならなかった。同時に、律令国家権力が予兆に関する知識を独占管理する理論的・歴史的保障体制が、史官による歴史叙述に求められたのである。すなわち『日本書紀』こそが、この陰陽寮創設の「歴史」を語るものであるべきはずなのだ。

国家権力外で使用される呪術の類は、「皇極紀」三年七月の常世神信仰弾圧記事のように、排除されなければならなかった。もっともこの事件は民間祭祀の弾圧という面よりも、仏法支持派の秦造河勝による道教的民間信仰との競合と見る方が適切かと思われる。(13) しかし「皇極紀」が道教的民間信仰を弾圧したという記事が、『日本書紀』が語る「歴史」の中にあることが重要なのである。国家による独占管理を外れた呪術の類は危険そのものであったのである。それは国家によって収奪されなければならなかった。

そしてそれは天皇からも取り上げなければならなかったのである。かつて天皇が保持していた、災いの予兆を知り、神託によって正しく解くという能力は、すべて律令国家権力に管理運営されることとなったのである。天皇家を語る「歴史」の、叙述の方法の片翼であったこの方法も、『日本書紀』そのものによって、内在的に収奪されていったのである。

この過程を、律令国家権力によって、予兆に対する知が独占管理されてゆく、直線的な発展史観として見るべきではない。その作業は中国式の予兆の知識を駆使する史官によって象徴的に、かつ集中的に、どこかの紀において行われなければならなかった。それがこの「皇極紀」・「斉明紀」なのである。

神託を解明するという、天皇だけの特殊な能力が収奪されたとき、それぞれの天皇が歴代天皇の歴史と、言い換えれば天孫以来の正統と、己を関連付けられるのは「血縁」だけとなった。すなわち『日本書紀』が描く「歴史」の中で、神託とその解明という歴史叙述の時間軸が失われてしまえば、残されるのは「編年体」と「系譜」でしかなくなる、ということである。「編年体」という方法を一旦棚上げしてしまえば、残されるのは「系譜」だけなのである。しかし皇極天皇に残された血縁は、弱すぎるのだ。皇極天皇を天皇たらしめたのは己の血縁でなく、天智天皇の血ゆえなのである。

『日本書紀』が方法的に奪っていった天皇の「未然を知る能力」、この能力を奪われ、系譜の力も持たない女、これが『日本書紀』の描く斉明天皇の姿なのである。彼女は「斉明紀」において、このような『日本書紀』の「歴史」叙述の方法の下に置かれているのである。実態は問わない。叙述・表現の問題である。

斉明天皇には、もはや予兆が意味するところのものを、解読することはできない。『日本書紀』の「歴史」叙述の方法は、象徴的に天皇からシャーマニスティックな能力を奪ったのである。

神託も予兆も読めなくなった斉明天皇は、親征のため九州に向かう。女性の元首が、九州に親征するのである。これは「神功皇后紀」を想起させることとなろう。このとき、斉明天皇と神功皇后が重なるのである。それは、かつて神意を正しく読み解いて最大版図を実現した女性と、神意をまったく読み解けずに海外領土を失う女性という、対比的な人物像をも生成するであろう。そのとき強調されるのは、神意をまったく読み解けない斉明天皇の姿なのである。彼女はシャーマニスティックな能力を失った神功皇后なのである。

斉明朝の出来事が「神功皇后紀」を夢想したのではない。編年的に『日本書紀』を読む者にとって、「斉明紀」は「神功皇后紀」を背負った天皇紀である。百済滅亡は古代日本にとって、半島経営の足がかりの消滅であり、「神功皇后紀」以来の海外領土領有という可能性の、最終的喪失であった。これをそのまま描くならば、史官にとって、『日本書紀』は律令国家の建設を目標とした、下降史観を持った史書となったであろう。

しかし、天皇自身がシャーマニスティックな能力を喪失すると『日本書紀』が語るとき、すなわちシャーマニスティックな能力は、律令国家によって独占されるべきという、律令国家が要請する「あるべきはずの歴史」が『日本書紀』によって語られたとき、その象徴的な「演出」は、斉明天皇が背負ったのである。彼女は、かつて神功皇后という「日本」最大の版図を達成した「女」に準えられていくのである。そして彼女は失敗するのだ。彼女はシャーマニスティックな能力を奪われた「神功皇后」として語り直され、その失われた能力は律令国家によってやがて独占されていくのである。律令国家「日本」がシャーマニスティックな能力や知識を独占しようとする時、それは天皇からも奪い去らねばならなかったのである。否、まずは天皇から収奪しなければならなかったのである。このような「歴史」が「神功皇后紀」との対比において語られるのが「斉明紀」なのだ。『日本書紀』においては「斉明紀」は「神功皇后紀」の構造的反復なのである。そこには古代の豊かな能力を奪われていった、女の残骸が残されている。しかし、これこそが、来るべき律令国家の「正当性」を語る、あったはずの「歴史」を構築しているのである。

能力のある天皇たち、彼らから能力を象徴的に奪っていく『日本書紀』。このせめぎ合いの中で、斉明天皇は存在するのである。天皇から多様な能力を奪い、来るべき律令国家に一本化していく。これこそが、『日本書紀』が究極の政治体制たる律令国家の起源を説明・達成していく「歴史」であり、斉明天皇の百済喪失は、決して下降史観などではなく、むしろ律令国家という理想の政治体制を成就していく、理想の「歴史」の一コマなのである。

斉明は失い続ける女である。百済を失い、その救出に失敗し、「神託」という「古代」を背負って最大版図を実現した皇后に準じ、九州で死んだ。そして律令国家としての日本の版図が確定され、新しい世界が開かれたのである。『日本書紀』は「斉明紀」の存在によって、理想の「歴史」を描き出しているのである。

5、結語

以上、「皇極紀」と「斉明紀」が、『日本書紀』の「歴史」叙述の方法において、特殊な役割を示していたことを見てきた。しかし本章では「皇極紀」と「斉明紀」に焦点を絞って考察した結果、「推古紀」から「天智紀」を経て、「天武紀」へと突き抜けてゆく総合的な考察までたどり着かなかった。予兆の知という歴史叙述の方法が、『日本書紀』の中で、どのような機能を持っているか、一度は総合的に考察されなければならないと考える。すなわち、一度天皇から奪ったシャーマニスティックな能力が、「時人」などの一般人たちの手に渡ったこと、この拡散したシャーマニスティックな能力を、どのようにしてもう一度律令国家の側に回収していくかという、今後の「歴史」を見なければならないのである。

また、斉明天皇を「失う女」と位置づけることにより、建王歌群等のテーマを新たな視点で捉え直すことができるのではないか。別稿を期したい。

注

（1） 本章は歴史的事実の当否を問うのではなく、それらをいったん棚上げし、『日本書紀』が記述する通りの内容を、できる限り内在的に読む方法を採る。歴史は歴史的事実の集積ではなく、歴史的出来事を選択し歴史的事実として撰述した意味を問うもの、あるいは現在の自己と直面するものとして平面に展開されたものだというE・H・カー『歴史とは何か』（一九六二年三月 岩波書店）を参照。

（2） 以下、本章では、「歴史的事件」を、過去に起きたあらゆる「歴史的出来事」の中から、歴史家が特別な関心を持って取捨選択し、意味を付与したものとして取り扱う。つまり歴史とは「歴史的出来事」の集積ではなく、それらをどう関連付けるかという判断の問題である、ということだ。歴史を問うとは、歴史家が取捨選択の過程で使用した基準と意味を考察し、歴史家がおかれていた社会的状況やその制約について理解することにある。本章は常にこのような姿勢を取る。

（3） 「推古紀」以降、陰陽寮創設まで、この陰陽道に関する知識が発展していったとする見解は田村圓澄「陰陽寮成立以前」（『陰陽道叢書1』一九九一年九月 名著出版）にあり、この時期の歴史はこうした予兆を解く知識が律令国家によって独占されていく過程であるとする。これに対し、津田博幸「歴史叙述とシャーマニズム」（『日本文学』Vol. 48 No. 5 一九九九年五月）は予兆を解くための体系的知識そのものが、『日本書紀』の歴史叙述の方法と深く結びついていると指摘する。その起源として、「推古紀」における聖徳太子の存在に着目し、太子が開いた知識を、後の史官が継承した事を示唆する。史官が災異祥瑞記事を作為的に配置したことに関しては日本古典文学大系『日本書紀』頭注の指摘による。

（4） 本章は『日本書紀』における総合的な叙述論に対応しているものではない。『日本書紀』が行う歴史叙述の「パターン」を抽出し、その特徴に迫ろうとするものである。いったい編述者は「神功皇后紀」において、何を描こうと試みていたのか、それを歴史的事実の当否にかかわらず摑み出してみたいのである。

（5） 海外領土に関しては、「垂仁紀」に新羅の王子である天日槍の記事があり、任那経営の段があるのだが、それらはあくまで「国内記事」扱いだと考えたい。この「発見できなかった」海外領土が神功皇后によって「西北に山有り。帯雲にして、横にわたれり。蓋し国有らむか」として、新たに「発見」されたとき、『日本書紀』は海外を領有の可能性として持つステージへと移行する。たとえ「神功皇后紀」以前に海外国家の存在が指摘されていようとも、「神功皇后紀」において改めて発見されたという記事を挿入したと考えるべきである。この発見が歴史的に三韓半島の発見であるというのではなく、『日本書紀』における地政学的三韓半島の成立となるからだ。

(6) 「神功皇后紀」をはじめ、「景行紀」などの「タラシ系」の天皇紀が、七世紀半ば、とくに天武朝での史局の仕事であり、おそらく斉明天皇による九州親征、蝦夷への関心等が逆照射されてこれらの紀が作られたのではないかとしたのは直木孝次郎『日本古代の氏族と天皇』(一九六四年十二月　塙書房)であった。しかし歴史的事実の当否を棚上げするとき、「皇極紀」・「斉明紀」は、『日本書紀』を編年的に読む者にとって、やはり「神功皇后紀」を背負っているのである。そして編述側もまた同様となる。

(7) 新編日本古典文学全集『日本書紀』頭注の指摘。

(8) 皇極天皇は天智天皇の影響力ゆえに、つまり天智天皇の母だからこそ即位できたと、河内祥輔(『古代政治史における天皇制の論理』一九八六年四月　吉川弘文館)が指摘している。ただし氏は「血統の権威」という見解から説いていて、本章と視点を異にする。

(9) 童謡は『漢書』「五行志」等にある歴史叙述の一方法であるという、『漢書五行志』(一九八六年九月　平凡社。東洋文庫四六〇)の指摘がある。ある事件の前兆として童謡が歌われ、事件が起り、その童謡が事件のあらましを歌っていたと後で解かれることで、歴史的出来事を関連づけて歴史を編んでゆく方法があるということだ。ちなみに『漢書』「五行志」によると、童謡は詩の妖であり、臣下が分を超えて君主を犯す時、前兆として現れるという。

(10) 「推古紀」三十四年正月、「桃李、花さけり」とある。これは正月に咲いているので草木の妖であり、凶兆である。この直後に蘇我蝦夷が死亡する。

(11) 前掲注(3)津田論文。

(12) 陰陽寮は天文・暦の機能も付されているにもかかわらず、名称が「陰陽寮」となっていることが、陰陽道という知識・技術がいかに重要視されていたを示している。唐では天文・暦等を扱う太史局と、占卜・方術を掌握する太卜署は所属が異なっていた。

(13) 日本古典文学大系『日本書紀』頭注の指摘。

4 「白燕」からみる天智称讃の方法
――知識と技術から天意を読む治世――

はじめに

従来の文献史学を中心とした研究では、「天智紀」は災異が多く祥瑞が少ないことから、天智に対して批判的に記述されていると考えられてきた。(1) しかしそれに対して近年では天智は批判的に記述されているばかりではなく、周の武王になぞらえた称讃もなされているという論もまた見られるようになってきた。(2) とはいえ祥瑞の数が少なく災異記事が多いことをもって「批判的」と捉える諸論は、批判／称讃という二項対立の中で、明確な方向を打ち出せないでいるのが実状である。

祥瑞は優れた君主の治世に対して、天が与える称讃であり、これに対して災異は君主の失政を譴責するものである。(3)「天智紀」にはその祥瑞が「天武紀」と比べて少ないとの指摘があるが、(4)「推古紀」以降の他の天皇紀と比較すれば、いたって平均的であることがわかる。

推古2　舒明1　皇極1　孝徳1　斉明1　天智1　天武19　持統7

この一点からだけでもこれまでの研究は『日本書紀』がいわゆる壬申の乱に勝利した天武の側から書かれた史書であるというパラダイムに偏ることで(5)、天武と比較することに性急となり、祥瑞と災異記事の多寡に拘ることで明確な方向を打ち出せず、結果、「天智紀」は批判と称讃とが混在しているという折衷案に止まらざるを得なくなっているのだということができる。

天武に比しての祥瑞の多寡ではなく、ある特定の祥瑞を描くことで、その天皇の治世をどのように位置づけようとしているのか―すなわち個別の祥瑞の持つ意味―が問われなければならない。

いったん『日本書紀』から目を外側に転じてみれば、養老三年十月辛丑の元正詔においては、天智は法の起源者として高い評価を受けている(6)。このことを念頭に置きながら、天智の治世に現れた祥瑞の意味を考え、「天智紀」の天智像を再検証してみよう。祥瑞がひとつしかなくとも、そのたったひとつの祥瑞が天智の治世というものをどのように位置づけているのかが重要なのである。従来の研究では「天智紀」に描かれた「白燕」という祥瑞の意味を無視していたために、「天智紀」を十全に把握できなかったのである。本章は、「天智紀」にあらわれた白燕を見ることから、論を始める。

1、白燕が現れるという治世

「天智紀」六年六月に「葛野郡、白鷰を献る」とある。この白燕(7)は従来の研究では用例が挙げられてこなかったが、『宋書』「符瑞志下」に白燕の用例があり、かつその意義が記述されているので引用する(8)。

白燕者、師曠時、銜㆓丹書㆒来至。

漢章帝元和中、白燕見㆓郡国㆒。

晋恵帝元康元年七月、白燕二見二酒泉禄福一、太守索靖以聞。

宋文帝元嘉元年七月壬戌、白燕集二斉郡城一、游二翔庭宇一、経二九日一乃去、衆燕随レ従無レ数。…

『宋書』「符瑞志」は、まず祥瑞の項目を立てた後で、その祥瑞を説明する。その後、具体的な歴代の出現記事を列挙するという記述形式を取る。ここでは白燕は「師曠時、銜二丹書一来至」と説明される。この意味を分析して考えるために、前後の祥瑞項目の説明箇所もあわせて参照してみる。

白燕者、師曠時、銜二丹書一来至。

金車、王者至レ孝、則出。

三足烏、王者慈二孝天地一、則至。

これらの例を見ると、『宋書』「符瑞志」には、左図に示したような記述の仕方があることが確認できる。

〇〇（者）、	△△△、	□□。
祥瑞項目	治世の状態	出現

右の図式から、もう一度白燕の説明を見ると、白燕は「丹書」を持って現れる存在であることがわかる。白燕という祥瑞が持つ意義を考察するためには、この「丹書」の意味が解明されなければならない。

「丹書」について記述する『隋書』「牛弘伝」には、「武王問二黄帝・顓頊之道一。太公曰『在二丹書一』」とある。「丹書」には上古の聖王たちが示した道が書かれているというのである。もう少し詳しく見るために、道を学ぶことについて細かく言及している『礼記』「学記」に記述された「丹書」を参照する。[9]

凡そ学の道は、師を厳にするを難しと為す（厳は尊敬なり）。師厳にして然る後に道尊し。道尊くして然る後に民学を敬するを知る。是の故に君の其の臣を臣とせざる所の者二あり。其の尸為たるに当りては、則ち臣をせざるなり。其の師為るに当りては、則ち臣とせざるなり（尸は主なり。祭主と為るなり）。大学の礼、天子に詔ぐと雖も北面すること無し。師を尊ぶ所以なり（師を尊ぶは道を重んずるなり。臣位に処らしめざるなり。武王阼を踐み、師尚父を召して問ひて曰く「昔の黄帝顓頊の道は存するか、意々亦た忽として見るを得可からざるか」と。師尚父曰く「丹書に在り。王之を聞かんと欲せば則ち齊せよ」と。王齊して三日、端冕す。師尚父も亦た端冕す。書を奉じて入り、屏を負うて立つ。王堂を下り南面して立つ。師尚父曰く「先王の道は北面せず」。王行きて西折して南し、東面して立つ。師尚父西面し、書の言を道ふ）。

「丹書」には上古の聖王が示した道が書かれている。そして重要なのは、波線部にあるように、「丹書」に書かれた先王の道は「北面せず」という箇所である。北面とは臣下の立場を意味する行為である。聖王の道は、臣下の立場をとらないというのである。この場面で「学記」が描くのは、「丹書」の意味とともに、聖王の道を尊んで学ぶ武王の姿でもある。聖王の道は臣下によって示されながら、聖王の道そのものは、現王に対して東西という水平に位置し、対等の関係にある。武王は対等の関係にある聖王の道を尊んで学ぶ王として描かれているのである。「丹書」とは、聖王が則るべき道を、尊んで学ぶ王に対して示されるものであった。

白燕がもたらす「丹書」には、聖王が則るべき道が記されており、かつその聖王の道は現王が尊んで学ぶべき対象である、という意味があった。白燕はそのような「丹書」をもたらす存在として説明されているのである。

では次に白燕は右のような「丹書」を、どのような治世の時にもたらすのかを確認する。先に挙げた図から、白燕が出現する治世をもう一度確認しておくと、白燕が現れる治世とは「師曠時」という治世の状態であることがわかる。では「師曠時」とはどのような治世の状態をいうのか。

師曠は『文選』王子淵「洞簫賦」の李善注に「杜預曰『師曠、晋楽太師』」とあるように、晋の楽の太師である。しかし楽の太師であることだけが、白燕出現の条件ではない。

『漢書』「揚雄伝下」の顔師古注に、

応劭曰「晋平公鍾、工者以為調矣。師曠曰『臣竊聴レ之、知二其不一レ調也』。至二於師涓一、而果知二鍾之不一レ調。是師曠欲三善調二之鍾一、為二後世之有一レ知レ音」。

とあり、師曠は、鍾の正確な音を聞き分けた人物として記述される。非常に耳が良かったということになる。さらに『左氏伝』襄公十八年伝に「晋人聞レ有二楚師一。師曠曰『不レ害。吾驟歌二北風一、又歌二南風一、南風不レ競、多二死声一。楚必無レ功』」とある。これは楚軍が晋に迫った時、師曠が北の調子の歌と南の調子の歌とを歌い比べてみると、南の歌を歌う時には声が弾まないことを述べ、よって楚軍が成功しないことを予見したというものである。歌と音から戦争の帰趨を予見したというのである。

師曠は音を聞く力がある者であり、同時に戦争の帰趨を予見する力を持つ者でもあった。この「音を聞く」と「戦争の帰趨を予見する」という、一見かけ離れているように見える二つの行為の関係が、実は深く関わっていることが示されるのが、次に挙げる記事である。

『芸文類聚』鳥部「鳥」項に、「晋侯伐レ斉。斉師夜遁。師曠曰『鳥鳥之声楽。斉師其遁』」とある。鳥の声が楽しんでいるのを聞き、その下に敵軍はいないということを知ったのである。これは単なる論理的帰結のように見えるが、音と兵法が非常に深い関わりにあることが、兵書『六韜』から見てとれる。

(正義曰)六韜云「武王問二太公一曰『律之音声、可三以知二三軍之消息一乎』。太公曰『深哉王之問也。夫律管十二、其要有レ五。宮・商・角・徴・羽、此其正声也、万代不レ易。五行之神、道之常也。可二以知一レ敵。金木水火土、各以㆓其勝㆒攻㆑之。其法、以㆔天清静無㆓陰雲風雨㆒、夜半遣㆓軽騎㆒往、至㆓敵人之壘㆒九百歩。偏持㆓律管㆒、横㆑耳大呼驚㆑之、有㆑声応㆑管、其来甚微。角管声応、当㆑以㆓白虎㆒、徴管声応、当㆑以㆓玄武㆒、商管声応、当㆑以㆓句陳㆒、五管尽不㆑応。無㆑有㆓商声㆒、当㆑以㆓青龍㆒、此五行之府、佐勝之徴、成敗之機也』。」（『史記』齊太公世家第二）

軍の状態を音によって察知できるかという問題について、音も五行の論理の一部であるがゆえに、音を知れば、論理的に戦争の帰趨を知ることができると答えている部分である。(10)

師曠が音をよく聴き分けて戦争の帰趨を知ったというのは、個人に帰属する呪術的な能力によるのではなく、陰陽五行的な論理の観点から判断したと考えたほうが適切なのである。

その師曠が書いた書がある。『後漢書』「方術列伝」に「師曠之書」とあるのがそれである。李賢注はその書に対して「占㆓災異㆒之書也」としている。戦争の帰趨を陰陽五行の論理に従って予見する師曠が書いたのが、「災異を占う」書であるというのである。陰陽五行の論理に従って事象を考察する師曠が「災異」を解読した書なのである。師曠とは、災異を解読するための知識を書物として蓄積する人物でもあった。

白燕が出現するのは、師曠のような人物が仕える治世、すなわち陰陽五行の論理—それはまた聖王が則るべき論理でもある—に従って事象を解読する臣下が活躍する治世なのである。

白燕出現の意義とは、陰陽五行の論理に則って思考する臣下が、「丹書」に記された聖王の道を示すにふさわしい—聖王の則るべき道を尊んで学ぶ—王に仕えている治世を、天が称讃していることを示すものである。

その白燕が「天智紀」にのみ現れるのである。「天智紀」の白燕の記述は、聖王の則る道に従う治世として、天智の治世を位置づけているのである。

では右のような観点をもって、今一度「天智紀」の具体的な記述を検証する。

事象を陰陽五行的な論理―聖王が則る道―に従って解読する臣下とは、既に見たように、事象を個人に帰属する呪的な能力で解読する者ではなかった。個人的な呪的能力によらないということは、聖王の道を学んだ者であれば誰が解読しても同じ結論に達し、誰が見ても納得する形で指し示すという共有可能な知識と技術による解読ということになる。共有可能な技術によって観察された事象を、陰陽五行の論理に基づいて考察し、あるいは専門書に従って解読する、そのような治世として描かれているかが検証されなければならない。

「天智紀」では方位を測定する指南車が献上されたことを始めとして、漏刻（時間測定）、水臬（水準器）といった、天文観測に必要な器具が次々に登場する。これは「天智紀」が日月星辰に表れる天意を解読するための様々な道具が集められた紀であることを示す。天意を個人に帰属する呪力に依拠しない、共有可能な技術と知識によって解読することを可能にするこれらの道具を手がかりに、「天智紀」を検証する。

2、指南車・漏刻・水臬

「天智紀」五年には、「倭漢沙門智由、指南車を献る」という記事がある。先行する「斉明紀」四年に「沙門智踰、指南車を造る」とあるのをみると、「斉明紀」の時点で指南車は造られていたということになる。それが天智に献上されたということであれば、指南車は当時の天皇である斉明にではなく、あえて天智に献上されたと考えてよい[11]。

指南車は『宋書』「礼志五」に、「指南車、其始周公所レ作。以送二荒外遠使一。地域平漫、迷二於東西一、造二立此車一、使三常知二南北一」とあるように、周公のとき初めて造られたという、常に南を指す道具である。

方位を知るということの意味を確認しておく。『礼記』「月令」には「(天子は）乃ち太史に命じて典を守り法を捧げ、天の日月星辰の行を司り、宿離貸はず、経紀を失ふこと毋からしむ。以て初めて常と為す」とある。天子は天文の方位時刻を正確に観測し、天文の法則性を見極め、人々に知らせるべきであった。これは一般に「授時権」というもので、[12]天子がこれを行うのである。その方位測定に資する道具が、天智に献上されているのである。

さらに「月令」が定める方位時刻のうちの時刻の方も見ておく。「天智紀」には天智自身が皇太子の時に漏刻を製作し使用を開始したことが「天智紀」十年夏四月条に記されている。漏刻もまた『芸文類聚』儀飾部「漏刻」項に、『晋陸機漏刻賦』に曰くとして、「偉㆓聖人㆒之制㆑器」とあり、また『李尤刻漏銘』に曰くとして「昔在㆓先聖㆒、配㆑天垂㆑則、仰釐㆓七曜㆒、俯順㆓坤徳㆒、乃建㆓日官㆒、俾㆑立㆓漏刻㆒」とあり、聖人と関わる。先の「月令」のいう方位時刻の制定と符合している。ただし「月令」が定めるのは、日月星辰を計測することにより方位時刻を定めるということであった。指南車と漏刻が意味するのは天文を観測するための方位と時刻の制定なのであった。

天文観測には、方位時刻の制定だけではなく、観測地点を定める必要がある。平らなところから測らなければ、星の位置や角度は正確に測ることができないからである。

観測地点を定める水準器として、「天智紀」において献上されているものに水臬がある。「天智紀」十年三月には「黄書造本実、水臬を献る」とあり、一般には建築の際に土地の高低を測る水準器と説明されている。[13]しかし水臬は建築の用途だけではなく、天文観測にも使用された。建築には天文観測が必要なのである。『文選』陸佐公「石闕銘」には以下のようにある。

乃命㆓審曲之官㆒、選㆓明中之士㆒、陳㆑圭置㆑臬、瞻㆑星揆㆑地、興㆓復表門㆒、草㆓創華闕㆒。

これは建築に際して、材木を審査する官人と、星を観る官人とを定め、日陰を測る道具や臬を置き、星を観測して地の位置を確認しつつ、建築したということを示す。

このように、水臬は天文の位置を確認するための器具であったことがわかる。「天智紀」には、天文観測をして方位時刻を定めるための、指南車（方角）・漏刻（時刻）・水臬（観測地点）が製作・献上されていることが確認できる。

これらが道具である以上、これを使う者がシャーマンの如き特殊能力者である必要はない。道具を使うための正しい知識を持ち合わせる者であれば誰が使用しても同じ結果がもたらされるのである。指南車は周公という聖人によって製作されたが、それを使った「荒外の遠使」は無事故国まで帰ることができたのである。

それでは、誰がこの道具を使用したのかを、「天智紀」十年正月是月条から見てみよう。

是の月に、大錦下を以ちて佐平余自信・沙宅紹明 法官大輔。に授く。小錦下を以ちて鬼室集斯に授く 学職頭。大山下を以ちて達率谷那晋首 兵法に閑へり。・木素貴子 兵法に閑へり。・憶礼福留 兵法に閑へり。・答㶱春初 兵法に閑へり。・㶱日比子賛波羅金羅金須 薬を解れり。・鬼室集信 薬を解れり。に授く。小山上を以ちて達率徳頂上 薬を解れり。・吉大尚 薬を解れり。・許率母 五経に明かなり。・角福牟 陰陽に閑へり。に授く。小山下を以ちて余の達率等五十余人に授く。

兵法と陰陽という知識・技術を習得した人物が叙位されたことを示す記事である。この兵法や陰陽といった知識・技術を持つ者たちに対して官位が贈られたのは、『日本書紀』においては、ここが初めてである。これは国家がそのような知識・技術を持つ者を官人として掌握したということを示している。

後世の令では、陰陽寮は天文を測る官職が設置されている。[14] 天文を観測するための技術と陰陽五行的な論理―聖王の則るべき道―に基づく知識を持つ官人が天意を観測し、君主に奏上するという形式がとられるのである。

このように、天文の運行を測るのは、君主自身ではなく、官人の職掌と考えられるのである。このようにみてくると、君主が天意を直接感じ取るという方法ではなく、官人がその職掌によって測るということが見えてくる。君主は天文の運行を測る官人からの奏上―聖王の道に則った知識と技術に従った観測結果―を受けるというシステムの頂点に位置していることになる。

「天智紀」にいたって、天などの超越的存在からのメッセージは、聖王の道に則った知識と技術によって観測され、天皇に奏上されるようになった。これは天皇の個人的な呪的能力を問題とせず、天文を正確に観測できる機器とそれを操って事象を陰陽五行的な論理によって解読する官人を従えている限り、天皇として機能することができるということを示しており、中国のように天意を一手に引き受ける「天子」としての皇帝とは、構造を異にしているといえるだろう。(15)

このように、「天智紀」は、天文を正確に観測できる機器と、聖王が則るべき道に基づく知識と技術を持った官人とが準備された紀であり、そのような官人を従えている治世として描かれているのである。これこそが白燕の出現する治世なのである。

天文の運行を観測するということは、正常な運行のみならず異常な運行をも発見することになる。天文の運行が異常なとき―すなわち天が君主の治世に対して警告を与える災異―もまた、聖王の道に則った知識と技術を持つ官人によって観測され、天皇に奏上されるのである。従来の研究が「天智紀」を天武に比して批判的に描かれていると考えるもう一方の要因である、「天智紀」における「災異」というものを見る必要がある。「天智紀」に現れた「災異」を次に考察する。

3、「天智紀」における「災異」の検証

日月星辰の運行を観測する道具が準備され、天意を聖王の道に則って解読する知識と技術を持つ官人が叙位された。(16)機器によって観測された事象がどのような天意を意味するのかは、官人が専門書に沿って解釈することとなる。「災異」は天が失政を譴責し悔悟を促すものであるため、「災異」を正確に解読できれば、その原因を突き止めることが

でき、適切な政治的対応をとることができる。

一般に「災異」が多いと見做されがちの「天智紀」ではあるが、その内実を詳細に検証すれば、「天智紀」に現れる「災異」記事は、童謡を除けば（童謡については後述）、次の二種類に分類することができる。

①災異を占う専門書に災異と規定が**ある**　↓　政治的対応が**ある**

②災異を占う専門書に災異の規定が**ない**　↓　政治的対応が**ない**

異常現象が現れた場合、まずそれが災異かどうかを判定する必要がある。次に災異に対して政治的に対応しているかどうかで、災異に対する政治的姿勢をうかがうことができる。異常現象が知識、即ち書物（災異を占う専門書―五行志等―）において災異と規定されており、かつ政治的に対応されていれば、災異の意味を正しく把握していることになり、災異が描かれるからといって即座に「天智紀」が批判的に描かれているということにはならない。むしろ天意を尊重し、天が示す聖王の道に則った政治が正しく行われていることを示すことになる。

①は書籍に災異と認定されており、政治的に対応しているものである。

	年	現象	占	書籍による解釈	出典	災異か否かの判定	政治的対応
A	三年	星が殞つ	×	民失其所	漢書五行志	○	百済王居㆓于難波㆒
B	三年	地震	×	臣下専横	漢書五行志	○	冠位増換
C	五年	秋、大水	×	百姓愁怨	漢書五行志	○	復㆓租調㆒

A〜Cは、中国史書の五行志に災異と規定されている現象である。後世の令が[17]、災異の事象は史書に記しても、その占は載せないと規定していることを考えれば、占のないこれらの現象は「天智紀」において災異と認定されていることを示している。

書籍に災異規定があり、災異と認定された現象には、必ず何らかの政治的対応が記述されていることを確認したい。例えばAの場合、「星殞」は『漢書』「五行志」に、「衆星隕‐墜、民失二其所一也」とある。民が居所を失って流民化することを意味する。これには百済滅亡を受けて故地を失った「百済王善光」に、居地を定めたという政策に対応している。災異が地震として現れれば、『漢書』「五行志」には「臣事雖レ正、専必震」とあり、臣下専横の表れとして理解される。Bの地震に関しては「是春」とあることから、春二月の冠位増換が対応していると見ていい。これは官位を定め、氏を正したというものである。臣下に序列をつけ、秩序を定めたということになる。臣下専横を防ぐ政策として、災異と対応しているのである。

次にCの大水である。『漢書』「五行志」に「百姓愁怨、陰気盛」とある。この大水に対してとられた政策は「復二租調一」であり、ここでは税が免除されたと捉えれば、やはり災異に対応していると考えられるのである。

右に見たように、書籍に災異規定がある場合には、政治的対応がなされていることがわかる。災異として認定されているから、占（解釈）は記載しない。ここから、異常現象が起きたとき、書籍を参照し、天譴の意味を解読し、政治的に対応していることが見えてくる。あくまで参照可能な災異に関する知識を用いることで、論理的に災異に対処していることが明らかである。

これに対し、書籍の災異規定と符合しない、似て非なるものたる異常現象がある。分類②として整理した。

	年	現象	占	書籍による解釈	出典	災異か否かの判定	政治的対応
D	三年	異常な稲	×	×	×	×	×
E	九年	異常な亀捕獲	×	×	×	×	×
F	十年	八つ足の鹿	×	×	×	×	×

G	十年	四足の雞子	×	×	×	×	×
H	十年	八鼎が鳴る	×	×	×	×	×

これらの例には、書籍による明確な災異規定がない。例えばFの「八足之鹿」の場合、八足の「豕」であったならば災異であった。『宋書』「五行志」は、多足であることが災異の指標であると述べているが、同じ『宋書』「符瑞志中」に「六足獣、王者謀及二衆庶一、則至」とあることも同時に勘案しなければならないだろう。多足だけが災異の判定基準なのではなく、簡単に推断できるものではない。Fの例はあくまで「豕」ではなく「鹿」なのだということを押さえておきたい。八足の鹿という事象は、書籍においては災異とも祥瑞とも規定されていないということを見ておこう。

Gの「四足の雞子」の場合、三足かつ烏であれば、「三足烏（『宋書』「符瑞志下」、「三足烏、王者慈二孝天地一、則至」）」であると規定できるが、「四足」かつ「雞子」であることから、祥瑞としては認定できない。同じように、Hの「八鼎の鳴」は、「九鼎震」であれば、これは周王朝滅亡の大凶兆として『漢書』「五行志」を始め多くの書籍に災異として規定されている。しかし、これも同じように、「九」でもなければ「震」でもなかった。(18) Dも不思議な稲の事象を記述するが、書籍に同じような事例がなく、祥瑞ならば「嘉禾」等と判定されたのかもしれないが、災異・祥瑞のどちらとも認定されていない。いずれも書籍のいう「災異」とは似て非なるものなのである。

災異の規定がかなり狭められていることがわかる。多足ならばそれで災異でよいというわけではない。あくまで参照可能な書籍の知識に従い、厳密に災異祥瑞判定を行っているのである。また、事象が起こるたびにその都度占いを行っているわけではない点もまた見逃してはならない。書籍に災異祥瑞の規定がない場合には、それは災異祥瑞ではないと判断しているのである。災異・祥瑞のいずれでもないのであるから、当然、それらの事象に対して政治的な対応がなされることもない。

それではなぜ災異祥瑞として判定されなかった事象をも記載しているのだろうか。それは、いかにも災異祥瑞に見える事象でも、あくまで書籍の規定に則って判定すれば災異ではないのだということを、あえて示しているのだと考えられる。そのような治世としての「天智紀」の、ひとつの叙述の方法だと見ることができる。「天智紀」は災異が起きた場合には、参照可能な知識によって解読し、災異だと規定した場合には必ず政治的な対応を取る、そのような治世として描かれている。そしてそのような災異の判定を行うのは、聖王の道に則った知識と技術をもつ官人たちであった。災異を占う書籍に則って解読する官人がいる治世においては、事例Eの異常な亀の出現のように、いかにも未来を暗示するような事象が起きたとしても、それが規定にないかぎり、無視してしまう——つまり、一見災異のように見えてしまう事象に惑わされない——という、「天智紀」独自の在り方を示しているのである。

右のような「天智紀」独自の叙述の在りようは、童謡に関しても貫かれている。童謡は『日本書紀』の他の天皇紀にも描かれる災異である。しかし異なるのは、それまでの「孝徳紀」や「斉明紀」では占が付されていたのに対し[19]、「天智紀」では一切の占が付されないという点である。

童謡は「天智紀」において六年、九年、そして十年に二回と、計四例がある。そのすべてに政治的対応がない。童謡は『漢書』「五行志」において「言之不ㇾ従、（略）…時則有㆓詩妖㆒」として災異に規定されている。占がつかないことから「天智紀」はこれら童謡を災異として認定している事がわかる。

童謡そのものは確かに災異だが、これまでは歌が読み解かれることで、歌が歴史の叙述に関わるものであることが示されてきた。「天智紀」にいたって歌意が示されなくなったというのは、童謡の捉え方が変わってきたということを意味している。

童謡は他の災異と異なり、災異の原因が歌意に示されている。歌意が解読されなければ、災異の原因を突き止めることができない。これまでに示してきたように、「天智紀」の災異の解釈の方法は、参照可能な知識の集積たる書籍に則ったものであった。童謡はその都度、異なる歌が歌われるため、参照可能な知識たる書籍による解読ができないものである。つまり、災異でありながら、その意味が参照不可能であり、特定できないという極めて特殊な位置を与えられているということができる。そのため具体的な政治的対応ができないのである。

解読されない童謡をあえて掲載しているということが重視されなければならない。歌意を載せず、政治的対応もとらない童謡を掲載することで、「天智紀」は、知識として蓄積不可能な一回的な個別の童謡は解読しないということを提示しているのである。歌ごとに一回的な解読を必要とする、知識として蓄積されない個別の童謡は、たとえ災異であっても解読しないということが示されることは、あくまで聖王の道に則った知識・技術によって解読するという天智の治世の在り方を証明するものでもある。

最後に、占が付されており、あたかも予兆記事のように見える二例を検証しよう。

	年	事象	占	災異か否かの判定	政治的対応
I	即位前	灰が孔に変化　異音	或曰「高麗・百済滅亡」	×	×
J	元年	馬の尾に鼠が子を産む	釈道顕「高麗敗北」	×	×

これらは書籍に災異規定をもたない事象である。Ｉは灰が穴に変わり、その中から奇妙な音が聞こえたことについて、「或」が「高麗・百済の滅亡」として解いたことを述べている。この占に対する政治的な対応は、すぐ後の元年春正月条に、百済に矢十万隻などを賜わったことのようにみえるが、これはむしろその後に続く一連の百済救援政策の一環であり、この占が白村江戦まで続く百済救援を惹起したとは考えがたい。Ｊに関しても、高麗敗北の占に対し

て、具体的な対応を取ったとは描かれない。

聖王の道に則る知識と技術を身につけた官人が、参照可能な知識の集積である書籍に従って災異を解読する「天智紀」にあっては、「或」や「釈」といった人々の占は問題とならなかった。前述の童謡や、災異と似て非なるものという位置を与えられる異常現象と同じく、「天智紀」の在り方を作り上げるために、意図的に無視すべきものとして記載されたと考えるべきである。「或」等が示す占―決して聖王の道に則った参照可能な知識による解読ではない―に、もはや国家を動かすほどの力はない。このような占は以後の「天智紀」から全く消えてしまう。まさに「天智紀」が天意を知るための知識や技術を持った官人をもつ治世として動き出したことを示している。

結

以上ここまで、「天智紀」は聖王の道に則った知識と技術を持った官人によって災異祥瑞が解読される治世として描かれているということを見てきた。天意をあくまで知識・技術によって解読し、世を治めたという治世を示すものとして、白燕は現れたのである。白燕とは、師曠のような人物―聖王が則るべき陰陽五行の論理に従って事象を解読し、参照可能な知識として災異を占う書に蓄積した人物―が仕える、そのような治世に現れるものなのであった。天皇の個人的な資質、すなわちシャーマンの如き呪力の有無に左右されず、あくまで官人たちによる解読ということを、制度として作り上げていった天智の在り方が、「天智紀」には描かれている。このことは、養老三年の元正詔が天智を法制度の起源者として捉えていることと符合するだろう。聖王の道に則った知識と技術を身につけた官人がいるかぎり、天皇の個人的な呪力によって天意を見極める必要はなくなった。このことは、官人たちを包括する制度を継承しさえすれば、天皇になれるということを意味している。まさに聖王の道を具現化するシステムの頂点として天皇は位置することになるのである。このような徹底した制度主義を現出した天智こそが、法制度の起源者として最もふさわしかったのである。

なお一言を加えておこう。このような「天智紀」の在り方は、白村江の敗戦に端を発していると描かれている。即ち天智二年に白村江で唐新羅連合軍と対峙した時、百済王と「日本」の諸将は「気象」を観ることなく、戦いを挑んで敗北したというのである。気象は陰陽五行的な天の象のことである。[20] 師曠が五行の論理の帰結として戦争の帰趨を知ったこととは正反対のことをして負けたのである。これが「天智紀」における契機であるとして読むならば、この敗戦から、「天智紀」は知識と技術によって、あくまで法制度をもって治めてゆく世の中として動き出したのであった。

注

（1） 関晃「有間皇子事件の政治的背景」（『日本古代の政治と文化』関晃著作集第五巻 一九九七年二月、初出『玉藻』二六 一九九一年）。「律令国家と天命思想」（『日本古代の国家と社会』関晃著作集第四巻 一九九七年一月、初出『東北大学日本文化研究所研究報告』一三 一九七七年）。

（2） 水谷千秋「古代天皇と天命思想」（『日本史研究』五二三 二〇〇六年三月）。あるいは天智の画期性を指摘しながらも若月義小「天智朝と讖緯思想」（「日本思想史研究会会報」第二〇号 二〇〇三年一月 日本思想史研究会）は批判的な「天智紀」という枠組みを越えていない。

（3） 災異祥瑞思想に関する業績は膨大で本章で整理する余裕はないが、特に参照したものは以下の通り。東野治之「飛鳥奈良朝の祥瑞災異思想」（『日本歴史』二五九 一九六九年十二月）。福原栄太郎「祥瑞考」（『ヒストリア』六十五 一九七四年六月）。関晃前掲両論文。水谷前掲論文。若月前掲論文。榎本福寿「日本書紀の災異関連記述を読む」（『日本史研究』

四九八　二〇〇四年二月）。松本卓哉「律令国家における災異思想」（『古代王権と祭儀』黛弘道編　一九九〇年十一月　吉川弘文館）。水口幹記「延喜治部省式祥瑞条の構成」（『日本歴史』五九六号　一九九八年一月）。

（4）前掲注（1）関晃書「律令国家と天命思想」。

（5）『日本書紀』の天武重視という観点は亀井輝一郎「近江遷都と壬申の乱」（『日本書紀研究』第二十二冊　一九九九年二月　塙書房）。森田悌「二つの皇統意識」（『續日本紀研究』第三五四号　二〇〇五年二月　續日本紀研究会）。天武偏重を改めるべきことは平野邦雄『大化前代政治過程の研究』一九八五年六月　吉川弘文館）、吉川真司「律令体制の形成」（『日本史講座』第一巻　歴史学研究会・日本史研究会編　二〇〇四年五月　東京大学出版会）。

（6）『続日本紀』養老三年十月辛丑元正詔に「開闢けしより已来、法令尚し。君臣位を定めて運属くる所有り。中古に洎びて、由ひ行ふと雖も、綱目を彰さず。降りて近江の世に至りて、弛張悉く備る。藤原朝に迄りて、頗る増損有れども由ひ行ひて改むること無し」。法制度の起源を天智に求めていることがわかる。引用は新日本古典文学大系（一九九〇年九月）による。

（7）『説文』に「燕、玄鳥也、或从ㇾ鳥、亦書作ㇾ鷰」。通用。

（8）テキストは中華書局本を使用。

（9）訓読は全釈漢文大系『礼記』（一九七七年十一月　集英社）を参照した。

（10）『六韜』には、律管の音色を聞いて敵情を知り、勝負を占う方法、また戦場において雲の形から敵情を察知する望気術などの記述が含まれている」とは津田博幸「神秘思想と八世紀の〈環境〉」（『日本文学』Vol. 53 No. 5　二〇〇四年五月）。

（11）柳町時敏「斉明天皇に祟る「鬼」・『書紀』の方法についての覚書」（明治大学『文芸研究』第七十七号　一九九七年）。

（12）細井浩志「時間・暦と天皇」（『天皇と王権を考える』第八巻コスモロジーと身体　二〇〇二年八月　岩波書店）。

（13）日本古典文学大系『日本書紀』頭注。

（14）『職員令』陰陽寮条「頭一人（掌。天文。暦数。風雲気色。有ㇾ異密封奏聞事）」。日本思想大系新装版『律令』（一九九四年四月）による。

（15）「君主とそれに従う臣下」という「歴史」をモニュメント化し、それを継承して遵守するということで、君主個体の強大な徳・権力に依存する政体からの脱却を果たし、最終的には「皇孫に属する者を都合よく皇位に立てさえすれば、簒奪といった面倒なことは必要ないということになる」という政体の在り方を述べたのは北康宏「律令法典・山陵と王権の正当化」（『ヒストリア』一六八 二〇〇〇年一月）であった。

(16) そのような占の書は禁書とされ、国家に独占されていた。職制律玄象器物条「凡玄象器物。天文。図書。讖書。兵書。七曜暦。太一雷公式。私家不㆑得㆑有。違者徒一年。（私習亦同）其緯候及論語讖。不㆑在㆓禁限㆒。」前掲『律令』による。津田博幸「歴史叙述とシャーマニズム」（『日本文学』Vol. 48 No. 5 一九九九年五月）、佐伯有清「八世紀の日本における焚書と叛乱」（『日本古代の政治と社会』一九七〇年五月 吉川弘文館）を参照。

(17) 『雑令』秘書玄象条「凡秘書。玄象器物。天文図書。不㆑得㆓輙出㆒。観生。不㆑得㆑読㆓占書㆒。其仰観所㆑見。不㆑得㆓漏世㆒。若有㆓徴祥災異㆒。陰陽寮奏。訖者。季別封送㆓中務省㆒。入㆓国史㆒。〈所㆑送者、不㆑得㆑載㆓占言㆒。〉」。前掲『律令』による。

(18) 唐開元占経巻百十三に「地鏡曰宮中竈及釜鳴响者、不㆑出㆓一年㆒有㆓大喪㆒、郭璞洞林曰巻令施安上家釜九鳴、旬日之中尋有㆓九喪㆒」とみえる。天地瑞祥志には鼎、釜の項はあるが、鼎は宝器としてのべ、鳴ることは記さない。以上は山田英雄『日本古代史攷』一九八七年七月 岩波書店）に詳しい。「天智紀」は「鼎」であって「釜」ではないことも付け加えておこう。

(19) ▼童謡 …①皇極二年十月「岩の上に―」 → 山背王の滅亡
②皇極三年六月是月「遙々に―」 → 入鹿誅殺
③斉明六年是歳「まひらくの―」 → 歌自体が読解困難
▼鼠群行…①大化元年十二月 → 難波遷都
②大化二年是歳 → 淳足柵を造る
③白雉五年春正月 → 倭都遷都

本章では天智五年の鼠の群行について触れなかったが、「天智紀」の鼠の群行は、近江遷都の前兆だということは先行する例から推測できる。しかしその「民遷（天地祥瑞志による）」ということを、百済人二千人（という民）を政治的に移住させることで対応させたのである。遷都による民の移動とは捉えなかったことを示すのである。

(20) 日本古典文学大系『日本書紀』頭注、新編日本古典文学全集『日本書紀』頭注は共に風向きなどの天候として捉える。『晋書』「律暦志中」に「昔者聖人擬二宸極一、以運二璿璣一、揆二天行一、而序二景曜一。分二辰野一、辨二躔歴一、敬二農時一、興二物利一、皆以繋二順両儀一、紀二綱万物一者也。然則観レ象設レ卦、爻レ閏成レ爻、歴数之原、存二乎此一也。逮二乎炎帝一、分二八節一、以始二農功一、軒轅紀二三綱一而闡二書契一。乃使二羲和一占レ日、常儀占レ月、車臾區占二星気一、伶倫造二律呂一、大撓造二甲子一、隷首作二算数一、容成綜二斯六術一、考二定気象一、建二五行一、察二発斂一、起二消息一、正二閏余一、述而著焉、謂之調歴」と在るのを見れば、気象が五行に即した気の在り方を指し示していることが明瞭である。

＊『日本書紀』の引用は新編日本古典文学全集による。『史記』『漢書』『後漢書』『晋書』『隋書』『芸文類聚』は中華書局本による。『文選』『左氏伝』は全釈漢文大系による。

ここまでの小結

以上ここまで、中国の自然哲学であるところの陰陽論が、『日本書紀』のなかでどのように現象しているのかを見てきた。

陰陽論は、原則として、「陰」と「陽」それぞれ片方のみでは存在しない。極言すれば、純粋なる「陰」も、純粋なる「陽」も存在し得ず、あるのは双方の配合具合でしかない、ということである。この配合具合を、六十四卦というデジタル式の記号で示すのである。その中には、純陽たる「乾」と純陰たる「坤」は存在するが、あくまで記号的な問題であり、森羅万象の現象としては存在しないということになる。

そのように陰陽論の原則を確かめるとき、その原則を最も明示的に表す「離」と「坎」が重要な卦として現れてこよう。その卦はそれぞれ、陽中の陰、陰中の陽を表す。純粋なる「陽」は存在せず、あたかも純陽に見えるそれも、内部には陰を宿していることを示す卦である。すなわち、『周易』の基本原理たる陰陽論は、究極の「陽」を体現するものは、その内部に「陰」を宿すものなのである。太陽がまさにそれに当たり、太陽は「離」すなわち陽中の陰を宿す存在なのである。

そうであるとき、君主系譜の出発点としてあり、かつ「日」神のアマテラスが「女」であるということは、中世以来、矛盾なき「陽中の陰」理論で説明されてきたのである。するとそれは陰陽論の原則に忠実である、ということになろう。一方で、陰陽論を生み出した中国では、この原則通りではないのである。「陽」の究極たる皇帝を「陽中の陰」などと見なす言説を、寡聞にして知らない。ましてや、臣下と皇帝とを同列とする―臣下という「陰」の中にも「陰中の陽」を見出す―などという例は、言わずもがなである（ここには、『日本書紀』には「伝」がなく、臣下と天皇の歴史が渾然一体となっているということも、関わっているかもしれない）。

　すなわち、中国で生まれた陰陽論でありながら、その陰陽論を適正に配当するなら、『日本書紀』の在りようの方が正しいのである。陰陽論を誤って解釈している中国よりも優れた「日本」という価値が、そこに示されることになる。陰陽論が原理主義的に現象している『日本書紀』は、そのような価値を生成するのである。

　このことは、これまで見てきた各章からも確認できよう。「聖帝」の治世のなかにも「陰」なる凶事があり、純然たる「陽」ではないことも、『日本書紀』は示しているのである。武烈天皇で言えば、「悪帝」でありながらも、法に関することには優れていたなどとする部分は、「悪帝」のなかの「陽」といえよう（第二章）。一方で、雄略天皇は陰陽双方を等分に配する天皇なのである（第一章）。このように、『日本書紀』が叙述する「日本」の「歴史」は、正しく陰陽論が原則通りに展開していく世界、そのように確認されうるものとして示されるのである。

　そしてそれは、陰陽論をその思想的骨格としてもつ「災異祥瑞」思想にも通底する。『日本書紀』は、中国式の「災異祥瑞」思想がなくとも、優れて呪術的な天皇によって正しく神意を読み解くことができた「歴史」を描いてきた。一方で、律令国家「日本」の完成という「歴史」においては、その優れて呪術的なる部分を天皇から切り離しておく必要にも迫られたのである。この切り離しが語られたのが、優れた呪術的能力で最大版図を実現した神功皇后の構造的反復として叙述された「斉明紀」であった。「斉明紀」は「神功皇后紀」を想起させることで、対比的にその叙述を成しているのである。

　そして、天皇個人から切り離した呪術的な能力を、官僚が把握していく「歴史」を、「天智紀」によって叙述したということになる。そしてそこに現象していることは、「災異」「祥瑞」の意味を誤らずに読解できている「日本」という価値の生成なのである。

どうやら、『日本書紀』は典拠表現を用いて元の漢籍の文脈を想起させつつ、対比的に「日本」のことを語ることで、「中国よりも優れた律令国家「日本」」という価値を生成しているようだ。むろん、このような考え方は、本論の冒頭でも示したように、「神武紀」において「皇帝」よりも上位の「天皇」という在りように対応しよう。「天皇」がそもそも「天命」を発する、中国における天帝のような存在なのだ。中国では「災異祥瑞」はこの天帝が降すわけであるから、天帝が天帝を譴責することがないように、天皇は天皇に対して災異を降すはずはないのである。しかし、『日本書紀』が語るところの「歴史」では、「天皇」が天帝に当たるのであれば、その天帝よりも上位の存在に譴責されることはありえよう。すなわち、歴代天皇の祖霊であり、「高皇産霊尊×天照大神」である。この天帝よりも上位の神が降す「災異祥瑞」の意味を正しく読み解ける、という点で、「天帝」程度の意思を読み取る術しか持ち合わせない中国よりも優れた「日本」という意味が生成するのである。むろん、『日本書紀』が語るところの「歴史」においては、である。

以上ここまで見てきた典拠表現の在りようを通して、『日本書紀』は「中国よりも優れた「日本」」という価値を生成する点を見てきた。そしてそれは元の漢籍の文脈と対比的に描くことで果たされてきた。このような次第が確認されたならば、次は、ここまで確認されてきたすべての蓄積を方法として駆使し、ひとつの「天皇紀」を総合的に読解できるのか、ということが問われよう。すなわち、『日本書紀』全体の「天皇紀」が同一の方法で読解できるのか否かという問いである。

四、「崇神紀」全体の読解

――「中国よりも上位の『日本』」へ――

本章の概要

本章では、「崇神紀」全体を取り扱う。典拠表現を用いた対比的な手法で、『日本書紀』は律令国家「日本」の「歴史」を、どのように叙述したのか。これをひとつの「天皇紀」を対象に、全体的に論じた章である。

本来ならば、このような各「天皇紀」の全体的な読解を積み重ね、最終的に「持統紀」に至り、そして『日本書紀』全体を把握するという道程が必要であろう。本章は、そのひとつの取りかかりとして、「崇神紀」を扱うわけである。

第一章では、「崇神紀」の典拠表現もまた、空虚な美辞麗句ではなく、元の文脈を想起させて対比的に「日本」のことを語るという、実意を持つ叙述であることを確認する。

つづく第二章では、これを受けて、元の文脈を想起させつつ対比的に描かれる崇神天皇像に迫る。「崇神紀」では崇神天皇の資質を語る場面に、『漢書』「成帝紀」を出典とする叙述がなされる。これを『漢書』「成帝紀」の文脈を比較しつつ、どのように対比的に崇神天皇像が叙述されているのかを問うたのである。

そして第三章では、典拠表現に類する修辞表現について考えたい。というのは、原則として典拠表現は語句章句の「引用」であるため、その本質は「模倣」にある。それゆえ、「字句の同一性」が典拠表現か否かを決定する指標となるのだ。その意味では、字句の同一性が認められない叙述は、典拠表現とは言えないのである。とはいえ、元の文脈を想起する、といったとき、それは既読の文献を前提としている。多くの人が目にすることができた、最も権威ある書籍の、有名な一句を用いることが典拠表現の基本である。そうでなければ、すなわち、誰も知らない少数派の文献の一句を用いたところで、それが出典ある語句章句であるとは、誰も気がつかないのである。誰も気がつかなければ、それは「典拠表現」とは認められず、修辞表現として成り立たないのである。修辞の疎かな文章と非難される危険性があるのだ。

そうであるならば、「典拠表現」に用いられる出典は、誰もが既読の文献である、という前提があることになる。誰もが読んでいる、ある種の共有状態にある文献の存在である。ある文献に書かれた内容を共有している状況とは、言い換えれば、共通の教養基盤が存在するということである。「酒池肉林」と模倣した場合、誰もが即座に『史記』「殷本紀」の「殷の紂王」とその事績が想起されうるという、共通の教養基盤のことである。

もしも、このような共通の教養基盤が「典拠表現」の前提であるならば、字句の同一性が全く見られなくとも、極めて構造を一にする「類話」が叙述された場合、「典拠表現」に近い効果が発生するのではなかろうか。すなわち、よく似た話の文脈を想起しつつ、対比的に読解する現象である。第三章は、「箸墓伝承」をこの観点から検討した。

このようにして、「崇神紀」の総合的な読解を試みることが本章のあらましである。

1　『日本書紀』「崇神紀」における「撃刀」の典拠
―― 異民族に強い将軍の故事を想起させるもの ――

はじめに

『日本書紀』「崇神紀」四十八年条には、豊城命と活目尊に対して、後継者選定のための夢占いをさせる記事がある（以下、当該条とする）。本文は後載するが、簡潔にまとめれば以上のような記事となる。

この記事は「御諸山」を「三輪山」のこととして、その山の神聖性が天皇の皇位継承と密接な関係にあることを示す記事として注目されてきた。すなわち岡田精司が「古代国家の形成期に、大王の統治力の宗教的根源として信仰され、これを身につけたものが大王の地位に就きうる、と信じられていたものであろう」とするのがその代表的な見解である[1]。

テキスト全体の意味は、皇位継承に関わる占いを御諸山において行っているということで揺れはなかろう。テキスト全体の意味するところは明快である。さらに夢の中で東を向いていたから東国を、四方に気を配ったから天下を治めるという夢占いの解も明瞭に示されている。従来は、このようなテキストの明快性をもって、この記事の詳細な注釈が起こされることはなかったのである。

しかし、なぜ東を向いていることが即ち「東国」であり、「東国」であることがどうして数多ある東国諸国の中で即「上毛野・下毛野」なのかという疑問が摘出されたことはなかった。おおよそは、この伝承が大三輪君の伝承として論じられてきたに過ぎない。すなわち豊城命の子孫たる毛野国の統治者を、大三輪君との関連づけて論じる姿勢である。このようにして、古代氏族の歴史が再構築されてきたのである。[2] テキストレベルの読解という問題においては、詳細な注釈行為は停滞したままであった。

読解における注釈行為の不足が露呈するのは、特に「撃刀」と「弄槍」の語句においてである。これは『書紀集解』が『軍防令』の「用刀弄槍」を典拠にしていると指摘して以来、[3] その見解が継承されてきた。現在の注釈書類でも詳細な考察はなされず、語注の範囲でカバーされているに過ぎない（後述）。しかし『書紀集解』の指摘は「用刀」であって「撃刀」ではない。典拠ではなく類例なのである。しかるにその修正が図られてこなかったのは問題である。従来論はテキストの明快性に支えられ、部分の考察に難を残したまま全体を論じてきたのである。

本章はこの「撃刀」の典拠について考えることで導かれる記事全体の意味を見通すことを目的とする。

1、「撃刀斗」の故事

以下に当該条を掲載する。

四十八年春正月己卯朔戊子、天皇勅㆓豊城命・活目尊㆒曰、汝等二子、慈愛共斉。不㆑知、曷為㆑嗣。各宜㆑夢。朕以㆑夢占㆑之。二皇子、於㆑是、被㆑命、浄沐而祈寐。各得㆑夢也。会明、兄豊城命以㆓夢辞㆒奏㆓于天皇㆒曰、自登㆓御諸山㆒向㆑東、而八廻弄㆑槍、八廻撃㆑刀。弟活目尊以㆓夢辞㆒奏言、自登㆓御諸山之嶺㆒、縄絙㆓四方㆒、逐㆓食㆑粟雀㆒。

則天皇相レ夢、謂二二子一曰、兄則一片向レ東。当レ治二東国一。弟是悉臨二四方一。宜レ継二朕位一。四月戊申朔丙寅、立二活目尊一、為二皇太子一。以二豊城命一令レ治レ東。是上毛野君・下毛野君之始祖也。

すなわち崇神天皇が後継者選定のために、諸子に夢を見させる記事である。夢によれば豊城尊は御諸山で東を向いて「弄槍」「撃刀」し、対して活目尊は四方に縄を渡して雀を追い払った夢を見た。この夢を占った崇神天皇は、東を向いていたから東国統治へ、そして活目尊は四方に気を配っていたから天下を継承させるのである。この部分は従来以下のように考察されてきた。すなわち岡田精司の『古代王権の祭祀と神話』である(4)。

・ここでは天津日継の神聖な地位にかかわる夢が、いずれも「御諸山」＝三輪山を舞台として、語られているのである。

・古代国家の形成期に、大王の統治力の宗教的根源として信仰され、これを身につけたものが大王の地位に就きうる、と信じられていたものであろう。

・「敏達十年紀」の「天皇霊」と、「崇神四十八年紀」の夢占の話とを綜合すると、三輪山は天皇霊のこもる聖地と考えられていたのではないか、と想像できる。

「御諸山」を「三輪山」とする処理を行った上で、全体として神聖なる三輪山の神と皇位継承とが密接な関係を持っている、という見解を示すのである。場所が三輪山を舞台とすることや夢を見ることなどは、「崇神紀」全体と関係が深く、東を向いて武を示したので東国へ、四方への気配りを示したので皇位継承へという、夢占の判断もテキストに沿った見解であり、首肯できるものである。

しかし先述したが、全体が明確であるがゆえに細部の分析は打ち捨てられてきたのである。語句レベルの検討は注釈書の語注の範囲でカバーされてきたといえよう。たとえば「弄槍」「撃刀」などは以下のように述べられる(5)。

八廻弄槍

・「大系」ホコユケは、槍を突き出すこと。

・「全集」「廻」は「回」に同じく、回数を表す助数詞。槍を突き出すこと。ユケは行クの下二段使役形、行かせる意。神武記に「横由気」。

八廻撃刀

・「大系」タチカキは、刀を空に振ること。

・「全集」刀を撃ち振ること。

しかし「撃刀」は本来、もっと注目されるべき語句である。というのは「撃レ刀」は、漢文のシンタクスにおいては本来「刀を撃つ」となる構文だからである。これは意味としては、刀の刀身を棒などで撃つ意となる。「刀で撃つ＝刀を使用して打撃する」ならば「以レ刀撃」等になろう。「以」を略しても「刀撃ス」となるはずなのである。四字句を作るためであるならば「用刀」「挙刀」「振刀」などもありえよう。たとえば「神代紀」では「廼抜レ剣撃殺」となっている。(6)

『書紀集解』が指摘した『軍防令』は「用刀」となっていた。これは構文に沿う形である。なぜ「用刀」ではないのか。このことは逆に、なぜ「撃刀」でなければならなかったのか、これを問うことにもなろう。これこそが本章の問題である。

これは「撃刀」でなければ意味がなかったのである、とは考えられないだろうか。「撃刀」において漢文の構文が無視されているとするならば、これは特別な語なのではないだろうか、ということである。すなわち漢籍に典拠を持つ語なのではないかという推測である。

内容上の対になっている「四方」は、確実に中国思想であり、典拠を持つ（後述）。夢占いの部分のみを漢文として抽出すると、以下のような構造になっている。

自登二御諸山一向レ東、而八廻弄レ槍、八廻撃レ刀。

自登二御諸山之嶺一、縄絚二四方一、逐二食レ粟雀一。

以上のように、漢文の対句構成上、二人の見た夢は左右対称に配置されている。であるならば「撃刀」を含む一句は「四方」を含む一句と対応関係にあるということであり、「撃刀」の部分だけが倭語の範疇であるというのは、難しいのではないだろうか。少なくとも、漢語の意味をもつ語ではないかという調査を実施する必要があるのではないか、ということである。

そこで、まずは漢籍から「撃刀」の用例を探ってみよう。もしもこの「撃刀」が典拠をもつ語であった場合、当該条全体の読みの更新に関わる可能性があるためである。少なくとも東を向いていたから東国であり、東国といえば上毛野・下毛野であるという無前提の見解は修正されるべきである。そしてこの修正は毛君の祖先伝承が採用されたから、初めから東国であり上毛野・下毛野であるという歴史学的な手法ではなく、あくまでテキスト読解のレベルで行われるべきなのである。

まず奈良時代の官人が参照し、『日本書紀』内部においても典拠として盛んに使用された『文選李善注』に「撃刀」を探すと、「撃二刁斗一」として以下の記載がある。[7]

『文選』巻二十七・「軍戎」・王仲宣「従軍詩五首」

従レ軍有二苦楽一、但問所レ従誰。

《漢書曰、李広・程不識、為二名将一。程不識、撃二刁斗一、吏治二軍簿一至レ明、軍不レ得二自便一。李将軍、極簡易、

其士亦佚楽。然士卒多楽レ従レ広而苦二程不識一。》

これは、軍隊においてはどのような将軍に従ってゆくかが肝心である、と述べた部分である。すなわち厳しい将軍に従えば大変だが、気楽な将軍に従えば楽である、という内容の詩文である。この詩文に対して李善注は、「程不識」という将軍が、軍中において「刁斗《ちょうと》」なるものを撃つと注する。この「刁斗」はすなわち「刀斗」のことであることは後述するとして、少なくとも軍中での出来事において、「撃刁斗」という語句は、前漢の将軍李広・程不識と関係する事柄であることが、李善注によって明らかにされているのである。

この「撃刁斗」については、同じ『文選』の他作品により詳しい記述がある。

『文選』巻五十六・「銘」・陸佐公「新刻漏銘并序」

揆レ景測レ辰、儆レ宮戒レ井、守以二水火一、分二茲日夜一。

《揆レ景測レ辰、謂二昼夜漏一也。儆レ宮、謂儆‐二巡其宮一也。衛宏漢旧儀曰、昼漏尽、夜漏起、宮中衛レ宮、城門撃二刀斗一、周レ廬撃二木柝一。周礼曰、挈壺氏、掌二挈壺一以令二軍井一、凡喪事懸レ壺以哭、皆以二水火一守レ之、分以二日夜一。》

ここにおいては、「刀斗」とは夜警の際に叩くものであると説明されている。「刀斗」自体を叩くので、構文は「撃二刀斗一」で正しいのである。「刁斗」と「刀斗」は通じており、同じものを指すが、詳しくは後述する。

ではこの「夜警」の際に叩く「刁斗」であるが、先に王仲宣「従軍詩五首」において李善注は『漢書』を引用して前漢の李広将軍と関係が深いことを示していた。『漢書』を参照してみよう。(8)

『漢書』巻九十六上・「西域伝」

起下皮山南、更不レ属レ漢之国四五上、斥候士百余人、五‐分レ夜撃二刁斗一自守、尚時為二所侵盗一。

《師古曰、夜有二五更一、故分而持レ之也。刁斗解在二李広伝一。》

まずは李広伝以外における「刁斗」の使用例である。やはりここでも「刁斗」は軍隊の夜警に使用するものとされている。そして、顔師古注は、「刁斗」の詳細を「李広伝」に求めるよう指示している。すなわち「刁斗」は李広将軍と関わるものであるということが、顔師古注によって指定されているのである。「刁斗」と李広将軍の関係が、非常に密接なものであることを理解するのである。そこで『漢書』「李広伝」を参照すると以下のようにある。

『漢書』巻五十四・「李広蘇建伝」

及レ出二撃胡一、而広行無二部曲行陳一、就二善水草一頓舎、人人自便。不下撃二刁斗一自衛上、莫府省二文書一。然亦遠二斥候一、未二嘗遇一レ害。

《孟康曰、刁斗、以レ銅作レ鐎、受二一斗一。昼炊二飯食一、夜撃二持行夜一。名曰二刁斗一。今在二滎陽庫中一也。蘇林曰、形如レ鋗、無レ縁。師古曰、鐎音譙郡之譙、温器也。鋗音火玄反。鋗即銚也。今俗或呼二銅銚一、音姚。》

前漢の将軍李広は、蕃夷の胡族を征伐するために出撃し、行軍中は規則に従わず、将兵は気ままに過ごすことができた、ということを述べている。この文脈において、李広は、本来は規則に従って夜警のために「刁斗」を撃たせるべきところを、規則を無視して撃たせなかったと述べているのである。

そして注意しなければならないのが、夜警の際に撃つ「刁斗」とは、いかなるものか、ということである。顔師古注は、「刁斗」を炊飯器具と注する「孟康」説を採用し、「刁斗」が炊飯器具であることを指示するのである。

さて「刁斗」であるのか「刀斗」であるのかの詳細であるが、この李広将軍の記事と同じ記事を『史記』「李将軍列伝」が掲載している。[9]

『史記』巻百九・「李将軍列伝」

不下撃二刀斗一以自衛上

《集解、孟康曰、以レ銅作二鐎器一、受二一斗一。昼炊二飯食一、夜撃二持行一。名曰二刀斗一。索隠、刀音貂、案、荀悦云、刀斗、小鈴、如二宮中伝夜鈴一也。蘇林云、形如レ鋗、以レ銅作レ之、無レ縁、受二一斗一。故云二刀斗一。鋗即鈴也。埤蒼云、鐎、温器。有二柄斗一、似レ銚無レ縁。音譙。》

このように、同じものを指して「刁斗」とも「刀斗」とも言っているのである。まず「刁」と「刀」は相通じる互換可能な文字と見てよい。そしてこの「刀斗」とは炊飯器具のことであり、昼は炊飯に使い、夜は夜警のために叩くという『史記集解』による注釈も、先の顔師古注と共通する。「刁斗（刀斗）」とは、持ち手のついた金属製の巨大な器であり、昼は鍋として炊飯に使い、夜は逆さまに持ち上げて鍋底を叩くのである。この鍋底を叩く行為が「撃刀斗」であり、夜警の際に叩くことが軍中の規則で決められていたのである。

しかしこの李広将軍は規則に従わず、夜警の際に刀斗を撃たなかったとある。『文選』の王仲宣「従軍詩五首」においては、「刀斗」を撃たない存在として李広が名指しされているのである。すなわち「刀斗」の故事は李広将軍と密接な関係にあるということである。その上で、「従うならば将軍次第」という詩文において、李広将軍は規則に縛られないお方で、従軍しても気楽であるという詩文の内容になっているのである。

まずは李広についての詳細な調査が必要なのである。もしも「崇神紀」の「撃刀」に典拠があるとするならば、そしてその典拠が、以上見てきた李広に関わるものであるならば、「崇神紀」は李広将軍の故事と関わりがある可能性が高いためである。

それと同時に、ここまで見てきた例はすべて「撃刀斗」であり、「撃刀」ではなかったことについても、すなわち「撃刀斗」＝「撃刀」であることもまた、以下で述べることにする。

2、李広と「撃刀」の故事

「撃刀斗」の故事として密接な関係にある李広について、どのような人物であったかを詳細に見たい。『漢書』「李広伝」には以下のようにある。

『漢書』巻五十四「李広蘇建伝」

孝文十四年、匈奴大入二蕭関一、而広以二良家子一従レ軍撃レ胡、用二善射一、殺首虜多、為二郎・騎常侍一。

李広は夷狄である匈奴との戦いにおいて活躍した人物であることが描かれている。この匈奴との戦いにおいて、李広がどのような役割を担ったかを端的に示すのが以下の記述である。

広在レ郡、匈奴号曰、漢飛将軍、避レ之、数歳不レ入レ界。

李広が匈奴との最前線に居を構えると、匈奴は李広を飛将軍と呼び、彼を避けて戦おうとしなかったことが述べられている。すなわち匈奴は李広を忌避しているのである。おそらくは、戦えば勝てないという認識があったためであろう。あるいは手を焼く、と。その結果、李広が最前線に陣取っていた数年間は、匈奴は漢の境界を越えて侵入しなかったというのである。李広将軍は匈奴に強い将軍であり、匈奴が脅威を感じる将軍なのであった。

このことは同じ李広将軍について語る『史記』「李将軍列伝」においても言及されている。彼を称讃して以下のように述べるのである。

『史記』巻百九・「李将軍列伝」

太史公曰、伝曰、其身正、不レ令而行、其身不レ正、雖レ令不レ従。其李将軍之謂也。余睹二李将軍一、悛悛、如二鄙人一、口不レ能二道辞一。及二死之日一、天下知与レ不レ知、皆為尽レ哀。彼其忠実心誠信二於士大夫一也。諺曰、桃李不レ

言、下自成レ蹊。此言雖レ小、可二以諭レ大也。

太史公自序による絶賛である。武人の鑑として称讃された李広将軍は、匈奴に強い将軍であり、匈奴から畏れられた将軍だったのである。

「撃刀斗」の故事となった李広の事績とは、以上のようなものだったのである。

この「撃刀斗」が「撃刀」と同じものであることは、先に引用した『文選』陸佐公「新刻漏銘并序」から確認できる。

『文選』巻五十六「銘」陸佐公「新刻漏銘并序」

撃レ刀舛レ次、聚レ木乖レ方。

《漢書曰、李広行無二部曲一、不下撃二刁斗一自衛上。孟康曰、以レ銅作レ鐎、受二一斗一。昼炊二飯食一、撃二持行夜一。》

四字句の銘文を作るに際して、「撃刀」としている部分である。この「撃刀」が「撃刁斗」であることは、李善注によって保証されている。「撃刀」とは「撃刁斗」のことであると、ここに確認することができる。

とするならば、漢籍に出典をもつ語として、「撃刀」を考えることが可能となる。すなわち「崇神紀」の「撃刀」の典拠として指摘することができるのだ。その「撃刀」は李広の故事として漢籍の中にあり、その李広は匈奴（異民族）に強い将軍だったのである。すなわち「崇神紀」は「撃刀」をもって李広の故事を想起させ、豊城尊を李広に準えていると考えることができるのである。ここに、「撃刀」の典拠がもつ、文学的効果を確認することができるのである。豊城命は李広に準えられ、異民族に強い将軍というイメージを付与されているのである。

これこそが、数多ある「東国」でも、対蝦夷最前線である「上毛野・下毛野」を指す局面を支えているのである。すなわち「崇神紀」の当該条は、本来漢文の構文とは異なる「撃刀」を敢えて用いることで、「撃刀」の故事たる李広の事績を想起させ、豊城尊を異民族に強い将軍に準えて描写しているのである。
従来の注釈が「撃刀」を古訓「タチカキ」の意味に従って「刀を打ち振るう」と訳してきたことは、古訓の側の問題として、わけて考える必要があるのである。

3、「四方」の思想的典拠

次に、「四方」についても見ることにする。
まず、縄を四方に渡すという用例を漢籍で探ると以下のようにある。

『芸文類聚』巻四十三・楽部三・「歌」[10]項

宋謝荘明堂歌辞曰、履レ艮宅二中寓一、司レ縄摠二四方一。裁レ化偏二寒燠一。布レ政周二炎涼一。景麗條可レ結。霜明氷可レ折。凱風扇二朱辰一。白雲流二素節一。右歌明堂黄帝辞。

ここでは、縄を司ったとしている。これは「明堂の歌」についての歌と考えられるが、最後に「黄帝辞」とあるように、黄帝と関わりがある。すなわち縄を四方にわたすことも、黄帝と関わりがあるということであろう。このことは『淮南子』「天文訓」が詳細に述べているところのものである。[11]

『淮南子』巻三・「天文訓」

中央土也、其帝黄帝、其佐后土、執レ縄而制二四方一。

五行思想における東＝青・南＝赤・西＝白・北＝黒、そして中央＝黄という五行配当の観念においては、五帝もまた各色に配当されており、黄帝は黄色であり中央を司るものと観念されているのである。
この黄帝が、四方に縄する存在とされているのである。また『淮南子』自身も、「四方に縄する」のは中央たる黄帝であると明示しているのである。これは縄を張ることで自ら中央であることを示すことを意味しよう。すなわち四方を制定できるのは中央のみなのである。逆にいえば、四方を制定するということは中央を設定するということなのだ。これができるのは中央を司る黄帝だけなのである。

四方を制定するということは、中央を設定してそこに居るということであり、皇帝もまた中央に位置するものとして同義なのであろう。このことにより、四方に縄した活目尊は皇位継承にふさわしい「中央の制定者」として、崇神天皇から判断されたのである。

この縄がどのようなものであったのか、何を意味しているのかは『漢書』「律暦志」に詳しい。『漢書』巻二十一上の「律暦志第一上」では、五種類の平準を設定する器具のうち（例えば規・矩など）、「縄」について「縄者、上下端直、経緯四通也」と述べている。すなわち「縄」は上下に平行線を設定でき、よって四角を描出することが可能である、ということなのである。ここでいう「縄」とは、いわば「墨縄」のことなのである。さてその墨縄であるが、五行論に従って他の四種の平準設定器とともに五行に配当されている。「縄」は「中央」に配当されるのである。その「中央」は「中央者、陰陽之内、四方之中、経緯通達」とあるように、他の四方向を支配する位置にある。すなわち平準設定の五種の器具のうち、最も高貴な器具なのである。

平準は建築においても必要なものであるが、国家制定においても、度量衡に通じる重要な要素であった。すなわち、平準こそが正しい計りの条件であるならば、縄はそれに必要なもののうちの最高峰であるというのだ。

平準を基礎とした正しい計りは、天下経営のために不可欠のものである。その平準を決めるために、縄は大きな役割をもつ。縄を含めた、種々の測定具が、平準作成のために重要であるとされているが、中でも縄は五行の中央に配当され、最も重要なものとして位置づけられている。この縄は四方を設定できる中央に属するもので、「土」の属性に配当されるのである。この「土」こそは、万物を生育する、土壌のことである。中央で土壌の性質をもつ「四方＝縄」の属性こそが、天皇たる存在が夢みるにふさわしい内容である、というのが、『日本書紀』「崇神紀」の描写なのであろう。すなわち縄の性質を知り、縄を使用して四方を設定できる者、それは中央に座して天下国家を経営することが可能な者でもある、という見解である。

最後に、「逐雀」である。これは「四方」ほど明確な典拠ではないが、『芸文類聚』巻五十二・「治政部上」の「善政」項に、「視レ民如レ子、見レ不レ仁者誅レ之、如三鷹鸇之逐二鳥雀一也」とある。すなわち、猛禽類が小鳥を駆逐するように、為政者が不仁者を駆逐する、という意である。これが「善政」の譬喩として語られている部分である。初出は『春秋左氏伝』襄公二十五年「伝」だが、『芸文類聚』はそれを「善政」として把握しているのである。このことは、「逐雀」という語が、単に稲作における害鳥駆除という譬喩の中に、善政を行うことという意味が隠されていると見るべきかもしれない。

以上ここまで、二人の皇子が見た夢の検討を行ってきた。『日本書紀』「崇神紀」において、崇神天皇は皇子たちの夢を解いたが、その夢は漢籍の典拠と深い関わりがあるものだった。崇神天皇は、活目命が見た「縄を四方に渡す」夢を、漢籍の「律歴志」がいうところの平準器としての「縄」と理解し、その縄と四方がもつ意味を理解したのである。そのように「表現」されているのが、当該条なのである。すなわち、異民族に対する鎮めの将軍的存在と、中央に座して天下経営に欠かせない平準に対する知識を持つ者、この両者が夢に見たのは、まさしく漢籍に依拠した世界だったのである。そのような漢籍に依拠した世界の夢を、正しく解いた崇神天皇という価値を、「崇神紀」は崇神天皇に与えているのである。

おわりに

従来は、テキスト全体が明瞭な意味を示しているために細部に向かう論考が少なかった『日本書紀』「崇神紀」であった。しかし調べてみると、従来論が及ばなかった細部にまで漢籍の知識が充満していることが確認できたのである。細部にまで漢籍の知識が偏在しているのが『日本書紀』「崇神紀」の在りようなのである。

ここまで見てくると、テキスト全体の意味も更新されるであろう。「崇神紀」の当該部分は、三輪山の神聖性が皇位継承と密接に関わっている説話というだけではなく、各自が見た夢自体に各自の行き先が提示されているのである。そしてそれを理解可能な崇神天皇という姿が明確に示されているのである。これは単純な皇位継承の記事というだけではなく、夢を正確に占うことができる崇神天皇という姿を提示している一節なのである。

「崇神紀」が細部にまで漢籍の知識が張り巡らされているとするならば、天皇詔のような明確な典拠をもつ部分にもそれが反映されているだろう。そして「崇神紀」の大部を占める大物主神祭祀に関しても、漢籍の知識を踏まえた読解が必要なのではないだろうか。今後の課題として提示して本章を終えたい。

注

（1）岡田精司『古代王権の祭祀と神話』（一九七〇年四月　塙書房）。
（2）志田諄一『古代氏族の性格と伝承〈増補〉』（一九七一年二月　雄山閣）。
（3）河村秀根・益根『書紀集解』（一九六九年九月　臨川書店）。
（4）前掲注（1）岡田書。
（5）「大系」は日本古典文学大系『日本書紀』頭注、「全集」は新編日本古典文学全集『日本書紀』（一九九四年四月～一九

九八年六月　小学館）の頭注。

（6）『日本書紀』巻一「神代紀第五段・一書第十一」。

（7）『文選』の本文は上海古籍出版『文選』に依拠し、芸文印書館本と私に校合した。訓読は全釈漢文大系『文選』（小尾郊一　一九七四年六月～一九七六年十月　集英社）に依拠し、一部私に改めた。

（8）『漢書』の本文は中華書局本に依拠した。

（9）『史記』の本文は中華書局本に依拠した。

（10）『芸文類聚』の本文は中華書局本に依拠した。

（11）『淮南子』の本文は『淮南鴻烈解』に依拠し、新釈漢文大系『淮南子』（楠山春樹　一九七九年八月～一九八八年六月　明治書院）を参考とした。

2 『日本書紀』「崇神紀」が語る祭祀の「歴史」
――「崇神紀」と「成帝紀」の比較――

はじめに

『日本書紀』「崇神紀」の冒頭部である即位前紀条と、「崇神紀」十二年春三月条とには、等しく『漢書』「成帝紀」が典拠として踏まえられている。(1) そこは、崇神天皇の特徴を述べる部分と、その治世を称讃して「御肇国天皇」と呼ばれるに至った経緯を語る部分である。両者は、ともに、崇神天皇の歴史を語る上で、とても重要な部分であるといえる。両所に等しく「成帝紀」が引かれていることには、単なる潤色・文飾以上の意味が込められているのではないだろうか、ということを考えてみたい。

これまでの研究は、出典を指摘するのみで、出典の文脈を踏まえた上での『日本書紀』読解、という試みを果たすことはほとんどなかった。しかし、崇神天皇とその治世の特徴を示す重要な部分に、等しく「成帝紀」が引かれることでもたらされる効果の程は、一度検討される必要があるのではないだろうか。本章はこの観点から「崇神紀」を読解することを目的とする。

1、「成帝紀」―成帝とはどのような皇帝か―

『日本書紀』「崇神紀」の冒頭部の、崇神即位前紀条には、「立為二皇太子一。識性聡敏。幼好二雄略一。**既壮寛博謹慎**、崇二重神祇一。」として、崇神天皇の特徴を説明する部分がある。ここは、『漢書』巻十「成帝紀」元帝竟寧元年（即位前紀）の、「帝為二太子一。**壮好二経書一**、**寛博謹慎**。(2)」を出典としている。「好経書」という部分を落としてはいるが、ここが典拠として踏まえられていることは従来の指摘通りで大過あるまい。

さらに、「崇神紀」は十二年春三月条にも、「成帝紀」を典拠とする部分をもつ。「崇神紀」十二年春三月条を、「成帝紀」と比較してみよう。

▼「崇神紀」十二年春三月条

十二年春三月丁丑朔丁亥、詔、朕初承二天位一、獲二保宗廟一、明有レ所レ蔽、徳不レ能レ綏。是以、陰陽謬錯、寒暑失レ序。疫病多起、百姓蒙レ災。然今解レ罪、改レ過、敦礼二神祇一。亦垂レ教、而緩二荒俗一。挙レ兵以討レ不レ服。是以、官無二廃事一。下無二逸民一。教化流行、衆庶楽レ業。異俗重レ訳来。海外既帰化。宜下当二此時一、更校二人民一、令上レ知二長幼之次第・及課役之先後一焉。

秋九月甲辰朔己丑、始校二人民一、更科二調役一。此

▼『漢書』「成帝紀」鴻嘉元年春二月条

鴻嘉元年春二月、詔曰、朕承二天地一、獲二保宗廟一。明有レ所レ蔽、徳不レ能レ綏、刑罰不レ中、衆二冤失一レ職、趨闕二告訴一者不レ絶。是以、陰陽錯謬、寒暑失レ序、日月不レ光、百姓蒙レ辜、朕甚閔焉。書不レ云乎、即我御事、罔レ克二耆寿一、咎在二厥躬一。

▼『漢書』「成帝紀」鴻嘉二年三月条

詔曰、古之選レ賢、伝レ納以レ言、明レ試以レ功、故官無二廃事一、下無二逸民一、教化流行、風雨和レ時、百穀用成、衆庶楽レ業、咸以康寧。朕承二鴻業一十有余

謂二男之弭調・女之手末調一也。是以、天神地祇共和
享、而風雨順レ時、百穀用成。家給人足、天下大平
矣。故称謂二御肇国天皇一也。

年、数遭二水旱疾疫之災一、黎民婁困二於飢寒一、而
望二礼義之興一、豈不レ難哉。

それぞれ傍線と波線で対応関係を示した。ここもまた、「成帝紀」を出典としていることが確認できよう。そしてこの十二年春三月条は、崇神天皇が「御肇国天皇」と称讃されるに至る、ひと続きの文章である。実際に「御肇国天皇」という語句が登場する秋九月条にまたがる形で「成帝紀」が踏まえられていることを確認しておきたい。

「成帝紀」を典拠とする部分は、崇神天皇の特徴を述べる部分と、その治世の特徴である「御肇国天皇」を語る部分でもある。両所は、たとえ、漢籍に出典がある作文であったとしても、崇神天皇の歴史を語ろうとする重要な部分なのである。(3)「崇神紀」のこの部分は、「成帝紀」を典拠として踏まえることで、「成帝紀」を想起するよう要請している可能性がある。(4)少なくとも、「崇神紀」が「成帝紀」を踏まえているとするならば——あるいは一歩踏み込んで、成帝に準えられているとするならば——、まずは前漢の成帝がどのような皇帝であったかを確認する必要があろう。

成帝の事績を客観的に把握すべく、第三者の視点によって描かれた成帝像を求めると、宋代の類書『太平御覧』に、前漢の成帝の略記を見ることができる。その略記の中では、成帝の治世の特徴を、「頻年幸二甘泉・汾陰一郊祀」と評している。(5)成帝の事績は、頻繁に「甘泉・汾陰」に行幸して「郊祀」を行った皇帝として、指摘されうるものである、ということである。そこで、実際に『漢書』でその次第を確認することにしたい。

「甘泉」の祭祀を頻繁に行ったということで、その詳細を『漢書』における祭祀史の詳細を記した「郊祀志」に求め、「甘泉」とは何かを確認すると、以下のようにある。

明年、斉人少翁以レ方見レ上。上有二所レ幸李夫人一、夫人卒、少翁以レ方蓋夜致二夫人及竈鬼之貌一云、天子自二帷中一

望見焉。乃拝二少翁一為二文成将軍一、賞賜甚多、以二客礼一礼レ之。文成言、上即欲二与レ神通一、宮室・被服非レ象レ神、神物不レ至。乃作下書二雲気一車上、及各以二勝日一、駕レ車辟二悪鬼一。又作二甘泉宮一、中為二台室一、書二天地泰一諸鬼神一、而置二祭具一以致二天神一。居歳余、其方益衰、神不レ至。乃為二帛書一以飯レ牛、陽不レ知、言三此牛腹中有二奇書一、殺視得レ書、書言甚怪、天子識二其手一、問レ之、果為書。於レ是誅二文成将軍一、隠レ之。

（『漢書』巻二十五「郊祀志 上」）

前漢の武帝が「甘泉宮」を建設した次第を述べる記事である。「甘泉」とは宮殿の名であり、その宮室には、「泰一（太一）および諸々の鬼神」が描かれていたという。甘泉宮とは、「泰一」を中心とする「天神・地神・諸鬼神」を祭祀する宮室であったことが確認できる。中でも特に、「天神を致す」として、「泰一（太一、すなわち天皇上帝・天帝のこと）」を祭祀するのである。「甘泉宮」はそのために建設されたのである。すなわち、「甘泉」は天神を祭祀する宮殿の名であることが確認できる。

また、成帝が祭祀のために行幸した、もう一方の「汾陰」も、同じく「郊祀志」に、以下のようにある。

其明年、天子郊レ雍。曰、今上帝朕親郊、而后土無レ祀、則礼不レ答也。有司与二太史令談・祠官寛舒一議、天地牲、角繭栗。今陛下親祠二后土一、后土宜下於二沢中圜丘一為二五壇一、壇一黄犢牢具、已レ祠尽瘞、而従レ祠衣上レ黄。於レ是天子東幸二汾陰一。汾陰男子公孫滂洋等見三汾旁有二光如レ絳、上遂立三后土祠於二汾陰脽上一、如二寛舒等議一。上親望拝、如二上帝礼一。礼畢、天子遂至二滎陽一。還過二雒陽一、下レ詔、封二周後一、令レ奉二其祀一。語在二武紀一。

（『漢書』「郊祀志 上」）

ここから理解できることは、「汾陰」とは「后土（土地の神）」を祭祀する場所である、ということである。「后土」とは、『礼記』「祭法」の鄭玄注に、「中央曰二其帝黄帝、其神后土一。」[6]というように、中央の土地の神のことである。

中国においては、天神である天帝、および中央の土地の神である后土を祀ること―すなわち天地を祭祀すること―は、「郊祀」と呼ばれる。これは、天子の特権的祭祀でもあった。(7)ここでは、「甘泉」と「汾陰」とは、天地の神を祭祀する「郊祀」のための場所であり、成帝はその「郊祀」のための行幸を頻繁に繰り返した皇帝であった、ということになる。以上が、後世、成帝の事績を略記したときに表された、「頻年幸二甘泉・汾陰一郊祀」の意味するところである。改めて確認するならば、成帝は頻繁に天地の神を祀る「郊祀」を行った皇帝である、ということだ。

ただし、以上見てきた「郊祀志」における「甘泉」「汾陰」に関する説明は、「武帝」の時代のこととして記述されている。漢の武帝は神仙思想・不老長寿に執着した皇帝であり、そのことは、「武帝初即位、尤敬二鬼神之祀一」として、「郊祀志」においても指摘されていることである。武帝もまた、「甘泉」「汾陰」への行幸を繰り返した皇帝だったのである。

実際に、『漢書』「武帝紀」における「行二幸河東一、祠二后土一」(汾陰の祭祀)の例を数えると、在位中に五回である。これは『漢書』の全皇帝中、最多の回数である。天地の神の祭祀に執着した武帝の姿を端的に示す数である。

そして、同じ最多の五例をもつのが「成帝紀」なのである。これは成帝が武帝と並んで「汾陰」の祭祀を頻繁にした皇帝であることを示している。(8)

	高	恵	文	景	**武**	昭	宣	元	**成**	哀	平
汾陰　祭祀	0	0	0	0	**5**	0	2	3	**5**	0	0
甘泉　祭祀	0	0	0	0	**4**	0	5	5	**5**	0	0
合　計	0	0	0	0	**9**	0	7	8	**10**	0	0
在位年数	7	7	23	15	**54**	12	24	15	**26**	6	6

「汾陰」祭祀の数に加えて、「甘泉」への行幸を示す数をも合わせると、計十回で武帝を超えるのである。『漢書』の皇帝の中でも、最多の回数である。すなわち、成帝は武帝と同じように天地の祭祀を頻繁に行った皇帝であったことが確認できるのである。このことは、『漢書』「郊祀志・下」に、「成帝末年頗好二鬼神一」と評されることからも

見て取れる。先の武帝の「尤敬二鬼神之祀一」という評と、比較されうるものとして成帝は「郊祀志」の中にあると看取できよう。

このことを、客観的に把握できる成帝の特徴として確認しておきたい。だからといって、ただちに「崇神紀」との関わりで考えることは拙速だが、同紀冒頭部で「神祇を崇て重めたまふ」として、崇神天皇が祭祀を重視した天皇として評されていることには注意しておこう。拙速と述べたのは、「成帝紀」の特徴は「武帝紀」と並ぶものではあっても、決して圧倒するものではないためである。「崇神紀」が、「武帝紀」ではなく「成帝紀」の方を踏まえた理由が考えられなければならない。すなわち、武帝と成帝の違いを確認する必要があるのだ。

2、「武帝紀」と「成帝紀」の違い

「武帝紀」と「成帝紀」の、祭祀―特に「郊祀」―における最も大きな違いは、武帝が甘泉・汾陰の祭祀を創始したのに対し（甘泉宮・汾陰祀の創始など）、成帝は「成帝紀」冒頭で、甘泉・汾陰への行幸をやめている、という点である。武帝以来の「郊祀」の場所を変更したのが、「成帝紀」なのである。回数は近くとも、それを創始した皇帝と、その場所を変更した皇帝という違いがある、という点を、まずは押さえておきたい。

十二月、作二長安南北郊一、罷二甘泉・汾陰祠一。是日大風、抜二甘泉時中大木十韋以上一。郡国被災什四以上、毋レ収二田租一。

（『漢書』「成帝紀」建始元年十二月条）

すなわち、武帝以来の甘泉・汾陰での祭祀をやめ、都である長安城の南北に、天地の神々を「郊祀」する場所を移したということである。この事情の詳細を、「郊祀志」が説明しているので、長くはなるが、参照しておこう。

成帝初即位、丞相衡・御史大夫譚、奏言、帝王之事莫レ大二乎承レ天之序一、承レ天之序莫レ重二於郊祀一、故聖王尽レ

心極レ慮以建二其制一。祭二天於南郊一、就レ陽之義也。瘞二地於北郊一、即レ陰之象也。天之於二天子一也、因二其所一レ都而各饗焉。往者、孝武皇帝居二甘泉宮一、即二於雲陽一立二泰畤一、祭二於宮南一。今行常幸二長安一、郊二見皇天一、反北之泰陰祠二后土一、反東之少陽、事与二古制一殊。又至二雲陽一、行二谿谷中一、阸陝且百里、汾陰則渡二大川一、有二風波舟楫之危一、皆非下聖主所上レ宜二数乗一。郡県治道共張、吏民困苦、百官煩費。労二所レ保之民一、行二危険之地一、難下以奉二神霊一而祈中福祐上、殆未レ合二於承レ天子レ民之意一。昔者周文・武郊二於豊鄗一、成王郊二於雒邑一。由レ此観レ之、天随二王者所一レ居而饗レ之、可レ見也。甘泉泰畤・河東后土之祠、宜レ可下徙二置長安一、合中於古帝王上。願与二群臣一議定。奏可。大司馬車騎将軍許嘉等八人以為、所二従来一久遠、宜レ如レ故。右将軍王商・博士師丹・議郎翟方進等五十人以為、礼記曰、燔レ柴二於太壇一、祭レ天也。瘞二薶於太折一、祭レ地也。兆二於南郊一、所三以定二天位一也。祭二地於太折一、在二北郊一、就二陰位一也。郊処各在二聖王所一レ都之南北一。書曰、越二三日丁巳一、用二牲于郊一、牛二一。周公加レ牲、告徙二新邑一、定二郊礼於雒一。明王聖主、事レ天明、事レ地察。天地明察、神明章矣。天地以二王者一為レ主、故聖王制下祭二天地一之礼上、必於二国郊一。長安、聖主之居、皇天所二観視一也。甘泉・河東之祠非二神霊所一レ饗、宜三徙就二正陽大陰之処一。違レ俗復レ古、循二聖制一、定二天位一、如レ礼便。於レ是衡・譚奏議曰、陛下聖徳、恕明上通、承二天之大一、典二覧群下一、使三各悉レ心尽レ慮、議二郊祀之処一、天下幸甚。臣聞広レ謀従レ衆、則合二於天心一。故洪範曰、三人占則従二二人言一。言二少従レ多之義一也。論当二往古一、宜二於万民一、則依而従レ之。違レ道寡レ与、則廃而不レ行。今議者五十八人、其五十人言二当レ徙之義一、皆著二於経伝一、同二於上世一、便二於吏民一。八人不下按二経芸一、考中古制上、而以為レ不レ宜、無法之議、難三以定二吉凶一。太誓曰、正稽レ古立レ功立レ事、可二以永一レ年、丕天之大律。詩曰、毋レ曰二高高在一レ上、陟二降厥士一、日監在レ茲。言三天之日監二王者之処一也。又曰、乃眷西顧、此維予宅。言下天以二文王之都一為上レ居也。宜下於二長安一定二南北郊一、為中万世基上。天子従レ之。

（『漢書』「郊祀志 下」）

それまで「郊祀」の場所としていた「甘泉・汾陰」は遠隔地であり、天子の行幸は遠ければ危険も多く、また経費もかさんでしまう。従って、「郊祀」の場所を天子の都に移すべきである、という建言がなされた。この建言は成帝によって裁可される。ここは、祭祀場所の変更が、神（祀られる側）の意志によるのではなく、人の側（祀る側）の都合によることを示した部分でもある。むろん、ここには、現実の祭祀を儒教の教学に即する形に変更しようという儒教官僚たちの思惑がある。しかし、いずれにしても、「郊祀志」冒頭以降重ねて描かれてきた、神の奇蹟が顕現した地に祭祀場所を建設するという、伝統的な祭祀場所の選定[9]とは異なる、画期的な建言が、「成帝紀」によって発せられていることに変わりはない。神の意思の顕現の有無ではなく、人の側の都合による変更が示されるのである。

このようにして祭祀場所を変更した結果、「成帝紀」では「災異」が頻発した、と描かれている。これは前掲「成帝紀」建始元年十二月条に、

十二月、作㆓長安南北郊㆒、罷㆓甘泉、汾陰祠㆒。是日大風、抜㆓甘泉時中大木十韋以上㆒。郡国被災什四以上、毋㆑収㆓田租㆒。

として、十二月に祭祀の場所を変更した結果、あたかも因果関係を示すかのように、当日、甘泉に大風が吹き、巨木を薙ぎ倒したことを端緒として記されていくのである。「災異」は、『漢書』「五行志」が詳細に論じるように、神の側が人に向けて発する譴責的なメッセージである。祭祀場所の変更は、神の側の都合に沿わなかった、と『漢書』「成帝紀」は述べていることになろう。

ただし、「災異」とは、たとえ起きたとしても、それを譴責として正しく理解し、神の意志すなわち「天意」を懼れ、政治を糺せばよいという性質をもつ。[10]実際に、ここでは「田租」の徴収をやめる、という政治的対処を採っている。

＊祭祀（災異含む）関連の詔中に「朕甚懼」が使用される回数

	高	恵	文	景	武	昭	宣	元	**成**	哀	平
「朕甚懼」の回数	0	0	0	1	(1)	0	2	1	**5**	1	0

祭祀場所を変更した結果、惹起した「災異」に対し、「天意」を懼れて政治的対処を行う皇帝という一面も、「成帝紀」の特徴のようである。というのは、成帝は「災異」に対して、「天意」を「懼れる」のであるが、成帝が「天意」を「懼れる」というその表現の例、すなわち「朕甚懼」という用例は、「成帝紀」全体で五回となり、『漢書』帝紀中最多の用例数に至るためである。ちなみに、武帝が「天意」を「懼れる」回数は一回である。しかし、「天意」への「懼れ」を示す典型的な詔勅内の表現「朕甚懼之」「朕甚懼焉」という用例の数に絞るならば、「武帝紀」においては皆無である。

武帝は神の祭祀を好んでも、「天意」を懼れる皇帝というわけではなかった。これに対し、成帝は「天意」を懼れる余り、頻繁に祭祀を行った皇帝だったというわけである。

従来の祭祀場所を、人の側（祭祀をする側）の都合によって変更したことにより、「災異」が起きる。その「災異」を起こしている「天意」を「懼れる」皇帝としての成帝の姿を確認しておこう。この成帝の姿こそが、『漢書』「成帝紀」の成帝描出の在りようであり、「武帝紀」との違いでもあるのだ。

「成帝紀」は、「災異」を起こす「天意」を「懼れ」、その結果として、祭祀の場所を元に戻したと記される。

冬十月庚辰、皇太后詔㆓有司㆒復㆓甘泉泰畤・汾陰后土・雍五畤・陳倉陳宝祠㆒。語在㆓郊祀志㆒。

（「成帝紀」永始三年冬十月条）

成帝の時代に変更したすべての祭祀を、武帝以来の旧制度に戻したと記される部分である。すなわち、一度動かした祭祀場所を元に戻す帝紀という把握が可能となる記述である。「成帝紀」は人の側の都合によって祭祀の場所を変更し、その結果起きた「災異」という「天意」の発現を「懼れ」、変更前に戻しているという内容をもつ帝紀なのである。

「崇神紀」においては、崇神天皇は、もともと宮中で祭祀していた天照大神などの神を、人の側の都合によって祭祀場所を変更し、「災異」であるかのような疫病流行を迎え、神の意志を懼れ、祭祀の場所を更に変更していく天皇として描出されている。『漢書』「成帝紀」が描くところの成帝に準えられている可能性が高いのである。この比較は、一度検討される必要があろう。

3、「成帝紀」と「崇神紀」の違い

祭祀場所を変更した結果、あたかも「災異」であるかのような疫病が発生する。そこで神の意志を懼れ（「晨興夕惕、請二罪神祇一。」）、祭祀の場所を変更する崇神天皇の姿を、あらためて「崇神紀」から辿り直す必要はあるまい。「崇神紀」冒頭で「成帝紀」が踏まえられていることは、崇神天皇の向こう側に成帝が透かし見える構造となる。すなわち、先に見たような「成帝紀」の特徴が想起され得るのである。ここに、「崇神紀」と「成帝紀」は関係性を樹立するのである。そのあとで――それゆえに――、今度は、崇神天皇と成帝との、相違が明確化することになる。確認しておくが、本章は「崇神紀」と「成帝紀」が、類似しているから両者は同じである、と述べたいのではない。典拠として踏まえられ、想起させられるからこそ先鋭化する、その差異をこそ、本章では重要視していきたいのである。すなわち、「崇神紀」と「成帝紀」とでは、全く同じ内容を持つわけではないため、相違が焦点化されてしまうのだ。

焦点を祭祀関係に絞れば、両者の最大の相違点は、祭祀場所を変更していく手続きにある。

まず、「成帝紀」においては、変更は、臣下たちの「直言諫言」によって行われたと述べられている。すなわち、まず、臣下たちが皇帝に直接建言を行う。皇帝は、その建言に従って祭祀場所の変更を裁可する。先掲の長い引用部分がそれを示している。そして、このことは、成帝自身の意志でもあったことを確認しておきたい。このことを端的に示しているのが、成帝自身が臣下に命じた、以下の要求である。

公卿大夫・博士・議郎、其各悉レ心、惟思二変意一、明以レ経対、無レ有レ所レ諱。

（『漢書』「成帝紀」元延元年秋七月条）

これは、「災異」が象徴する「天意」を、「経典」から分析して奏上せよ、ということである。「経典」とは、儒教経典のこととみて大過あるまい。すなわち、成帝は「天意」の読解に対して、儒教経典に依拠した対策を提示するよう臣下に求めているのである。このことは、「成帝紀」の冒頭に明示される「好経書」と対応しているのである。実際に、成帝が儒教経典に造詣が深かったことは、成帝自身が儒教経典に依拠した詔勅を重ねることにも見て取ることができる。

「成帝紀」は、儒教経典を引用する詔の数が、『漢書』の中でも最多の帝紀である。成帝の資質を「好経書」と評することと、このことは対応しよう。成帝は儒教経典を好み、かつ、それらに精通していたのである。実際に、「成帝紀」末尾の「史臣曰条」には、成帝を評して「博二覧古今一」とする部分がある。儒教経典に造詣が深く、臣下に対しても経典依拠の対策を要求する成帝の姿を見ることができる。「成帝紀」において、祭祀場所を人の側の都合によって変更し、また元に戻す際

＊前漢歴代皇帝の詔における儒教経典引用の割合

	高	恵	文	景	武	昭	宣	元	成	哀	平
『尚書』	0	0	0	0	0	0	3	1	5	0	0
『論語』	0	0	0	0	0	0	1	1	2	1	1
『毛詩』	0	0	0	0	2	0	2	3	1	1	0
その他	0	0	0	0	易1	0	0	0	礼1	春秋1	0
合計	0	0	0	0	3	0	6	5	9	3	1

に採られた手続きは、等しく「天意」を儒教経典の記述から分析し、対策を奏上させ、それを皇帝が裁可する、というものであった。

このような「成帝紀」に対し、「崇神紀」はどのように変更するのかを見ていく。「崇神紀」の冒頭では、天照大神・倭大国魂の二神について、その祭祀場所を変更した旨が語られる。これは先述の通り、「成帝紀」と比較することが可能な部分である。

五年、国内多二疾疫一、民有二死亡者一、且大半矣。

六年、百姓流離。或有二背叛一。其勢難二以レ徳治一レ之。是以、晨興夕惕、請二罪神祇一。先レ是、天照大神・倭大国魂二神、並二祭於天皇大殿之内一。然畏二其神勢一、共住不レ安。故以二天照大神一、託二豊鍬入姫命一、祭二於倭笠縫邑一。仍立二磯堅城神籬一（神籬、此云二比莽呂岐一）。亦以二日本大国魂神一、託二渟名城入姫命一令レ祭。然渟名城入姫、髪落体痩而不レ能レ祭。

（「崇神紀」五年・六年条）

五年に疫病が流行し、おそらくその結果、六年に流民が発生した。それら事件に先立って、祭祀場所の変更が行われていたことを記している。祭祀場所を変更した結果、あたかも「災異」であるかのような「祟り」（神の意志の顕現）が引き起こされたのである。

ここで祭祀場所の変更を受けた神は、天照大神と倭大国魂神の二神であった。天照大神の所属は「天」にあり、倭大国魂神の所属が「地」にあることは、「垂仁紀」二十五年三月条に付された注の「一云」の、以下の記述から推測可能である。

是時、**倭大神**、著二穂積臣遠祖大水口宿祢一、而誨レ之曰、太初之時期曰、天照大神、悉治二天原一。皇御孫尊、専治二葦原中国之八十魂神一。我親治二**大地官**一者。言已訖焉。

（「垂仁紀」二十五年三月条注「一云」）

すなわち「垂仁紀」では、「倭大神」を「大地官」として位置づけており、「地」に所属する神であるという解釈を明示しているのである。「成帝紀」に即して考えれば、天照大神は「天」に所属する神として、そして倭大（国魂）神は「地」に所属する神として把握することが可能である。

このように、天地の神々を祀る従来の祭祀場所を、祭祀する側の都合によって変更していることを見ることができる。そして、その変更の結果、「災異」のような「祟り」が起きたこと（神意が顕現したこと）が記される。両者が「崇神紀」と「成帝紀」とで共通することを確認しつつ、以下では相違点を比較することとする。すなわち、祭祀場所変更の手続きである。「成帝紀」では儒教経典に則った分析と対策が施されたものであった。「崇神紀」の手続き方法は以下の通りである。

於レ是、天皇乃幸二于神浅茅原一、而会二八十万神一、以レト問レ之。是時、神明憑二倭迹迹日百襲姫命一曰、天皇何憂二国之不一レ治也。若能敬二祭我一者、必当二自平一矣。天皇問曰、教二如此一者誰神也。答曰、我是倭国域内所レ居神、名為二大物主神一。時得二神語一、随レ教祭祀。然猶於レ事無レ験。天皇乃沐浴斎戒、潔二浄殿内一、而祈レ之曰、朕礼レ神尚未レ尽耶。何不レ享之甚也。冀亦夢裏教レ之、以畢二神恩一。是夜夢、有二一貴人一。対二立殿戸一、自称二大物主神一曰、天皇、勿二復為一レ愁。国之不レ治、是吾意也。若以二吾児大田田根子一、令レ祭レ吾者、則立平矣。亦有二海外之国一、自当二帰伏一。秋八月癸卯朔己酉、倭迹速神浅茅原目妙姫・穂積臣遠祖大水口宿祢・伊勢麻績君、三人共同レ夢、而奏言、昨夜夢レ之、有二一貴人一、誨曰、以二大田田根子命一、為下祭二大物主大神一之主上、亦以二市磯長尾市一、為下祭二倭大国魂神一之主上、必天下太平矣。天皇得二夢辞一、益歓二於心一。布告二天下一、求二大田田根子一、即於二茅渟県陶邑一得二大田田根子一而貢レ之。天皇、即親臨二于神浅茅原一、会二諸王卿及八十諸部一、而問二大田田根子一曰、汝其誰子。対曰、父曰二大物主大神一。母曰二活玉依媛一。陶津耳之女。亦云、奇日方天日方武茅渟祇之女也。天皇曰、朕当二栄楽一。乃卜下使二物部連祖伊香色雄一、為中神班物者上、吉レ之。又卜三便祭二他神一、不レ吉。十一月丁卯朔己卯、命二伊香色雄一、而以二物部八十手所レ作祭神之物一、即以二大田田根子一、為下祭二大物主大神一之主上、又以二長尾市一、為下祭二倭大国魂神一之主上、然後、卜レ祭二他神一、吉焉。便別祭二八十万群神一、仍定二天社・国社、及神地・神戸一。於レ是、疫病始息、国内漸謐、五穀既成、百姓饒之。

（「崇神紀」七年）

神意の顕現たる「崇り」が起きたときに、その対処方針の違いが問題となる部分である。「成帝紀」では儒教経典に則った対策が求められたのに対し、「崇神紀」では「夢」や「卜」を通して、繰り返し神の要求を聞くという手続きを採る。神の要求を繰り返し訊ね、そして開陳された神の要求通りに祭祀を行うのである。これこそが、「崇神紀」と「成帝紀」の決定的な相違なのである。「成帝紀」を想起しつつ「崇神紀」を読み進めるときに生起する差異なのである。

神意を分析するにあたり、それが、儒教経典に基づくのか、それとも神の要求を神に訊ねるのか、という相違が、「成帝紀」と「崇神紀」の比較を通して明確化するのである。「崇神紀」は神の要求を訊ね、神の要求通りに祭祀を行った結果、やがて「崇神紀」十二年春三月条が述べるような、「天下太平」へと至ったのである。儒教経典に依拠した対策を要求する成帝の姿とは明確に異なるものとして、「崇神紀」はある。祭祀を行う側の都合によって起きた「災異」あるいは「崇り」に対する対処方法が「成帝紀」と「崇神紀」では異なり、この違いが「成帝紀」と「崇神紀」の決定的な違いとして明確化するのであった。「崇神紀」は神の要求を訊ね、神の要求通りに祭祀を行い、やがて「崇神紀」十二年春三月が述べるような「天下太平」へと至った帝紀としてあるのだ。このことは、「崇神紀」冒頭の「既壮寛博謹慎、崇二重神祇一」が「成帝紀」の「壮好二経書一、寛博謹慎」を典拠としながらも、「好経書」を落としている理由として考えることができることにもなる。すなわち――後述するが――、「崇神紀」では「経書」がなくても

「天下太平」を実現できる、と述べるのである。「好経書」は、意図的に落とされていると言わざるを得ないのである。
以上ここまで、「崇神紀」が「成帝紀」を典拠とすることで、「成帝紀」との共通点と相違点を明確化している姿を見届けてきた。結果として、『日本書紀』は「成帝紀」との違いを明らかにして、「崇神紀」の祭祀方法を強調していることになる。「天下太平」へと至る治世において、神の祭りが重要な「まつりごと」に関わるのであるとするなら、「崇神紀」はその「天下太平」の実現方法を述べていることになる。そうであるならば、「崇神紀」の祭祀の在り方は、どのような思想的根拠を用いながらそれを示すのであろうか。根拠なくその実現過程を提示できるほど、「天下太平」という語句は軽いものではなかろう。そこには、漢籍との対比において記される思想的根拠が、やはり漢籍の文脈の中にあるものと推測される。

4、「神」を祭ることで導かれる「天下太平」― その思想的根拠 ―

「崇神紀」は「成帝紀」と並べられることで―比較可能な環境に置かれることで―、儒教経典に依拠しない祭祀方法というものを明示した。このような祭祀方法が、もしも漢籍に依拠したものであるならば、それはどのようなものかを確認する。まずは祭祀について専門的に記述された『礼記』を参照する必要がある。中でも、上代から続く祭祀の歴史・変遷を描いた『礼記』「礼運」を特に参照する必要がある。

言偃復問曰、如レ此乎、礼之急也。孔子曰、夫礼先王以承二天之道一、以治二人之情一。故失レ之者死、得レ之者生。詩曰、相レ鼠有レ体、人而無レ礼。人而無レ礼、胡不二遄死一。（鄭玄注）「相視也。遄疾也。言鼠之有二身体一、如二人而無レ礼者一矣。人之無レ礼、可二憎賤一如レ鼠。不レ如二疾死之愈一。」是故、夫礼必本二於天一、殽二於地一、列二於鬼神一。（鄭玄注）「聖人則二天之明一、因二地之利一、取二法度於鬼神一、以制レ礼下二教令一也。既又祀レ之、尽二其敬一也。教二

民厳レ上也。鬼者精魂所レ帰。神者引レ物而出。謂ニ祖廟山川五祀之属一也。」。達ニ於喪祭射御冠昏朝聘一。（鄭玄注）「民知レ厳レ上、則此礼達ニ於下一也。」故聖人以レ礼示レ之。故天下国家、可ニ得而正一也。（鄭玄注）「民知レ礼、則易レ教。」。

（『礼記正義』「礼運第九」）

礼制の歴史について論じる「礼運」において、この一節は、「礼は三代の聖王（禹・湯・文・武・成・周公）たちが、天地・鬼神の啓示を得て制定したもので、天下・国家を治めるのに、とてもたいせつなものであることを、力説している」という部分である。[11]

すなわち、天下国家を太平へと導く政治方法とは、天地諸鬼神によって提示される祭祀方法に、忠実に従って祭祀することだということが、古代の聖王たちによって実践されてきたということである。言い換えれば、神々の祭祀方法は、神々によって提示されるということである。人の側は、その示された神々の要求に従うのであり、それこそが「天下太平」へと至る道だということである。

このことは、「崇神紀」が「神」に祭祀方法を訊ね、その通りに祭祀を行うことと対応しているだろう。このような「崇神紀」の在り方は、経典に依拠する「成帝紀」との違いとして強調されている、ということになるのである。すなわち、「成帝紀」と比較して、「崇神紀」は、『礼記』「礼運」に「古の聖王」たちの聖なる業として記載される——儒教における祭祀のスタンダードという意味での——理想の祭祀および政治を果たしているということになる。

「崇神紀」の祭祀場所変更に対する手続きは、『礼記』「礼運」が描く理想の祭祀方法であった。まさに『礼記』が述べる通りの祭祀を実施し、「天下太平」を実現した、と記述されるのである。このような「崇神天皇」像が、『漢書』「成帝紀」との対比において描出されているのが「崇神紀」であり、「崇神紀」が「成帝紀」を典拠としたことから導かれる効果なのである。決して単なる潤色・文飾ではなく、実意をもつ部分なのである。

このことは、単に「崇神紀」の問題であるというだけではない。『日本書紀』が描こうとする「歴史」―歴史的事実ではなく、『日本書紀』が語ろうとするところの「歴史」という観点―では、儒教の経典が渡来したのは「応神紀」以降とされている。すなわち、「崇神紀」時点においては、『日本書紀』が語る「歴史」の中では、『礼記』の渡来は果たされていないのである。そうであるにもかかわらず、崇神天皇は『礼記』が理想とする祭祀方法を実践している。そのような天皇として崇神天皇は「描かれて」いる、といえよう。崇神天皇は、『礼記』の「礼」を創始・制定した古代の聖王に匹敵する天皇として描かれるのである。

『日本書紀』は、律令国家「日本」が自らを中国に匹敵する「帝国」として自得することを目的に編纂された史書である(12)。しかし、「律令」制度の骨格である儒教思想そのもの、そしてその基礎的文献の発信および研究は、すべて中国発のものであった。逆に「日本」発のそれは皆無という状況が、『日本書紀』編纂時点での現実であった。すなわち、同じ儒教思想を骨格とする律令国家でありながら、その基礎的文献の在り方は決定的な「非対称」の関係であり、結果として、とても中国に匹敵する「帝国」として自得することはできない状況だったのである。

「崇神紀」が『礼記』渡来以前に、既に『礼記』が理想とする祭祀方法を実践していた天皇が存在していたと語るのは、この「非対称」の問題に対する『日本書紀』の解として把握可能なのではないだろうか。すなわち、対称性への飛躍である。『日本書紀』が描こうとする「日本」には、『礼記』渡来以前に、既に中国の聖王に並ぶ理想の祭祀を実践した天皇が存在していたのである、と、そのように『日本書紀』は「歴史」を語るのである。『礼記』を参照しなくとも、『礼記』の理想が実践されていた世界、これこそが「日本」の「歴史」として描かれているということである。「経書」を「好」むはずがないのである。「経書」の参照や学習を必要とせずに、すでに古の聖王が実現した御業を現実にする。さらに、そのような理想的な祭祀を実行可能とする国家制度まで整えた（始校㆓人民㆒、更科㆓調役㆒）―

すなわち礼の制度を整えた―「御肇国天皇」が存在するのだ―『日本書紀』の中では―。つまり、『日本書紀』それ自体が、礼制の「歴史」を描いた『礼記』「礼運」に匹敵する「経書」たり得ている、と述べていることになるのである。むろん、『日本書紀』編述者は『礼記』を実見している。実見した上でなお目指された「歴史」だということである。

おわりに ― なぜ「大物主神」なのか ―

以上ここまで、「崇神紀」が「成帝紀」を典拠として選んだ理由について論じてきた。ただし、「成帝紀」では天地の神（天帝・后土）を祀るものであったのに対し、「崇神紀」で最終的に祭祀されたのは天地の神ではなく、「大物主神」であるということは、未解決の問題として残るであろう。たとえ、「成帝紀」も「災異」を起こした神格がどのような神格なのかを明示せず、神格・神名を明らかにしないまま、対処方法だけが、儒教経典に依拠せよという形で示されたに過ぎないとしても、である。

とはいえ、『礼記』「礼運」に示されるように、「天下太平」に至る道である、神々の啓示の確認、そして要求通りの祭祀、という形においては、祀られる神々は天地の神だけではなく、「取㆓法度於鬼神㆒」とあるように、「鬼神」すなわち「祖先神」も含まれている。「大物主神」は「神武紀」においてイスケヨリヒメの父として登場し、イスケヨリヒメは神武天皇との間に綏靖天皇を生んでいるのである。これは綏靖天皇の「外戚」が「大物主神」であるということであり、崇神天皇にとっては「祖先神」に配当されることとなる。(13) この「大物主神」を祭祀したことで、すなわち「天下太平」に至ったということを確認しておきたい。このあたりの関係は、今ここでは、少なくとも神に直接訊ねた結果、祭祀を要求したのは「大物主神」であったのであり、その「神」の要求通り（託宣を疑わないで）、神を祭祀した崇神像が描かれているということだけを指摘するにとどまりたい。

注

（1） 河村秀根・益根『書紀集解』（一九六九年九月 臨川書店）、および小島憲之『上代日本文學と中國文學』（一九六二年九月 塙書房）の指摘。

（2） テキストは中華書局本に拠る。

（3） 出典を示さない引用の方法は、「日本のこと」についての記述であるからということは、毛利正守「日本書紀冒頭部の意義及び位置づけ―書紀における引用と利用を通して―」（『国語と国文学』第八十二巻第十号 二〇〇五年十月）に既に指摘がある。すなわち、単なる文飾・潤色ではなく、日本の天皇のことを述べようとしている部分なのであり、そこには単なる引用というだけではすまされないものがある。このことは、やはり青木周平「日本書紀の天皇像と漢文学」（『記紀と漢文学』和漢比較文学叢書第十巻 和漢比較文学会編 一九九三年九月 汲古書院）もまた、天皇評が実意を持っていることを既に指摘している。

（4） 山田英雄『日本書紀の世界』（二〇一四年一月 講談社。初出は『日本書紀』（一九七九年六月 教育社））が、「この出典は単にそこにあるというだけのものではなく、その漢籍で使用されている例がその語、句に含まれていて、それを新たに使用した場合に、過去に使用された意味を背後にひそめて、単純な語句に大きな意味を含めることができ、文章に深みを出すことができる」と述べることは、単に出典をもつ語句は複層的な意味を持つ、という見解以上に、典拠を踏まえるという修辞技法が出典との関係性の中に成り立つ修辞技法であって、出典の文脈を捨象できないことについて教えてくれるものである。

（5） テキストは中華書局本に拠る。

（6） 『礼記』本文は北京大学整理本『十三経注疏』に依拠し、訓読は全釈漢文大系『礼記』（市原亨吉・今井清・鈴木隆一 一九七六年六月～一九七九年七月 集英社）に従った。

（7）　金子修一『中国古代皇帝祭祀の研究』（二〇〇六年四月　岩波書店）。
（8）　金子修一「中国—郊祀と宗廟と明堂及び封禅」（井上光貞他編『東アジア世界における日本古代史講座』第九巻（一九八二年十月　学生社）、後に『古代中国と皇帝祭祀』（二〇〇一年一月　汲古書院）に所収）には、既に優れた前漢歴代郊祀一覧表が掲載されている。本章の表は、これを参照しつつも独自に作成したものである。というのは、本章では武帝と成帝が頻繁に行幸したことを受容の視点から確認するための表なので、帝紀に表れたものだけを数えた。「成帝紀」に関しては、甘泉と汾陰以外に都の南北で郊祀をしているものを含めた。いずれにしても、武帝と成帝の回数が突出していることに変わりがないことを注記しておく。
（9）　このことは、「郊祀志・上」の前半部に、天神地祇を祭る祭場、すなわち「畤」の成立史の中で示されるものである。なお、このことについては、拙稿で簡単に触れたことがある（「霊時」をめぐる〈変成〉—『日本書紀』「神武紀」の「郊祀」記事から—」（『古代文学』53号　二〇一四年三月））。むろん、このことは『漢書』「郊祀志」にも即する思考であり、実際に成帝に対する劉向の対策の中では、「且甘泉・汾陰及雍五時始立、皆有二神祇感応一、然後営レ之」として言及されるものである。
（10）　拙稿「「白燕」からみる天智称讃の方法—知識と技術により天意を読む治世—」（『古代文学』46号　二〇〇七年三月）。
（11）　前掲注（6）全釈漢文大系『礼記』の解説。
（12）　神野志隆光『古事記と日本書紀』（一九九九年一月　講談社）。
（13）　寺川真知夫「崇神天皇の大物主神祭祀—祭主（神主）の登場—」（『同志社国文学』第六十一号　二〇〇四年十一月）。

3 『日本書紀』「崇神紀」における「箸墓伝承」の位置づけ
——君臣一体の理想的祭祀実現の「歴史」——

はじめに

かつて『日本書紀』「崇神紀」は、中国儒教が理想とする祭祀方法を実現している「歴史」を描いていると述べたことがある。(1) その理想的な祭祀方法を叙述した『礼記』が——『日本書紀』の語るところの「歴史」においては——、まだ渡来していない時代に、すでに『礼記』が叙述する理想的な祭祀を実践・完成していた崇神天皇という「歴史」を叙述していることを見てきたのである。これこそが儒教の経書およびその研究を一方的に発信している「中国」に対して、それに「匹敵する帝国」たる「日本」の「歴史」としてあらしめられた、『日本書紀』の実質なのである、と。

しかし、中国儒教が理想とする祭祀方法を実践し、成功させるとしながら、そこには「失敗」を印象づけるかのような叙述も含まれる。なぜ『日本書紀』は歴史的事実ではなく、理想像を描出しながら、「失敗」と見なされかねない叙述を行ったのであろうか。理想の祭祀方法の起源を述べるだけであるならば、天皇の権威を傷つけるかのような「失敗」を描く必要などないためである。この「失敗」、すなわち「大物主神との離別」と「モモソヒメの死」を、

「崇神紀」の中にどのように位置づけるべきかは、問題として残されたままだ。理想の「歴史」と述べたときに立ち現れてくる問題である。

後付けの知識を「歴史」にしていく『日本書紀』の方法および価値観の中で、モモソヒメが果たした役割について、詳細に見ていくこととしたい。むろんそれは、「崇神紀」が理念的に描出しようとしている枠組みの中で見る、ということである。ことは、全体として国家的な祭祀体制を確立した時代としての「崇神紀」においてこそ―すなわちあくまで理念としてあるその枠組みの中でこそ―、モモソヒメが担った業績を位置づけうる、ということにかかるのである。

1、モモソヒメ、臣下の一員として祭祀に関わる

儒教的な祭祀方法の実践と完成を「歴史」として描く「崇神紀」は、その叙述の中核に大物主神祭祀を据える。その中核の端緒に、モモソヒメと大物主神との関係が位置づけられる。すなわち「倭迹迹日百襲姫命に憑りて曰はく」として、神憑りし、神の要求を聞く場面から始まるのである。

於㆑是、天皇乃幸㆓于神浅茅原㆒、而会㆓八十万神㆒以㆑卜問㆑之。是時、神明憑㆓倭迹迹日百襲姫命㆒曰、「天皇何憂㆓国之不㆒㆑治也。若能敬㆓祭我㆒者、必当㆓自平㆒矣」。天皇問曰、「教㆑如㆑此者誰神也」。答曰、「我是倭国域内所㆑居神、名為㆓大物主神㆒」。時得㆓神語㆒随㆑教祭祀。然猶於㆑事無㆑験。天皇乃沐浴斉戒、潔㆓浄殿内㆒、而祈㆑之曰、「朕礼㆑神尚未㆑尽耶、何不㆑享之甚也。冀亦夢裏教㆑之、以畢㆓神恩㆒」。是夜夢有㆓一貴人㆒、対㆓立殿戸㆒。自称㆓大物主神㆒曰、「天皇勿㆓復為㆒㆑愁。国之不㆑治、是吾意也。若以㆓吾児大田田根子㆒、令㆑祭㆑吾者則立㆑平矣。亦有海外之国自当㆓帰伏㆒」。

秋八月癸卯朔己酉。倭迹速神浅茅原目妙姫・穂積臣遠祖大水口宿祢・伊勢麻績君、三人共同夢而奏言、「昨夜夢レ之、有二一貴人一。誨曰、「以二大田田根子命一為下祭二大物主大神一之主上、亦以二市磯長尾市一為下祭二倭大国魂神一之主上、必天下太平矣」。天皇得二夢辞一益歓二於心一。布二告天下一求二大田田根子一。

崇神天皇が八十万神を集め、卜した時、大物主神がモモソヒメに神懸かった。その神が祭祀方法を提示するのである。その提示の通り祭祀を行うが、まったく効果が得られない。まず、うまくいかないことから語られるのである。このことから、以下説明していきたい。

モモソヒメに神懸かり、その通りに祭祀を実践するも、効果が得られない。その結果、天皇自身が「冀はくは亦夢の裏に教へて」として、夢に神の要求を聞くのである。すなわち、モモソヒメの神懸かりだけでは、祭祀は完成しないということになろう。そこで天皇は夢に神の要求を求めるが、これだけでも祭祀の完成に至らない。そればかりか、実行そのものに至らないのである。この後、モモソヒメを含む臣下の三人が同じ夢を見たとして、天皇の夢が正解であることが保証され、夢の要求通りに祭祀を行うと、成功に至るのである。

これは『漢書』「郊祀志 下」が『尚書』「洪範」を引いて、

故洪範曰、「三人占則従二二人言一、言二少従レ多之義一也。(2)

としていることに通じよう。神の祭祀という不測の事態においては、多数の意見に従うべきであるという見解である。「郊祀志 下」(『尚書』)では三人中、二人で可とするが、ここでは三人中三人が同じ夢を見るのである。それゆえ、天皇は心の内に喜ぶのである。

とはいえ、問題はその出典云々ではなく、崇神天皇が自身の夢を絶対的なものとせず、三人の臣下による保証を必要としていた、ということである。天皇自身が見た夢だけでは、大田田根子の捜索に当たらないのである。臣下が見た夢の報告を待って初めて政策として実施されるのである。これは、実は、これに先立つ崇神天皇の詔に明確に示された、崇神天皇の意志に従ったものなのである。

四年冬十月庚申朔壬午。詔曰、「惟我皇祖、諸天皇等、光二臨宸極一者、豈為二一身一乎。蓋所下以司二牧人神一経中綸天下上。故能世闡二玄功一、時流二至徳一。今朕奉二承大運一、愛二育黎元一。何当聿遵二皇祖之跡一、永保二無窮之祚一。其群卿百僚、竭二爾忠貞一、共安二天下一、不二亦可一乎」。

（「崇神紀」四年冬十月条）

このように、崇神天皇は臣下と一致協力して天下に臨む旨を予め述べているのである。ここにおける「群卿百僚」、すなわち臣下には、モモソヒメも含まれていよう。

ここまでをまとめると、モモソヒメという一臣下に神懸かっただけでは、祭祀は成功しないのである。その結果、天皇自身が夢を見るのである。そして臣下「大田田根子」を祭主として、大物主神を祭ることを、三人の臣下とともに夢見て、神の要求通りに祭ると、天下太平へと至るという文脈になる。君臣一体の天下太平すなわち「共に天下を安せむこと」が実現されるのである。臣下だけでもなく、天皇だけでもなく、天皇と臣下が協力して祭祀に当たることが重要だったのである。すなわち崇神天皇は四年詔の段階で、既に解決方法を提示していたのである。

このことが示すのは、国家的危機に際して、天皇と臣下が一致団結して事に当たるという姿勢が明確に示されていることである。『日本書紀』は中国に匹敵する「帝国」の「歴史」を描いていると同時に、天皇と臣下による協力体制で「日本」を作り上げていたという「歴史」をもまた描いており(3)、ここに『日本書紀』の主題を見て取ることができるのである。

このように、「崇神紀」の大物主神祭祀は、『日本書紀』の主題と非常に密接な関わりがある部分なのである。この『日本書紀』の中核部分に、モモソヒメという一臣下が登場する。その上で、君臣一体の「日本」という「歴史」が語られるのである。モモソヒメに関わる事柄は、まずこの枠組みを踏まえなければならないのである。

このモモソヒメは、後で大物主神の正体を「蛇」であると明かしていく存在である。当然、このことも『日本書紀』の主題に、深く関わっているはずである。従来の見解のように、モモソヒメは大物主神祭祀に失敗した巫女であり、「三輪大王家」の没落を象徴的に語る人物(4)などという存在として捉えるのでは、「崇神紀」全体での位置づけを失いかねない。そうではなく、天皇とともに「日本」を作り上げてきた、優秀な臣下として描かれている可能性があるのだ。そもそも、最初に大物主神による神懸かりを達成したほどの巫女なのである。すなわちモモソヒメの存在は、祭祀の完成に不可欠なのではなかろうか。そうであるならば、モモソヒメが死んでいくことは、消極的な把握を許さないものである可能性があるのではなかろうか。

2、モモソヒメが明かしたもの

モモソヒメは君臣一体の祭祀に寄与した優秀な臣下として、『日本書紀』に称讃されているのではないか。この見解について、以下考えていきたい。すなわち『日本書紀』が語る「天皇と臣下の一致団結による「日本」の「歴史」」という主題の中では、モモソヒメは天皇とともに大物主神祭祀に携わった者として、重大な責任を果たした臣下に位置づけられているのではなかったかという推測から考え始めたいのである。

モモソヒメと大物主神との関わりは、「箸墓伝承」において顕著である。この「箸墓伝承」が掲載されている位置を確認すると、以下の部分となる。

①疫病流行

②大物主神祭祀 → 成功 → **五穀豊穣**

③四道将軍の派遣
④タケハニヤスヒコの乱
⑤**箸墓伝承**
⑥四道将軍、目的を達成
⑦税制の創始
⑧**天下太平** → ハツクニシラススメラミコト

このように整理すると、大物主神祭祀だけでは、「天下太平」が実現できていないことに気づく。実現したのは疫病終息（「祟り」の終息）と五穀豊穣だけであった。内乱を鎮め、国内を安定させ、税制（礼制）を創始し、そして「箸墓伝承」を経ることで、「天下太平」へと至るのである。すなわち「箸墓伝承」は、「天下太平」へと至る「要件」なのではなかろうか。そうであるならば当然、主題と無関係にランダムに配置されたエピソードというものではなく、祭祀と関わりがある内容をもつということになる。すなわち、「崇神紀」全体の枠組みの内側にあるということである。

「箸墓伝承」の中で、モモソヒメが大物主神を「蛇」だと明かすことは、これまで述べてきたような中国儒教の典型的な神祭祀の文脈においては、全くの異質である。すなわち『日本書紀』独自の語りであるということであり、これは同様の歴史語りである『古事記』にはない記事であることからも、他のテキストとは決定的に異なる部分なのである。

この「箸墓伝承」を検証してみよう。すなわち、「崇神紀」全体の文脈―儒教における理想的な祭祀方法提示の文脈―の中で、神を「蛇」であると明かすことの意味の検証である。

そもそも、この「箸墓伝承」は、『日本書紀』編述者による机上の造作であるということが、既に論じられている。[5]このことをどう考えるかを示した後、本章の考えを述べていきたい。

この話は、従来、三つのパートに別れるものと理解されている。[6]

①是後、倭迹迹日百襲姫命、為二大物主神之妻一。然其神常昼不レ見、而夜来矣。倭迹迹姫命語レ夫曰、君常昼不レ見者、分明不レ得レ視二其尊顔一。願暫留之。明旦仰欲レ観二美麗之威儀一。大神対曰、言理灼然。吾明旦入二汝櫛笥一而居。願無レ驚二吾形一。爰倭迹迹姫命、心裏密異之。待レ明以見二櫛笥一、遂有二美麗小蛇一。其長大如二衣紐一。則驚之叫啼。時大神有レ恥、忽化二人形一。謂二其妻一曰、汝不レ忍令レ羞レ吾。吾還令レ羞レ汝。仍践二大虚一、登二于御諸山一。

②爰倭迹迹姫命仰見、而悔之急居〈急居、此云二菟岐于一。〉則箸撞レ陰而薨。乃葬二於大市一。故時人号二其墓一、謂二箸墓一也。是墓者、日也人作、夜也神作。

③故運二大坂山石一而造。則自レ山至二于墓一、人民相踵、以手逓伝而運焉。時人歌之曰、飫朋佐介珥、菟芸迺煩例屢、伊辞務邏塢、多誤辞珥固佐縻、固辞介氏務介茂。

要約すると、①神の姿を明らかにする（その際、神との約束を違える）・②女が箸で異常な死に方をし、これが地名起源となる・③麓から頂上までたくさんの石が続いている歌、というようになろう。[7]歌は、石を手から手へ運んだという地の文とは無関係で、山の斜面に石がごろごろと並んでいるから、それを伝っていけば、山を越えられるだろうという内容をもつ。

この「箸墓伝承」は―おそらくその中核には―、伝承されてきた「箸墓」地名起源譚が保存されていよう。しかし、そのように―古伝承として―読むことには、躊躇いが残る。やはり「崇神紀」の大物主神祭祀の過程に位置づけられていると目されるため、「崇神紀」全体を通して読む必要があるためである。また、机上の造作と見ることも、躊躇われるのである。机上の造作であっても、やはりそれは「崇神紀」全体の中で機能しているためである。たとえ机上の造作であっても、「崇神紀」の全体的な文脈―儒教的な祭祀という文脈―に即して機能していると読む必要がある、ということについて確認するために、「箸墓伝承」の類話と目される以下の記事を参照しておきたい。

奈良時代の官人が参照した『芸文類聚』の霊異部「神」項を参照すると、以下の記事がある。

『芸文類聚』巻七十九・霊異部下・「神」項(8)

(三斉略記曰)。又曰、始皇於二海中一作二石橋一。非二人功所レ建。海神為レ之竪レ柱。始皇感二其恵一。通二敬其神一、求二与レ之相見一。海神答曰、我形醜、莫レ図二我形一、当二与レ帝会一。乃従二石塘上一入レ海三十余里相見。左右莫レ動レ手。巧人潜以レ脚書二其状一。神怒曰、帝負二我約一。速去。始皇轉レ馬還。前脚猶レ立、後脚隨レ崩。僅得レ登レ岸。書者溺二於海一。衆山之石皆住。今猶二岌岌一。無レ不二東趣一。

秦の始皇帝が海上に橋を建設しようとしたとき、橋脚を建てる海中の基礎部分を作り上げることができなかった。およそ人の力で成し遂げることのできるものではなかったのである。しかし海神が手伝い、海中部分の基礎が完成した（人と神の共同作業で「橋」を作る）。神の恩恵に感じた秦の始皇帝は、神との面会を求める。海神は「私の姿は醜いので、私の姿を絵に描かないと約束するならば、会ってもよい」という。そこで約束を守ることを条件に、秦の始皇帝ら一行は海中に潜り、海神と面会した。面会中、始皇帝および左右の臣下は手を動かさず、絵を描かなかったが、巧みな者が神に隠れて脚で神の姿を描き、神との約束を違えたのである。そこで怒った海神は、始皇帝に退去を命じる（神との約束を違えた結果、神との別離が起こる）。這々の体で海中から岸辺に戻った始皇帝であったが、彼の乗馬は、前脚こそ立っていたが、後脚は頽れて、尻餅をついた状態であった（「急居」の状態）。海神に隠れて脚で絵を描いた者は、溺れ死んでしまった（神との約束を反故にした者の死）。今でも、その石橋の名残である巨石が、山に並んでいる

（山肌に並ぶ石（歌部分））。このような話である。

括弧内にも示した通り、ほぼ「崇神紀」箸墓伝承と共通する構造をもつ。字句の同一はないので、「出典」とすることは避けるが、さりとて無視することはできないものである。

類話がある、ということについては、おそらく、東アジアにはかような構造をもつ伝承が広く伝えられており、それが文字表記の水準で「三斉略記」として現れたものと、「箸墓伝承」として現れたものという違いをもつのであろう、という程度の認識に留めておく。ただ、それが文字で表されていることから、参照可能であるという点を重視したいのである。すなわち、類話として認識可能なものとして現象しているのだ。『芸文類聚』「神」項に掲載されることの記事は、当然、「崇神紀」と共通する話として奈良時代官人に認識されるであろうし、『日本書紀』編述者にとってもそのことは意識されていたはずだからである。つまり、無自覚ではいられなかったであろう、ということである。

このことが意味していることは、「箸墓伝承」が何らかの古伝承を中核に据えていようとも、机上の造作であろうとも、いずれにしても奈良時代当時の漢籍参照環境と何らかの関係性を結びうるのだ、ということである。記事単体が単体で存在しているわけでもなく、単体として把握可能でもない、ということを確認したいのである。『日本書紀』「崇神紀」の記事は、『礼記』を初めとした漢籍と関係性を結びうるものとしてある、ということである。すなわち、漢籍と関係しつつ全体としてある「崇神紀」の中にそれが置かれることで、「箸墓伝承」は「古伝承／机上の造作」という記事単体での性質から離れて、当時参照可能であった漢籍の知的基盤の上に展開されてしまう、ということである。相互に参照可能であるとき、二つの記事は、共通性と差異とを浮かび上がらせることになろう。すなわち、甲乙の記事を比較して見たとき、そこには共通する構造と、その差異とが認識可能なものとして展開する／してしまう、ということである。共通性とは、神の真の姿を現すという構造であり、差異とは、その真の姿が「醜い」海神であるということと、「美麗」なる蛇である、ということである。

　そうであるとするならば、この「神」の真の姿を「美麗なる蛇」と見破ることが、構造から浮かび上がる差異として強調されることになる。「崇神紀」の「箸墓伝承」において差異をもって強調されてしまう部分は、「夢」に現れた「大物主神」の真の姿が「美麗なる蛇」だと明かされることにあると見て良い。このことが、「崇神紀」にとってどのような意味を持つのか、これを考えたい。

3、「大物主神」の神学的整序 ―「郊祀志」の「天帝」として―

　大物主神が「美麗なる蛇」である、という文脈は、どのような意味として理解したらいいのか。まずは漢籍で確認する必要がある。そこで「神」のことであることから、先の『芸文類聚』霊異部の「神」項を再び参照してみよう。

『芸文類聚』巻七十九・霊異部下・「神」項

（碑）梁簡文帝呉興楚王神廟碑曰、昔者、武王詢二於太公一、五神之礼正。伊陟賛二於巫咸一、三篇之義作。抑又、玄矩司二於坎宮一、漢興二北畤一。黄虵感二於通レ夢、秦作二西郊一。幽則鬼神、其来已尚。

前漢時代になり、「天帝」（五神）を祭祀する制度が整ってきたという、その歴史について述べたものである。そこでは「黄虵」なるものが「夢」に現れ、その結果西方にも西方の神を祭る「畤」を制定したというのである。奈良時代の官人たちが参照し得た『芸文類聚』には、「神」についての記述を集めた中に、このような記事が掲載されているのである。「崇神紀」の大物主神祭祀に通じる内容である可能性がある。そこでこの記事について、詳細に述べている記事を、『漢書』「郊祀志 上」から参照しよう。

其後十四年、秦文公東狩二汧渭之間一、卜レ居レ之而吉。文公夢二黄虵自レ天下属レ地、其口止二於鄜衍一。文公問二史敦一、敦曰、此上帝之徴、君其祠レ之。於レ是作二鄜畤一、用二三牲一郊二祭白帝一焉。

まず詳細な検討の前に、「黄虵」なるものが「蛇」であると確認できるのか、それを比定しておかなければならない。そこで同じ内容の記事を掲載している『史記』「封禅書第六」を参照しよう。[9]

自二周克レ殷後十四世、世益衰、礼楽廃、諸侯恣行、而幽王為二犬戎一所レ敗、周東徙二雒邑一。秦襄公攻レ戎救レ周、始列為二諸侯一。秦襄公既侯、居二西垂一、自以為レ主二少皞之神一、作二西畤一、祠二白帝一、其牲用二駵駒牛羝羊各一云。其後十六年、秦文公東狩二汧渭之間一、卜レ居レ之而吉。文公夢二黄蛇自レ天下属レ地、其口止二於鄜衍一。文公問二史敦一、敦曰、此上帝之徴、君其祠レ之。於レ是作二鄜畤一、用二三牲一郊二祭白帝一焉。

ここでは、ほぼ同じことを述べる記事の中で、「黄虵」を「黄蛇」としている。まず両者は通じる関係であったと見て良い。「夢」に現れたのは「蛇」だったのである。

では、「夢」に「蛇」を見る、ということの検討に入ろう。この記事では、秦の文公が渭水という川の近くで狩猟を行ったとき、居所をどこに設定するか「占った」ところ、文公は黄色い「蛇」が天から降ってきて、大地に張り付いた「夢」を見たという。その「蛇」の口にあたる部分が、「鄜衍」という地の辺りであったというから、巨大な蛇である。この「夢」の意味するところを、「臣下」の史敦に訊ねたところ、彼はそれが「上帝の徴」であると解いたのである。「上帝」とは「天帝」のことである。この「天帝」の意志が顕現した地をもって文公は初めて西方の天帝を祭る「西畤」を当地に創立し、以降この祭祀が続いていく起源になったのである。

大物主神祭祀においても、「夢」に現れた「神」は、実は「蛇」であった。「夢」に「蛇」が現れることと、祭祀の起源が創出されたという文脈が、「崇神紀」には同居しているということになる。すなわち小異はあるが、少なくとも「崇神紀」の大物主神記事は、この秦の文公の故事を想起させるものとして現象するということである。

この秦の文公には、さらに故事がある。これは『漢書』「郊祀志 上」に、以下のようにある。

作二鄜時一後九年、文公獲レ若レ石云、于二陳倉北阪一城、祠レ之。其神或歳不レ至、或歳数。来也、常以レ夜、光煇若二流星一。従二東方一来、集二于祠城一、若二雄雉一、其声殷殷云、野鶏夜鳴。以二一牢一祠レ之。名曰二陳宝一。

秦の文公の時、常に夜に来る神がやってきたという。この神は「星」であるため、夜にしか来ない。大物主神もまた、モモソヒメとの関わりにおいて、夜に来る神であった。従来は夜は神の時間であるということから、この現象は説明されてきたが、奈良時代の人々にとっては、習俗・信仰的な「夜は神の時間」という理解と同時に、漢籍における知識も同等に存在していたことから、大物主神が夜来る神であることと、上記の文公の故事は、通じ合うものとして理解されていたことは想像に難くない。他にも同じ『漢書』「郊祀志 上」では、以下の記事がある。

文成死明年、天子病二鼎湖一甚、巫医無レ所レ不レ致。游水発根言二上郡有レ巫、病而鬼下レ之。上召置二祠之甘泉一。及レ病、使三人問二神君一、神君言曰「天子無レ憂レ病。病少瘉、強与レ我会二甘泉一」。於レ是上病瘉、遂起、幸二甘泉一、病良已。大赦、置二寿宮神君一。神君最貴者曰二太一一、其佐曰二太禁一、司命之属、皆従レ之。非レ可レ得レ見、聞二其言一、言与二人音一等。時去時来、来則風粛然。居二室帷中一、時昼言、然常以レ夜。天子祓、然後入。因レ巫為二主人一、関二飲食一、所レ欲レ言行レ下。（李奇曰「神所レ欲レ言、上輙為レ下之也」。晋灼曰「神君所二言行一下二於巫一」。師古曰「晋説是也」。）

ここでは「泰一（太一）」という「天皇上帝」は、夜来るものだとされている。すなわち「天帝」とは、常に夜来る存在なのである。これは「天帝」が「北極星」と認定されていたことと不可分の関係にあろう。いずれにしろ、天帝とは、夜来る神なのである。この天帝の重要性は、語り直す必要がない。『礼記』「礼運」が、「是故、夫礼必本二於天一、殽二於地一、列二於鬼神一。[10]」というように、礼制度の創始は、まさにこの「天帝」を含む神々によって提示され、その提示通りに祭祀を行えば、天下太平が実現されるためである[11]。この意味では、モモソヒメは大物主神の「妻」となることで、かの神が「夜来る神」であることを明かしたといえよう。

さて、以上の秦の文公の二例は、『漢書』「郊祀志」を出典とする。すなわち祭祀の専門的な史書であり、五方の天帝、すなわち黄帝（中央）・黒帝（北）・青帝（東）・赤帝（南）・白帝（西）という、五行論に従った天帝の五方配置の歴史の起源として描かれる文脈にある。すなわち秦の文公とは、天帝祭祀関連の起源者として、「郊祀志」によって位置づけられているのである[12]。

この秦の文公を想起させるのが、「崇神紀」のモモソヒメの記事なのである。そこで起きていることは、「夢」に現れた存在は実は「蛇」であり、夢に蛇を見ることは、天帝の意思の顕現である、ということである。すなわち、「夢」に「大物主神＝蛇」を見た場合、それは「天帝」を想起させるものであった、ということである。これが「崇神紀」の中において現れるとき、「大物主神」は「郊祀志」の「天帝」と重なっていく、ということになる。

そこで、大物主神が、この「天帝」に重ねることができるかどうかを確認しなければならない。まずは『日本書紀』に描かれる神々が、単一の所属にのみ配当されているわけではない、という文脈を踏まえておく必要がある。例えば天照大神は、天神であると同時に皇祖神つまりは祖先神である、というように、『日本書紀』に現れる神々は、複数の所属を持たされているのである。とするならば、大物主神も、単に祖先神という所属に限られるものではなく、そのほかにも所属を持っている可能性があろう。すなわち次に確認するのは、「崇神紀」において、大物主神が「天帝」に準えられているかどうかの確認である。

4、箸墓伝承が想起させるもの

まず、「垂仁紀」二十五年三月条に付された注の「一云」は、「天照大神」を「天」に所属するものと見ていることを確認しておこう。

是時、**倭大神**、著二穂積臣遠祖大水口宿祢一、而誨レ之曰、太初之時期曰、天照大神、悉治二天原一。皇御孫尊、専治二葦原中国之八十魂神一。我親治二**大地官**一者。言已訖焉。
（「垂仁紀」二十五年三月条注「一云」）

すなわち「垂仁紀」では、「倭大神」を「大地官」として位置づけ、その対比として「天照大神」を「天」に所属する神であるという解釈を明示するのである。

しかし「垂仁紀」において天照大神を伊勢に祭ったとする叙述の後に、「一云」が「崇神紀」における諸神祭祀を疎かであったと批判していることを鑑みれば、「天照大神」祭祀は「崇神紀」においては完成していなかったということになろう。少なくとも『日本書紀』の「一云」の記述があることで、そのような意味づけが生成する、ということである。祭祀は常に増減するということであろうが、このことを「崇神紀」に戻すと、確かに七年以降、天下太平に至るまでに天照大神祭祀の記事はないのである。このことは、「崇神紀」の大物主神祭祀の場面でも問題となる。

十一月丁卯朔己卯、命二伊香色雄一、而以二物部八十手所レ作祭神之物一。即以二大田田根子一、為下祭二大物主大神一之主上。又以二長尾市一、為下祭二倭大国魂神一之主上。然後、卜レ祭二他神一、吉焉。便別祭二八十万群神一。仍定二天社・国社、及神地・神戸一。於レ是、疫病始息、国内漸謐、五穀既成。百姓饒レ之。

大物主神・倭大国魂神・八十万群神を祭祀するに当たり、「天社・国社、及び神地・神戸」を定めたとする部分である。この結果、五穀豊饒という成果に至るのである。ここでは「天照大神」を中心とする皇祖神祭祀の記述はない。

にもかかわらず、五穀豊穣は果たされているのである。すなわち、「天照大神」を祭祀していないことと併せて、いわゆる「天神」を祭祀していないにも関わらず、「天社」を祭っているという記述がなされていることが重要となってくる。すなわち、「天社」を祭祀する根拠が示されないまま、倭大国魂・大物主神といった「国土神（地神）」祭祀に従った「国社」祭祀を並記しているのである。これは先の大物主神・倭大国魂のいずれかに、「天神」の要素があることを示しているのではなかろうか。すなわち、大物主神祭祀あるいは倭大国魂神祭祀が、「天神」祭祀に該当しているということである。これにより、「天」「地」「諸鬼神」の祭祀が完成し、結果、天社・国社が制定され、五穀豊穣を実現する、という理解である。

「天地諸鬼神」を、神の要求通りに祭ることが、「天下太平」に繋がることを述べたが、「崇神紀」においては「天」の要素が欠けているのである。「大物主神」を祭祀することが、「天」を祭ることになる、ということが説明されないのである。否、説明されていないのではなく、おそらく「崇神紀」のどこかで説明されているのである。

ここで、先の「箸墓伝承」が「天下太平」の「要件」であったという指摘を思い出したい。大物主神祭祀だけでは「天下太平」の要件には足りないのである。すなわち「箸墓伝承」を経ることで、「崇神紀」で欠けていた「天神」の要素が充当され、「天地諸鬼神」を祭り尽くし、「天下太平」を実現した、という次第が「崇神紀」の在りようなのではないか。

「夢」に現れた「大物主神」は「蛇」であり、「蛇」は「天帝」であり、その「天帝」は「夜来る神」すなわち「大物主神」である。「大物主神」は、「夜来る」「天帝」の「蛇」だったのである。このことを明かしたのは、他ならぬモモソヒメだったわけである。

モモソヒメが神との約束を破ったことや、仰いで尻餅をつくことは、おおよそ「成功」とはかけ離れた印象があろう。しかし、彼女は大物主神祭祀に失敗したのではなく、大物主神の中に「天帝」の性質があることを見事解き明かし、結果、「天下太平」を実現させた巫女なのである。大物主神が、その向こう側に「天帝」が透かし見えている構造になっている／透かし見えるようにしているのは、「箸墓伝承」でモモソヒメが明かしたことなのである。そもそも、最初に大物主神が神懸かりした際も、それだけでは祭祀が成功しなかったから「失敗」と捉えるべきではなく、一番最初に神懸かりを得た優れた能力者と捉えなければならないのだ。このように、「崇神紀」の全体においては、モモソヒメが果たした役割によって、「大物主神」に「天帝」の位置づけを与えることになっているのである。すなわち、「崇神紀」の全体─理想の祭祀実践の「歴史」─において、その枠組みの中に「箸墓伝承」が置かれることにより、「大物主神」は儒教的な祭祀体系における「天帝」の位置に、神学的に整序されるのである。「大物主神」は、ヤマトの地域神でありながら、儒教的な祭祀体系の中に、その位階を得るのである。祟りが起き、その神の啓示を求め、その神の正体を見極め、そしてその神を神学的な位階序列に整序して組み込むという次第が、「崇神紀」全体の中において「歴史」として叙述されるのだ。

この「大物主神＝天帝」をよく祭祀した崇神天皇の先の成功が、「地神・諸鬼神」祭祀の成功と相まって、「天下太平」の実現を果たすことになるのである。これこそが、「崇神紀」によって実践された国家的祭祀体系の完成の「歴史」なのである。「箸墓伝承」の後に「天下太平」が語られるのは、この「箸墓伝承」こそが、「天下太平」実現の「要件」であったことを示すのである。

ここまで見てくると、『日本書紀』はおどろくべき叙述をしていることが見えてこよう。かつて『日本書紀』の「天皇」は「皇帝」よりも上位にあり、「天帝」と位置を等しくする、と述べたことがある。(13) 「崇神紀」においては、「祖先神」たる「大物主神」が、この「天帝」の位置と重なるのである。「天皇」と「祖先神」が並ぶのはいいとして、

「大物主神」は本来「倭国」という一地域の神でもある。『日本書紀』が描く「日本」には、一地域の神であっても、中国の「天帝」クラスの神なのである—そうであると『日本書紀』は述べているのである—。『日本書紀』が語る「歴史」においては、中国皇帝が畏れ敬って祭祀する「天帝」は、「日本」の一地域神ていどにすぎないと、そう自らを「上位」に位置づけて語る姿を見届けたい。

蛇足だが、ここまで述べてきた「箸墓伝承」が「天帝」祭祀を想起させるということの、その想起の端緒には始皇帝の海神訪問譚があると先に指摘した。この海神訪問譚には、「箸墓伝承」との間に共通する構造だけでなく、もうひとつ両者を結ぶ橋がある、ということを述べておこう。それが、「箸」と「橋」である。始皇帝の話では、人と神との共同作業によって石「はし」を作っていた。そしてこの話を人と神との共同作業として「はし」墓を作ったという記事に結びつけたのが、『日本書紀』編述者なのである。「箸」と「橋」、和訓ならば結びつけることができる。[14] この知性の在り方こそ見るべきなのである。これはちょうど「三輪」と「神酒」とを結びつける和訓の思考に準じるものである。大物主神を語る周辺には、和訓の思考がある。これは、あるいは『日本書紀』の、ひいては上代の知的な水準が明かされている一場面でもあろう。

おわりに

モモソヒメは、その性質を「聡明く叡智しくして、能く未然を識りたまへり」と説明される人物である。この「未然を識る」と形容される人物が、『日本書紀』にはもう一人いる。厩戸皇子である。すなわちモモソヒメは厩戸皇子に匹敵する人物として—あるいは逆で—、『日本書紀』に描かれているのである。これこそが、『日本書紀』がモモソヒメを歴代最高の巫女と認めていることの証左になるのである。[15] 彼女は優秀な臣下として、中国儒教が理想とする祭祀方法の枠組みを、崇神天皇とともに確立したという「価値」を示しているのである。これは崇神天皇が優秀な巫女たる「臣下」とともに、「日本」の祭祀制度を完成させていったという『日本書紀』の主張とも言えるだろう。

注

（1）拙稿「『日本書紀』「崇神紀」が語る祭祀の「歴史」―「崇神紀」と「成帝紀」の比較―」（『相模国文』四三号　二〇一六年三月）。
（2）『漢書』のテキストは中華書局本に拠る。旧字は新字に改めた。以下同じ。
（3）北康宏「律令法典・山陵と王権の正当化―古代日本の政体とモニュメント」（『ヒストリア』一六八　二〇〇〇年一月）。
（4）西條勉「オホタタネコの登場」（『古事記の構想』古事記研究大系3　古事記学会編　一九九四年十二月　高科書店。後に『古事記と王家の系譜学』（二〇〇五年十一月　笠間書院）に所収）。
（5）前掲注（4）西條論文。
（6）福山京子「〈箸墓伝承〉の形成」（『日本文学論究』四九号　一九九〇年三月）。
（7）歌の内容が前段と関係ないことは、土橋寛『古代歌謡全注釈』（一九七六年八月　岩波書店）・山路平四郎『記紀歌謡評釈』（一九七三年九月　東京堂）による。
（8）『芸文類聚』のテキストは中華書局本に依拠する。旧字は新字に改めた。以下同じ。
（9）『史記』のテキストは中華書局本に依拠する。旧字は新字に改めた。以下同じ。
（10）『礼記』のテキストは北京大学整理本『十三経注疏』に拠る。旧字は新字に改めた。
（11）前掲注（1）拙稿。
（12）このことは、すでに早く『説文解字』「時」項が「天地五帝所㆓基止㆒、祭地。从㆑田寺声。右扶風。有㆓五時・好時・鄜時㆒、皆黄帝時祭。或曰㆓秦文公立㆒也」と認定している如くである。
（13）拙稿「「霊時」をめぐる〈変成〉―『日本書紀』「神武紀」の「郊祀」記事から―」（『古代文学』五三号　二〇一四年三

月)。

(14)　古橋信孝は神話的イメージで「箸」と「橋」が通じていることに言及しているが、和訓の問題であるとするのが本章である(古橋信孝『神話・物語の文芸史』(一九九二年四月　ぺりかん社))。一方で吉田知子は、『類聚名義抄観智院本』では箸と橋ではアクセントが異なっていることを指摘している。すなわち口承による「橋=箸」の転化は果たし得ないという観点である(吉田知子「箸墓伝承の成立」(『学苑』昭和女子大学近代文化研究所　日本文学紀要　五六五号　一九八七年一月))。あくまで、漢字の書記と和訓の問題によってのみ成り立つものなのである。

(15)　津田博幸「歴史叙述とシャーマニズム」(『日本文学』Vol. 48 No. 5　一九九九年五月。後に『生成する古代文学』二〇一四年三月　森話社に所収)。

ここまでの小結

以上ここまで、「崇神紀」を全体的に取り扱ってきた。崇神天皇像をめぐる第二章では、『漢書』「成帝紀」との比較から、儒教の理想的な祭祀を創始した崇神天皇という姿を確認し得たのである。そこでは、やはり「中国よりも優れた律令国家「日本」」という「歴史」が叙述されていることを見届けてきたのである。これは、先の章で陰陽論について見てきたことと合わせても、『日本書紀』は「典拠表現」を用いて元の文脈と対比的に「日本」を描くことで、「中国」よりも上位にある「日本」の「歴史」を描いているのである。

ここから見えてきたことをもって、再び『日本書紀』全体に戻ってみたい。というのは、『日本書紀』全体が、ここまで見てきたような、「中国よりも上位にある律令国家「日本」」なる価値を叙述しているのか、『日本書紀』全体を通して確認したいためである。

次章では、本論の結論として、『日本書紀』全体がどのような律令国家「日本」の「歴史」を叙述するのか、これを『日本書紀』の「自注」の問題から検討していく。

五、『日本書紀』全体の作品論

――その可能性へ――

本章の概要

ここまで、『日本書紀』が、律令国家「日本」が自ら「帝国」であることを「歴史」的に自得していくために書かれた史書である（神野志隆光『古事記と日本書紀』（一九九九年一月　講談社））、という全体性を押さえつつ、「典拠表現」が生成する現象を見てきた。そこで見たものは、律令国家「日本」が「典拠表現」を駆使してその元の文脈を想起させつつ対比的に中国を超越していく「帝国」である「日本」の「歴史」を描く姿であった。

このことを、総合的に述べた以下の章が、本論の結論になる。

『日本書紀』「天皇紀」の「注」を読む

——「帝国／蕃国」としての「日本」——

はじめに

かつて神野志隆光氏は、『日本書紀』「神代紀」の「一書」について、それが「注」であることを確認し、「本書」に従属するものと捉えた。(1) そこから「本書」を中心とする作品論を展開し、『日本書紀』は律令国家「日本」が自らを「帝国」として自得する史書であるという、『日本書紀』全体の統一的作品把握を達成したのである。(2)

しかし、「神代紀」以降の各「天皇紀」にも、同じような「注」と目されるものがあるにもかかわらず、それに触れることはなかった。「天皇紀」に記載される「注」も、「神代紀」の「一書」と同様に「注」であるならば、「天皇紀」の「本書」との関係をも含めて、『日本書紀』全体の統一的な作品把握の中で、その「注」を位置づける必要があるだろう。その上で、なお『日本書紀』が「日本」自らを「帝国」として確証する史書として読解できるのかを検証するべきなのである。

本章は、「天皇紀」に記載される「注」を対象とし、ひとまず「神代紀」と「天皇紀」を分けて考察し、しかる後に、『日本書紀』の全体的な作品論を補足する展望を掲げてみたい。神野志氏が拓いた、陰陽論による世界生成を語り出しとする『日本書紀』が、「天皇紀」の「注」を検討することにより、「神代紀」のみならず『日本書紀』全体をも覆っているという作品像を、そこに見出せるのではないかと考えるためである。

1、「神代紀」の「一書」と「天皇紀」の「注」

まず、本章における『日本書紀』「天皇紀」における「注」とは何か、について述べよう。

その際、いったん、「神代紀」と、以降の「天皇紀」を分けて考えることにしたい。というのは、「神代紀」の「注」、すなわち「一書」は、最大で十一部もの「一書」(「神代 上」第五段)、すなわち異説を積み重ねるものである。このような「神代紀」の体裁は、「神代紀」のみの特徴であったはずだ。以降の神武天皇から持統天皇に至る各「天皇紀」では、「一書」のように異説を多く重ねるような叙述形態は見られないのである。そうであるならば、「神代紀」の「本書」と「一書」の性質、およびそれらの関係性を、「天皇紀」にそのまま敷衍することは躊躇われる。そこで、まず「天皇紀」の「注」について、整理する必要がある。本章において考察対象となる「注」とは何か、の定義を以下に述べる次第である。

あらかじめ述べてしまえば、本章で検討することになる「天皇紀」の「注」とは、『魏志』や『百済本記』など、具体的な書名を提示した上で掲載される「異説併記」を指す。以下に説明していこう。

これまで、「天皇紀」に表れた「注」をめぐっては、それが『日本書紀』編纂当時からあったものか、それとも後世の史家たちが書き入れたものなのか、すなわち、自注か後注かの議論がなされてきた。かつて、岩橋小彌太によって展開された、いわば「後注」論は、その後、坂本太郎・中村啓信・小島憲之らによって否定され、現在では、これを自注と捉えることに異論はない。[3]

ただし、その「天皇紀」の「注」というものが、『日本書紀』の中の何を指すのか、ということには注意しなければならない。『日本書紀』には、その機能から伺うに、多種多様な「注」的機能を持った文章が現れる。それは、訓注・語義解説・事実敷衍・異説併記など多岐に渡る。[4]

一般に「注」といえば、「本書」を解説するものを言おうが、それでは曖昧である。たとえば、「垂仁紀」の以下の記事を挙げておこう。

①故受㆓其匕首㆒、独無㆑所㆑蔵、以著㆓衣中㆒。<u>遂有㆓諫㆑兄之情㆒歟</u>。

（故、其の匕首を受りて、独り蔵す所無し。以て衣中に著けり。遂に兄を諫むるの情有すか。）

狭穂姫皇后が、垂仁天皇を弑殺するために受け取った匕首を、隠しきれるはずもないから、衣の中に入れておいた、という事象に対して、どうしてそのような行為に及ぶのかを解説または忖度した部分である。そうでありながら、ここは「本書」でもある。かつて、『集解』は「歟」字を削り、『通釈』は傍線部を削除した。[5] その「注」的機能が、後人の竄入と判断されたのである。

このように、「注」的機能をもった文章という、「内容」の点で区別しようとすると、「本書」と「注」との区別が曖昧になる。そうした多岐にわたる「注」的機能を持ったすべての文を扱う用意は本章にはない。それは『日本書紀』ほぼ全文を検討することと同義であるためだ。さりとて、本章で訓注や義注を扱っても、それが『日本書紀』全体の統一的作品読解」に寄与するとは考えがたい。訓注や義注は、それ自体がまず「語」に係るものである。これを全体的に見ることも、やはり『日本書紀』全体の語を検討するほどの労力を強いられよう。

他方、『日本書紀』の「注」という点では、「神代紀」の「一書」をその代表とするような、「異説併記」の機能をもった文章にも注目される。かつて神野志氏はこの「一書」を「注」として位置づけた。「神代紀」以降にもこのような「異説併記」は叙述される。先に、神野志論は「天皇紀」の「注」は論じなかったと述べたが、正確にはこのことである。「神代紀」の「一書」と機能を等しくするとおぼしき「異説併記」機能を「天皇紀」もまた「注」として備えているにもかかわらず、そこが論述されていない点が、遺漏であると認識しているのである。

「神代紀」ほどではないにしろ、「天皇紀」にもまた、「一書曰く」などという形式が見られる。あるいはその他にも、「或本曰」・「一云」・「或云」などという、「異説併記」を示す形式を見る。それらを「天皇紀」の「注」であると想定したい。

その際、全体的に見て、「天皇紀」において「本書」とは異なる説を載せる「異説併記」の方法は、大きく三種に分類できる。今、一覧にすると、以下のような性質に分類される。

Ⅰ 「亦」「更」など、別の「書物」からの引用を示さない → 引用を持たない「異説併記」
Ⅱ 「一書云」「或本曰」など、別の「書物」からの引用を示す → 書名がない引用「異説併記」
Ⅲ 「『百済記』曰」など、具体的書名を明示しての引用を示す → 書名がある引用「異説併記」

	細字双書	大字
Ⅰ 引用を持たない「異説併記」	88	7
Ⅱ 書名がない引用「異説併記」	194	7
Ⅲ 書名がある引用「異説併記」	40	0

しかし、このように三類に分けた場合、以下の問題がある。すなわち、「神代紀」の「一書」が、古本においては細字双書の形式を持っているという点である。大字の「本書」と、形式において異なるという点は、神野志論も重視

したところであった。当然、「天皇紀」においても、本章でいう「注」は、細字双書の形式であることが求められよう。しかし、先に述べた「異説併記」の形式には、大字「本書」の中にも見られるものがある。つまり、大字の中にも「異説併記」の機能を有した文言が存在するのであれば、ただ「異説併記」機能をもってそれを「注」と判定するわけにはいかない。本章では、必ず細字双書で書かれる「異説併記」の形式を「注」として選別する必要がある。

先のように三類に分けたとき、「天皇紀」の「異説併記」を数えてみると、大字で「本書」として示される例が、Ⅰ・Ⅱに確認される。「亦」などで展開される、引用書を示さない「異説併記」の方法は、神や皇子の別名を挙げるときに多用されるものである。この例は、大字と細字双書の区別が厳密ではない。一割近くが大字で書かれ得る形式なのである。これは、「或本」など、具体的な書名を記さない「異説併記」の形式にも、同じことが言える。それほど頻出するわけではないが、それでも七例が大字としてある。つまり、Ⅰ・Ⅱについては、時に「本書」にもなり得るし、時に「注」にもなり得る。時に大字にもなり得るし、時に細字双書にもなり得る。つまり、それが必ず「注」であると——「注」の形式に他ならないと——言い切ることができないものなのである。それゆえ、本章で言うところの「注」から除外する必要があるのだ。例を挙げて確認することにしよう。

まず、このような具体的な書名を持たない「異説併記」が、「本書」にも見られるという例は、「神代紀」にもあるという点を確認する。

②「神代紀」第九段「本書」

是時、其子事代主神、遊行在二於出雲国三穂〈三穂、此云二美保一。〉之碕一。以二釣魚一為レ楽。或曰、遊鳥為レ楽。

（是の時に、其の事代主神、遊行きて出雲国の三穂〈三穂、此には美保と云ふ〉の碕に在す。釣魚するを以て楽とす。或《ある》いは曰はく、遊鳥するを楽とすといふ。）

これは、「事代主神」が「釣魚」を「楽」とするのに対して、異なる伝としての「遊鳥」を提出するものである。この「或曰」以下は大字「本書」である。すなわち、外形が「本書」であり、内容が「異説併記」であるという、曖昧なものである。また、「或」が別の「書物」からの引用を指すのかどうかについても、やはり曖昧なのである。同じ「或曰」でも、それが常に別の「書物」からの引用を示すとは限らない例としては、たとえば、「天武紀 上」の、天武天皇が吉野に隠遁した際の記事がある。

③「天武紀 上」即位前紀

壬午、入㆓吉野宮㆒。(中略)自㆓菟道㆒返焉。或曰、虎着㆑翼放之。是夕、御㆓嶋宮㆒。

(壬午に、吉野宮に入りたまふ。(中略)菟道より返る。或の曰はく、「虎に翼を着けて放てり」といふ。是の夕に、嶋宮に御します。)

これは、匿名の人物の「発言」とみられ、「異説併記」とはかけ離れたものである。つまり、別の書物から引用した「異説併記」であると言い切ることができないのである。さりとて、先の②が、別の「書物」からの引用では決してない、とも言い切ることができないのである。というのは、続く「一書第一」に、「(大己貴神が)対へて曰さく、「吾が児事代主、射鳥遨遊して、三津の碕に在り」」とあることによれば、「神代紀」が語るところの別の「書物」に異説があるということにもなるためである。それゆえ、「Ⅱ」に分類してはいるが、正確には、「Ⅰ」と「Ⅱ」の境界線上にあり、「本書」と「注」の境界線上にある、と言わざるを得ないものが②なのである。それが確かに「注」であると確定させることができないのである。

このことは、以降の「天皇紀」にも見ることができる。すなわち、このような例は『日本書紀』全体に関わる形式なのである。

④「神武即位前紀」己未年春二月条（橿原の地名起源として。〈 〉内細字双書）

夫磐余之地旧名片居〈片居、此云二伽哆韋一。〉亦曰二片立一〈片立、此云二伽哆哆知一。〉逮二我皇師之破レ虜也、大軍集而満二於其地一。因改号為二磐余一。或曰、天皇往嘗二厳瓮粮一、出レ軍西征。是時、磯城八十梟帥、於二彼処一屯聚居之〈屯聚居、此云二怡波瀰萎一。〉果与二天皇一大戦。遂為二皇師一所滅。故名之曰二磐余邑一。

a夫れ磐余の地の旧の名は片居。〈片居、此には伽哆韋と云ふ〉亦は片立と曰ふ。〈片立、此には伽哆哆知と云ふ〉我が皇師の虜を破るに逮りて、大軍集ひて其の地に満《いは》めり。因りて改めて号けて磐余とす。

b或《あるひと》の曰はく、天皇往《むかし》厳瓮の粮を嘗りたまひて、軍を出して西を征ちたまふ。是の時に、磯城の八十梟帥、彼処に屯聚《いは》み居たり。〈屯聚居、此には怡波瀰萎と云ふ〉果して天皇と大きに戦ふ。遂に皇師の為に滅さる。故、名けて磐余邑と曰ふ。

このように、「a」・「b」と、同じ「磐余」の地名起源として、二つの異なる説を挙げる。このような叙述は、「異説併記」として適当であろう。これが「本書」に掲載されるのである。ところが、「或」字のみでは、「或人」という匿名者の「発言」として記載されるものと判断することもできよう。それが別の「書物」からの引用であるという確信を持ち得ないのである。それゆえ訓で「あるひと」と訓むことにもなるのである。「書物」からの引用を示さない場合は、具体的な書名をもたない「異説併記」（Ⅱ）とは異なり、書名をもたない「異説併記」（Ⅰ）に数えることになる。しかし、「Ⅰ」も「Ⅱ」も、いずれも、時に「本書」ともなり、時に「注」ともなる、曖昧な形式なのである。

⑤「垂仁紀」二十三年冬十月条

時湯河板挙、遠望二鵠飛之方一、追尋詣二出雲一而捕獲。或曰、得二于但馬国一。

（時に湯河板挙、遠く鵠の飛びし方を望みて、追ひ尋ぎて出雲に詣りて、捕獲へつ。或《あるひと》の曰はく、「但馬国」に得つといふ。）

これなども、「或人」の匿名的「発言」と取れるものである。一方、「記には、（中略）、和那美の水門に網を張って捕えたとある。延喜神名式に但馬国養父郡に和奈美神社がある」と言われるように、[6]「鵠」を捕えた場所が「出雲」と「但馬」とで異なる説があり、『古事記』を見れば但馬国と考えることもできるので、「異説併記」（Ⅱ）とも採ることが可能である。新全集頭注は「異伝」と捉え、「或《ある》いは」と訓んでいる。[7]つまり、「Ⅱ」は、時に解釈に依存してしまう形式なのである。

以上見てきたように、「Ⅰ」・「Ⅱ」については、書物を引用する異説併記とも言えるし、書物を引用しない異説併記ともいえる。そしてそれは、時に「本書」にもなり得るし、時に「注」にもなり得るものである。それが必ず「注」であると―「注」の形式に他ならないと―形の上でも明示されるものとは、言い切ることができないものなのである。外形的にも、必ずそれが「注」の形式であると示されるのは「Ⅲ」に限るのである。すなわち、内容が必ず「注」であると―「神代紀」の「一書」と等しく―外形的にも示される例としては、「Ⅲ」の「異説併記」の形に限られるのだ。

すると、残るのは、具体的な書名を挙げて異説を併記するものに限られる。『魏志』や『百済本記』などという、具体的な書名を挙げるものである。これはかつて毛利正守氏も、これを「注」と見て、『日本書紀』においては対外記事を挙げる際にこのような書名をもった引用を行うと述べたことがある。[8]本章もまた、「天皇紀」の「注」として、この「Ⅲ」、「具体的な書名を挙げて引用する異説併記」を認めるものである。

ただし、その際、「異説併記」というものが何を意味するのか、すなわち「異説併記」の機能を明らかにしておく必要があろう。それが中国の史書に先例がある方法なのだということも併せて確認しておきたい。

2、「伝疑」の史書であるために

まず、「天皇紀」の「異説併記」は、異説を掲出するものなのだが、同時に、その異説を無視して「本書」のみを読解することはできないものとして存在することを確認しておこう。単に異説を並べるだけ、参考として掲載するだけ、というわけではなく、「本書」の読解に欠かせないものとしてあるのだ。かつて坂本太郎氏が、自注か後注かという議論において、このような、「注」がなければ「本書」を整合的に理解できないという点に注目して自注論を展開したことが思い起こされる。[9] 実際、坂本論は、「注」をあまり限定せずにこの論を展開したのであるが、本章がいう「注」においても、それが有効であることを、まず述べておこう。

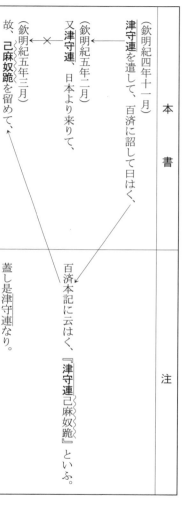

次の記事は、「欽明紀」四年から五年にかけての記事である。

本書	注
(欽明紀四年十一月) **津守連**を遣して、百済に詔して曰はく、	百済本記に云はく、『**津守連**己麻奴跪』といふ。
(欽明紀五年二月) 又**津守連**、日本より来りて、	
(欽明紀五年三月) 故、**己麻奴跪**を留めて、	蓋し是津守連なり。

ここは、任那再建を督促する欽明天皇の詔書をもって百済を訪れた津守連が、百済聖明王によって百済国内に留め

置かれる場面である。「本書」だけを読んでいくと、欽明五年三月の「己麻奴跪《こまなこ》」が誰のことなのか理解できないのである。それが「津守連」のことであると理解できるのは、五年二月の「百済本記」の「注」を経由しているためである。このように、「本書」が「注」による叙述を前提として展開している事例がある場合、それは自注としてもともとあったものである、という理解を坂本論が示したことは、本章がいう具体的な書名をもつ「注」においても等しいということができる。

また、既に指摘がなされている例であるが、「神功皇后紀」も挙げておきたい(10)。

本書	注
三十九年。是年太歳己未。	魏志に云はく、「明帝の景初三年六月に、倭の女王、大夫難斗米等を遣して、郡に詣りて、天子に詣り朝献せむこと求む。太守鄧夏、吏を遣して将送り、京都に詣らしむ」といふ。
四十年。	魏志に云はく、「正始元年に、建忠校尉梯携等を遣し、詔書・印綬を奉りて、倭国に詣らしむ」といふ。
四十三年。	魏志に云はく、「正始四年に、倭王、復使の大夫伊声者・掖耶約等八人を遣して上献す」といふ。
六十六年。	是年、晋の武帝の泰初二年なり。晋の起居注に云はく、「武帝の泰初二年十月に、倭の女王、訳を重ねて貢献せしむ」といふ。

ここは、「注」がなければ、年号のみの記述となる。年号のみの記述は史書として成り立ち難いものがある。すなわち、「注」を無視して「本書」のみを読むと、「三十九年是年太歳己未四十年四十三年」となるのである。「四十年」という「本書」が有効に機能するのは、「注」の読解を経由する場合に限るのである。

このような「注」が、『日本書紀』において採用されており、それが有効に働くのは、それが『日本書紀』独自の

ものではなく、中国の史書にその先例があるためである、というのは、既に指摘されることである。(11)

そもそも、史書に「注」があることについては、『日本書紀』が参考とした中国史書に拠るものである。『史記』裴駰集解・『漢書』顔師古注・『三国志』裴松之注と、『日本書紀』編述者が参照した中国史書には、それが後注であれ、「注」つきの史書であったということが重要である。

「神代紀」の「一書」の羅列について、『釈日本紀』の解題は、「是則裴松之三国志注例也」として、裴松之『三国志注』を想起している。(12)「神代紀」の「一書」羅列の在り方は、中国史書の在り方を想起させ得るものだったのである。そのような、『日本書紀』周辺をめぐる要素も、ここでは無視しえないであろう。「異説」を掲出するために具体的な書名を挙げて他書を引用するという形式は、おそらく『三国志注』に拠るものという指摘は、遠藤慶太氏によって「分註で異説を引用するのは、『日本書紀』独自に作り出した史書の形式ではない」と述べられている通りである。(13)

⑥裴松之「上三国志注表」(14)

臣前被㆑詔、使㆘采㆓三国異同㆒以注㆗陳寿国志㆖。寿書銓叙可㆑観、事多㆓審正㆒。誠遊覧之苑囿、近世之嘉史。然失在㆓于略㆒、時有㆑所㆓脱漏㆒。臣奉㆑旨尋㆑詳、務在㆓周悉㆒。上捜㆓旧聞㆒、傍摭㆓遺逸㆒。按三国雖㆓歴㆑年不㆒㆑遠、而事関㆓漢・晋㆒。首尾所㆑渉、出入百載。注記紛錯、毎多舛互。其寿所㆑不㆑載、事宜㆑存㆓録者㆒、則罔㆑不㆑畢㆑取以補㆓其闕㆒。或同説㆓一事㆒而辞有㆓乖雑㆒、或出㆓事本異㆒、疑不㆑能㆑判、並皆抄㆑内以備㆓異聞㆒。若乃紕繆顕然、言不㆑附㆑理、則随㆑違矯㆑正以懲㆓其妄㆒、其時事当否及寿之小失、頗以㆓愚意㆒有㆑所㆓論辯㆒。自㆑就㆓撰集㆒、已垂㆓期月㆒。写校始訖、謹封上呈。

ここは、裴松之が、陳寿の『三国志』に対して傍線部「失は略に在り」と述べる部分である。裴松之は陳寿の『三国志』を称讃する。しかし、その一方で、寿書の簡略さを難点とし、寿によって捨象された多くの異聞が、今後失われていくという可能性を危惧したのである。そのため、裴松之は多くの書物から異聞を集め、もしも書物と書物との間に矛盾するような歴史記述があっても、それを「或は同じく一事を説きて辞に乖離あり、或は事の本異を出し、疑ふらくは判ずること能はざるは、並びに皆、内に抄して、以て異聞に備ふ」として、「異説」を併記した旨を述べるのである。陳寿が削った史伝・異説を、裴松之は集めて併記したのである。そこに掲載した「異説」が、たとえ互いに矛盾した内容であっても、並べて掲載したということが重要である。『日本書紀』は、これを例にとって施注したと考えられる。ただし、『三国志注』のみ、と限定すべきではない。

というのは、このような史書に対する「異説併記」の在り方は、『漢書顔師古注』にも見られるためである。実際は、『漢書顔師古注』は、『三国志注』とは体裁を大きく異にするが、「注」を施すその姿勢においては、共通するものがある。以下の、『漢書顔師古注』の「叙例」である。

⑦『漢書』顔師古注（叙例）(15)

漢書旧文多有二古字一、解説之後屢経二遷易一。後人習読、以レ意刊改、伝写既多、弥更浅俗。今則曲二覈古本一、帰二其真正一。一往難レ識者、皆従而釈レ之。

（漢書は旧文なれば、多く古字あり。解説の後、屢ば遷易を経たり。後人習読し、意を以て刊改し、伝写既に多く、弥よ更に浅俗たり。今、則ち古本を曲覈し、其の真正に帰す。一往に識り難きは、皆従ひて之を釈す。）

『漢書』は「異説」ではなく、「古字」について述べるが、それでも、正しい「字」が判明しない場合は、やはり皆掲出するという方針を示している。すなわち、『三国志注』も『漢書顔師古注』も、どちらも「疑わしいものは、それを敢えて決定せずに、併記する」という方針において共通するのである。そうであるならば、あるいは中国史書の「注」の伝統には、そのような方針が共通するのではないか、という可能性が浮上してくる。もしそのような伝統があるならば、『日本書紀』もその影響を受けている可能性が高いのである。

史書に「異説」を併記するという方針は、いわゆる「紀伝体」の祖である司馬遷の『史記』に見ることができる。『史記』「三代世表」の「太史公自序」に、以下のようにある。

⑧『史記』「三代世表・太史公自序」[16]

太史公曰、五帝三代之記、尚矣。自レ殷以前、諸侯不レ可ニ得而譜一。周以来乃頗可レ著。孔子因ニ史文一次ニ春秋一、紀ニ元年一正ニ時日月一。蓋其詳哉。至ニ於序ニ尚書一則略無ニ年月一。或頗有。然多レ闕不レ可レ録。故疑則伝レ疑。蓋其慎也。

（太史公曰く、五帝三代の記すや尚し。殷より以前は、諸侯、得て譜すべからず。周以来は乃ち頗る著はすべし。孔子、史文に因りて春秋を次し、元年を紀し、時日月を正す。蓋しその詳らかなるかな。尚書を序するに至つては則ち略ぼ年月なし。或ひは頗る有り。然らば闕くこと多きは録すべからざればなり。故に疑は則ち疑を伝ふ。蓋しその慎しむなり。）

かつて孔子が『春秋』を著わし、『尚書』を整理したとき、「疑は則ち疑として伝」えたことを司馬遷は指摘し、以下の「三代世表」もそれに倣うというのである。このことは、

資料には一つの歴史事象について、いくつかの比較すべきものがある場合、あるいは一種類の資料、あるいは一つの系統に属する資料しか存在しない場合など、さまざまである。あるいは記載内容は疑わしいが、それに代わるべき資料がない場合もあり得る。このような場合、さきの雅馴あるいは古文文献という尺度で取捨することも可能であるが、しかし何らかのかたちで保存しておかなければ、永久に消滅してしまう恐れのある貴重な伝説資料もある。そのような資料には何らかの特別な措置を講じなければならないであろう。疑わしいものは疑わしいなりに記録しておくのも一つの見識である。このような立場から、特定の資料を保存する原則が、すなわち疑

（わしいもの）は疑を伝える、というものである。と言われるように、ある種の史書編纂の立場として捉えることができる。[17] いわば「伝疑の立場」であり、司馬遷はその祖を孔子に求めるのである。以来、東アジアの史書の「祖型」として在り続ける『史記』のこのような「伝疑の立場」は、以降の史書にも継承されたというべきではないだろうか。すなわち、『三国志』裴松之注は、まさに「伝疑の立場」にたたない陳寿『三国志』を「失」と捉えたし、顔師古も古字に対してではあるがそれに倣う、という継承の在り方である。

そして、このことは、『三国志注』を倣って「注」を施す『日本書紀』にも継承されていると言わざるをえないのではないだろうか。以下、それを見ていくこととするが、ここまで述べなければならないことは、「天皇紀」の「異説併記」の機能とは、「伝疑」、すなわち、いずれが正しい説なのか判断困難であるが、さりとて片方を捨て去れば永遠に資料として失われてしまうという危惧への対策という機能を持つものなのである。「注」の内容こそ第一義だが、それと同様に、まずは史書の「注」の形式として「伝疑」の「異説併記」はあるのだ、ということを確認して、次の考察に進んでいきたい。

3、『日本書紀』主題へと及ぶ「伝疑の立場」

「斉明紀」六年冬十月条に、以下の記事がある。

⑨本書

冬十月、百済佐平鬼室福信、遣㆓佐平貴智等㆒、来献㆓唐俘一百余人㆒。今美濃国不破・片県二郡唐人等。

（冬十月に、百済の佐平鬼室福信、佐平貴智等を遣して、来て唐俘一百余人を献る。今の美濃国の不破・片県二郡の唐人等なり。）

これは、唐の捕虜を連行し、美濃国に住まわせたという記事である。これに対して、以下の「注」は異説を併記するものである。「斉明紀」七年十一月条である。

本書

十一月壬辰朔戊戌、以二天皇喪一、殯二于飛鳥川原一。自レ此発哀、至二于九日一。

（十一月の壬辰の朔戊戌に、天皇の喪を以ちて、飛鳥川原に殯す。此より発哀たてまつること九日に至る。）

⑩注

日本世記云、「十一月、福信所レ獲唐人続守言等、至二于筑紫一」。或本云、辛酉年、百済佐平福信所レ献唐俘一百六口、居二于近江国墾田一。庚申年、既云三福信、献二唐俘一。故、今在注。其決焉。

（日本世記に云はく、「十一月に、福信が獲たる唐人続守言等、筑紫に至る」といふ。或本に云はく、辛酉年に、百済の佐平福信が献れる唐俘一百六口、近江国の墾田に居らしむといふ。庚申年に、既に福信、唐俘を献れりと云へり。故、**今在きて注す。其れ決めよ。**）

「⑨」の記事が「斉明六年（庚申年）」のことであると述べるのに対し、「⑩」は「斉明七年（辛酉年）」のこととするのである。これはどちらが正しいのかわからないので双方を掲載する「伝疑の立場」の現れた部分である。「今、在きて注す」というのは、このあたりの呼吸を述べたものであろう。しかもそれを、「其れ決めよ」として、後世の史家、おそらくは後世の『日本書紀』注釈者に対して、その正確な史実の決定を委ねているのである。

後世、裴松之や顔師古のような、優れた史書注釈者が現れた時、どちらの説が正しいのか決定するであろう、その判断を後世に委ねる。そのために、今できることは、「疑は則ち疑として伝える」ことであり、それは「異説併記」

に他ならなかった。「天皇紀」の「注」の機能は、以上のようなものであると改めていおう。

そしてこのことは、唐人の捕虜の問題というような、『日本書紀』の主題に関わらない、いわば「些事」にとどまらない。『日本書紀』の大きな主題である「万世一系」の「天皇系譜」に関わるものもある。「継体紀」二十五年春二月条である。

本書

二十五年春二月、天皇病甚。丁未、天皇、崩二于盤余玉穂宮一。時年八十二。冬十二月丙申朔庚子、葬二于藍野陵一。

（二十五年の春二月に、天皇、病甚し。丁未に、天皇、盤余玉穂宮に崩ります。時に年八十二なり。冬十二月の丙申の朔庚子に、藍野陵に葬りまつる。）

⑪注

或本云、天皇、二十八年歳次甲寅崩。而此云二二十五年歳次辛亥崩一者、取二百済本記一為レ文。其文云、「太歳辛亥三月、軍進至二于安羅一、営二乞乇城一。是月、高麗、弑二其王安一。又聞、日本天皇及太子・皇子、倶崩薨」。由レ此而言、辛亥之歳、当二二十五年一矣。後勘校者、知レ之也。

（或本に云はく、天皇、二十八年歳次甲寅に崩りますといふ。而るを、此に二十五年歳次辛亥に崩りますと云へるは、百済本記を取りて文を為れるなり。其の文に云はく、「太歳辛亥の三月に、軍進みて安羅に至り、乞乇城を営る。是の月に、高麗、其の王安を弑す。又聞けらく、日本の天皇及び太子・皇子、倶に崩薨りますときけり」といふ。此に由りて言へば、辛亥の歳は、二十五年に当れり。**後に勘校へむ者、知らむ**。）

ここは、継体天皇の崩御年が「継体二十五年」であるという「本書」に対して、「或本」には「二十八年」とある、と「伝疑」を掲載するものである。結果、「本書」は「二十五年」説を採るのだが、続く『百済本記』の引用により、その「二十五年」説が、『百済本記』に拠るものであることが明かされる。すなわち、「本書」が『百済本記』を採用したことが明示される部分である。

『百済本記』は「二十五年」、「或本」は「二十八年」の説を述べる。継体天皇が「即位」したのは丁亥年であるため、ここから数えると、継体二十五年は「辛亥」年に当たる。継体二十八年は「甲寅」年となる。「本書」は『百済本記』説を「本書」としたため、崩御年は「辛亥」年となろう。しかし、次の安閑天皇はその「本書」で継体二十五年に即位したと書きながら、その年を「甲寅」年と記すのである。チャートにすると以下のようになろう。

(百済本記) 継体**二十五年** (辛亥) → 本書
(或本) 継体二十八年 **(甲寅)** → × → 本書
安閑紀 即位年 → 継体**二十五年** ← **(甲寅)** → 矛盾

すなわち、「安閑紀」の「本書」は、「継体紀本書」の「二十五年」と、「注」の「或本」の「甲寅」年の、双方を同時に抱えているのである。これは矛盾と言わざるを得ない。テキストとして読解していくプロセスにおいて、この部分は継体天皇崩御と安閑天皇即位の間には、三年におよぶ「空位期間」が存在するという疑念が読めてしまうことになるのである。「天皇系譜」の「歴史」に、埋めがたい空白があると、史書自らが述べている部分なのである。このようなことは、『古事記』に見られないものであろう。このような「天皇紀」の「注」の「異説併記」機能が、「空白」の「歴史」を生成してしまうのである。

その矛盾に対して、「継体紀」の「注」は、「後に勘校へむ者、知らむ」と述べるのである。後世に現れるであろう注釈者に取捨選択を委ねるという姿勢を表明するのである。「疑は疑として」伝えるのである。後の優れた史家に後を託すのである。それこそが、孔子を祖とし、司馬遷が継承し、裴松之と顔師古が倣った、「史書」の在り方なのである。

以上ここまで、「天皇紀」の「注」が、中国史書の在り方に沿う形で、「異説併記」を展開してきた姿をみてきた。とはいえ、「天皇紀」の「注」は、中国史書の在りようそのままにあるわけではないことを確認する必要がある。忠実に沿いながら、大きな転換を行っているのである。それは、転換と言うより、おし広げると言った方が正確かもしれない。

4、拡大される「伝疑」

先に、『漢書顔師古注』の「叙例」を掲出した。これを典拠として、「注」が叙述される例がある。中国史書に倣う形で、というのはこのことにも拠る。今、再び挙げよう。

⑦『漢書』顔師古注（叙例）

漢書旧文多有二古字一、解説之後屢経二遷易一。後人習読、以レ意刊改、伝写既多、弥更浅俗。今則曲二覈古本一、帰二其真正一。一往難レ識者、皆従而釈レ之。

顔師古は、「古字」において、いずれが正しいのか判断が困難な時、それをすべて掲載して解説した、と述べている。「伝疑」の立場を表明する一節と捉えるべきものであろう。これを典拠として、以下の文章が「欽明紀」に載る。(18)

「欽明紀」二年春三月条である。

⑫「欽明紀」二年春三月条

帝王本紀多有㆓古字㆒、撰集之人屢経㆓遷易㆒。後人習読、以㆑意刊改、伝写既多、遂致㆓舛雑㆒、前後失㆑次、兄弟参差。今則考㆓覈古今㆒、帰㆓其真正㆒。一往難㆑識者、且依㆓一撰㆒、而注㆓詳其異㆒。他皆効㆑此。

（帝王本紀に、多く古字有りて、撰集の人、屢ば遷易を経たり。後人習読のとき、意を以ちて刊改し、伝写既に多にして、遂に舛雑を致し、前後次を失ひて、兄弟参差なり。今し則ち古今を考覈して、其の真正に帰す。一往に識り難きは、且く一撰に依りて、其の異を注詳す。他も皆此に効へ。）

典拠として踏まえているが、小異がある。この小異が問題である。比較してみよう。

『漢書』顔師古注（叙例）

漢書旧文多有㆓古字㆒、解説之後屢経㆓遷易㆒。後人習読、以㆑意刊改、伝写既多、弥更浅俗。今則曲㆓覈古本㆒、帰㆓其真正㆒。一往難㆑識者、皆従而釈㆑之。

『日本書紀』

帝王本紀多有㆓古字㆒、撰集之人屢経㆓遷易㆒。後人習読、以㆑意刊改、伝写既多、遂致㆓舛雑㆒、前後失㆑次、兄弟参差。今則考㆓覈古今㆒、帰㆓其真正㆒。一往難㆑識者、且依㆓一撰㆒、而注㆓詳其異㆒。他皆効㆑此。

「欽明紀」の該当部分の「本書」は、天皇の皇子皇女系譜を記す部分である。『漢書顔師古注』が「古字」について述べる「叙例」を引き受けつつ、それを「兄弟」にまで敷衍してしまうのである。これは、すなわち、「天皇系譜」に関わる問題である。いわば、この「注」は、「古字」から「天皇系譜」すなわち、『日本書紀』の主題に関わる大きな問題に拡大させてしまうのである。

さらに、それは、『漢書顔師古注』が、「疑」をすべて挙げて解説するという立場を示した部分を踏まえた上で、

「且依一撰」という一句を挿入するのである。これは、「伝疑」の資料が二種以上あり、そのいずれが正しいか判断できないとき、「とりあえず」ひとつを「本書」として、残りを「注」とした、と述べていることになるのである。これにより、「本書」と「注」とをわける判断基準は、どちらかわからない場合は、「とりあえず」ということになるのである。「天皇紀」においては、「本書」と「注」とを区別する基準は「とりあえず」なのであり、「本書」と「注」の間に価値の決定的な差はないのである。それは、いつでも入れ替わる可能性があるのだ。しかも、史書の「伝疑の立場」は、後世の史家に対して判断の可能性を残すものである。このことは、後世の史家がいずれかが正しいと判断した場合は、いつでも「本書」と「注」は入れ替わることになることを意味する。実際にそうであるかどうかという問題ではなく、そのようなものとして「本書」と「注」は位置づけられている、ということである。そうであるものとして、「天皇紀」の中に提示されているということなのである。いやむしろ、それが「本書」か「注」かという判断基準は、後世の史家の判断に委ねられているのである。そのように「天皇紀」の「注」はある、ということなのだ。それはいわば、「注」が施された部分は、大字と細字双書という形式の違いはあるが、どちらも「本書」であり、どちらも「注」であるというような、歴史資料庫としての「天皇紀」を構成しているということでもある。これが、「他皆効此」と、以降の「注」に係っていくのである。すなわち、当該注⑫以降の、『日本書紀』全体の施注原理であるかのように読めてくるのである。

そうであるとき、神野志氏の『日本書紀』全体の統一的な作品読解に、看過できない差し障りのある「注」があることに配慮が必要となる。

5、「帝国《ていこく》でもあり／蕃国《ばんこく》でもある」の「日本」

かつて神野志氏は、『日本書紀』とは律令国家「日本」が自らを「帝国」として自証する営みであるとする作品把握を達成した。それは確かであり、陰陽論による神話的世界の出発から始まり、そして「新羅」を「蕃国」として擁する「帝国」としての国家「日本」という歴史認識が果たされていることを、『日本書紀』には認めることができる。『日本書紀』は、「日本」を朝鮮との関係にあるものとして意味づけるが、朝鮮に対する大国的関係を歴史的に確認するかたちで、「日本」の価値を確立するということができる。その要は、朝鮮に対して大国であること、すなわち、朝鮮を服属させる帝国であることの標示だということにある。端的にいえば、『日本書紀』は、歴史を述べるなかでそうした「日本」をつくり上げるのである。(19)

しかし、それはあくまで「天皇紀」の「本書」が語るところの『日本書紀』だと言うことができる。その「本書」が作り出そうとする「帝国」としての国家「日本」という世界」に対して、直線的に説明することのできない「注」があることを指摘しておく。

⑬「斉明紀」五年七月条

本書

秋七月丙子朔戊寅、遣二小錦下坂合部連石布・大仙下津守連吉祥一、使二於唐国一。仍以二道奥蝦夷男女二人一、示二唐天子一。

（秋七月の丙子の朔戊寅に、小錦下坂合部連石布・大仙下津守連吉祥を遣して、唐国に使せしむ。仍りて道奥の蝦夷男女二人を以ちて、唐天子に示せたてまつる。）

注
（伊吉連博徳書曰、）十一月一日、朝有㆓冬至之会㆒。会日亦覲。所㆑朝諸蕃之中、倭客最勝。
（〈伊吉連博徳書に曰はく〉十一月一日に、朝に冬至の会有り。会の日に亦覲ゆ。朝ける諸蕃の中に、倭客最も勝れたり。）

「斉明紀」当該記事においては、「注」において「伊吉連博徳書」を引用する形で、並びいる「諸蕃」の中（当然、自己が服属させているとする朝鮮諸国も含まれるだろう）で、「最も勝れ」ている、とする。

ここは、「伊吉連博徳」が、使節として唐に渡り、唐の高宗に謁見する場面である。その際、自身を「倭客」といい、（『日本書紀』が語るところの）「日本」を「諸蕃」すなわち「蕃国」と語るのである。「諸蕃」とは、『日本書紀』自らが以下のように価値づけるものである。

⑭「清寧紀」三年十一月是月条
是月、海表諸蕃、並遣㆑使進㆑調。
（是の月に、海表の諸蕃、並に使を遣して、進調る。）

⑮「清寧紀」四年春正月条
四年春正月庚戌朔丙辰、宴㆓海表諸蕃使者於朝堂㆒、賜㆑物各有㆑差。
（四年の春正月の庚戌の朔丙辰に、海表の諸蕃の使者に朝堂に宴し、物を賜ふこと各差有り。）

「海表」という語が加わるが、この「諸蕃」という語は、「「海表」の初出。「海外」に同じ。中華思想から見ると、「諸蕃」の表現と同じく差別的な意味が込められている」とも述べられるように[20]、「中華」に対する侮蔑的な「蕃国」を意味するものである。これを自らを規定するものとして述べるのが、「伊吉連博徳書」なのである。「帝国」としての自己を確証しようとする「本書」に対して、「注」が書名を明示した「書物」を引用しながら、自己を「蕃国」として位置づけている部分なのである。

「注」があくまで参考として、無視しても構わないものとして提示されているならば、「帝国」を自証していく「本書」と当該「注」は衝突しない。しかし、これまで見てきたように、「天皇紀」の「注」は、その読解を経由しなければ「本書」を理解できないものとして提示されてきた。また、それは『日本書紀』が依拠した中国史書の伝統「伝疑の立場」を示す場であり、史書編纂の思想にも関わる重大なものであった。軽々に「異説」を開陳して素知らぬ顔を決め込めるような場ではなかったのである。それは「本書」とは基本的にはそれほど価値の優劣がない、むしろ後世の史家の判断に依存するものとして提示されるほどのものなのである。そうであるならば、『日本書紀』それ自体が、自らを「蕃国」としても認識していると読むよう要求されている部分でもある、ということになる。

すなわち、「伊吉連博徳書」の「異説併記」は、具体的に言えば、「日本」が唐の「蕃国」であるという世界の歴史を提示するものである。そして、それは「日本」が「帝国」であるという「歴史」と矛盾する。ところが、この「異説併記」は、いつでも入れ替わることができる。つまり、「伊吉連博徳書」が「本書」となりうるのである。そのようなものとして、「天皇紀」によって措定されているのである。そのとき、「日本」は「蕃国」であるという歴史に変換する。実際そうなる、そうならない、ということを述べているのではない。そうなる可能性を提示しながら、「天皇紀」は展開しているということなのである。

そうであるならば、「天皇紀」は「本書」と「注」を、主従関係・優劣関係として確定させて展開しているのではなく、両方同時に抱えながら、どちらとも確定しない状況で展開しているということになる。

すなわち、「天皇紀」は、自らが「帝国《ていこく》／《でもあり》蕃国《ばんこく》《でもある》」という「歴史」を自得する史書としてあることになろう。「帝国」でありながら、同時に「蕃国」でもある、それが律令国家「日本」である、という確証への営みである。神野志論における「帝国」の内実が、一般的な中華観念とは異なるものとしてある、ということを述べ来たった次第である。

あるいは、『日本書紀』全体に問題を波及させるには、⑬の一例では、少なすぎるかもしれない。とはいえ、これは『日本書紀』という書物全体の中では、決してあってはならない一例なのである。律令国家「日本」が編纂した書物の中で、自らを「蕃国」として位置づける例は、他にないのではないか。すなわち、決して無視し得ない一例として、あるのだ。あとは、これをどう考えるのか、ということになる。

本書でもあり、注でもある、という「天皇紀」が、自らが「帝国《ていこくでもあり》／蕃国《ばんこくでもある》」という「歴史」を自得する史書としてあることを、どう考えるべきか。言い換えれば、「帝国」でありながら、同時に「蕃国」である、というのは、具体的にどのようなことなのだろうか。「帝国」と「蕃国」は、一般に対義的であり、両方同時であることはできない矛盾関係である。それを同時に抱えている状況というものを、本章では説明することになるが、それはおそらく、唐の「帝国」観に抵触しないように、「日本」自らが「蕃国」であるという見解の余地を残した、というような、政治的な読解を拒むものであろう。なぜなら、かつて小考において考えたことがあるが、『日本書紀』の「天皇」は、中国の「皇帝」よりも上位に位置づけられている、[21]と目されるためである。同じように考えるならば、単に「帝国」のみである唐よりも、「帝国」と「蕃国」を両方同時に抱えている「日本」のほうが、優れている、あるいはそれこそが本当の「帝国」である、という考えが、『日本書紀』にある可能性が高いと考えた方が良いのではなかろうか。概念図風に示せば次頁のようになる。

本章の目的は、「注」が果たす現象の分析にあり、以上でその目的を達成している。以降はあくまで展望である。というのは、単に「帝国」であるよりも、「帝国／蕃国」であるほうがより本質的に「帝国」であるという思想的な

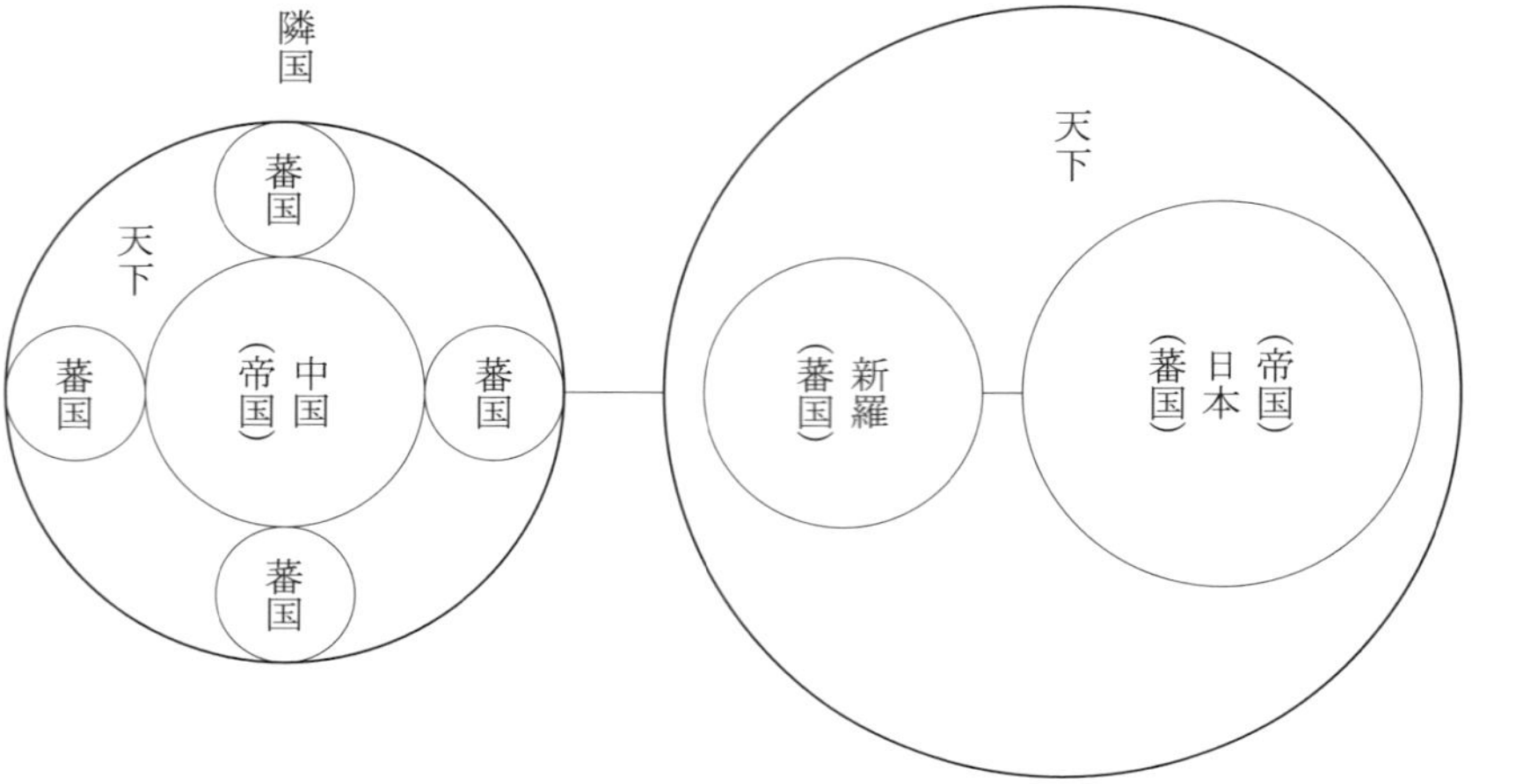

説明が必要になるのであるが、本章ではこれに答える能力がないためである。というよりも、対義的な二項を同時に抱えている状態を「優れている」と考える思考方法を描出することは、論理的にかなり困難であると思われる。あるいは、これこそが「近代的統一性とは異なるということも許される(22)」統一的作品把握なのではなかろうか。このような把握によって、初めて私たちは一三〇〇年前の、すなわち近代的な学術の思考方法では描出困難な「作品」に到達したのではなかろうか。

　とはいえ、冒頭でも述べたように、その「導き」となるような展望を述べることはできよう。すなわち、『日本書紀』が「神代紀」の陰陽論的世界の出発から語り出すことから考え得る展望である。それは、「帝国」と「蕃国」が、それぞれ対義的な概念であることにより、「帝国」を「主君」の「陽」、「蕃国」を「臣下」の「陰」と考える展望である。これにより、「天皇紀」もまた、陰陽論的世界観の中にある、と述べることである。「陽」だけでも不足であり、「陰」だけでも不足であり、「陰陽」相俟って完璧な「道」、すなわち「太極」をなすという「陰陽同体」の陰陽論に従えば、「帝国」と「蕃国」の双方を同時に抱え持つ「日本」こそ、完全なる「帝国」であって、「主君」しか持たない唐は欠損状態にあると『日本書紀』は考えているのではないか、ということで

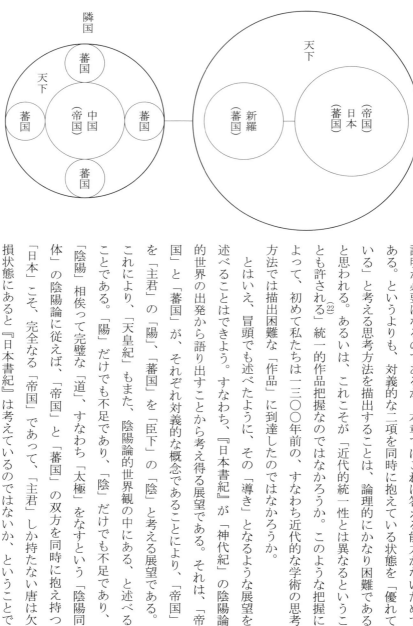

ある。つまり、『日本書紀』は唐を見下す立場に立っているということである。

今後、このような展望を描出することが必要である。いずれにしろこれは稿を改めて、『日本書紀』の背後にある知的環境、陰陽論と中華観の関係、さらには三国鼎立の思想、あるいは『晋書』「載記」の思想から、「中華」観の変遷を探っていくほかかない。とりあえずは、『日本書紀』全体の統一的な作品把握の方向性を導き出すことをもって、本章を閉じたい。

おわりに

以上ここまで、『日本書紀』「天皇紀」における「本書」と「注」の関係が生起させる現象について見てきた。本章の企図は以上に尽きる。

最後に、ここまで見てきたような、「今ある『日本書紀』をどのように読むか」という問題設定の前提からは逸れてしまうが、実態との整合性について論述しておく。『令集解』「公式令一・詔書式」には、以下のようにある。(23)

明神御宇日本天皇詔旨　云々。咸聞。

古記云。御宇日本天皇詔旨、対二隣国及蕃国一而詔之辞。問、隣国与二蕃国一何其別。答、隣国者大唐、蕃国者新羅也。

(古記に云ふ。御宇日本天皇詔旨は、隣国及び蕃国に対して詔する辞なり。問ふ、隣国と蕃国とは何ぞ其れ別たむ。答ふ、隣国は大唐、蕃国は新羅なり。)

神野志氏はこのような「世界観」あるいは「世界の理念性」を、歴史的に根拠あるものとして確認してゆくのが『古事記』『日本書紀』であると述べた。(24)『日本書紀』においては、本章が述べ来たったところによれば、この「世界観」は別の意味を生成するのではないだろうか。すなわち、「隣国」に対しても「蕃国」に対しても、使用する宣辞は同じである、ということである。つまり、「古記」においては、詔書の形式においては、「隣国（帝国）」も「蕃国」も厳密には区別されていない、ということである。[25] これは、当時の日本が欠損状態の「帝国」である唐を、同じく「蕃国」しか持たない新羅と同様の扱いをしていたものとして考えられるのではないか、すなわち、『日本書紀』成立以降は、唐と新羅に対する「帝国」「蕃国」の位置づけは、「日本」と比較してしまえば、不足という点ではそれほど対義的ではないと考えている可能性があるのではないか、ということである。

注

（1） 神野志隆光『古事記の世界観』（一九八六年五月　吉川弘文館）。
（2） 神野志隆光『古事記と日本書紀』（一九九九年一月　講談社）。
（3） 岩橋小彌太「日本書紀古註論」（『日本学士院紀要』十一―二号　一九五三年六月。後に『増補上代史籍の研究　上』（一九七三年三月　吉川弘文館））。坂本太郎「日本書紀の分註について」（『史学雑誌』六十四―十　一九五五年十月。後に『日本古代史の基礎的研究　上』（一九六四年五月　東京大学出版会）。『坂本太郎著作集第二巻』（一九八八年十二月　吉川弘文館））。中村啓信「『日本書紀』の本注」（『國學院大學日本文化研究所紀要』第十三輯　一九六三年十月。後に『日本書紀の基礎的研究』（二〇〇〇年三月　高科書店））。小島憲之『上代日本文學と中國文學』（一九六二年九月　塙書房）。
（4） 前掲注（3）坂本論文。
（5） 『書紀集解』（一九六九年九月　臨川書店）、『日本書紀通釈』（一九三〇年一月　内外書籍）に拠る。
（6） 日本古典文学大系『日本書紀』頭注の指摘。
（7） 新編日本古典文学全集『日本書紀』（一九九四年四月　小学館）頭注の指摘。
（8） 毛利正守「日本書紀冒頭部の意義及び位置づけ―書紀における引用と利用を通して―」（『国語と国文学』八十二―十

二〇〇五年十月)。
(9) 前掲注(3)坂本論文。
(10) 遠藤慶太「『日本書紀』の分註」(『ヒストリア』第二一四号 二〇〇九年三月。後に『日本書紀の形成と諸資料』(二〇一五年二月 塙書房))。
(11) 前掲注(10)遠藤論文。
(12) テキストは国史大系第八巻『釈日本紀』に拠る。旧字は新字に改めた。
(13) 前掲注(10)遠藤論文。
(14) テキストは中華書局本に拠る。旧字は新字に改めた。
(15) テキストは中華書局本に拠る。旧字は新字に改めた。以下同じ。
(16) テキストは中華書局本に拠る。旧字は新字に改めた。このことはまた、『史記』「髙祖功臣者年表」の「太史公自序」に、「頗有レ所レ不レ尽二本末一、著二其明一、疑者闕レ之。」として、明らかなことは書き、疑わしいものは欠いたと述べた上で、「後有二君子一、欲二推而列一レ之、得二以覧一レ焉。」として、後世の聖賢に判断を委ねることと、軌を一にするものである。なお、『文心雕龍』巻第四「史伝」に、「於レ是、棄レ同即レ異、穿二鑿傍説一、旧史所レ無、我書則伝。此訛濫之本源、而述遠之巨蠹。」として、あたかも異説を多く併記する史書の有り様を批判しているように見える見解もあるが、ここはその直前に、「蓋文疑則闕、貴二信史一也。」として、『春秋左氏伝序』の「其有二疑錯一、則備論而闕レ之、以俟二後賢一。」とあるものを踏まえた表現であり、あくまで「疑」そのものを「伝」うという姿勢は捨象しないのである(テキストは戸田浩暁『文心雕龍(上)』(一九七四年十一月 明治書院))。
(17) 稲葉一郎『中国の歴史思想─紀伝体考』(一九九九年三月 創文社)。
(18) 太田晶二郎「日本書紀編修の参考書の一」(『日本学士院紀要』六─二・三号 一九四八年十一月。後に『太田晶二郎著作集第一冊』(一九九一年八月 吉川弘文館))。
(19) 神野志隆光『「日本」とは何か─国号の意味と歴史』(二〇〇五年二月 講談社)。
(20) 前掲注(7)新全集頭注の指摘。

(21) 拙稿「霊時をめぐる〈変成〉—『日本書紀』「神武紀」の「郊祀」記事から—」(『古代文学』五十三号 二〇一四年三月)。
(22) 神野志隆光『古代天皇神話論』(一九九九年十二月 若草書房)。
(23) テキストは国史大系本に拠る。旧字は新字に改めた。
(24) 前掲注(2)神野志書。
(25) 朴昔順「日本古代国家の対「蕃」認識」(『日本歴史』第六三七号 二〇〇一年六月)。なお、当時の高句麗を含めて、政治思想としての「華夷帝国」を、「脱中国化のための中国化」という政治目的のために使い分けるという巨視的な視点で論じたのが、李成市『東アジア文化圏の形成』(二〇〇〇年三月 山川出版社)、また『古代東アジアの民族と国家』(一九九八年三月 岩波書店)であった。必要に応じて「帝国」を出したり「蕃国」を出したりすることが可能なのは、両者を同時に抱え込んでいる国だけなのである。中国がそのようなものを必要としなかったことは、改めて述べるまでもない。

補足

以上の検討から、『日本書紀』は、全体的に陰陽論的思考を展開している可能性を見てきた。

かつて神野志隆光氏が述べたように、『日本書紀』は「神代紀」の陰陽論的世界生成から叙述が始まる。そして全体として律令国家「日本」が自らを「帝国」として自ら「歴史」的に確証していく営みを実践していくものとしてある。この統一的作品把握を追検証しつつ、以下の拡大を提案したい。すなわち、その陰陽論的な在りようは『日本書紀』全体を覆っており、その自得していこうとする「日本」とは、「中国」よりも上位にあると確証していく「歴史」ということである。そしてその「歴史」を叙述する典拠表現は、この「中国よりも上位の「日本」」を中国と対比的に叙述することにより実現しているのである、ということである。これこそが、『日本書紀』の典拠表現の効果であろう。

補　論

——『古事記』論と『風土記』論——

補論の概要

ここからは、『日本書紀』以外の上代テキストを対象とする。

先に『日本書紀』の典拠表現を検討してきた。その際、元の文脈を想起させることで対比的に「日本」のことを叙述する修辞技法こそが典拠表現であると指摘してきたのである。

一方で、典拠表現とは、原則として語句章句の「引用」である。そのため、その本質は「模倣」にある、といえよう。本論は、その典拠表現に積極的な価値を認めてきた次第である。

その典拠表現という「模倣」が、字句の同一性という指標ゆえに、元の文脈を想起するというならば、その想起される「元の文脈」とは「既読の文献」を指すことになる。多くの人が目にすることができた、最も権威ある書籍の、有名な一句を用いることが典拠表現の基本である。そうでなければ、すなわち、誰も知らない少数派の文献の一句を用いたところで、それが出典ある語句章句であるとは、誰も気がつかないためである。誰も気がつかなければ、それは「典拠表現」とは認められず、修辞表現として成り立たないのである。当時としては、修辞の疎かな文章と非難される危険性があるのだ。

そうであるならば、「典拠表現」に用いられる出典は、誰もが既読の文献である、という前提があることになる。誰もが読んでいる、ある種の共有状態にある文献の存在である。ある文献に書かれた内容を共有している状況とは、言い換えれば、共通の教養基盤が存在するということである。「酒池肉林」と引用した場合、誰もが即座に『史記』

「殷本紀」の「殷の紂王」とその事績が想起されうるという共通の教養基盤のことである。

もしも、このような共通の教養基盤が「典拠表現」の前提であるならば、ひとつの文学生成の共通の教養基盤と捉えることができよう。すなわち、『日本書紀』だけでなく、他の上代文献にも、同じような現象が起きている可能性があるのだ。

この「補論」では、このような観点に立ち、『日本書紀』以外の上代テキストを典拠表現およびその修辞を可能とする共通の教養基盤から探ってみた。むろん、本論冒頭にも述べたように、『古事記』等、他の上代文献は、すでにこの方法を極めているので、疎らな論となっていることは予めお断りしておきたい。『日本書紀』を考えつつ、同時並行的に『古事記』『風土記』を同じ思考の水準で眺めたときに書き起こした原稿である。個々の論では、いくつかの用語を本論とは別の定義で使用している場合もあるため、本論と同水準に並べることはできなかった。補論とした次第である。

1　「日下」をめぐる神話的思考
——『古事記』序文の対句表現から ——

1、問題設定

シンポジウムのテーマは「帝国と神話―神話にとって、多言語・文化を包摂する枠としての「帝国」とは何だったか―」ということから(1)、本章は「帝国」を「多言語・文化を包摂する枠・形式」と捉える。これは実態としての「帝国」存在の是非やその質を問うことと区別するためである。すなわち「帝国」とは言語の上において構築された観念上の枠組みである、との視点に立つ。

このように捉えると、まず思い浮かぶのが中国の正史類、例えば『隋書』のようなものである。『隋書』は中国の歴史を描き、同時に「東夷伝」として東夷を、すなわち異言語・文化の国々を「東の夷」という中国からの視点に立って、漢語＝中国の言語を使用して叙述する。このように自国の視点・価値観から他の地域国家を叙述することが可能な言語―百済や新羅・倭国という異言語・文化の地域国家を一括して叙述することが可能な枠としての書記言語―は、いわば「帝国の言語」であるという理解が可能になるであろう。

これに対して『古事記』は天皇を中心として成り立つ世界、すなわち天皇を中心とした天下を語るものである。(2) そこには百済や新羅も語られる。これは倭国という一地域国家が百済や新羅といった異言語・文化の地域国家を自国の視点・価値観から一括して叙述したという点においては、形式や内容がどれほど異なっていようと『隋書』と同じことをしているといえる。

とはいえ天皇を中心として成り立つ世界、つまり天皇版の中華観ともいうべき内容は、漢語による対句表現では構成しえないと『古事記』序文は語っている（上古之時、言意並朴、敷文構句、於字即難）。ここがほぼ全編を漢語の修辞表現によって叙述した『日本書紀』との決定的な違いなのである。

『隋書』と同じことをしながら、中国の「帝国の言語」では不可能とするのであれば、『古事記』は別の「帝国の言語」によって叙述されているということになるのではないか。そこに倭語という一地域国家の言語と、当時の東アジア世界の普遍言語であった漢語という不均衡・非対称の関係から、倭語もまた漢語と同じ異言語・文化の地域国家を包摂して叙述することのできる「帝国の言語」であるという、対称性へ向けての飛躍的思考があるのではないか。『古事記』序文からそのような言語に対する思考を読み取ることが本章の目的である。「神話」という書記された内容を問うのであれば、書記を担った言語をまずは問うことが必要であると考えたためである。同じ言語が「帝国」を構築するのであればなおさらである。

2、序文の対句構成

前掲「上古之時…」を含む部分は、近年に至って『古事記』序文が持つ上表文という形式においては、(3) 不自然な部分と考えられるようになった。(4) 漢籍における上表文・序の形式は、「①世界生成の由来②現王朝の礼賛③構成の紹介」

であるため、音訓交用による叙述方式を言明する当該部分は、[5] 叙述に際しての安万侶の個人的所感であって『古事記』全体の思想性とは無関係と捉えられたのである。[6] 結果、漢語によって隠蔽された「やまとことば」というものを回復しようとする姿勢にとって好材料となっていた当該部分は相対化されたのである。

相対化は果たされたが、では序文の当該部分は何を語っている部分なのだろうか。当該部分が序文において担っている機能とは何なのかを見定めておく必要もあるだろう。当該部分だけを抽出する。

然、　上古之時、言意並朴、　　　　已因訓述者、詞不逮心。
　　　敷文構句、於字即難。　　　　全以音連者、事趣更長。
是以今、或一句之中、交用音訓、即、辞理叵見、以注明、
　　　或一事之内、全以訓録。　　　意況易解、更非注。
亦、　於姓日下、謂玖沙訶、　　　　如此之類、随本不改。
　　　於名帯字、謂多羅斯、

ここでは「上古の時代はことばが素朴で全訓でも全音でもうまく表記しにくい。それで現在はそのことばを音訓交用ないしは全訓で記している」という。[7] そして「わかりにくいものには注をつけ、そうでないものは注しなかった」と述べ、最後に至って「たとえば」という文脈において「日下」や「帯字」のような類は「本のまま改めなかった」というのである。

この最後の部分は、言い換えれば、「日下」と「帯字」は「本のまま」であり、[8]「音訓交用でも全訓でもない（つまり今はすたれてしまった）類の表記」であり「もとのままにしていっさい書き改めなかった」部分なのである。[9] すなわち「日下」と「帯」は、そのままで天皇版の中華観を叙述可能な書記言語であると序文は明確に示している可能性が

あるのである。この二語の性質が分析できれば、「帝国の言語」をめぐる序文の思考があるいは見えてくるだろうか。まずは手がかりとなるこの二語から始めたい。

「姓」における「日下」は本のまま、というので、『古事記』本文における「日下」の用例を見る。

①「神武記」於今者云日下之蓼津也（**地名**）
②「開化記」次沙本毘古王者（**日下部連**…之祖）（**《姓》分注**）
③「仁徳記」大日下王（「安康記」若日下王大日下王）（**名**）
④「仁徳記」次波多毘能若郎女、亦名長日比賣命、亦名若日下部命（**名**）
⑤「雄略記」若日下王（**名**）
⑥「雄略記」日下之直越道（**地名**）
⑦「雄略記」久佐加弁能（**歌・地名**）
⑧「雄略記」久佐迦延能（**歌・地名**）

全用例のうち「姓」は一例のみで、かつ「日下部」である（他は地名あるいは皇子の「名」である）。すなわち序文が「たとえば」で掲出した「日下」姓は、本文では一例も登場しないのである（日下部が姓であり対句を作るために「部」を省略したという観点も可能だが、それならば大系頭注が列挙しているような春日や雀部でもよかったはず）。「日下」に関して、序文と本文は寄り添っていない。すなわち、ここでは序文は本文の内容を要約しているわけではなく、「日下」であることが重要であるために「日下」を掲出しているのであって、二字姓であれば何でもよかったなどという観点が入り込める余地はないのである。

『古事記』序文が本文を引き合いに出す時、本文に忠実に寄り添っていることは、既に指摘がある。[10] 序文は本文の内容を逐一要約して句を作り上げているのだ。にもかかわらず、当該部分だけは、対応していないのである。すなわち当該部分は本文の用例から凡例を述べた部分ではないのである。本文に不在の言葉を「たとえば」として使用するのである。とはいえ、では「日下」とは何であるのかという問いには、実際に「分注」とはいえ、一例は「日下部」があるので、「日下」はやはり臣下の「姓」である、とここでは捉えておこう。これに対して、「帯」のほうはどうだろうか。

①「孝昭記」（皇子）天押帯日子命。「孝昭記」（**天皇**）大倭帯日子国押人命《孝安》。
②「孝安記」（**天皇**）大倭帯日子国押人命《孝安》。
③「垂仁記」（**天皇**）大帯日子淤斯呂和気命《**景行**》。
④「垂仁記」（皇子）沼帯別命。
⑤「垂仁記」（皇子）伊賀帯日子命。
⑥「垂仁記」（皇子）五十日帯日子王。
⑦「景行記」（**天皇**）大帯日子天皇《**景行**》。
⑧「景行記」（**天皇**）若帯日子命《**成務**》。
⑨「景行記」（**天皇**）帯中津日子命《**仲哀**》。
⑩「仲哀記」（**天皇**）帯中津日子天皇《**仲哀**》。
⑪「仲哀記」（**大后**）息長帯比売命。
⑫「雄略記」（皇女）若帯比売命。

このように、「帯」は「名」としては「天皇」あるいは「皇子」の名としてある。これは臣下の「姓」の「日下」

とは一線を画していると言えるのである。[11]

この両者の不均衡な関係を検討してみよう。序文は周知の通り、全体として稠密な対句構成を果たしている。[12]「於姓○○、謂△△△、於名●●、謂▲▲▲」として、両句は対になっている。対句になるということは、対応する部分が同属性であり等価値ということである。たとえば序文冒頭の「乾坤初分」「陰陽斯開」などは、「陽＝乾」「陰＝坤」として左右対称に作ってある。対句として並列することが可能であるということは、同じ属性かつ等価値であることを示すことにもなる。つまり当該部分の「日下」と「帯字」部分は同属性・等価値で、左右対称が図られていることになる。

しかし実際は、一臣下の「姓」と天皇の「名」であり、不均衡の関係になっている。一方は本文にあり、他方は本文にほとんど見られない。これを対句の不成立、あるいは稚拙・暗愚と一蹴してしまう前に、もしも対句として見ることができるならば、どのようにして対句たりえているのか、これを検証する必要があろう。「日下」「帯字」を検討するのであれば、その二語が含まれている対句関係をみる必要がある。

3、漢語「天下」と同義語の

「日下」と「帯字」は対句たり得ているのであろうか。一方は本文に多く例があり、他方は一例のみである。この点からしても、対になりえていない可能性が高い。あるいは、「日下」は本文にあるような、一臣下の姓ではない可能性があるのではないだろうか。むろん、「日下部」として一例を数えるため、臣下の姓であることは確かなので、より正確には、臣下の姓という一義的な語としてのみあるわけではないのではなかろうか、ということである。ここは本文中の用例をもって凡例としているのではなく、何か別の意味が「日下」という二字にはあるのではないかという視点が必要だろう。

本文中の用例以外の意味があるとするならば、まずは序文全体を構成する古典中国語文として意味―漢語的意味―を見てみたい。というのは序文は全体として稠密な対句表現―漢語の修辞表現―によって構成されているためである。その対句は漢籍に出典を持つ。漢籍に出典がある語として「日下」の漢語的意味を確認しておくことは、対句表現の検討するにさしあたって必要なことだと考えられる。

『芸文類聚』巻五十五・雑文部・「読書」項には、

東観漢記曰、章帝詔二黄香一、令レ詣二閣東観一。読所未二嘗見一書。謂二諸生一曰、此**日下無双**、江夏黄童也。

とあり、漢語「日下」は漢語「天下」と同義語であることが理解される。この結果を素直に序文に投下すると「天下」という意味の「姓」ということになる。その前に「日下＝天下」という漢語的な文脈で当該部分を読解していいのか、これを確認しておこう。

序文において特に「天下」のような中国の中華観を示す部分を総覧すると、やはり『全注釈』が指摘しているように、稠密な対句構成になっている。

たとえば「所以称**賢后**、於今伝**聖帝**」は、語意が『毛詩』巻二十・「商頌」・玄鳥・「商之先后」鄭箋「箋云、**后君也**。商之先君受二天命一」となり、[13]「賢后」は特定の人物ではなく、優れた君主を指す。

同時に聖帝の方は「帝王」に関する総合的な記述を集めた『芸文類聚』巻十一・帝王部・「総載帝王」に、「管子曰、**黄帝**立二明堂之議一、上観二於賢一也。堯有二衢室之問一、下聴二於民一也。舜有二告善之旌一、而主不レ蔽也。**禹**立二諫鼓於朝一、而備レ訊也。**湯**有二総街之廷一、観二民非一也。武王有二霊台之宮一、賢者進也。此古**聖帝**・明王、所三以有而勿レ失、得而勿レ止也」(「孝徳紀」にも引かれる)といい、黄帝・禹王・湯王・武王等が「聖帝」とされる。これは序文において後出する「軒后・周王」「文命・天乙」のことでもあり、ともに「聖帝」として同属性・等価値ゆえに対句たりえているのである。

あるいは「放牛息馬、愷悌帰於華夏、巻旌戢戈、儛詠停於都邑」なども、「華夏」と「都邑」として、世界の中心である中華と、さらに中華の中心である都として、対応していることがわかる。

「名高文命、徳冠天乙」では、それぞれ夏と殷の名王を並べている。紙幅の都合上、全ての検証はできないが、序文は漢語による稠密な対句構成を達成していることが確認できればよい。

ここまで序文は稠密な漢語的修辞技法—対句表現—によって文章を構成してきた。その全体性の中に「日下」はある。このことは「日下」という語句には「天下」という同義性が—漢語の持つ実意が—排除できない状態になっていると言えよう。『古事記』序文を冒頭から読み進めてきた場合、それが古典中国語文によって典拠表現と対句を駆使しながら書き進められていることを理解しよう。ならば、当時の読み方は、出典を探しつつ、その出典の元の文脈を想起しつつ読み進めるということになろう。すなわち、典拠表現と対句を駆使する正格漢文として、出典を勘案しつつ読み進めている途中に、「日下」という語句が登場するということになる。この時点で、「日下」が絶対に倭語でしかないという断定は不可能に近い。もちろん、下に続く「訓クサカ」の存在が、「日下」を倭語として在らしめている。しかしそれは、いわば事後的に「日下」が「クサカ」という倭語であると理解すると捉えねばならない。序文において「日下」が現れた時点では、漢語的な意味として捉え、ついで直下の訓「クサカ」と出会うのである。臣下の姓「クサカ=倭語」と理解した後でも、当初想起した「日下=天下」の読みが消え去るわけでもなく、後に残ろう。すなわち、序文における「日下」は、いわば意味をどちらか一方に断定することのできない決定不可能性として現象していると言わねばならないであろう。「天下」と臣下姓「クサカ」の意味の二重性である。

こう考えてくると、「帯字」の意味も見えてくるだろう。漢語「帯」では衣装の類という以上の意味はない。しかし「訓タラシ」を持つことで、天皇の名という意味になる。しかも「東国」を制覇し（景行）、国境を制定し（成務）、新羅百済を従える（仲哀・神功）という、『古事記』における観念上の「帝国の版図＝天下」を完成した天皇の名なのである。この「日下」と「帯字」の二語は、それぞれが二重の意味を持つ語句なのである。

すると、以下のように考えることができよう。「天下」という実意をもつ「日下」と、観念上の天下を決定した「天皇」が、「天下＝天皇」というレベルにおいて、対句たり得ていると考えることができる、ということである。

①一臣下の「姓」と天皇の「名」… 対句不成立

於姓 日下 、謂玖沙訶（和訓）、 → 倭語「クサカ」の義は「臣下姓」

＝　≠　＝

於名 帯字 、謂多羅斯（和訓）、 → 倭語「タラシ」の義は「天皇名」

⇩ 臣下と天皇は非等価値

②漢語「日下」と漢語「帯字」… 対句不成立

於姓 日下 、謂玖沙訶（和訓）、 → 漢語「日下」の義は「天下」

＝　≠　＝

於名 帯字 、謂多羅斯（和訓）、 → 漢語「帯字」の義は「衣装」

⇩ 天下と衣装は非等価値

③漢語「日下」と倭語「帯字」… 対句成立

於姓 日下 、謂玖沙訶（和訓）、 → 漢語「日　下」の義は「天下」

＝　＝　＝　＝

於名 帯字 、謂多羅斯（和訓）、 → 倭語「タラシ」の義は「天皇名」

すなわち当該部分が対句たり得ているとするならば、「天皇」と「天下」が等価値であるということになるだろう。当該部分は対句を作ることによってそれを認めていると。そして、「天下」を治める「天皇」は、互いに同属性・等価値となり、対句として成立しているのである。まさに「天皇」の「天下」を語る『古事記』にふさわしい対句構成になっているのである。

臣下の「姓」でありつつ、同時に「天下」の義をもつ字句「日下」こそ、たとえ本文に例が少なくとも、序文の述べようとする『古事記』の言語観においては、必要不可欠の字句だったのである。そしてこのことは、『古事記』の「帝国の言語」観においては、元のまま改めずとも、それが「帝国の言語」であることを示すという。そこには、東アジアの普遍言語である漢語と、一地域言語でしかない倭語との、対称化への主張が込められていよう。というのは、「日下＝天下」と「帯字＝天皇」が対句として等価値化されたとき、「帝国の言語」も対称化されるのである。次に述べよう。

4、訓読という回路を通して

「天下＝天皇」という観念が対句として構成され、かつそれが『古事記』を叙述する書記言語として明確に位置づけられていることを見てきた。そこで本章の目的である「帝国の言語」としての『古事記』の書記言語を抽出するという企図に即して考えよう。

まずは「日下」と「帯字」が対句になり得ている理由は、序文全体が対句構成であるという大きな形式の他に、両者が訓読の対象であるという文脈にあることも重要である。両者は「すでにすたれてしまった上古のことば」であり、ともに「クサカ・タラシ」という「訓」を持つ語なのである。この「訓」を持つ、ということが、両者が対句関係にあることを形の上でも保証しているのである。

その「訓」によれば、「天下＝日下」は「クサカ」という倭語で読めるのだ、ということが示されている。徹底的な漢語的修辞技法で序文を構成することによって、「日下＝天下」という大きな形式を用意し、同時に「日下」は「クサカ」という倭語でもある、と確認しているのが当該部分なのである。

この「天下＝日下＝クサカ」という認識を可能にしつつ、それと「天皇」が等価値であるとすることで、ここには漢語と倭語をめぐるひとつの思考があることが見えてくるのではないだろうか。

④日下という「漢語」と帯字という「倭語」… 対句成立

於姓　漢語（日下）、謂玖沙訶（和訓）、　↓　漢語　↓「訓」をもつ

＝　＝　＝　＝

於名　倭語（帯字）、謂多羅斯（和訓）、　↓　倭語　↓「訓」をもつ

すなわち漢語の実意で読めてしまう「日下」を、「訓」という回路を通すことで、倭語「クサカ」とした。実際に伝承されてきたか否かを問題としているのではない。序文の対句構成は「日下」に二重の意味を与えていることを考えているのである。次いで「帯」は「訓タラシ」であるとする。「訓タラシ」は「天皇名」である。一方が「天皇名」として在ることで、「訓クサカ」たる「日下」は天皇と同属性・等価値たる「天下」の意味に決定していく。すなわち「訓」という通路を経ることで——いわば「訓」を媒介とすることで——、「日下」と「帯字」を「天下＝天皇」としているのである。

このことを言い換えると、日下という「漢語」と、タラシという「倭語」が対句として成立させられていることに

なる。両者が「訓」という媒介を通せば「等価値」であることを示すのである。これは、後述するように『隋書』を叙述できるような「帝国の言語」たる「漢語」と、一地域国家の言語「倭語」は、等しく「帝国の言語」であることを示すことになろう。序文が、本来漢籍の序文の例では不必要とされた、叙述方針を語るかのような当該部分には、『古事記』が使用する書記言語は、漢語と等しい「帝国の言語」であることが主張されていたのであった。

しかも対句文全体は、「日下」も「帯字」も、双方「訓」をもつ、という意味を示している。それは、「漢語」も「倭語」も、「訓」があるからこそ「対句」たりうる、という主張でもある。そこには、あるいは、「訓」をもつ「倭語」のほうが上位である、という思考があるかもしれない。「訓」さえあれば、どのような地域国家の言語も書記できるのである―中国のことさえも、である。そうであるならば、「訓」をもたない「漢語」は、欠損状態にあると『古事記』序文は考えているのかもしれない。

本来、漢語であるならば倭語ではない、倭語であるならば漢語ではない、といったような二項対立的思考によって序文は読まれてきた。漢語という「借り物」によって苦心して書かれたという言い方には既に主客二分論が現れているといえるだろう。

しかし序文は「対句」という機能を通して「漢語＝倭語」という思考を展開している。自国の書記言語と他国の書記言語をイコールで結びつけてしまうのだ。これは、言い換えれば、「我＝彼」あるいは「主＝客」という等価値化の思考を展開するものである。「わたしはあなたであなたはわたし」・「わたしは熊で、熊はわたし」というような非論理的な飛躍的思考は、「神話」に特徴的に見ることのできる思考方法である「神話的思考」と呼んで差し支えないと思う。(14) すなわち相矛盾する二項目を、媒介を通すことで同一のものとして理解してしまうという思考方法である。

そうまで言わなくとも、倭語と漢語という異言語を一括して書記することが可能なのが「訓」である、とは言えるだろう。「訓」という水準に立てば倭語も漢語も同じなのである。漢語と倭語をつなげた「訓」は、倭国と中国という異言語・文化を包摂する枠としての「帝国の言語」としてある。すなわち中国のことも倭国のことも、「訓」という「帝国の言語」によりさえすれば叙述可能なのである。漢語でも書けることは倭語でも書けるのだ――「訓」さえ通せば――という理解が、『古事記』序文の「帝国の言語」をめぐる思考なのである。

言うまでもないが、この思考は漢文の存在に全面的に依拠している。漢文という書記言語がなければ出現し得ない思考なのである。この意味では、中国に全面的に寄りかかった思考であり「帝国」であることは間違いない。中国が「訓」を書記言語とする可能性はない。それでも多言語・文化を包摂する枠・形式たる「帝国の言語」としては可能であるということである。

中国では封禅の儀――天地の神を祀る――さえ挙行すれば、どのような民族であっても皇帝になることができ、そこに「神話」は必要なかった。これに対し序文は「訓」という「帝国の言語」をめぐる思考そのものに神話的なものがある。『古事記』の「神話」といったとき、たちどころにその内容を指してきたが、その内容を書記する言語にも「神話的なもの」があることを合わせて考えたい。『古事記』の内容が「神話」を語ることによって天皇の天下たることは天地開闢の時から決定されていたことを明言していることと、それを書記する言語の性質とは、不可分の関係にあるのではないかということである。伝承の中に保存された「神話的なもの」とほぼ同質のものが、漢語で書く書き手自身の中にも――潤色とされてきた漢語表現の向こう側にも――保存されていることが見出せるのである。

おわりに

以上ここまで序文の「帝国の言語」をめぐる思考を見てきた。序文の「帝国の言語」は全面的に中国に依拠している。対句構成のもとにあった「日下帯」という例示的人物にもそのことが言えるかもしれない。ちょうど「姓稗田、名阿礼」という対句が「稗田阿礼」という一人物を指すように、対句たる「姓於日下、名於帯字」は「日下帯」という一人物を創出し、全体の対句構成による「日下＝天下」の意味保証を負い、「天下帯」という例示的人物の名を作り上げているのである。というのは「天下・帯」なるところの人物は「訓」を通せば「アメノシタ・タラシ（ヒコ・ヒメ）」となる。意訳すればこれは『隋書』「倭国伝」の「倭王姓阿毎、字多利思比孤」と通じる人物となる。「姓」をもつ「天皇」という例示的人物が序文に挙げられていることは疑問だが、「天下」も「天皇」も倭国の独創・創造ではないとすれば、例示的人物にも典拠があると考えて差し支えないだろう。中国に全面的に依拠していると述べたが、典拠を踏まえるという漢文の修辞的技巧が当時の常識であったことを考えれば、独自性がないことを指摘しても意味がないだろう。

注

（1）本章は二〇〇八年八月二〇日に行われた古代文学会夏期セミナー連続シンポジウム「神話を考える」第七回「帝国と神話」での口頭発表を現段階において論文化したものである。パネリストは大胡太郎氏と筆者。
（2）神野志隆光『複数の「古代」』（二〇〇七年十月 講談社）。
（3）倉野憲司『古事記全註釈 第一巻 序文篇』（一九七三年 三省堂）。
（4）岡部隆志「迷走する『古事記』」（『日本文学』Vol. 47 No. 4 一九九八年四月）。
（5）亀井孝「古事記は よめるか」（『古事記大成 言語文字篇』一九五七年十二月 平凡社。後に『亀井孝論文集 四』（一九八五年十月 吉川弘文館）に収録）。
（6）前掲注（4）岡部論文。

（7）西條勉『古事記の文字法』（一九九八年六月　笠間書院）。
（8）前掲注（5）亀井論文。
（9）前掲注（7）西條論文。
（10）『古事記全註釈』の指摘。
（11）神名として神代記に一例。一字一音で多良斯とあり、題注で帯の字に書く。序文が「帯」字をタラシと訓読するような例は不改とするが、題注において施注者がもとの神名三文字表記を一文字の「帯」の字に改めている部分。本のまま改めずという序文と、やはり乖離している。本文を用例とした凡例以上の意味が当該部分にあると推察される由縁である。
（12）『古事記全註釈』の指摘。
（13）北京大学整理本に拠る。出典の詳細は『古事記全註釈』を参照した。
（14）中沢新一『対称性人類学』（二〇〇四年二月　講談社）。
＊『芸文類聚』・『隋書』のテキストは中華書局本に拠る。旧字は新字に改めた。

2 イスケヨリヒメの聖性
――「矢」字の、八世紀的な意義から ――

はじめに

『古事記』「神武記」には、イスケヨリヒメの出自を語る、いわゆる「丹塗矢伝承」が記載される。これは、大物主神が「矢」に化して、セヤダタラヒメの「ホト」を突いた結果、「神の御子」たるイスケヨリヒメが生まれたとするものである(以下、「当該伝承」と呼ぶ)。このイスケヨリヒメこそ、初代天皇である神武の「大后」として選ばれた女性である。すなわち、当該伝承はその神聖な出自を説明するものとして、『古事記』の中に位置し、機能するものである。(1)

しかし、全体として神聖な出自を語るはずのものでありながら、当該伝承は、「大便をしたりホトを突いたりするなど、異様な内容が書かれている」のである。(2) これこそが従来研究が向き合ってきた問題であった。従来研究とは、この異様さをめぐる議論であったとも言い換えることができよう。なかでも、当該伝承の異様さの端緒でもある、「神」が「矢」に化すという不思議についての議論は、そのまま当該伝承の研究の歴史そのものでもあった。すなわち、「矢」のもつ象徴的な意味の精査の歴史である。

そのような研究史の中では、「矢」は神話に多く見られる「象徴《シンボル》」であると理解されてきた。当該伝承における「矢」は、「雷神」や「男性器」の象徴として把握されてきた。すなわち、「雷神」が寄り来たり、雷神の「男性器」と巫女の「ホト」とが交接する「神婚伝承」として読解してきたのであった。この読解をもって現在の通説と認めることもできる(3)。

一方で、従来研究は、「矢」を「武具」・「狩猟具」としての「arrow」として信じて疑うことはなかったのではあるまいか。むろん即物的な意味での「矢」とは、「arrow」であることは確かなのだが、他方で「矢」という漢字が示す意味・内実のそれは、後述するように、決して「arrow」だけに限定されるものではない。一般常識的には、「矢＝arrow」ではあっても、『古事記』編纂の八世紀における漢籍訓詁学を踏まえた上で、同じことが精査されてきたであろうか。否、そのような研究史を見てとることはできないのである。すなわち、従来研究の理解は、そもそも「矢」というものが、象徴化以前にもっていた本来の「矢」—即物的な意味での「矢」の「字義」—の意味を、近現代的な一般常識に依存してきた歴史でもあるのだ。漢籍の訓詁が、「矢」字の意味を「arrow」以外のものも含めて提示していることが確認されたとき、従来説の一部は更新されることになろう。そのような危機をはらんだ通説を、このまま支持し続けることはできないのである。

本章は、『古事記』成立の八世紀における「矢」字の訓詁を確認しようと試みるものである。迂遠なようであるが、現代の知識体系とは異なる八世紀という時代における「矢」字の訓詁学的知識、漢字テキストとしての『古事記』という把握(4)、そして「大后」の出自という特殊な文脈を踏まえた議論こそが、本章の目的である。そこで拓かれる「矢」字の八世紀的意味は、おそらく「異様な内容」と文脈的に整合していくはずである。

1、「矢」の象徴性を論じた先行研究の整理

まずは当該部分の本文を掲載しよう。(5)

然《しかあれ》ども、更に大后《おほきさき》と為《せ》む美人《をとめ》を求めたまひし時に、大久米命《おほくめのみこと》が白《まを》ししく、「此間《ここ》に媛女《をとめ》有り。是《これ》、神の御子と謂《い》ふ。其の、神の御子と謂ふ所以《ゆゑ》は、三島《みしま》の湟咋《みぞくひ》が女《むすめ》、名は勢夜陀多良比売《せやだたらひめ》、其の容姿《かたち》麗美《うるは》しきが故に、美《み》和《わ》の大物主神《おほものぬしのかみ》、見感《みめ》でて、其の美人の**大便《くそま》らむ**と為《せ》し時に、**丹塗矢《にぬりや》に化《な》りて**、其の**大便らむ**と為し溝《みぞ》より流れ下りて、其の美人の**ほとを突きき**（注略）。爾《しか》くして、其の美人、驚きて、立ち走りいすすきき（注略）。乃《すなは》ち、其の矢を将《も》ち来《き》て、床《とこ》の辺《へ》に置けば、忽《たちま》ちに麗《うるは》しき壮夫《をとこ》に成りぬ。即ち其の美人を娶《めと》りて、生みたまひし子の名は、富登多多良伊須須岐比売命《ほとたたらいすすきひめのみこと》と謂《い》ふ。亦の名は、比売多多良伊須気余理比売《ひめたたらいすけよりひめ》と謂ふ。（是は、其のほとと云ふ事を悪《にく》みて、後に改めし名ぞ。）故《かれ》、是を以ちて神の御子と謂ふぞ」とまをしき。

神武天皇が皇后を選定した際、大久米命が「神の御子」の存在と、その由縁を奏上したものである。大意としては、大物主神が「丹塗矢」に化し、セヤダタラヒメが「大便」をしようとした時に、その矢が彼女の「ホト」を突いた。彼女は矢を持ち帰り、その矢が化した男と結ばれた結果、神の子であるイスケヨリヒメが誕生したとするものである。

従来は、なぜ大物主神が「矢」に変じたのか、そしてなぜ「矢」でホトを突くのか、という不可思議に対して、多くの解釈が蓄積されてきた。これまでの「矢」についての解釈の研究史を整理すると、大きく「雷神の象徴」「男性器の象徴」という理解が共通していよう。(6) 従って、「赤く塗った矢。ただ、そういう矢が現存したということではない。丹塗矢は処女のもとに寄りつく男神を示す神話的象徴に他ならぬ。（中略）丹塗矢は時にワニであり蛇であり、あるいは閃く雷電であり、また男根でもありえた。ここに働くことばの自由さと象徴性のゆたかさを見逃したくない」(7)

という総合を、現在の通説と見なして大過なかろう。このようにして、なぜ神が矢に化すのかという問題に対して、丹塗矢はただの矢ではなく特別な矢、すなわち矢は神話的なイメージでは雷電や男根を象徴するものであり、このような、イメージを駆使した象徴化が、神話では容易に行われるものであるとされるのである。すなわち、この「雷神(=矢)」を表す神の「男性器(=矢)」が「ホト」に刺さったことをもって、神との婚姻であることが明かされる内容となっている、という読解が果たされてきたのである。

しかし、従来論は象徴性を論じることにあまりに急で、即物的な「矢」のもつ意味をほとんど論じてこなかったのではないか。というのは、確かに「矢」は一般的には「武具」「狩猟具」という即物的な意味をもつが、『古事記』において「矢」が使われる用例を見てみると、人名を除いて、ほぼすべてが「戦闘」や「武装」といった文脈の中で使用されていることがわかる。『古事記』における「矢」字の用例は全部で五十二例である。今、整理すると以下の通りとなろう。

名	戦闘(闘争)	武装の表現(「弓矢」)	その他
6	37	7	2

対象の殺傷を目的とした「戦闘」や、「戦闘」を目的とした「武装」に関わる文脈において、「矢」字が使用されていることが圧倒的である。すなわち、『古事記』における「矢」の象徴化以前の即物的な意味は、「戦闘」や「武装」に対応する「武具」「狩猟具」としての「矢」というものが大多数なのである。先に、従来論は「常識的範疇」を出なかったと指摘したが、『古事記』のレベルでも、「武具」「狩猟具」の範疇で使用しており、『古事記』の用例に即した処理と言い換えることもできるかもしれない。とはいえ、その例外、すなわちここでの「その他」二例こそ、当該伝承における用例なのである。『古事記』というテキストにおいては、「戦闘」や「武装」といった文脈をもたない当

該伝承のなかで「矢」が使用されることは、ある意味で唐突であり、破格であると言えよう。すなわち、ここでの「矢」の意味は、当該伝承の文脈の固有性に依拠している可能性があるのである。そのような特殊な文脈に置かれている「矢」字を、『古事記』の他の「矢」の用例と等し並みに見なすことは、適切ではないと言えよう。

一度、当該伝承における「矢」字の象徴化以前の意味を再確認する必要があるのではないだろうか。しかもそれは、今日の常識からではなく、八世紀の時代的制約のなかで果たされなければならない。まずは八世紀の漢籍訓詁学から参照しよう。しかし、その前に、先に「特殊な文脈」と述べたが、その文脈について触れておく必要がある。「異様な内容」と判断されがちな、当該伝承の文脈である。

2、「矢」が置かれている文脈の検討

『古事記』において「矢」字が使用される場合、たいていは戦闘・武装の場面であり、このことが「矢」字を「武具」「狩猟具」の意味に規定していくのである。しかし当該伝承においては、「武具」「狩猟具」という理解を支える「戦闘」「狩猟」といった文脈は、まったくないのである。

当該伝承における前後の文脈は、セヤダタラヒメが「大便」をしようとしているとき、大物主神が「溝」を伝って寄り来たっている、というものである。この文脈に戦闘・武装の意味を見ることは不可能であろう。[8]

意外なことだが、従来は「矢」の象徴性と「大便」の関連性が、ほとんど論じられてこなかった。すなわち、「矢」が置かれている文脈との関連性がほとんど検討されてこなかったのである。わずかにこの排便の場所である「厠」が特別な場所、すなわち「神婚」が行われる場所であると指摘されてきたに過ぎない。まず先行研究を参照しておこう。

為大便之溝流下、此ノ七字を訶波夜能斯多《カハヤノシタ》と訓べし、古ヘ厠《カハヤ》は、溝流《ミゾ》の上《ウヘ》に造リて、まりたる屎《クソ》は、やがて其水

に流失《ナガレウス》る如く構《カマヘ》たる…　　　　　　　　　　　　　（『古事記伝』[9]）

まず本居宣長によって、当該伝承の場面は「厠」であることが示された。当該伝承には「厠」であることは明示されていないが、古代の「厠」は「川屋」である実態的な構造が示され、固定されたのである。すなわち、『古事記全註釈』が「溝は、厠（川屋）である」などとして継承していることが、それを示していよう。[10]

ここで見逃せないのは、当該伝承には「大便」とは表記されても、「厠」とは表記されていないという事実が、『古事記伝』以降、「大便」が無視されて「厠」が焦点化してきてしまう、その研究傾向である。そしてその「厠」という理解から、「川は祖霊の去来する、霊界から福徳が寄りつくところとも考えられ」、結果、厠は「神霊の去来する」場所という見解が導かれるのである。[11] あるいは「神婚の方便の場」として、「厠」で「神婚」が行われることが指摘されてきたのである。[12]

これは、当該伝承が「神婚」を起源とする神聖な氏族始祖神話の典型として読解されてきたこととも関連しよう。すなわち「雷神の象徴」「男性器の象徴」たる「矢」が寄り来たり、「厠（川屋）」に籠る「巫女」を訪れるという文脈は、川辺（水辺）で神の来臨を待つ「水の女」の思考を踏まえているのである。[13] このようにして、従来論は展開を遂げてきたのである。

しかし従来論では、どうして「大便」であったのかを説明することができない。なぜ川屋に「籠る」行為を、敢えて「大便」と表記したのかという理由である。少なくとも、当該伝承の内部においては、「厠」を明示していないのである。明示しているのは、婉曲表現などを使用しない、直接的な「大便」という指定であり、さらにそれを重複させる表現行為である。あたかも「大便」を強く印象づけるかのような叙述なのである。逆に言えば、「大便」という表現でなければ、当該伝承はうまく機能しないということなのである。

「大便」――――?――――→神婚伝承
↓
溝＝川→川屋＝厠→水の女→神婚伝承

しかし、従来研究は右図のように「厠」を経由して、間接的に当該伝承が神婚伝承であることを説明してきたわけである。しかし、これではなぜ「大便」という表現をとったのか、この問いには、直接的には誰も答えられないのである。当該伝承が敢えて「大便」とする、それを重ねる、この在りようが読み解けなければ、文脈との関連性が検討されたとは言い難くなるのではないだろうか。

さらにこの当該伝承は、初代天皇の神武の「大后」の出自を語る伝承でもある。この「大后」の出自が、「大便」とともに語られているのである。初代天皇の神武が、以後の天皇にとっても重要な存在であったように、神武の「大后」であるイスケヨリヒメもまた、以後の皇后にとって重要な意味をもった女性であったはずである。この女性の出自が「大便」とともに語られるのである。

しかもこのイスケヨリヒメは、後に神八井耳命を生む、その母親でもある。この神八井耳命は、いうまでもなく、『古事記』編纂者の太朝臣安万侶の氏族、意富臣の祖先である。『古事記』編纂者の「始祖伝承」でもある当該伝承が、「大便」とともに語られていることの、積極的な意味が問われるのである。すなわち「厠」に転じられて間接的に論じられてきた「大便」の意味が、もっと考えられてもよかったのではないだろうか。

いずれにしても、当該伝承の文脈に即して読めば、そこに戦闘・武装の流れを見出すことはできないのである。そこにあるのは「大便」をしようとする女性がいて、そのホトを突くべく寄り来たる神がいる、という点だけなのである。

では、八世紀段階における、「矢」字のもつ訓詁について確認していこう。それは八世紀において、その当時の読者が当該伝承を「どのように読んだ」かの問題、すなわち八世紀時点の教養基盤の問題として展開していくものである。それはおそらく、「大便」という文脈に即した意味を抱えているはずだ。

3、「矢」字のもつ意味 ― 漢籍の用例から ―

八世紀に生きて、神話を叙述した人々は、実際に神話が語られる世界の住人であったと同時に、漢籍の知識を豊富に持つ人々であった。彼らは生まれたときには周囲には漢籍しかなく、漢籍によって文字と言葉、そして世界の成り立ちとその真理を学んできたのである。そのような彼らが、「矢」という字を見たときに想起するイメージ、あるいは「矢」という字を使用して神話を叙述するときに、読者に期待するイメージ、これらは漢籍の知識と不可分であったはずである。それは『古事記』が漢字テキストとしてあることと、不可分の問題でもあろう。

まずは当時の官人たちであれば、おそらく目にしていたであろう『春秋左氏伝』文公十八年六月「伝」の以下の記述を参照しよう。[14]

文公二妃。敬嬴生二宣公一。敬嬴嬖、而私事二襄仲一。宣公長、而属二諸襄仲一。襄仲欲レ立レ之、叔仲不レ可（叔仲恵伯）。仲見二于斉侯一而請レ之。斉侯新立而欲レ親レ魯、許レ之。冬、十月、仲殺レ悪及レ視、而立二宣公一（悪、大子。視、其母弟。殺レ視不レ書、賤レ之）。書曰二子卒一、諱レ之也。仲以二君命一召二恵伯一（詐以二子悪命一）。其宰公冉務人止レ之、曰、入必死。叔仲曰、死二君命一可也。公冉務人曰、若君命、可レ死、非二君命一、何聴。弗レ聴、乃入、**殺而埋二之馬矢之中一**（恵伯死不レ書者、史畏二襄仲一、不三敢書二殺二恵伯一）。公冉務人奉二其帑一以奔レ蔡、既而復二叔仲氏一（不レ絶二其後一）。

（括弧内杜預注）

ここは、文公の二妃であり、後の宣公の母である「敬嬴」という妃が、密かに悪臣襄仲と通じており、襄仲は妃の子であり本来は継承権のない宣公を跡継ぎにしようと画策する場面である。襄仲は大国斉国の後見を勝ち取り、ライバルの太子「悪」と「視」を殺し、遂に宣公を位につけたのである。

ただ一人、恵伯だけが、この悪事に反対していた。襄仲は恵伯を排除すべく、君命を偽装して彼を召喚するのである。恵伯が君命に従って登城しようとしたところ、公冉務人が「行けば必ず処刑されるから、止めた方がいい」と忠告するも、恵伯は「君命が『死ね』であるなら結構だ」と聞く耳をもたず出かけて行き、処刑されるのである。襄仲は恵伯を殺し、その死体を「馬矢」の中に埋めたという。

ここで「馬矢」の「矢」が「武具」「狩猟具」を指していると見ることは不可能である。「馬の矢」とは何か。すなわち自分の悪事に反対していた人物を殺し、その死体を埋めるための「馬矢」とは何か、これは「武具」「狩猟具」以外の「矢」の意味が担わされている場面であるといえよう。

この「矢」の意味を理解することができるのは、『史記』巻八十一「廉頗伝」の以下の記事を合わせて参照した時である。[15]

廉頗居レ梁久レ之、魏不レ能二信用一、趙以数困二於秦兵一、趙王思三復得二廉頗一、廉頗亦思三復用二於趙一、趙王使三使者視二廉頗尚可一レ用否一。廉頗之仇郭開、多与二使者金一、令レ毀レ之。趙使者、既見二廉頗一、廉頗為レ之、一飯斗米・肉十斤、被レ甲上レ馬、以示二尚可一レ用、趙使還報レ王曰、廉将軍、雖レ老、尚善飯。然与レ臣坐、頃之、**三遺矢**矣（**索隠、謂二数起一レ便也。矢一作レ屎**）、趙王以為レ老、遂不レ召。

これは趙国の常勝将軍、廉頗の後年のエピソードである。度重なる秦国の侵略を、持ち前の武勇知謀で退け続けてきた常勝の廉頗も、後年は年老いて、しかも外国に寄留する身であった。どうにか趙国で再雇用されまいかと案じていたところ、ちょうど廉頗不在で秦国兵の蹂躙に頭を悩ませていた趙王から、再雇用の打診のため、使者がやってきた。廉頗は自らがまだ壮年で活躍可能であることを示さんがために、使者との会食において一斗米を平らげ、十斤の肉を食し、その上で鎧を着込んで馬に乗った。帰った使者が趙王に報告するに、「廉頗は年老いたといえども、いまだたくさんの食事を召し上がります（壮年のようです）。しかし私と会食した僅かの時間に、三度「矢」を遺しました」。そこで趙王は廉頗が年老いていることを知り、召喚することを諦めたというのである。

この「三遺矢」に対して、『古事記』より時代は降るが、『史記索隠』の司馬貞は「たびたび『便』に起つを謂ふ。矢は一に屎となす」と注する。すなわち「矢」とは「屎」のことなのである。すなわち、大食する廉頗であったが、使者との僅かな会食時間に、三度も「屎」に起った（あるいは失禁した）ことをもって、趙王は老衰と判断したのであった。この使者が事前に廉頗のライバルから賄賂を摑まされ、廉頗を悪く報告させたという文脈があるにしても、この「矢＝屎」という訓詁は揺るがないであろう。

このように、漢籍においては、「矢」は「屎」という意味をも持つ漢字なのである。先の『春秋左氏伝』では、恵伯を殺して「馬糞」の肥だめの中に埋めたのであり、そのようにして自分の悪事に反対する恵伯の死を辱めているのである。

同じことは、他の漢籍にも見える。例えば『荘子』晋・郭象注「内篇・人間世篇・第四」の以下の記事である。「蟷螂の斧」の故事成語で有名になる、その原点たる個所である。(16)

汝不レ知二夫螳螂一乎、怒二其臂一以当二車轍一。不レ知二其不一レ勝レ任也。是二其才之美一者也。戒レ之慎レ之、積二伐而美一者一以犯レ之、幾矣。汝不レ知二夫養レ虎者一乎、不下敢以二生物一与上之、為二其殺レ之之怒一也。不下敢以二全物一与上之、為二其決レ之之怒一也。時二其饑飽一、達二其怒心一、虎之与レ人異レ類、而媚二養レ己者一順也。故其殺者逆也。夫愛レ馬者、**以レ筐盛レ矢**、以レ蜄盛レ溺。（**矢・溺、至賤**、而以二宝器一盛レ之。愛馬之至也。矢或作レ屎、同。蜄、徐、市軫反。蛤類。）適

有二蚊䖟僕縁一、而拊レ之不レ時、則缺レ銜毀レ首碎レ胸、意有レ所レ至、而愛有レ所レ亡、可レ不レ慎邪。（括弧内郭象注）

ここは、『荘子』の「人間世篇」という、現世の身の処し方を論じた部分である。引用部分の前後の文脈は、魯国の賢人である顔闔が、衛国の凶暴無法な太子の家庭教師として政治の道理を説きに赴こうとしたとき、衛国の賢人である蘧伯玉に身の処し方を尋ねる場面である。そこで蘧伯玉がまず以下のように答える。すなわち、凶暴無法な人物に対して、賢人が正道を説くのは、自分の美点を利用して相手の汚点を暴き出すようなものであり、そのようなことをすれば処刑されてしまうだろう。つかず離れず、相手に合わせて振る舞うべきである。たとえどれほど相手を愛していようと、その愛が時宜に適っていなければ、殺されることもあるのだ、と。この寓意として、愛馬この上ない人物の譬喩を持ち出すのである。

ここでは、馬を愛する人は、竹で編んだ小箱で馬糞を受け、宝貝の小箱で馬の小便を受ける、それほど馬を愛していても、たまたま虻が馬の周りを飛んでいるのを打とうとしたとき、馬の心とタイミングが合っていないと馬が暴れ出して蹴り殺されることになる。すなわち馬に対する愛がどれほど深くとも、相手に合わせなければ、予想外の不幸を招くことがあるということを、衛国の凶暴無法な太子に正しい道理を示すことの譬喩として持ち出しているのである。真摯に正道を説いても、それが報われるかどうかは相手次第だ、ということである。

このような文脈のもとで、「以筐盛矢」はある。晋の郭象の注の「矢は屎となす」を持ち出すまでもない。「矢」は「賤しきことこの上ないもの」、すなわち「屎」の意味なのである。

以上ここまで、漢籍における「武具」「狩猟具」以外の「矢」字の訓詁を見てきた。ここでは「矢」＝「屎」という意味があったことが理解できたのである。当然、奈良時代の官人たちは、このような漢籍に習熟していたのである。

それでは、『古事記』「神武記」の当該伝承に戻ろう。川から溝を引いた当時の厠という場面において、「大便」という文脈が繰り返し示されている。その時、川上から「丹塗」りの「矢」、すなわち赤茶色い棒状のものが流れてくるのである。八世紀の神話叙述者・読者たちはこの「矢」という「漢字」から、何を想起したのであろうか。

4、最強の神を語る「神話」として

当該文脈をもう一度確認しておこう。

其の美人の大便らむと為し時に、丹塗矢に化りて、其の大便らむと為し…

「大便」が重ねられる当該伝承の文脈の中では、「矢」は「武具」「狩猟具」以外の意味を帯び始める。それは「屎」であった。これこそが、想起されたイメージの内実ではなかったか。八世紀の知的環境では、漢籍において「矢」＝「屎」は共同性を持っていたと見ていい。とするならば、『古事記』編述者もこの社会的共通理解を踏まえていたと考えるべきであり、意識的にそう書いたと考えざるを得ないのである。

一見、編纂者の下品な言葉遊びのように見えるこの「矢」の意味の多様性が、実は遊びなどというレベルではなく、真摯な神話叙述であることを指摘しておこう。すなわち、「矢」＝「屎」であるとすると、当該伝承はどのように読み替えられるのであろうかということである。これは大物主神という「神」が「屎」に姿を変えて、川上から流れ降ってきた意味を考えることになろう。

「厠＝川屋」の構造が端的に示すように、古代の共同体においては、「屎」は川の流れに従って外部に追い逐られていく、「穢れ」そのものであった。すなわち共同体は「屎」という「穢れ」を、川の流れに沿って共同体外へ排出するものだったのである。本来、身体から離れ落ちた「矢」という「穢れ」は、川の流れに沿って下流へと押し流されて行く—それは共同体から離れゆき、二度と戻らない—ものであった。イスケヨリヒメもまた、「大便」をしようと、すなわち「穢れ」を共同体外へ排出しようと、「川屋」に籠ったのである。

そこに「神」が訪れる。「神」という「聖なるもの」の究極たる存在が、「穢れ」の究極たる至賤の「屎」に化して、川上から共同体内へ侵入する。聖なるものの究極たる「神」から転じた「穢れ」の究極そのものが、川上から「川屋」を通して共同体内部に侵入してくるのである。

これは寄り来たる神の性質の、逆を行くものである。すなわち通常の寄り来たる神は、聖なるものの顕現として、川上から流れ降って来、共同体に訪れるのである。それゆえに、訪れた神と、水辺でそれを待ち受けていた巫女が婚姻し、氏族の始祖たる「神の子」が誕生するのである。このようにして、その氏族は自分たちが「神々の子孫」であることを確信していくのである。この語りの共同性こそが、始祖伝承の内実、そして構造であった。

この構造の中では、「穢れ」は共同体外に押しやられるものとして理解されている。このような構造が、逆に川上から「聖なるもの」が訪れるという構造と対応していくのである。しかし、当該伝承では、それが逆となり、「穢れ」が共同体外から訪れるのである。ここでは「あべこべ」、すなわち通常の摂理とは逆のことが起きているのである。

「屎」は身体から離れ落ち、二度と身体に戻らないものであった。ちょうど「矢（武具）」が手元を離れると、二度と戻らないようなものである。それゆえに、その摂理を反故にしてしまう「還矢」―『古事記』「アメワカヒコ神話」に登場する―は忌まれるのである。しかし、この「矢」が川上から寄り来たり、身体に戻るのである。しかも本来の帰属ではない「生殖器」に戻っていくのである。すべてが逆の流れであり、「あべこべ」になっている。

この「あべこべ」こそが、当該伝承の語る本質なのである。通常の、あるいは自然の摂理とは正反対の現象が起きている、これを語るのが当該伝承なのだ。

自然の摂理をねじ曲げるほどの「神威」を体現する神、これが大物主神なのである。あらゆる摂理を反故にし、

「あべこべ」を実現させる神、この強大な神が自らの始祖であると語るのが、当該伝承なのである。この「あべこべ」の世界では、通常の自然原理は通用しない。人々は、自らの拠って立つべき大地が、ぐらぐらと揺れ始めるがごときの「混乱」を感じたであろう。ここで現れた神は、世界を逆転させ、人々の存在基盤を危うくするほどの「力」をもつ神だったのである。

　これほどの神が「屎」という「穢れ」に化し、セヤダタラヒメのホトに立った。まったく「あべこべ」が実現している世界で、やがて彼女は子どもを生むのである。外部から運ばれてきた「穢れ」の究極たる「屎」によって生まれ、やがて共同体外へ排出され皇室へと入っていくのは、この「あべこべ」の世界にあっては、「聖なるもの」の究極であるはずだった。そして二度と戻らなかったのである。それは誰か、すなわちイスケヨリヒメであった。彼女こそが、初代天皇たる神武の「大后」に相応しい、もっとも「聖なる」存在、すなわち「神の御子」だったのである。

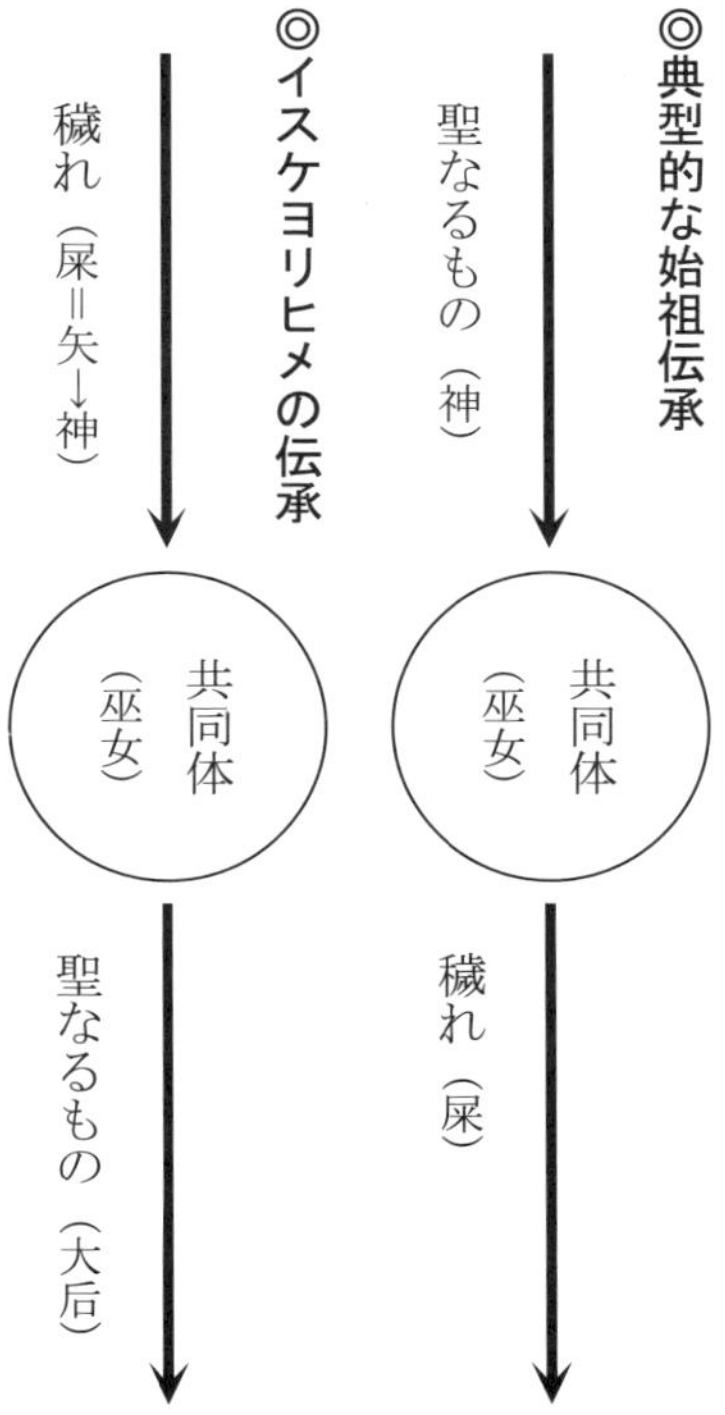

「大后」の出自は、通常の氏族の始祖伝承を超越していく存在でなければならなかったはずである。並の氏族の始

祖伝承ではない、より上位の始祖伝承として『古事記』に位置づけられているはずである。これこそが初代神武の「大后」の出自なのだと、『古事記』は特別なもの、すなわち他の氏族の始祖伝承が語る「神の子」よりもずっと上位の特別な存在としてそれを語るのである。

そしてこのイスケヨリヒメこそ、太安万侶の始祖であった。「大便」は憚るものであるどころか、自らの祖先がもっとも「聖なるもの」であったことの証明として、堂々と語られているのである。

一般的な始祖伝承の「型」ではない、より上位のステージを描こうとしたとき、『古事記』がその内側に取り込んだものは、漢籍の知識であった。「矢」というものに、漢籍の知識を滑り込ませた行為が──一般的な始祖語りの「型」に「大便」という語句を滑り込ませた行為が──、この当該伝承をして他の始祖語りの上位のステージを実現せしめているのである。漢籍の知識という、倭語で語られていた「神話」とは異質なものを取り込むことで、神話はより上位の世界を表現しているのである。

むろん、本章で論じてきた「矢＝屎」の多様性は、漢字の「仮借」という機能に他ならず、主眼はその音声を借りることにあり、実意は看過されるものである。しかし、一方で、八世紀にあっては、この「仮借」字が実意を想起させていた可能性は、かなり高いものがある。(17) 漢字の意味の多義性は、八世紀においてのみは、看過できないものがある。

おわりに

従来、「矢」の象徴的な意味が問われてきた。しかし八世紀の人々にとって、本当にそれだけが象徴の意味だったのであろうか。そうは思われない。

確かに神話を耳で聞き、それを神話として享受するとき、八世紀の人々が「言語以前」の感覚を享受していたことは疑いない。「矢」は「雷神」を感じさせたであろうし、「男性器」を想起させたであろう。しかしそれだけだったのであろうか、この疑問から本章は出発したのである。

「矢」というものを思い浮かべたとき、そのイメージは次々に展開し、連想を重ね、新たな意味を獲得していくだろう。それが「象徴」の効果である。このようにして、「言語以前」の世界は語り出されたのである。否、そうでしか「あの世」などの超越的な世界は語れなかったのである。「象徴」は、たとえば「矢」というものが持つ即物的かつ単一的なイメージを解体し、連想による多様な意味の広がりを期待して機能する「言語」である。その広がりは、いつか人をして超越的な世界に踏み込ませることになるだろう。

しかし、単一のイメージを解体して、多様な連想可能性を発揮する「象徴」の機能であるならば、「漢字」こそがその最たるものであったろう。そもそも「図画」から出発した、線形の「絵画」でもある漢字は、その多様な意味性ゆえ、意味の広がりを惹起する機能を保持しているのである。それは「音声」がもつ「意味の多様性」に匹敵する機能をもつのである。

神話が語られていた時代に、漢字が流入する。そのとき、神話を享受していた人々が、この漢字がもつ高度な「多様性の機能」を見逃したはずがなかった。そこには近代以降の人々が漢字に抱いた工業規格としての文字機能以外の意味が見出されていたはずである。神話を漢字で叙述しようとするとき、この漢字というものがもつ容易に象徴化する機能を遺憾なく発揮させていく、そのような八世紀の人々の神話的な思考力を見逃す手はない。

もちろん漢字に象徴性を見た八世紀的な思考自体は、口承されていた神話世界の蓄積に依拠していることはいうまでもない。ただそこには、口承されていた時代と同質の思考が見えているのである。後に「書かれた神話」が伝承されていく過程で消えていくものが、八世紀には見て取ることができるのである。本章が八世紀に絞った理由はそこである。確かにそこには「信仰」に裏打ちされた「神話」は存在しないだろう。そこだけが、口承されていた神話と決定的に異なる部分なのである。自らの始祖について語る聖なる伝承に「大便」の語句を付与したという、その一回起的な行為によってのみ生起する『古事記』特有の事象として把握するべきであることは、付け加えるまでもない。同じ事が他のテキストの伝承に当てはまるとは、全く思えないのである。

以上ここまで、『古事記』「神武記」について論じてきた。最後に、本章で論じてきたことが、単に「神武記」にだけ現れる特殊な記事というだけでなく、『古事記』全体を支えているひとつの構造を担っている可能性について指摘しておきたい。

というのは、同じように穢れたものが、今度は川を遡上して共同体内に侵入し、結果として神婚を語る話がもうひとつあるためである。いうまでもなく、スサノヲのヤマタノヲロチ神話である。『古事記』にはこのような神話の語り方を構造として反復する傾向があるのではないか。今後の課題である。

注

（1） 山﨑かおり「伊須気余理比売の誕生」（『日本文学』Vol. 62 No. 2 二〇一三年二月）は、「神武天皇の大后になった伊須気余理比売の誕生を語るという前提がある以上、この伝承はそれに相応しく高貴で神聖な女性の出生を説明するもののはずである」とする。当該伝承の専論として最新のものである。先行研究が詳細にまとめられており、本章は学ぶところが大きかった。ただし、当該伝承の背景に農耕儀礼の存在を見る点、本稿とは視点を異にする。

（2） 前掲注（1）山﨑論。

（3） 新編日本古典文学全集『古事記』（一九九四年四月～一九九八年六月 小学館）。

（4）神野志隆光『漢字テキストとしての古事記』（二〇〇七年二月　東京大学出版会）。
（5）テキストは西宮一民『古事記修訂版』（二〇〇六年三月　おうふう）に拠る。
（6）例えば、尾崎暢殃『古事記全講』（一九六六年四月　加藤中道館）は、「神霊の占有をあらわす斎串・憑代をあらわしたものとも、男性器の象徴とも、雷蛇神の表象ともいう」とし、日本思想大系『古事記』（一九八二年二月　岩波書店）頭注も、「雷神をあらわし、男性の象徴をも意味する」とする。
（7）西郷信綱『古事記注釈　第三巻』（一九八八年八月　平凡社）。
（8）ただし永藤靖「〈性〉と〈食〉の神話」（明治大学文学部紀要『文芸研究』第九十四号　二〇〇四年九月。後に『日本神話と風土記の時空』（二〇〇六年十一月　三弥井書店）に所収）のみ、神が巫女を「狩る」という神話的幻想から整合的に読解している。すなわち「狩猟」という文脈を提示し、矛盾のない立論を達成しているのである。ただし、その理解は神婚譚に対する一般論として有効な立論であり、『古事記』の作品的理解における「大后」出自の特殊性という理解に向かうことはなかったのである。
（9）本居宣長『古事記伝』（倉野憲司校注『古事記伝』（一）（一九四〇年八月　岩波書店））。
（10）倉野憲司『古事記全註釈』（一九七三年〜一九八〇年　三省堂）。
（11）三谷栄一「大物主神の性格」（『日本神話の基盤』一九七四年六月　塙書房）。
（12）前掲注（6）尾崎暢殃『古事記全講』。
（13）折口信夫「水の女」（『折口信夫全集　第二巻』（一九五五年三月　中央公論社）、初出は『民族』（第二巻第六号　一九二七年九月）、『民族』（第三巻第二号　一九二八年一月））。
（14）テキストは北京大学整理本『十三経注疏』本に拠り、訓読は全釈漢文大系『春秋左氏伝』（竹内照夫　一九七四年二月〜一九七五年十二月　集英社）を参考とした。
（15）テキストは中華書局本に拠る。
（16）テキストと訓読は全釈漢文大系『荘子』（赤塚忠　一九七四年八月〜一九七七年五月　集英社）に拠る。
（17）津田博幸「漢字表現による破壊と創造」（『古代文学』四十七号（二〇〇七年三月））は、『万葉集』についてではあるが、

「借訓・借音に関わらず、仮名が純粋の表音文字として限定されず、さまざまな意味で〈有意〉である事例は『万葉集』に多数見受けられる。漢字の字形が保存されているため、漢字本来の表語性を完全に消し去ることができないからである。結果として、言葉と言葉の結びつきを不可抗力的にたくさん作り出してしまう。いや、むしろそのことを逆手にとった文字表現も多く見られる」とする。また、津田博幸「文字思想と漢字文」(『国語と国文学』第八十四巻第十一号(二〇〇七年十一月))も参考となる。

3　『豊後国風土記』直入郡球覃郷「臭泉」の水神
―― 漢籍の知と神話的思考の融合 ――

はじめに

「風土記の神と社」というテーマに沿い、まずは『豊後国風土記』に現れた「神」について考えてみたい。というのは、「神」について考えた後にこそ、その神を祀る「社」についての視座が得られると推察するためである。そこで考えることにした神は―後で見るように―、「雨の神」である。

『豊後国風土記』直入郡《なほりのこほり》の「球覃郷《くたみのさと》」条に、「蛇龗《おかみ》」という水神が登場する。

球覃郷《くたみのさと》《郡《こほり》の北《きた》に在《あ》り。》。此《こ》の村《むら》に泉有《いづみあ》り。同《おな》じき天皇《すめらみこと》、行幸《いでま》しし時《とき》に、奉膳《かしはで》の人《ひと》、御飲《みもひ》に擬《あ》てむとして、泉《いづみ》の水《みづ》を汲《く》ましむるに、即《すなは》ち**蛇龗《おかみ》《於箇美《おかみ》と謂《い》ふ。》有《あ》りき**。茲《ここ》に、天皇《すめらみこと》勅《みことのり》して云《い》ひたまひしく、「**必《かなら》ず臭《くさ》くあらむ**。な汲《く》み用《もち》ゐしめそ」といひたまひき。斯《これ》に因《よ》りて、名《な》づけて臭泉《くさいづみ》と曰《い》ひき。因《よ》りて名《な》とするに、今《いま》、球覃郷《くたみのさと》と謂《い》ふは、訛《よこなま》れるなり。(1)

後述するが、この蛇龗は、霊泉の主、すなわち水神であろう。既に考えられているように、里などの共同体が井戸や泉などの付近に生成されていくのであれば、この水神は共同体にとって大切な神であったに違いない。(2) この泉の水を天皇に献上することを描いた当該条は、この水神の霊力を天皇に献上することを意味しよう。

しかし、天皇は汲むべきではない、としてその水を用いることを禁止するのである。本章の狙いは、この臭い泉というものを考えることにある。少々詳しく述べるならば、二重傍線部の原文「必将ㇾ有ㇾ臭」に、「必将」が用いられているように、天皇は実際に飲む前からその水が「臭」いことを予想しているのである。それがどのような思考の筋道によって成り立っているのかを読解することが、本章の目的である。そこから、その神が居るべき場所について考えることのできる視座を提示する。

1、『日本書紀』「神代紀」の「龗《オカミ》」

従来は、この話において、泉の水が臭いとされる理由について、

オカミのミは、甲類のミで、「神」のミが乙類であるのと異なり、水・海などのミと一致する。オカミは竜蛇の姿と考えられた。中国における竜のイメージの土台にはサンショウ魚などが加わっていたらしい。サンショウ魚を淵の主とする伝承は日本にも多いが、ここのオカミの実体はイモリらしい。**この地方の泉水にはイモリが住み、悪臭があるという。**

とするように、(3) 実態に即した理解が示されてきた。両生類が棲息し、その生態の結果、水が悪臭を放っているという理解である。すなわち、実態として泉の水が「臭い」ことをもって、この泉が「臭泉」と呼ばれるに至った経緯を考えるのである。

とはいえ、話の読解という水準では、先にも触れたように、天皇は「蛇龗」が「有」る、という一点をもってして、

その泉の水が「必ず臭いであろう」と推量しているのである。天皇は実際に水を飲むどころか、目前に水が献上される以前から、つまり「蛇龗」が「有」るという事態から、「必ず臭いであろう」と予測する。そこには、実態としての水が臭かったという理解では、読解できない部分が発生してしまうのではないだろうか。本章は「蛇龗」が直接的に「臭」を想起させる思考の筋道が、別にあるのではないかと推察するものなのである。当該条の読解において、おそらく欠くことのできないこの問題について、少し考えてみたい。

本格的な議論に入る前に、まずは『豊後国風土記』研究には欠くことのできない「甲類」（当該条を含む現行『豊後国風土記』）と『日本書紀』の関係について、確認しておきたい。

一般に、九州風土記には甲類・乙類の二種類があり、そのうちの甲類が『日本書紀』を参照していることは、現在では定説となっている。[4] すなわち、当該条を含む現行の『豊後国風土記』は、『日本書紀』を参照している、ということを把握するべきなのである。また、『豊後国風土記』が漢籍習熟者の手になることも、既に明らかにされている。[5] 以上の研究史を踏まえるならば、当該条の読解に際して、『日本書紀』、および漢籍の参照は必要不可欠ということになろう。この点を押さえ、まずは「龗」の訓詁から始めよう。

『日本書紀』「神代紀 上」第五段「一書第六」には「闇龗」という神が登場する。また、同段「一書第七」には「高龗」という神が登場する。「龗」を名にもつ神が挙げられるのである。この「龗」に対して、同段「一書第七」の後半部では、「龗、此《ここ》には於箇美《おかみ》と云ふ。音は力丁反《りよくていのはん》」として、その訓が示される。「龗」という字は「オカミ」と訓む、ということを『日本書紀』は指定しているのである。

『豊後国風土記』の当該条はこの訓を踏まえている、と見ることができる。一方で、「龗」一字で「オカミ」と訓むのである、ということも確認しよう。『日本書紀』の用例はいずれも「闇・高」を併せて、「クラオカミ」・「タカオカミ」と訓むのである。

「龗」を古辞書で調べると、『説文解字』に「龍也」とある。(6)「龗」は「龍」のことである。「龍」は水神の代表格であるから、当該条の泉の主は「龍」の姿をとった水神であるといえよう。一方で、「龗」一字で、この水神としての「龍」を言い表すことができるということでもある。そうであるならば、「龗」一字の使用で水神を表現することは可能であり、「蛇」は不要であると言うことができよう。にもかかわらず、「蛇」を加えている以上は、当該条の趣意を述べるには、あくまで「蛇」が必要であった、ということになろう。すなわち、「蛇」と「龗」で、はじめて趣意を語ることができる――「蛇」と「龍」の二文字で、はじめて当該条は意味をなす――ということである。そう考えるならば、「蛇龍」について考える必要がある。

「蛇龍」を熟語として見るならば、それは「蛇や龍などの類」という意味になる。これを当該条に再投入すれば、泉に「蛇や龍の類」が出現した、ということになる。蛇とも龍とも区別がつかないものが現れたということである。しかし、そうであるならば、「龗」ではなく「蛇龍」あるいは「龍蛇」と書くこともできたはずであろう。「蛇龍」を熟語として捉えると、難字である「龗」を敢えて――訓注まで附して――使用した意図が測れないのである。「龗」字の使用と訓注には、決して「龗」以外の代入を許さないものがある。

逆に言えば、「蛇龗」という熟語を作らない工夫をしているということである。「蛇」と「龍」は混同させずにそれぞれ一字一字独立したものと見なければならない。「龗＝龍」を敢えて使用する意図を見てみよう。すなわち、「龗」と「蛇」を混同させずに、「蛇・龗」という二字の字義を、「並列」として把握する必要があるのだ。

あくまで「蛇・龍」なのである。そうであるならば、ここは、「蛇・龍」――漢字を書き換えれば「巳・辰」――、つまり「辰巳」を意味する部分なのではないだろうか。いわば、「辰巳」を想起させるキーワードとして「蛇・龍」があると考えてみよう。(7)「辰巳」は「臭」なのである。奈良時代における「辰巳」の意味について考える必要がある。

2、蛇龍＝辰巳の神話学

奈良時代、既に「辰・巳」が十二支に配当され、方位や時間を表す語であったことは、司馬遷の『史記』「歴書・歴術甲子篇」の「太初元年《たいしよがんねん》、焉逢摂提格《えんぼうせっていかく》」に附せられた「索隠」に、「爾雅釈天」を引き、「歳陽は、甲・乙・丙・丁・戊・己・庚・辛・壬・癸、十干是れなり。歳陰は、**子・丑・寅・卯・辰・巳・午・未・申・酉・戌・亥、十二支是れなり**」とあることから、その受容を認めてよいだろう。(8)『古事記』・『日本書紀』が十干十二支に基づく干支表記を使用していることからも、十二支の知識が伝来していたことは間違いなく、その理解も深いことが察せられる。

また、「辰巳」は干支に関わる語句であると同時に、別の意味も持っていた。奈良時代当時は律令体制の時代である。この律令体制の思想的骨格は儒教の学問体系であった。この儒教の基礎的な経典であった『周易』に現れる八卦「巽」である。(9)『周易』の原理を説明する概念である「八卦（☰（乾《けん》）☱（兌《だ》）☲（離《り》）☳（震《しん》）☴（巽《そん》）☵（坎《かん》）☶（艮《ごん》）☷（坤《こん》））」の、その一角を担う「巽」である。今、『周易』の「八卦」について集中的な説明を施した「説卦伝」の「巽」を見てみると、以下のようにある。(10)

巽《そん》を木と為《な》し、風と為し、長女と為し、縄直と為し、工と為し、白と為し、長と為し、高と為し、進退と為し、果たさずと為し、**臭と為し**、其の人に於けるや寡髪《くわはつ》と為し、広顙《くわうさう》と為し、白眼多しと為し、利に近づきて市三《しさん》倍《ばい》すと為し、其の究まりを躁卦《さうくわ》と為す。

「巽」の卦は「風」を基調とする卦である。この「風」の性質が、実に様々なものに配当されている。その中で、「巽」は「臭」のことであるとする。孔穎達等の「疏」には、「取二其風所一発也。又、取二下風之遠聞一也」とあり、これは「巽は臭（風）の起こる起点であり、また、臭は風によって四方へ伝わる」ことを意味する。[11]

「蛇・龗」が有るという。これは「辰・巳」である。「辰巳」は八卦「巽」である。「巽」は「臭」である。よって「臭い」であろう、という推量が働いているのが当該条なのである。

「蛇＋龗」→「巳＋辰」→「辰巳」＝「巽」→「為レ臭」→「臭」

しりとりのような連想術である。一見すると、衒学的かつ軽薄な記事にも見えよう。しかし、この記事にこそ、濃密な神話的な思考が渦巻いているのである。この思考を紐解くことは、なぜ天皇がこの水の利用を禁止したのかを解くことにもつながろう。

まずは、「巽」の展開概念となる六十四卦「巽為風（☴☴）」が、「謙遜・従順」を意味することを確認しておこう。『周易』「巽」卦の経文に附せられた「疏」には、「巽者、卑順之名」とある。「蛇・龗」には「従順」という意味も隠されているのである。そうであるならば、ここは水神が「蛇・龗」としてあることが、天皇に帰順を示していることにもなるのである。地域の水神が、自ら天皇に帰順する態度を見せた、その表現としての「蛇・龗」でもあるといえよう。

しかし、天皇はこれを拒絶するのである。この拒絶の意味を考えるために、同じ『豊後国風土記』に掲載された記事のうち、当該条と同じ構造を持つ記事の参照が必要となる。今、比較してみよう。

網磯野《あみしの》《郡《こほり》の西南《にしみなみ》に在《あ》り。》。同《おな》じき天皇《すめらみこと》、行幸《いでま》しし時《とき》に、此間《ここ》に土蜘蛛《つちぐも》有《あ》りき。名《な》をば小竹鹿奥《しのかおき》《志努何意《しのかお》枳《き》と謂《い》ふ。》・小竹鹿臣《しのかおみ》と曰《い》ふ。此《こ》の土蜘蛛二人《ふたり》、御膳《みけ》に擬《あ》てむとして、田猟《かり》を作《す》るに、其《そ》の猟人《かりひと》が声《こゑ》、甚諠《いとかまみす》し。天皇《すめらみこと》、勅《みことのり》して云《い》ひたまひしく、「大囂《あなみす》《阿那美須《あなみす》と謂《い》ふ。》」といひたまひき。斯《これ》に因《よ》りて、大囂野《あなみすの》と曰《い》ひき。今《いま》、網磯野《あみしの》と謂《い》ふは、訛《よこなま》れるなり。

球覃郷《在㆓郡北㆒。》
此村有㆑泉。**同天皇、行幸之時**、奉膳之人、**擬㆓於御飲㆒**、令㆑汲㆓泉水㆒、即有㆓蛇䨏㆒《謂㆓於箇美㆒。》。於㆑茲、**天皇勅云**、必将㆑有㆑臭。莫㆑令㆓汲用㆒。因㆑斯、名曰㆓臭泉㆒。因為㆑名、今謂㆓球覃郷㆒者、訛也。

網磯野《在㆓郡西南㆒。》
同天皇、行幸之時、此間有㆓土蜘蛛㆒。名曰㆓小竹鹿奥《謂㆓志努何意枳㆒。》・小竹鹿臣㆒。此土蜘蛛二人、**擬㆑為㆓御膳㆒**、作㆓田猟㆒、其猟人声甚讙。**天皇勅云**、大囂《謂㆓阿那美須㆒。》。因㆑斯、曰㆓大囂野㆒。今、謂㆓網磯野㆒者、訛也。

景行天皇による「行幸の時」と、御膳の際、という時間設定が共通している。この時、ある事態が勃発し、その事態について天皇が勅し、その勅から地名が誕生するという構造があることを見届けよう。構造を同じくする以上、共通点を含んでいる可能性が高い。内容に注目する必要がある。

「讙」字のように、後世宋代の『集韻』に、「讙は、讙訶なり、言の正しからざるなり」とあるのみで、上代での明確な用例が和漢ともに見当たらない字の使用が見受けられる。[12]要は、たいへん難しい字が使用されている、ということである。「䨏」「讙」のように、難字を使用する点も、共通の項目として挙げていいだろう。この「讙」の状態としてある「土蜘蛛」達の言葉を、天皇は「囂」として把握するのである。

「囂」は、新全集頭注によると、『説文解字』に「囂は、声なり。気、頭上に出づ」とあり、『原本系玉篇』には、「野王案ずるに、讙囂は、猶し喧譁のごとし」とあるように、[13]「やかましい」で誤りはなかろう。そうであるならば、天皇は「土蜘蛛」たちの声を「やかましい」ものとして把握したのである。

このことは、やはり同じ構造を持つ『肥前国風土記』神埼郡「蒲田郷」の記事に、

蒲田郷《かまたのさと》《郡《こほり》の西《にし》に在《あ》り。》。**同《おな》じき天皇《すめらみこと》、行幸《いでま》しし時《とき》に**、此《こ》の郷《さと》の西《にし》に宿《やど》りたまひき。御膳《みけ》を薦《すす》めまつる時《とき》に、蝿《はへ》甚《いた》多《な》く鳴り、其《そ》の声大《おとはなは》だ囂《かまみす》し。天皇《すめらみこと》勅《みことのり》して云《い》ひたまひしく、「蝿《はへ》の声《おと》、甚囂《いとかまみす》しきかも」といひたま

ひき。因《よ》りて囂郷《かまのさと》と曰《い》ひき。今、蒲田郷《かまたのさと》と謂《い》ふは、訛《よこなま》れるなり。

とあるように―こちらは「蠅」の音だとする―、「囂」はマイナスの価値を与えられている状態だと判断される。『日本書紀』「斉明紀」六年是歳条に、

科野国《しなののくに》言《まう》さく、「蠅群《はへむらが》れて西《にし》に向《むか》ひて、巨坂《おほさか》を飛《と》び踰《こ》ゆ。大《おほ》きさ十囲許《といだきばかり》。高《たか》さ蒼天《あめ》に至《いた》れり」とまうす。或《ある》いは救軍《すくひのいくさ》の敗績《やぶ》れむ怪《しるまし》といふことを知《さと》る。

とあり、蠅の群れは非常に不吉なものとして考えられていたことも合わせて見よう。すなわち、天皇は、「土蜘蛛」の声を、「蠅」の羽音と同じように、悪い意味での「やかましい」ものとして、分類したのである。

3、境界を設定する天皇

すなわち、この一連の天皇の行為は、ある事象に境界線を引くものである。水神や土蜘蛛、そして蠅の音、それら人の側からは把握しきれない、未分節の根源的な力に対して、境界線を引く行為なのである[14]。

水神が棲む泉の水は、本当に人の利用に適したものなのかどうか。良くもあるが悪くもある、そのような渾然一体とした原初の状態に対して[15]、天皇は明確な線引きを行う。この泉の水は―その判断根拠は後述するが―、「臭い」から用いてはならぬ、と判断する。この瞬間に、泉の水は人の利用にとって悪いものである、という線引きがなされたのである。いわば、この泉の水を用いてはならぬ、という「禁忌」が設定されたのである。

同じように、「土蜘蛛」の「声」は、決して王化に属す「天皇の天下」の言葉ではなく、「蠅」の羽音のような非「人語」として線引きされたのである。いわば、「五月蠅なす」状態である。この「囂」たる音声の使用者集団は、「天皇の天下」の枠外に置かれる存在として、明確に線引きされたのである。

このように考えてみると、『豊後国風土記』当該条を含む、同じ構造をもつ記事においては、天皇は各地を巡行して、原初的な混沌に対して、境界線を設定して巡っていることがわかる。これは、いわば「境界を設定して巡行する天皇」という言い方でまとめることができよう。それはちょうど、巡行する神が土地に境界線を建てて巡る古風土記記事―例えば『出雲国風土記』ではオホナムヂが行うものである―に分類できる記事と言えよう。あるいは、本章では紙幅の都合により詳述できないが、『常陸国風土記』の「夜刀の神」の記事なども、この範疇に含まれよう。

当該条は、このような神話的な記事の中に、もはや区分した瞬間に話として機能しなくなるほどに漢籍の知識―「蛇龗」は「辰巳」であり、『周易』八卦「巽」であり、「巽」は「臭」であるという知識―が根を下ろしているのである。この話から漢籍の知識を排除すれば、なぜ「臭」なのかが理解できなくなるし、話の命が失われるのである。当該条は、神による境界設定の神話と、漢籍の知識とが、渾然一体となって共生している話なのである。

以上ここまで、漢籍の知識と神話的な思考が渾然一体となった当該条を読解してきた。最後に、なぜ天皇は、線引きをしただけではなく、この泉の水を「禁忌」として疎外したのかを考えてみよう。

当該条では、この泉の主である「蛇龗」には「巽」が隠されており、その「巽」は「服従」と「臭」を隠していた、と論じてきた。しかし、「巽」は「風」の卦であり、「臭」もまた『原本系玉篇』に「凡そ物気の惣名なり」とあるように[16]、「流れる気」つまり「風」を意味する。すなわち、「巽」から導かれる「臭」だけでは、ただ「風」を意味するのみで、疎外の条件にはならないのである。「臭」が「悪しきにおい」として、疎外される要因に傾くには、もう一つ、天皇による価値判断が必要なのである。

今、同じ「クタミ」について書かれた記事を参照し、この問いに答えてみよう。『出雲国風土記』楯縫郡の記事である[17]。

玖潭郷《くたみのさと》。郡家《ぐんけ》の正西《まにし》五里《さと》二百歩《あし》なり。天下造《あめのしたつく》らしし大神命《おほかみのみこと》、天《あめ》の御飯田《みいひだ》の御倉《みくら》を造《つく》り給《たま》はむ林《はやし》を覓《ま》ぎ巡行《めぐ》り給《たま》ひき。爾時《そのとき》、「**はやさめ、久多美《くたみ》の山《やま》**」と詔《なづ》け給《たま》ひき。故《かれ》、忽美《くたみ》といふ。《神亀三年《じんくゐさむねん》、字《まな》を「玖潭《くたみ》」と改《あらた》む。》

この記事について、

クタミの山はこの地の山、ハヤサメ（速雨（俄か雨の意））は地名クタミに冠する称辞である――**速雨、降り雨とかかる語関係か**――。大神が「ハヤサメ、クタミの山」と言ったといふのは、山の名を呼んだといふことで、地名クタミが既存してゐたこととしての説話である。

とする説がある。(18) すなわち、「クタミ」とは「降《クダ》り水《ミ》」ということである。雨は降ってくる水なのである。このことは、『万葉集』巻二にも、

天皇、藤原夫人《ふぢはらのぶにん》に賜《たま》う御歌《みうた》一首

我《わ》が里に 大雪降れり 大原《おほはら》の 古《ふ》りにし里に 降らまくは後《のち》 （一〇三）

藤原夫人の和へ奉る歌一首

我《わ》が岡《をか》の 龗《おかみ》に言ひて 降らしめし 雪の摧《くだ》けし そこに散りけむ （一〇四）

とあるように、(19)「龗」は雨雪を司る水神として考えられ、かつ「岡」の上にある神なのである。すなわち、「クタミ」が「降り水」で、山の上の水神が、水を降すものであるように、降雨を司る神は山の上にいるのである。雨の神は雲をまとって山の上から降り、平野に辿り着き、雨を降らせるものなのである。『万葉集』の場合も、「龗」は岡の上にいて、藤原夫人の頼みを聞いて、雪を降らせた。雨の神は山の上と、山の下とを移動する神なのである。

水神は、ちょうど雨雲が山上から平地に下っていくように、高いところから低いところへ移動する神である。この神が「龗」すなわち「龍」と表されていることから、「龍」に注目すると、『芸文類聚』巻九十六・鱗介部上・「龍」

頃に、『説文解字』を引き、「龍は鱗虫の長、春分に天に登り、秋分に川に入る」として、天と水中を上下に移動するものとして説明されている。[20] また、『周易』を引き、「雲行し雨施す」とする。龍は雲を従え、雨を施す存在なのである。まさに、空の上から雲を従えて平地に降ってくる神の姿そのものなのである。「龗」と「龍」はほとんど同一体なのであった。『原本系玉篇』の姿をよく残していると言われる、空海の『篆隷万象名義』には、「**龗、山神**なり」とあることも、大いに参考になろう。[21] 雨の神は山に居るのである。

雨を降らせる神は山の上に居てこそ、なのである。水を降す水神は、山の上にあるべきであり、泉下に居る龍は禁忌の対象なのである。「龍」という、善悪双方を兼ね備える原初の混沌たる存在は、それがどこに居るかによって、持ちうる意味が変わってきてしまう危険な存在なのである。まさに『周易』巻第一「乾」卦「初九、潜龍用ゐる勿れ」である。雨はすべての生を生かすが、多すぎる雨も少なすぎる雨も生を殺すのである。山の下の龍は雨を降らせた後の龍なのである。雨を降らす龍になるには、もう一度山に登らなければならない。「降り水（クタミ）」の水神が山上に居らず泉下に有るという事態は、天皇によって線引きされ、「臭泉（クタミ）」へと変換されたのであった。すなわち、「水を降す神」ではないという判断である。そこには、原初の混沌に境界を立てる天皇の姿がある。

以上ここまで、「蛇龗」の字義が連想させる漢籍の知と、境界を立てる神話的な巡行が分かちがたく共生し、同時に進行している当該条を読解してきた。図式に表すと以下のようになるであろう。

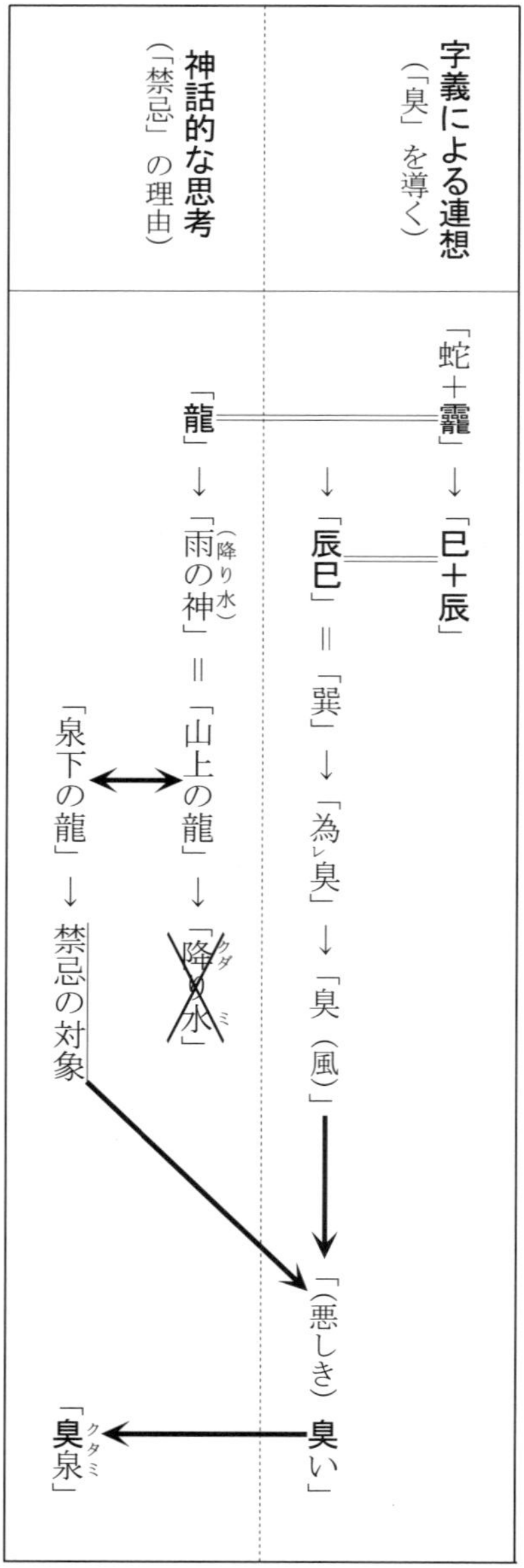

天皇は境界を設定したが、その判断の最奥部には、「龍」というものに対する和漢の垣根を超えた高度な知識が確かにあるのだ。そこからは、「神をよりよく知」ろうとした人々の、飽くなき情熱の反映を汲み取ることができるのである。雨の神は山に居るのである。

ところで、筆者は全くの不案内とするが、実際に「靇」を祭祀する社は、多くの場合、やはり山間部にあるのではないだろうか。「高靇」を祭祀する貴船神社も、京都に対して山岳部にあるといえよう。筆者が勤務する神奈川県内に、「靇」を祀る神社を探してみると、大山に「阿夫利神社」があり、「高靇」を祭祀する。この神の社もまた、大山という山の山頂に位置しているのである。雨の神の社が山の上にある理由について、以上のように考えてきた。一方で、筆者は管見かつフィールドを不案内としている。「雨の神」の「社」について、なお調査を続行したい。本章はその視座を提示したものである。

おわりに

以上ここまで、漢籍の知識と神話的思考が渾然一体となっている当該条を読み解いてきた。このような例は、決して当該条のみではなかろう。従来、うまく読み解けなかった話には、あるいは漢籍の知識が潜んでいるのかもしれない。今後の課題である。(22)

一方で、当該条の水神は、景行天皇によって線引きされ、天皇の支配する世界の外側に疎外されてしまった。『古事記』・『日本書紀』、そして他の古風土記を通覧すると、このような神は「まつろわぬ神」として排除されていく傾向にある。すなわち、誅戮されるか、あるいは服従するのである。しかし、当該条の神は、まさに「共生」というのが適しているように、(23)線引きはされるが、誅戮はされないのである。「大囂」の土蜘蛛も同じである。天皇の天下からは疎外されたが、誅戮や服従が描かれることはなかった。

逆に言えば、豊後国には、天皇の天下から疎外された、天皇世界とは一線を画した存在が活動している、ということを示しているのではないか。問題は、このことが、豊後の側から発信されていることである。

筆者は、これまで『日本書紀』と漢籍の関係を、主たる研究領域としてきた。まさに、天皇とその臣下が支配する律令国家「日本」の「歴史」の世界である。このような筆者から見れば、天皇の支配する「帝国」から一線を画した「まつろわぬ神」や「土蜘蛛」が、豊後国にはモザイク状に存在していると、豊後国の側から発信されていることに、戦慄を覚えずにはいられない。しかも、その境界の設定は天皇自身が行ったとしているのだから、責任は天皇自身にあるということになる。このことは、「日本」という国土を「帝国」と認定し、天皇の天下に組み込んでいこうとする中央あるいは『日本書紀』に対する、重大な挑戦としか映らないのだ。

しかも、この『豊後国風土記』は、大宰府で一括編集されたものと目されている。周知の通り、大宰帥は、行政・軍事・外交権を兼ね備え、あたかも一国の王に準じるような権限を保持している。中国でいうところの節度使にあたるが、中国ではこの節度使が中央から分権的に成長し、地方政権化していく歴史を、多々見ることができる。九州風土記の甲類が『日本書紀』を参照しているからといって、『日本書紀』と同じ目で見ることはできないということを、自覚しておく必要があるのだ。当然、当該条も「大嚻」の網磯野条も、『日本書紀』には存在しない。あるはずがないのだ。『豊後国風土記』が神を巡って展開させる思考の先には、『日本書紀』を相対化していくものがある。

注

(1)『豊後国風土記』・『肥前国風土記』のテキストは、沖森卓也・佐藤信・矢嶋泉編『豊後国風土記・肥前国風土記』(二〇〇八年二月 山川出版社)に拠る。

(2) 柳田国男「驚き清水」(『日本神話伝説集』(一九二九年五月 アルス)。後に『柳田国男全集』(第四巻 一九九八年三月 筑摩書房)に所収)、宮本常一「井戸と水」(『日本民俗学大系』(第六巻 一九五八年四月 平凡社))を参照。

(3) 小島瓔禮『風土記』(一九七〇年七月 角川書店)補注。大系頭注に、「水の神。蛇の類をいう。山椒魚《はんざき》またイモリかとする説がある」(日本古典文学大系『風土記』(一九五八年四月 岩波書店))。

(4) 井上通泰「肥前国風土記に就いて」(『歴史地理』五八―三 一九三一年九月)が、九州風土記の「甲類・乙類・甲乙類以外」区分説を唱えた。この時、『日本書紀』との関係については、甲類が先行して『日本書紀』がそれを参照したと考えた。しかし、この見解は、小島憲之『上代日本文学と中国文学』(一九六二年九月 塙書房)、坂本太郎「風土記と日本書紀」(『史蹟名勝天然記念物』一七―五 一九四二年五月。後に『坂本太郎著作集』(第四巻 一九八八年十月 吉川弘文館)で旧説の甲類先行説を改め、『日本書紀』先行説をとる)、および秋本吉郎『風土記の研究』(一九六三年十月 ミネルヴァ書房)等により、現在では甲類が『日本書紀』を参照している、という安定した見解となった。荊木美行「九州地方の風土記の成立」(『風土記逸文の文献学的研究』(二〇〇二年三月　学校法人皇學館大学出版部)) の研究史が詳細である。

(5) 前掲注 (4) 小島憲之書、および近年の中川ゆかり「風土記のコスモロジー　豊後国風土記」(『風土記を学ぶ人のために』(二〇〇一年七月　世界思想社)。後に『上代散文　その表現の試み』(二〇〇九年二月　塙書房) 所収)、瀬間正之「『豊後国風土記』・『肥前国風土記』の文字表現」(『上智大学国文学科紀要』(第二二号　二〇〇五年三月)。後に『風土記の文字世界』(二〇一一年二月　笠間書院) 所収)、荻原千鶴「九州風土記の甲類・乙類と『日本書紀』」(『風土記研究』(第三三号　二〇〇九年六月)) 等の優れた研究が、漢籍習熟者の手による『豊後国風土記』という姿を明確にしている。

(6) 新編日本古典文学全集『風土記』(一九九七年十月　小学館) 頭注を参照。

(7) 後漢・王充《おうじゅう》の『論衡』巻二十三「言毒第六十六」に、「辰を龍と為し、巳を蛇と為す。辰巳の位は、東南に在り」とあることからも、「龍＝辰」・「蛇＝巳」の、奈良時代における理解を想定することができよう (『論衡』テキストは新釈漢文大系 ((下) 山田勝美　一九八四年二月　明治書院) に拠る)。一方で、上代文献に「タツミ」の古訓の確例を見出すことはできない (北野本日本書紀の神武紀に「東南 (タツミノスミ)」を見る) という問題があるが、当該条の場合、漢字の字義そのままで、「辰《シン》―巳《シ》」として、方位・時制を示す「辰巳」が想起されるのである。訓みはどのようなものであってもかまわない。あくまで字義の問題なのである。

(8) 『史記』のテキストは中華書局本に拠る。

(9) 「辰巳」が「巽」であることは、奈良時代に伝来していた『五行大義』から確認することができる。「第十七・八卦八風を論ず」に、「易緯通卦験」を引いて、「巽は東南、立夏を主《つかさど》り」とあり、また「辰巳は巽に属し」とある。『五行大義』のテキストは新編漢文選『五行大義』(中村璋八・清水浩子　一九九八年五月　明治書院) に拠る。『五行大義』の奈良時代伝来については、同書解説と、池田温編『日本古代史を学ぶための漢文入門』(二〇〇六年一月　吉川弘文館) を参照。

(10) 『周易』のテキストは北京大学整理本『十三経注疏』に拠る。訓読は全釈漢文大系『易経　下』(鈴木由次郎　一九七四年五月　集英社) を参照。

(11) 全釈漢文大系 (前掲注 (10) 書) 解説に拠る。

(12) 網磯野条「謙」字には校異の問題がある。諸本「謙」字に作るが、諸注釈は「譁」・「謶」等、少なからぬ異同を試みた。

後に、現存諸本の祖本と考えられる「冷泉家時雨亭叢書」の『豊後国風土記』（一九九五年六月 朝日新聞社）に「譙」とあるのをもって、現在では「譙」字に定着している（『豊後国風土記』諸本の問題は、西別府元日「『豊後国風土記』研究史序論」（『大分縣地方史』（第一五五号 一九九四年十一月）を参照）。しかし、「譙」字の場合、既に新全集の頭注が指摘しているように、「古い用例がない」のである。

（13）『原本玉篇残巻』（一九八五年九月 中華書局）。

（14）赤坂憲雄『境界の発生』（一九八九年四月 砂子屋書房）に附せられた小松和彦の解説「何処からかやってきた者が、携えていた杖を大地に立てる。そこが境界となって、「こちら側」と「向こう側」に異なる共同体が形成される。杖を立てた者は、いずれかの側の所有者＝支配者＝原初の王となり、それが転倒（＝外部への排除）すれば「まつろわぬ者」（＝鬼）となる」が参考となる。

（15）折口信夫「古代生活の研究 常世の国」（『折口信夫全集 第二巻』（一九五五年三月 中央公論社）。もと『改造』（第七巻第四号 一九二五年四月））に、神はもともと善悪二面性を持ち合わせていることが論じられている。

（16）岡井愼吾『玉篇の研究』（一九三三年十二月 東洋文庫）。

（17）テキストは沖森卓也・佐藤信・矢嶋泉編『出雲国風土記』（二〇〇五年四月 山川出版社）に拠る。

（18）秋本吉郎「地名説明記事の型とその意義」。前掲注（4）書。

（19）テキストは新編日本古典文学全集『万葉集』（一九九四年九月 小学館）に拠る。

（20）テキストは中華書局本に拠る。

（21）テキストは『弘法大師空海全集 第七巻』（同全集編纂委員会 一九八四年八月 筑摩書房）に拠る。

（22）同じ『豊後国風土記』の、いわゆる「餅の的伝承」にも、漢字の知識が深く埋め込まれていることを論じたことがある。拙稿「「餅の的」と連想」（『相模国文』第四十号 二〇一三年三月）。

（23）中村啓信・谷口雅博・飯泉健司・大島敏史『風土記探訪事典』（二〇〇六年九月 東京堂出版）の、当該条解説に拠る。

4　「餅の的」と連想
——『豊後国風土記』田野条の読解を通して ——

はじめに

『豊後国風土記』速見郡田野条の、いわゆる「餅の的」の記事を見てみよう。肥沃な土壌と豊作に驕った人々が、餅を弓矢の的にしたところ、白い鳥に変化して飛び去ったというものである。不毛な土地の由来を語る説話である。従来は、食物を粗末にしたことによる応報譚として理解されてきた。すなわち、稲魂である餅に弓矢を射たことで被った神罰の伝承という読解である。(1) しかし、後述するように、どうして弓矢の的が白い鳥に変化するのかという理由については、不明なままであった。その「変化」の「論理」を明確に論じたものは、これまでなかったのである。同時に、『豊後国風土記』の冒頭部分である「総記」には、田野条とは逆の変化—白い鳥が餅になり、そして芋草へと変化するもの—が載る。この「変化」の「論理」も、よくわからなかったのである。

これらの変化の論理について問おう。既に指摘されているように、『豊後国風土記』は漢籍習熟者の手になると予想されている。(2) 漢籍の知識からアプローチを開始しよう。すなわち、本章の目的は、「変化」の問題を漢籍の知識から読み解いていくものである。

1、「総記」と漢籍の関わり

以下に「総記」本文を掲げる。(3)

豊後国者、本、与二豊前国一、合為二一国一。昔者、纏向日代宮御宇大足彦天皇、詔二豊国直等祖菟名手一、遣レ治二豊国一、往二到豊前国仲津郡中臣村一。于レ時、日晩僑宿。明日昧爽、忽有二白鳥一、従レ北飛来、翔二集此村一。菟名手、即勒二僕者一、遣レ看二其鳥一、鳥化為レ餅、片時之間、更化二芋草数千許株一、**花葉冬栄**。菟名手、見レ之為レ異、歓喜云、化生之芋、未二曾有レ見。実、至徳之感、乾坤之瑞。既而参二上朝庭一、挙レ状奏聞。天皇、於レ茲、歓喜之有、即勅二菟名手一云、天之瑞物、地之豊草。汝之治国、可レ謂二豊国一、重賜レ姓、曰二豊国直一、因曰二豊国一。後分二両国一、以二豊後国一為レ名。

「白鳥」が飛来して「餅」に変化し、次いで「芋草」に変化した。これを景行天皇に報告したところ、その豊かな「芋草」は吉兆であるから「豊国」と名付けよと命じられた次第を述べるものである。すなわち、「芋草」が豊かに茂る地であるがゆえに「豊国」と名付けられた「国名由来譚」が、「総記」全体の意味となる。その全体的理解の中で、「白鳥」が「餅」に変化し、さらに「芋草」に変化する理由が、よくわからない問題として残されてきたのであった。(4)

順番に確認していこう。まずは「芋草」が「豊の国」につながる理由である。すなわち、なぜ「稲」でも「葦」でもなく、「豊」＝「芋草」なのかということである。

まずは漢籍において「芋」がどのようなものとして説明されているかを確認しておく必要があろう。すなわち、八世紀当時の漢籍参照環境における「芋」についての解釈を確認しておくということである。(5)

奈良時代当時に参照可能であった『芸文類聚』から「芋」の項目を参照すると、『漢書』を引用して以下のように載せる。

『芸文類聚』巻八十七・菓部下・「芋」項(6)

秦破レ趙。卓氏曰、吾聞、岷山之下沃野、有二陰蹲鴟一、至レ死不レ飢。乃求二遠遷一、致二之於臨邛一。

沃野の地下には「蹲鴟」なるものがあると述べている部分である。しかし、「芋」についての詳細はこれだけでは不明である。よって、『芸文類聚』の出典である『漢書』に詳細を求め参照すると、以下のようにある。

『漢書』・貨殖伝・「蜀卓氏伝」(7)

蜀卓氏之先、趙人也。用レ鉄冶レ富。秦破レ趙、遷二卓氏之蜀一、夫妻推レ輦行《師古曰、歩車曰レ輦。》。諸遷虜少有二余財一、争与レ吏、求二近処一、処二葭萌一《師古曰、県名也。地理志、属二広漢一。葭音家。》。唯卓氏曰、此地陿薄。吾聞、岷山之下沃壄、下有二踆鴟一、至レ死不レ飢《孟康曰、踆音蹲、水郷多レ鴟、其山下有二沃野灌漑一。師古曰、孟説非也。踆鴟、謂レ芋也。其根可レ食、以充レ糧。故無二飢年一。華陽国志曰、汶山郡都安県、有三大芋如二蹲鴟一也。》。

卓氏が蜀に移住したとき、彼だけが肥沃な土地を聞き知っていた。その沃野の地下には「蹲鴟」があるという。顔師古注は「蹲鴟」は「芋」のことであると注している。すなわち、沃野の地下には「芋」があるというのだ。さらに、『文選』「三都賦」の「蜀都賦」にも、同様の記述がある。

『文選』巻四・左思・「蜀都賦」(8)

於レ西則右挟二岷山一、涌レ浜発レ川。陪以二白狼一、夷歌成レ章《江水出二岷山一也。白狼夷在二漢寿西界一。漢明帝時、作二詩三章一以頌二漢徳一、益州刺史朱輔駅二伝其詩一奏レ之。語在二輔伝一也》。坰野草昧、林麓黝儵、交譲所レ植、**蹲鴟所レ伏**《交譲、木名也。両樹対生、一樹枯則一樹生。如二是歳更一。終不二倶生倶枯一也。出二岷山一、在二安都県一。**蹲**

鴟、大芋也。其形類二蹲鴟一。故卓王孫曰、吾聞岷山之下沃野、下有二蹲鴟一、至レ死不レ飢。善曰、黝儵、茂盛貌。≫。

百薬灌叢、**寒卉冬馥**。異類衆夥、于レ何不レ育。

「蜀都賦」は、全体として蜀の地を称讃する内容をもつ。引用部分は、この「蜀都賦」において土壌が肥沃であることを称讃している部分である。その際、やはり「蹲鴟（芋）」の群生について触れるのである。おそらく漢籍においては、「芋」の群生を示すことは、その土地の豊かさを表現するものなのである。それは蜀の地域だけを指し示すのではない。同じ三都賦の「魏都賦」でも「薑《きょう》芋《う》充茂《じゅうも》し、桃李《とうり》蔭《しげ》り翳《おお》う」とある。これは魏の土地を称讃するもので、同じく「芋」の繁茂を述べることで、土壌の豊かさを称讃する内容となっている。漢籍においては、「芋」が群生することは土壌の肥沃を示す表現としてあることを確認しておきたい。

これら漢籍の知識を踏まえたとき、無数の「芋草」が生えていることは、その土地の「豊かさ」を示すと理解できる。天皇が「豊かな土地」だと判断する叙述の背景には、このような漢籍の知の文脈が想定できるのである。すなわち、地下に無数の「芋」がある――地上には「芋草」が群生している――土地は肥沃である、という漢籍の知識を下敷きとして、「総記」は成り立っているということである。八世紀当時の『文選』流行の知的水準と、『豊後国風土記』の知的水準を鑑みれば、このような文脈を想定しても大過なかろう。

さらに、「総記」の波線部末尾にある「花葉冬も栄えき」という表現は、『文選』の「蹲鴟所伏」の直後にある「寒《かん》卉《き》冬馥《かんば》し（冬なお香しく草は茂っております）」と対応していると見ることができる。すなわち、『文選』では「蹲鴟」を含む草木が冬も枯れなかったと表現する部分であり、これは「総記」の「芋草」が冬も枯れなかったとする部分と対応しているのである。[9] 繁茂する「芋」は豊かさの表現であり、さらに「冬」にも枯れない「芋草」は、いよいよ土地の肥沃、すなわち豊かさを讃美していく表現になっているのである。

無数の「芋草」が群生する土地は「豊かな土地」であるという漢籍の知識が「豊国」という国名の由来譚に隠されており、それは『豊後国風土記』の「豊国」国名由来譚を成り立たしめている中核となっていることを確認しておこう。

次いで、「なぜ白鳥から餅に、そして芋草へ変化したのか」という理由を考える。

とはいえ、その前に確認しておこう。それは、「豊国」の国名由来を語る「総記」にあっては、その目的は「芋草」の群生を述べるだけで果たされているということである。漢籍に習熟した者の知的水準では、「豊国」たる由縁は「芋草」の群生を記述するだけで完遂するのであった。わざわざ「白鳥」から「餅」に、そして「芋草」へと変化することまで述べる必要はなかったのである。

「総記」には祥瑞思想が適用されている。すなわち、「芋草」の群生が、「総記」本文傍線部のように、天地の瑞祥によるものとして天皇に理解されているという叙述がある。祥瑞思想は『日本書紀』「孝徳紀」白雉元年春二月条に「詔曰、聖王出レ世、治二天下一時、天則応レ之、示二其祥瑞一。（略）若レ斯鳥獣、及二于草木一、有二符応一者、皆是、天地所レ生、休祥嘉瑞也」とあるように、天は動植物に変化を起こすことで祥瑞を示すという考えが述べられている。まずは八世紀当時の祥瑞思想の理解の一端として確認しておいていいだろう。すなわち、一晩で無数の芋草が群生したことは、動植物に起きた変化であり、それゆえに天皇は天の祥瑞として理解したのである。このことは押さえておくべきである。

しかし、繰り返すが、「総記」の国名由来譚という性格においては、「白鳥」から「餅」へ、そして「芋草」へという変化の叙述は不要なのである。一晩で無数の芋草が群生したその一事を述べれば事足りるはずである。「豊かさ」が国名の由来であるならば、一晩で無数の「芋草」が群生するという、本来はありえない「動植物に起きた変化」、すなわちその祥瑞的性質を述べれば完遂するということである。ことさらに「白鳥」からの変化について記述する必要はない。このような、全体の意味においては「不要」な部分において「白鳥」から「餅」へ、そして「芋草」へという変化が述べられていることを確認し、次いでこの変化の理由を考えてみたい。

2、「連想」の国名由来譚

なぜ「白鳥」から「餅」を経由して「芋草」へと変化したのか。これは前掲『文選』李善注の見解が鍵となる。「芋」であるところの「蹲鴟」は、「其の形は蹲鴟に類する」と注される。すなわち、「芋」は「蹲《うずくま》る鳥」に形が似ているというのである。それは、前掲『芸文類聚』「芋」項に、「文選蜀都、徇二蹲鴟之沃野一、則以為世済二陽九一。注、済二人饑一也。葉似二蹲鴟一」とあり[10]、葉の形が「うずくまる鳥」に似ているともされる。いずれにしろ、「蹲鴟」の様子を「うずくまる」、すなわち丸まった形をしている鳥に見立てているのである。漢籍の知識においては、「芋」はその形において「うずくまって丸まっている鳥」に似ているのだ、という理解が示される状況を踏まえる必要がある[11]。

また別に、「芋」は、先の三都賦「魏都賦」の「蘁芋充茂」の「蘁芋」に対して、『漢書』では別の解釈が示されている。すなわち、「東方朔伝」顔師古注に、長安周辺の土壌肥沃を称讃して「蘁芋」とあるところに、「芋、草名、其葉似二藕荷一而長、不レ円、其根正白可レ食」として、「芋」を「白い」ものだと認じているのである。『文選』が「丸まった鳥」として、そして『漢書』が「白いもの」として解するのが「芋」なのであり、両書は奈良時代にあって広く参照された漢籍だったのである。すなわち「芋」は「丸まって蹲る鳥」に似ていて、かつその中身は「白い」ものだという認識が有り得た蓋然性が高いということである。

次に「餅」である。「餅」は『芸文類聚』巻七十二・食物部・「餅」項に、「晋束皙餅賦」を引いて、「弱似二春綿一、白若二秋練一」とするように、「白いもの」として表現されている。続く「梁呉筠餅説」にも、「細如二華山之玉屑一、白如二梁甫之銀泥一」とあり、同じく「白い」ことが称讃の表現として選ばれている。「餅」項には三つの作品が引かれるが、うち二つまでが「白」の表現を採り、称讃の表現として選ばれているのである。[12] この「餅」が『豊後国風土記』においては、田野条において「弓矢の的」として―すなわち球形のものとして―使用されている。[13] 漢籍においては、「細如二華山之玉屑一」として、「細」たるものとして表現される「餅」ではあるが、これでは「的」として考えることはできないであろう。さりとて、漢籍の文脈を無視することは、『豊後国風土記』が漢籍の深い知識に支えられているという先行研究を軽視することになろう。逆に「細」たるものとして把握すれば、「的」としては不可能となろう。おそらく、『豊後国風土記』においては、漢籍が重ねて表現する「白」であり、かつ「的」として可能な「球形」として把握されているのではないだろうか。すなわち、「餅」は「白くて丸い」ものという認識に従っているのが『豊後国風土記』である、と考えられるわけである。

そして白鳥を、「白」い「鳥」として考えたとき、以下の関係性が浮かび上がるのではないだろうか。すなわち、以上のように確認してくると、「総記」の問題箇所に現れる要素「鳥」「餅」「芋」は、「白い」という共通性で分類できるということである。逆に言えば、「白い」というキーワードから浮かび上がってくるのが「鳥」「餅」「芋」の三項目であるということである。

この三項目が関係しているさまを示すと、以下のようになろう。

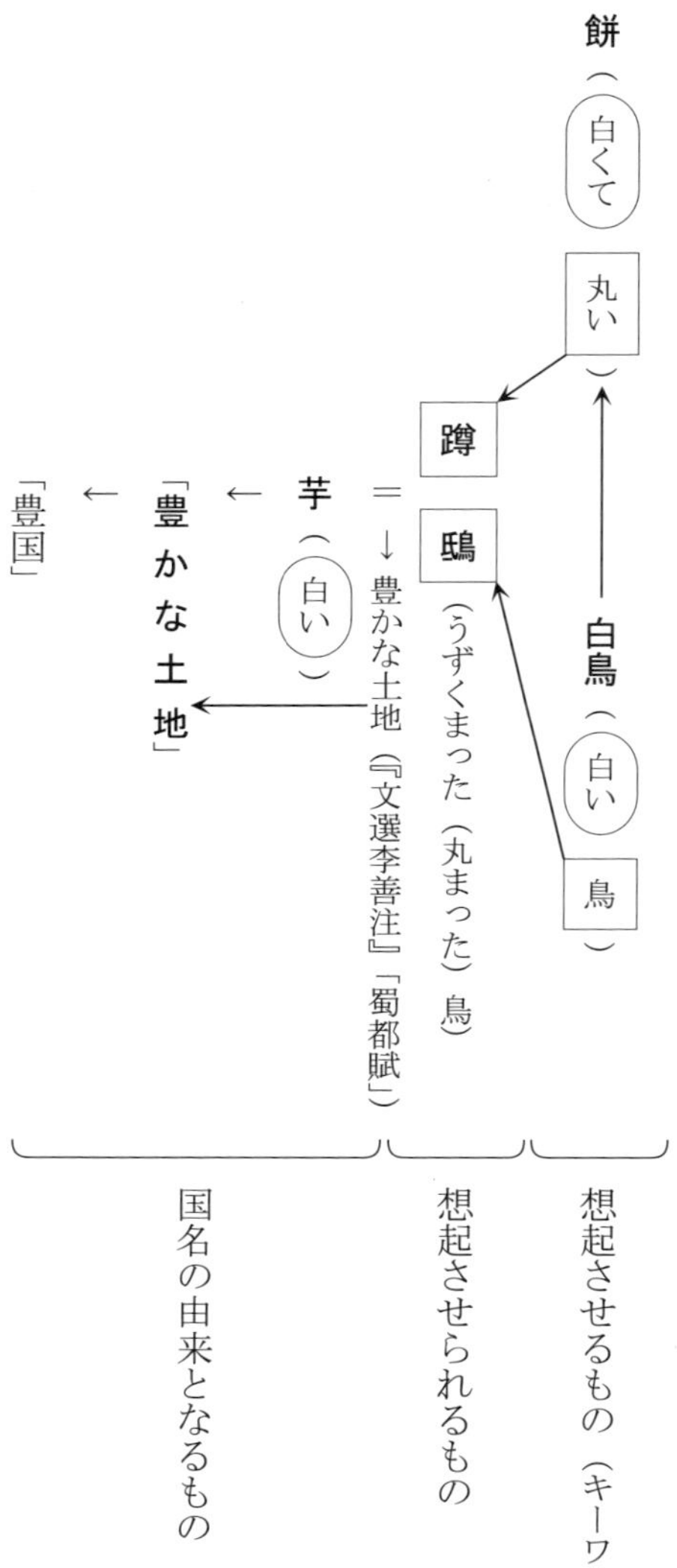

白い鳥が飛来して、丸まった形の「餅」になった、という記述であった。それが「芋草」に変化したというのである。形の上で見ていくと、「鳥」が「丸まった」餅に変化したのである。「丸まった」「鳥」の形に似ているのが、「芋」であった。それぞれが「形」の連想において結びついているのである。すなわち、「芋」「餅」「鳥」は「白」をキーワードとして互いに関係をもち、「鳥」と「餅」が「蹲鴟（芋）」を導き出す想起の鍵として浮かび上がるよう機能しているのである。「丸くて鳥のようなもの」である「蹲鴟」が連想されるような仕掛けとして「白鳥」・「餅」を提示しているのが当該条といえるのだ。

文脈に沿って見てみよう。「鳥」は「餅」に変化したのであった。両者は「白い」というキーワードで共通している。その共通点である「白い」を取り除くと、「鳥」・「丸い」が残るのである。「丸い」「鳥」は、すなわち「蹲鴟」

を連想するキーになっている。「蹲鵄」は「芋」のことであった。「芋」の繁茂は土地の肥沃を示す表現であった。すなわち、「蹲鵄」の繁茂は「豊国」の国名を保証していくのである。

文脈とは逆の方向から見ていこう。「豊国」と名付けられた理由は、そこが「豊かな土地」だからである。豊かな土地であるというのは、そこに「芋」が群生しているためである。その「芋」は「蹲鵄」、すなわち「蹲る鵄」に似ているものであった。これは「うずくまって丸まった姿の鳥」を意味する。この「蹲」すなわち「丸いもの」として「餅」が提示されている。そして「鳥」は「白鳥」によって想起される。このようにして「丸い」「鳥」すなわち「蹲鵄」の想起が導かれているのである。

当該部分は豊かな土地を保証する『文選』の典拠を想起させるために、すなわち、語句「蹲鵄」を呼び出すために、想起のキーワードとして「白鳥」と「餅」を提示している関係として読み解ける部分なのである。そして「総記」は最後に「花葉冬栄」を示すことで、『文選』「寒卉冬馥」に対応することを示し、答え合わせではないが、解釈の揺れを防いで最終的に『文選』を想起させるように機能している。

他の「古風土記」にも、国名の由来となっているものに音声の類似・連想を中心とした、枕詞的な詞章が用いられていることは共通する要素である[14]。たとえば「神風の伊勢の国」「衣手常陸の国」「八雲立つ出雲の国」などがそれである。それらは多く各国風土記の冒頭部に配される。すなわち、現在見ることのできる「総記」は、音声的な連想術で国名を想起させる由来を示すのである。

これが、『豊後国風土記』においては音声を中心とした枕詞的な詞章としてではなく、語句（文字）から語句（文字）を連想させることで、国名の由来を語っているのである。すなわち、「餅」と「白鳥」という語句を用いて、『文選』「蜀都賦」の典拠を連想させようとするのである。『文選』の典拠を想起させる「蹲鵄」を導き出すために、似た形の

「丸いもの」・「鳥」を挙げるのである。この「白鳥」・「餅」・「芋草」は、「豊国」の名を導く連想の鍵として機能しているると考えられるのである。

これは音声を主体とした枕詞的詞章と、かなり類似した機能をもつ、いわば「文字を主体とした」連想機能とでもいえよう。ある音声を連想させる枕詞を掲げ（「衣手」）、連想させられる音声があり（ひたち）、それが国名の由来となっている（「常陸」）という、音声を中心とした枕詞的詞章と同じように、ある典拠を連想させるキーワードを掲げ（「白鳥」「餅」）、連想させられる典拠があり（「蹲鴟」）、それが国名の由来となっている（「豊国」）。すなわち、文字が典拠を導いて国名を想起させているのが当該条という風に考えられないだろうか。

枕詞が音声によって別の言葉を連想させる機能をもつように、語句が別の語句を連想させる機能をもっている可能性が考えられよう。『豊後国風土記』「総記」が行っているのは、いわば語句による「連想」なのである。この連想が、如上の「総記」国名由来譚を陰で支えているのである。

『豊後国風土記』が漢籍の知識を土台としていることを踏まえれば、他の条にも、このような漢籍の知識の連想が現れている可能性が高まるであろう。『豊後国風土記』は次に見る「餅の的」を最後部に配置するのである。両者は対応関係にある。おそらく、「餅の的」も語句による連想を中核として持つ記事なのではないだろうか。

3、「餅の的」と連想

田野条の本文は以下の通りである。

田野、在二郡西南一。此野広大、土地沃腴、開墾之便、無レ比二此土一。昔者、郡内百姓、居二此野一、多開二水田一、余糧宿レ畝、大奢已富、作レ餅為レ的。于レ時、餅化二白鳥一、発而南飛。当年之間、百姓死絶、水田不レ造。遂以荒廢。自ㇾ時以降、不ㇾ宜二水田一。今謂二田野一、斯其縁也。

田野の土壌が肥沃であったため、豊作に奢った人々が餅を弓矢の的にしたところ、的が白い鳥になって飛び去ってしまった。そして土地は不毛となり、人々は死に絶えてしまったという。土地の不毛を語る由来譚である。

従来、当該条の「餅」を稲の精霊である「稲魂」と見立て、「白鳥」を「穀霊」の「象徴」として理解してきた。そして豊かな土地を実現していた「穀物の精霊」を弓矢の的にするという不敬が原因となって「穀霊」が退去し、結果として不毛の土地になってしまったという読解を果たしてきたのである。すなわち、応報譚・神罰伝承としての理解である。(15)

論理の流れを確認しておくと、「餅」を「稲魂」の象徴とし、「白鳥」を「穀霊」の象徴とすることで、「的」から「白鳥」への変化という、当該条の最も不可思議の部分を間接的に説明してきたのである。図に示せば以下の通りである。

餅　＝　的　↓　白鳥

←　　　　　　→

稲魂　＝　穀霊

しかし、逆に言えば「的から白鳥へ」という傍線部の変化の流れを直接的に説明できなかったために、いったん矢印以降の太字波線部で示した「象徴」を経由することで、間接的に説明してきたということになろう。従来論では、「なぜ的が白い鳥に変化するのか」という理由を直接的に説明できなかったのである。

次に出典論の成果を見ておこう。当該条には前掲本文の傍線部に「余糧宿畝」という語がある。これが『文選』の出典であることを指摘したのが出典論の成果である。(16)

余糧栖レ畝而弗レ收、頌声載レ路而洋溢。　（『文選』巻六・左思・「魏都賦」）

同様の語句は『文選』以外にも用例が指摘されている。

百姓布レ野、余糧棲レ畝。　（『三国志』「蜀書」三「後主禅紀」[17]）

「余糧宿畝」は『文選』以外にも用例が認められる、漢籍においては食糧が豊富にあることを表現する常套的な語句であった。漢籍の出典語が用いられているということは、当該条が漢籍の知識を前提として書記されていることを意味しよう。当然、当該条の他の部分にも、漢籍の知識が踏まえられている可能性があるのだ。

本章では直接的にこの「的から白鳥へ」の変化を説明してみよう。そのためにはまず「白鳥」の象徴化以前に、『豊後国風土記』成立当時の「白鳥」について、具体的に追うことにする。すなわち、八世紀当時の知的環境を参照するということである。

その前に、従来論が参照してきた同時代テキストの『古事記』『日本書紀』を確認しておこう。両書の垂仁天皇条には「鵠」という鳥が登場し、古今の諸注釈はこの「鵠」を「白鳥の古名」とする[18]。また『出雲国風土記』秋鹿郡の産物記事に「白鵠」とある。まずは「鵠」が「白」を負う「白い鳥」としてありえたことが確認できよう。

この「鵠」は八世紀当時の参照可能漢籍ではどのような鳥として記述されているのか。

『芸文類聚』の項目分類では、「鵠」は「鶴」項に含まれる。このことからも明らかなように、漢籍においては「鵠」は「鶴」に通じる鳥であった。しかし、八世紀当時にどのような形の『芸文類聚』が参照されていたのか不明であることから[19]、さらに個別具体的に以下の記載を参照することにする。

『芸文類聚』巻九十・鳥部上・「白鶴」項

（臨海記曰）古老相伝云、此山昔有二晨飛レ鵠。入二会稽雷門鼓中一。於レ是雷門鼓鳴。洛陽聞レ之。孫恩時、斫二此鼓一、見㆓白鶴飛出㆒、翱翔入㆑雲。此後鼓無㆓復遠声㆒。

これは鼓の中に飛び入った「鵠」が「白鶴」として飛び出してきたというものである。「鵠」とは「白鶴」と通じる鳥であることが示されている。さらに「鳥部」以外でも以下の記載がある。

『芸文類聚』巻一・天部上・「雲」項

易通卦験曰、(略)、春分正陽。雲出㆑張。如㆓白鵠㆒。

ここでは白鵠が雲の比喩として使われている。「白い鳥」として「鵠」が見られていたことは、以上の記載からも明らかであろう。また『芸文類聚』では「鶴」項の中に小分類「黄鵠」「玄鵠」がある。「鵠」単体では「白」という認識があったからであろう。また他の漢籍を見ると、史書類では『後漢書』「呉良伝」が「論賛」において彼の頭髪を「鵠髪」と表現するのに対して、李賢注は「鵠髪は白髪なり」と注している。[20]「鵠」には「白」という意味があるということである。これは「鵠」が白い鳥であることに由来しよう。

以上のことから、八世紀当時の漢籍習熟者にとって「鵠」は「白い鳥」を意味すると理解していたとみて大過ない。そして「鵠」は現代でも「正鵠を射た発言」の用例もあるように、弓矢の的のことでもあった。『礼記』「射義」経文には「発而不㆑失㆓正鵠㆒者」とあるのがその一例であり、用例には限りがない。[21]

全体として漢籍習熟者の手になると言われる『豊後国風土記』において、「白鳥」は「鵠」を隠しており、「鵠」は弓矢の「的」のことでもあったのである。以上のことを踏まえ、「的」から「白鳥」への変化を直接的に示せば以下の通りとなる。

的《まと》＝鵠《まと》《白い鳥》＝白鳥《白い鳥》

「的」といえば「鵠」を連想し、「鵠」といえば「白鳥」を連想するという流れは、「鵠」は的であり白い鳥であるという、漢字がもつ意味の多義性に支えられているのである。すなわち、田野条の記事は、中核に漢字の知識が埋め込まれていたのである。

とはいえ、これは「穀霊」の象徴たる「白鳥」が退去すれば不毛の地になるという従来の神話論的な解釈を退けるものではないことは付言しておく。神話的な古代の哲学が、漢字の連想の仕掛けによって語られているということなのである。むしろ、両者は同居しているのである。

おわりに

ちなみに「餅の的伝承」は『山城国風土記』逸文にも類話を載せる。従来は伝播論を中心に論じられてきた関係だが、本章で見てきた通り、田野条の記事は「文字」による連想を中核とするものである。すなわち、口承による伝播の可能性を前提として論じるだけでは、捉えきれない可能性をもつ話なのである(22)。

「文字」を核とした説話でも、一度説話として成立してしまうと、今度はそれが口承文芸となって伝播していくという可能性もあるのではないか。今回の「餅の的伝承」は、成立の契機は「文字」の知識による連想を中核としていた。これは漢籍の典拠を想起させる「総記」と対応関係にあるがゆえに成り立つものである。「総記」と対応関係にならなければ、見えてこない中核なのである。

いったん説話化して口承の波に乗ってしまえば、口承文芸として広く分布していく可能性は大いに有り得る。ただし、そのときには、もう漢籍の知識の有無は関係ないのである。それはちょうど信仰とともにあった神話が説話化して口承の波に乗っていくとき、すでに信仰を必要としなくなっている姿と似ているのかもしれない。

注

（1）例えば角川文庫『風土記』脚注の指摘「米（稲）の霊が白い鳥になって飛び去る。福分が失われたことを意味する。そのために不幸が起こる」（小島瓔禮校注　一九七〇年七月　角川書店）。あるいは新編日本古典文学全集『風土記』頭注「五穀の精霊である餅を的にしたことの応報譚」（植垣節也校注　一九九七年十月　小学館）を参照。

（2）瀬間正之『風土記の文字世界』（二〇一一年二月　笠間書院。初出は「『豊後国風土記』・『肥前国風土記』の文字表現」（『上智大学国文学紀要』Vol. 22　二〇〇五年三月））。

（3）本文と訓読は日本古典文学大系『風土記』（一九五八年四月　岩波書店）に依拠した。

（4）柳田国男が後世テキストの分析や民俗事例から考察したもの（『一目小僧その他』「餅白鳥に化する話」（『柳田国男全集6』一九八九年十月　筑摩書房）、あるいは肥後和男『風土記抄』（一九四三年　弘文堂書房）が民俗事例を紹介した程度であり、専論は管見では見当たらなかった。

（5）八世紀当時の漢籍参照環境については池田温編『日本古代史を学ぶための漢文入門』（二〇〇六年一月　吉川弘文館）を参照した。

（6）『芸文類聚』のテキストは中華書局本に拠る。

（7）『漢書』のテキストは中華書局本に拠る。《　》は顔師古注部分である。

（8）『文選』のテキストは上海古籍出版本を底本とし、芸文印書館本を使用して私に校合した。訓読・訳を掲出する場合は、全釈漢文大系本『文選』（小尾郊一　一九七四年六月　集英社）を参照した。《　》は李善注部分である。ちなみに、同じ文章を『芸文類聚』巻六十一・居処部一・「総載居処」項にも見ることができる。

（9）前掲注（1）の新編日本古典文学全集『風土記』頭注は、諸本「冬」であることを踏まえつつも、「尽」に改めている。典拠の文脈から、再考する必要があるかもしれない。

（10）中華書局本には「選蜀都、間蹲鴟之沃野、則以為世済陽九、注、済人饑也。葉似蹲鴟」とある。しかし、「間」では意味をなさないので、『文選李善注』「呉都賦」に「徇二蹲鴟之沃一、則以為世済二陽九一」とあるのを踏まえ、「徇《とな》ふ」と私に改めた。

(11) ただし、漢籍において「鴟」が「白い」鳥であると解するものは見当たらない。「鴟」を「白鳥」と解釈する文言は、『芸文類聚』・『文選』、あるいは『漢書』などの史書類にも見て取ることはできない。他の漢籍をも詳細に参照する必要もあろうが、まず著名な漢籍にその用例がない以上、典拠を踏まえていると指摘することは困難であろう。まずは「芋」は形の上で「鳥」に類する、とまで確認しておこう。

(12) 漢籍における「餅」が現在の「米餅」を指すのか「うどん」を指すのか不明だが、いずれの場合でも「餅」は白いものであると表現されるのである。

(13) 前掲注（1）新編日本古典文学全集『風土記』頭注の指摘。

(14) 近藤信義『枕詞論』（一九九〇年十月　桜楓社）を参照。

(15) 前掲注（1）角川文庫『風土記』補注「餅から変じた白鳥というのは、穀物の霊であろう」として柳田国男『一目小僧その他』の「餅白鳥に化する話」以来の見解を継承する。あるいは折口信夫は餅が稲魂であることを論じている（「鬼の話」（『折口信夫全集3』一九九五年四月　中央公論社。もと「古代研究民俗学篇第二」一九三〇年六月　大岡山書店））以来継承されてきた見解である。

(16) 小島憲之『上代日本文学と中国文学』（一九六二年九月　塙書房）。

(17) 『三国志』のテキストは中華書局本に拠る。

(18) たとえば新編日本古典文学全集『日本書紀』（一九九四年四月　小学館）「垂仁紀」頭注の指摘。

(19) 前掲注（16）小島論。

(20) 『後漢書』のテキストは中華書局本に拠る。

(21) 『礼記』テキストは北京大学出版社本『十三経注疏整理本』に拠る。訓読は全釈漢文大系『礼記』（市原亨吉　今井清　鈴木隆一　一九七六年六月　集英社）を参照した。なお本章は「鵠」が現代の何鳥に当たるか比定するものではない。というのは八世紀当時の文字レベルの知識において確認することを第一とするためである。当時の人々の知識が確認されるべきである。とはいえ詳細な既出分析を否定するつもりもない。近世国学の注釈に触れ「鵠」を比定した詳論として和田義一

「記紀の鵠と白鳥」（『古事記年報』二十一号　一九七九年一月）の論を挙げておく。

(22)　文字が神話創造の中核を担っているという問題は既に松田浩「雉はなぜ射られたか」（『古代文学』四十八号　二〇〇九年三月）によって論じられており、まずは先駆的存在として挙げるべきである。

初出一覧

本論は、二〇一〇年度博士学位請求論文『「典拠表現」から見る八世紀神話テキストの研究』を基にしている。各論の初出は以下の通り。

一-1　鑑の史書―『日本書紀』「雄略紀」と『隋書』「高祖紀」の比較から―
『古代文学』52号（二〇一三年三月　古代文学会）

一-2　「霊畤」をめぐる〈変成〉―『日本書紀』「神武紀」の「郊祀」記事から
『古代文学』53号（二〇一四年三月　古代文学会）

二-1　「仁徳紀」先行研究の問題点
二〇一〇年度博士学位請求論文『「典拠表現」から見る八世紀神話テキストの研究』所収

二-2　「鷦鷯」という名の「天皇」―鳥名と易姓革命―『日本文学』VOL. 57 No. 2（二〇〇八年二月　日本文学協会）

二-3　聖帝の世で、鹿が見た夢
『相模国文』42号（二〇一五年三月　相模女子大学国文研究会）

三-1　「日神＝姉」の陰陽論―『日本書紀』「神代紀」の思考―
『古代文学』51号（二〇一二年三月　古代文学会）

三-2　『日本書紀』「神代紀」における「注の注」の機能について
『文芸研究』126号（二〇一五年三月　明治大学文学部文芸研究会）

三-3　「皇極紀」「斉明紀」における歴史叙述の方法―災異瑞祥記事を中心として―
『文学研究論集　文学・史学・地理学』第18号（二〇〇三年二月　明治大学大学院）

三－4　「白燕」からみる天智称讃の方法―知識と技術により天意を読む治世―
『古代文学』46号（二〇〇七年三月　古代文学会）

四－1　『日本書紀』「崇神紀」における「撃刀」の典拠―異民族に強い将軍の故事を想起させるもの―
『古事記年報』53号（二〇一一年一月　古事記学会）に「研究ノート」として採録されたもの

四－2　『日本書紀』「崇神紀」が語る祭祀の「歴史」―「崇神紀」と「成帝紀」の比較―
『相模国文』43号（二〇一六年三月　相模女子大学国文研究会）

四－3　『日本書紀』「崇神紀」における「箸墓伝承」の位置づけ―君臣一体の理想的祭祀実現の「歴史」―
『相模国文』44号（二〇一七年三月　相模女子大学国文研究会）

五　『日本書紀』「天皇紀」の「注」を読む―「帝国／蕃国」としての「日本」―
『相模女子大学紀要』79号（二〇一六年三月　相模女子大学）

補－1　「日下」をめぐる神話的思考―『古事記』序文の対句表現から―
『古代文学』48号（二〇〇九年三月　古代文学会）

補－2　イスケヨリヒメの聖性―「矢」字の、八世紀的な意義から―
『相模国文』41号（二〇一四年三月　相模女子大学国文研究会）

補－3　『豊後国風土記』直入郡球覃郷「臭泉」の水神―漢籍の知と神話的思考の融合―
『悠久』134号（二〇一四年一月　鶴岡八幡宮）

補－4　「餅の的」と連想―『豊後国風土記』田野条の読解を通して―
『相模国文』40号（二〇一三年三月　相模女子大学国文研究会）

あとがき

大きなタイトルを付したこの小著が成ったのは、多くの恩人の優れた教えのおかげです。不調法な私には、そのすべての芳名を挙げることもかなわないので、能う限り記して謝意を示します。まず、私が初めて学会に参加したころ、快く酒席の仲間に入れてくださった早稲田大学と國學院大學の諸先生がた。心細かった私に居場所を与えてくださったご恩に厚く御礼を申し上げます。他にも、学会の場でお声がけを賜った多くの先生がたには、私のような者でも学会に参加して良いのだと心を強くしていただきました。この小著の題案もまた、そのような学会参加の席上にて、加藤清先生から賜ったのでした。

古代文学会に参加すると、ここでは記しきれないほど多くの方々からご恩を賜りました。就中、典拠という研究方法を授けてくださった津田博幸氏、そして『日本書紀』研究の価値に太鼓判を押してくださった呉哲男氏には、御礼の言葉もありません。

上代文学会で初めて発表すると、神野志隆光先生、毛利正守先生、寺川真知夫先生、廣岡義隆先生からご叱正を賜りました。このご恩も生涯忘れません。

おもいみれば、学問の世界に迷い込んだ自意識過剰の私を研究者として成型してくれたのは、やはり「山研《やまけん》」の皆様でした。研究会代表の飯泉健司氏、松田浩氏、猪股ときわ氏に深謝申し上げます。なお、略称「山研」の正式名称は、「まずい山田純の発表を、なんとか学会で発表できるレベルまで引き上げるにはどうしたらよいかを研究する会」ということで、諸説はございません。

のみならず、もしもこの小著のなかに収められた論文で、「まあそれなりの水準かも」と光る箇所があったとするならば、それは上代文学研究会の諸先生がたのご教示部分であり、成果です。このご恩は生涯をかけてもおかえしできそうにありません。

このようにして、この小冊子の成り立ってきた歴史を示すことができます。

表紙には、著者名が載ります。しかし、本当に相応しいのは、これまでに私を研究者として成型してくださった皆様の芳名を列挙することと考えます。すなわち、「チーム恩人たち」のものであり、その名を冠すべきである、と。それほどまでに、私という個体は、皆様からのご恩によってのみ構成されているためです。そして、そのような皆様からご教示を賜り、それで満たすことのできた空の器であり得たことをこそ、誇りに思うのです。

そして、そのようなすばらしい学界の世界へと至る、その入口を用意してくださった明治大学の林義勝先生に、それを快く迎えてくださった武田比呂男氏・大胡太郎氏を始めとする諸先輩がた、また漢文訓読を叩き込んでくださった氣賀澤保規先生に、令集解読解を仕込んでくださった吉村武彦先生に、フィールド調査を伝授くださった居駒永幸先生に、そして誰よりも私という五百年に一度の途轍もない阿呆を「人」にしてくださった永藤靖先生に、厚く御礼を申し上げます。最後に、家族に、ありがとう。

あわせてここに、新典社の皆様と小松由紀子氏に御礼とお詫びを申し上げて、綴じあげることにいたします。

二〇一八年三月、風の日に記す

索　引

本索引は、上記の四種である。

言葉の順列は、現代仮名遣いに拠る。Ⅰ・Ⅱ・Ⅲについては、すべての語句を挙げているわけではなく、論述の論理にかかわる主要なもののみとなる。注に論旨の補足を詳述している際に引用した書名を除いて、注における書名は挙げていない。

Ⅳについては、本論に引用される部分と、注で示される部分との、双方を挙げている。

Ⅰ、神名・人名索引

Ⅱ、書名索引

- さ 行 -

Ⅲ、事項索引

Ⅳ、研究者名索引

－な 行－

－は 行－

－ま 行－

－や 行－

－ら 行－

－わ 行－

山田　純（やまだ　じゅん）
1977年6月17日　千葉県山武市に生まれる
2000年3月　明治大学文学部史学地理学科卒業
2011年3月　明治大学大学院文学研究科日本文学専攻
博士後期課程修了
専攻／学位　上代文学／博士（文学）
現職　相模女子大学学芸学部日本語日本文学科准教授
主論文
「「日本武尊」の延伸性―「景行紀」と「景行記」の差異が織りなす複数の「ヤマトタケル」序論―」（『古代文学』56号 古代文学会）

新典社研究叢書301

日《に》本《ほん》書《しょ》紀《き》典《てん》拠《きょ》論《ろん》

平成30年5月9日　初版発行

著者　山田　純
発行者　岡元　学実
印刷所　惠友印刷㈱
製本所　牧製本印刷㈱
検印省略・不許複製

発行所　株式会社　新典社
東京都千代田区神田神保町一—四四—一一
営業部＝〇三（三二三三）八〇五一番
編集部＝〇三（三二三三）八〇五二番
ＦＡＸ＝〇三（三二三三）八〇五三番
振　替　〇〇一七〇—〇—二六九三二番
郵便番号一〇一—〇〇五一番

©Yamada Jun 2018
ISBN 978-4-7879-4301-9 C3395
http://www.shintensha.co.jp/ E-Mail:info@shintensha.co.jp

新典社研究叢書

（本体価格）

- 261 冷泉為秀研究 鹿野しのぶ 一六〇〇〇円
- 262 源氏物語の音楽と時間 森野 正弘 一四二〇〇円
- 263 源氏物語〈読み〉の交響Ⅱ 源氏物語を読む会 九九〇〇円
- 264 源氏物語の創作過程の研究 呉羽 長 一一〇〇〇円
- 265 日本古典文学の方法 廣田 收 一二六〇〇円
- 266 信州松本藩崇教館と多湖文庫 山本英二・鈴木俊幸 九二〇〇円
- 267 テキストとイメージの交響 ―物語性の構築をみる― 井黒佳穂子 一一五〇〇円
- 268 近世における『論語』の訓読に関する研究 石川 洋子 一五〇〇〇円
- 269 うつほ物語と平安貴族生活 ―史実と虚構の織りなす世界― 松野 彩 八八〇〇円
- 270 『太平記』生成と表現世界 和田 琢磨 一四二〇〇円
- 271 王朝歴史物語史の構想と展望 加藤静子・桜井宏徳 二〇〇〇〇円
- 272 森鷗外『舞姫』 本文と索引 杉本 完治 七七〇〇円
- 273 記紀風土記論考 神田 典城 一四〇〇〇円
- 274 江戸後期紀行文学全集 第三巻 津本 信博 八〇〇〇円
- 275 奈良絵本絵巻抄 松田 存 八二〇〇円
- 276 女流日記文学論輯 宮崎 莊平 二六八〇〇円
- 277 中世古典籍之研究 ―どこまで書物の本姿に迫れるか― 武井 和人 一九八〇〇円
- 278 愚問賢注古注釈集成 酒井 茂幸 一三五〇〇円
- 279 萬葉歌人の伝記と文芸 川上 富吉 一二〇〇〇円
- 280 菅茶山とその時代 小財 陽平 一四二〇〇円
- 281 根岸短歌会の証人 桃澤茂春 ―『庚子日録』『曾我蕭白』― 桃澤 匡行 一二〇〇〇円
- 282 平安朝の文学と装束 畠山大二郎 一一五〇〇円
- 283 古事記構造論 ―大和王権の〈歴史〉― 藤澤 友祥 七四〇〇円
- 284 源氏物語 草子地の考察 ―「桐壺」～「若紫」― 佐藤 信雅 一〇二〇〇円
- 285 山鹿文庫本発心集 ―影印と翻刻 付解題― 神田 邦彦 一二四〇〇円
- 286 古事記續考と資料 尾崎 知光 六五〇〇円
- 287 古代和歌表現の機構と展開 津田 大樹 一二四〇〇円
- 288 平安時代語の仮名文研究 阿久澤 忠 一二六〇〇円
- 289 芭蕉の俳諧構成意識 ―其角・蕪村との比較を交えて― 大城 悦子 一五一〇〇円
- 290 二松學舍大学附属図書館蔵 奈良絵本 保元物語 平治物語 小井土守敏 一〇八〇〇円
- 291 未刊 江戸歌舞伎年代記集成 倉橋・桑原・小池・齋藤・光延 二八〇〇〇円
- 292 物語展開と人物造型の論理 ―源氏物語〈二層〉構造論― 中井 賢一 一一五〇〇円
- 293 源氏物語の思想史的研究 ―妄語と方便― 佐藤勢紀子 七八〇〇円
- 294 春画論 ―性表象の文化学― 鈴木 堅弘 一七六〇〇円
- 295 『源氏物語』の罪意識の受容 古屋 明子 一二六〇〇円
- 296 袖中抄の研究 紙 宏行 九七〇〇円
- 297 源氏物語の史的意識と方法 湯淺 幸代 一一五〇〇円
- 298 増補 太平記と古活字版の時代 小秋元 段 一二六〇〇円
- 299 源氏物語 草子地の考察2 ―「末摘花」～「花宴」― 佐藤 信雅 一二〇〇〇円
- 300 連歌という文芸とその周辺 ―連歌・俳諧・和歌論― 廣木 一人 一三七〇〇円
- 301 日本書紀典拠論 山田 純 一一八〇〇円